I0603037

SCHUTZ FÜR MAGGIE

SEALS OF PROTECTION: ALLIANCE

BUCH 4

SUSAN STOKER

Copyright © 2025 Susan Stoker
Englischer Originaltitel: »Protecting Maggie (SEAL of Protection: Alliance Book 4)«
Deutsche Übersetzung: Noëlle-Sophie Niederberger für Daniela Mansfield Translations 2025
Alle Rechte vorbehalten. Dies ist ein Werk der Fiktion. Namen, Darsteller, Orte und Handlung entspringen entweder der Fantasie der Autorin oder werden fiktiv eingesetzt. Jegliche Ähnlichkeit mit tatsächlichen Vorkommnissen, Schauplätzen oder Personen, lebend oder verstorben, ist rein zufällig.
Dieses Buch darf ohne die ausdrückliche schriftliche Genehmigung der Autorin weder in seiner Gesamtheit noch in Auszügen auf keinerlei Art mithilfe elektronischer oder mechanischer Mittel vervielfältigt oder weitergegeben werden.
Ohne die ausschließlichen Rechte der Autorin [und des Herausgebers], die sich aus dem Urheberrecht ableiten lassen, auf irgendeine Weise einzuschränken, ist jegliche Verwendung dieser Veröffentlichung zum »Training« generativer Technologien der Künstlichen Intelligenz mit dem Ziel der Generierung von Texten ausdrücklich untersagt. Die Autorin behält sich das Recht vor, Lizenzen für den Gebrauch dieses Werkes für das Training generativer Künstlicher Intelligenz und die Entwicklung von Sprachmodellen für maschinelles Lernen zu vergeben.
Titelbild entworfen von: Chris Mackey, AURA Design Group
ISBN Taschenbuch: 978-1-64499-451-1

Besuchen Sie Susan im Netz!
www.stokeraces.com
facebook.com/authorsusanstoker
twitter.com/Susan_Stoker
bookbub.com/authors/susan-stoker
instagram.com/authorsusanstoker
Email: Susan@StokerAces.com

EBENFALLS VON SUSAN STOKER

SEALs of Protection: Alliance
Schutz für Remi
Schutz für Wren
Schutz für Josie
Schutz für Maggie (1 Apr)
Schutz für Addison (6 May)
Schutz für Kelli
Schutz für Bree

Ein Spiel des Glücks
Ein Beschützer für Carlise (1 Feb)
Ein Prinz für June (1 Jun)
Ein Held für Marlowe (1 Aug)
Ein Holzfäller für April (1 Okt)

Die Männer von Silverstone
Vertrauen in Skylar
Vertrauen in Taylor
Vertrauen in Molly

SUSAN STOKER

Vertrauen in Cassidy

<u>Die Zuflucht in den Bergen</u>
Zuflucht für Alaska
Zuflucht für Henley
Zuflucht für Reese
Zuflucht für Cora
Zuflucht für Lara
Zuflucht für Maisy
Zuflucht für Ryleigh

<u>Das Bergungsteam vom Eagle Point</u>
Ein Retter für Lilly
Ein Retter für Elsie
Ein Retter für Bristol
Ein Retter für Caryn
Ein Retter für Finley
Ein Retter für Heather
Ein Retter für Khloe

<u>SEALs of Protection: Legacy</u>
Ein Beschützer für Caite
Ein Beschützer für Brenae
Ein Beschützer für Sidney
Ein Beschützer für Piper
Ein Beschützer für Zoey
Ein Beschützer für Avery
Ein Beschützer für Kalee
Ein Beschützer für Jane

<u>Die SEALs von Hawaii:</u>
Die Suche nach Elodie
Die Suche nach Lexie

Die Suche nach Kenna
Die Suche nach Monica
Die Suche nach Carly
Die Suche nach Ashlyn
Die Suche nach Jodelle

Delta Team Zwei
Ein Held für Gillian
Ein Held für Kinley
Ein Held für Aspen
Ein Held für Jayme
Ein Held für Riley
Ein Held für Devyn
Ein Held für Ember
Ein Held für Sierra

Mountain Mercenaries:
Die Befreiung von Allye
Die Befreiung von Chloe
Die Befreiung von Morgan
Die Befreiung von Harlow
Die Befreiung von Everly
Die Befreiung von Zara
Die Befreiung von Raven

Ace Security Reihe:
Anspruch auf Grace
Anspruch auf Alexis
Anspruch auf Bailey
Anspruch auf Felicity
Anspruch auf Sarah

Die Delta Force Heroes:

Die Rettung von Rayne
Die Rettung von Emily
Die Rettung von Harley
Die Hochzeit von Emily
Die Rettung von Kassie
Die Rettung von Bryn
Die Rettung von Casey
Die Rettung von Wendy
Die Rettung von Sadie
Die Rettung von Mary
Die Rettung von Macie
Die Rettung von Annie

SEALs of Protection:
Schutz für Caroline
Schutz für Alabama
Schutz für Fiona
Die Hochzeit von Caroline
Schutz für Summer
Schutz für Cheyenne
Schutz für Jessyka
Schutz für Julie
Schutz für Melody
Schutz für die Zukunft
Schutz für Kiera
Schutz für Alabamas Kinder
Schutz für Dakota

Eine Sammlung von Kurzgeschichten
Ein langer kurzer Augenblick

KAPITEL EINS

Maggie Lionetti stand einige Momente vor dem leeren Schrank. Alles, was sich darin befand, war eine Dose Bohnen und etwas Mehl und Zucker. Und Maggie hasste Bohnen. Sie gehörten ihrer Mitbewohnerin Adina, die seit drei Monaten im Einsatz war.

Seufzend schloss sie den Schrank und griff stattdessen nach einem Glas. Sie füllte es mit Wasser und setzte sich auf die Couch. Sie war ihrer Freundin sehr dankbar, dass sie während ihrer Abwesenheit in ihrer Wohnung bleiben durfte, aber sie hatte nicht geahnt, wie hart das Leben als verurteilte Straftäterin *wirklich* sein würde.

Verurteilte Straftäterin.

Diese Worte hallten in Maggies Kopf wider und ließen sie erschaudern. Niemals in einer Million Jahren hätte sie gedacht, dass sie einmal hier sein würde. In ihrem »vorherigen Leben«, wie sie es jetzt nannte, war sie Apothekerin gewesen. Sie hatte sich den Arsch aufgerissen, um ihren Abschluss zu machen und eine der besten Apothekerinnen in der Gegend zu werden. Sie hatte treue Kunden gehabt, die nirgendwo anders hingingen, um ihre Rezepte einzulösen. Sie hatte Geld auf der Bank gehabt, eine schöne Eigentumswohnung und viele Freunde. Zumindest hatte sie *gedacht*, dass sie viele Freunde hatte.

Es stellte sich heraus, dass sie nach ihrer Verhaftung alle verschwunden waren. Maggie wusste, dass sie es ihnen nicht wirklich verübeln konnte.

Sie erinnerte sich noch an das Gefühl der Handschellen um ihre Handgelenke und daran, wie sie sich fühlte, als sie hinten in den Streifenwagen gesetzt wurde. Erniedrigt, verwirrt, verängstigt.

Diese Gefühle hatten sich nur noch verstärkt, als sie nach der Abnahme ihrer Fingerabdrücke und der Aufnahme ihres Fotos in die örtliche Arrestzelle gebracht wurde. Nachdem sie gegen Kaution freigelassen worden war, wurde sie von ihrem Job gefeuert, und ohne Einkommen, aber mit immer noch vielen Rechnungen, die bezahlt werden mussten – während sie gleichzeitig versuchte, einen Anwalt zu finden, der ihren Fall übernehmen würde –, war sie innerhalb weniger Monate völlig pleite und verzweifelt.

Am Ende musste sie sich ohne jegliche Unterstützung von Freunden und ohne Familie, auf die sie sich stützen konnte, mit einem Pflichtverteidiger begnügen. Sie machte den Anwalt nicht wirklich für ihre dreijährige Haftstrafe verantwortlich. Er hatte getan, was er konnte. Die Beweislage war von Anfang an gegen sie gerichtet.

Und als ihr Ex-Freund für die Anklage in den Zeugenstand trat, war ihr Schicksal besiegelt.

Sie war wegen Überfüllung und guter Führung vorzeitig entlassen worden, durfte aber Kalifornien nicht verlassen, bevor ihre Bewährungszeit abgelaufen war. Sie musste sich regelmäßig mit ihrer Bewährungshelferin treffen und durfte nicht in Schwierigkeiten geraten. Jetzt versuchte Maggie, ihr Leben neu aufzubauen, und sie war Adina sehr dankbar, dass sie ihr eine Unterkunft gegeben hatte, aber es fiel ihr schwer, über die Runden zu kommen.

Sie konnte ihren alten Job nicht zurückbekommen – niemand würde eine Apothekerin einstellen, die wegen Drogenschmuggels verurteilt worden war – und es war für eine Straftäterin nahezu unmöglich, *irgendeine* Art von Arbeit zu finden, die einen angemessenen Lebensunterhalt ermöglichte.

Also hatte Maggie zu dem gegriffen, was ihre Bewährungshelferin und wahrscheinlich jeder, der noch nie in ihrer Situation gewesen war – hungrig, verzweifelt, depressiv –, missbilligen würde.

Sie gab sich als Adina aus. Sie nutzte ihre Taxi-Registrierung, um genügend Geld zu verdienen, um über die Runden zu kommen. Gerade so.

Sie log die Leute nicht gern an, die sie engagierten, und so zu tun, als sei sie ihre Mitbewohnerin, gefiel ihr schon gar nicht, aber die Taxigesellschaft wollte *ihr* keine Registrierung geben. Nicht mit der Vorstrafe in ihrer Akte. Also musste sie lügen. Entweder das oder verhungern.

Als sie spürte, wie ihr Magen vor Hunger knurrte, schluckte Maggie das Wasser hinunter, in der Hoffnung, dass es ihren Magen zumindest ein wenig füllen und ihm vortäuschen würde, dass er etwas Substanzielles bekommen hatte. Dann stand sie auf. Sie stellte das Glas in die Spüle und ging zur Tür, wobei sie sich unterwegs den Autoschlüssel schnappte.

Gestern hatte sie genug eingenommen, um Adinas alten Honda Accord aufzutanken, und sie hoffte, dass das Trinkgeld heute großzügiger ausfallen würde, damit sie im Supermarkt mehr als nur Ramennudeln kaufen konnte. Bei dem Gedanken an einen riesigen Salat lief Maggie das Wasser im Mund zusammen, aber frisches Gemüse war teuer. Sie würde heute wirklich gut verdienen müssen, um sich so etwas leisten zu können.

Seufzend vergewisserte Maggie sich, dass die Wohnungstür hinter ihr verschlossen war – sie wollte auf keinen Fall, dass jemand in Adinas Wohnung einbrach, während sie weg war –, und ging zur Treppe. Heute würde wieder ein langer Tag hinter dem Steuer werden, aber was blieb ihr anderes übrig?

Maggie war müde. Der Tag war beschissen gewesen. Fast alle, die sie gefahren hatte, waren geizig mit ihrem Trinkgeld gewesen. Und Arschlöcher obendrein. Leute herumzufahren schien ein bequemer Job zu sein, aber sie musste sich mit Unhöflichkeit herumschlagen, mit Leuten, die ihr sagten, wie sie fahren sollte, dass sie in die falsche Richtung fuhr, oder die genervt von ihr waren, weil es Verkehr gab ... als könnte sie etwas dagegen tun.

Sie war am Ende ihrer Kräfte und beschloss, noch einen Fahrgast mitzunehmen und dann nach Hause zur leeren Wohnung zu fahren, vielleicht zu versuchen, die Bohnen herunterzuwürgen, die sie hasste. Das waren Proteine, oder? Gut für sie.

Als sie die Informationen zu ihrem letzten Fahrgast des Tages aufrief, sah sie, dass es vor einem Lebensmittelgeschäft war, an dem sie zuvor vorbeigefahren war. Das Geschäft, in das sie nach der Arbeit gehen wollte, wenn das Trinkgeld gut gewesen wäre, um das Abendessen einzukaufen. Es fühlte sich an, als würde das Karma sie auslachen.

Der Name ihres Fahrgastes war Remi Stephenson, und sie war erleichtert, dass es sich bei ihrer Kundin um eine Frau handelte. Das bedeutete nicht, dass sie nicht beschissen behandelt werden würde – Frauen konnten genauso schrecklich sein wie Männer –, aber zumindest war die Wahrscheinlichkeit geringer, dass sie angemacht oder sexuell belästigt wurde.

Maggie fuhr auf den Parkplatz und sah eine Frau, die nicht weit vom Eingang des Ladens entfernt stand und auf ihr Handy schaute. Zu ihren Füßen hatte sie mehrere wiederverwendbare Taschen. Das war ein eindeutiges Zeichen dafür, dass sie wahrscheinlich ihr Fahrgast war. Sie fuhr neben ihr vor und kurbelte das Fenster herunter. »Remi?«, rief sie, um sich zu vergewissern, dass sie wirklich die Person war, die das Taxi bestellt hatte, bevor sie die Türen entriegelte.

»Das bin ich. Adina?«, fragte die Frau.

Es war immer ein wenig irritierend, den Namen ihrer Mitbewohnerin zu hören. Sie lächelte nur und entriegelte den Wagen. Remi nahm ihre Taschen, öffnete die Hintertür und stieg ein. Dann machte sie schnell ein Foto von dem Ausweis auf der Rückseite der Kopfstütze des Beifahrersitzes.

»Mein Freund hasst es, wenn ich ein Taxi nehme, aber ich möchte ihn oder seine Freunde nicht belästigen«, sagte Remi mit einem entschuldigenden Lächeln.

Maggie gefiel es nicht, wenn Leute Fotos von dem Ausweis machten. Zum Glück war Adinas Foto nicht darauf, aber ihre Informationen – Name, Taxi-Lizenznummer und so weiter – waren darauf zu sehen. Dinge, die Maggie in große Schwierigkeiten bringen könnten, wenn jemals herauskäme, dass sie sich als ihre Freundin ausgab. Aber gleichzeitig war sie damit einverstanden, wenn Frauen wie Remi Maßnahmen ergriffen, um sich zu schützen. Heutzutage konnte man nicht vorsichtig genug sein. Es brachte sie ein wenig zum Lachen, dass die Menschen früher davor gewarnt worden waren, sich von Fremden mitnehmen zu lassen, und heute Fremde dafür bezahlten, sie herumzufahren. Es war ironisch.

»Schon okay. Ich würde dasselbe tun, wenn ich in deiner Haut stecken würde«, sagte Maggie so fröhlich sie konnte. Sie gab die Adresse ein, die in die App eingegeben worden war, um zu bestätigen, dass Remi dort abgesetzt werden wollte.

»Dort wohne ich«, sagte Remi lächelnd, als sie sich umdrehte, um nach dem Sicherheitsgurt zu greifen. Zum Glück war die Adresse nicht allzu weit entfernt.

Maggie tat ihr Bestes, um Small Talk zu machen. Manchmal wollten die Leute, die sie abholte, sich unterhalten, und manchmal starrten sie einfach aus dem Fenster und ignorierten sie. Aber Remi schien freundlich zu sein.

»Hast du einen guten Tag?«, fragte Maggie, als sie vom Parkplatz fuhr.

»Ja. Ich habe den Morgen mit einer meiner guten Freundinnen verbracht und viel Arbeit erledigt. Sie hat mich nach Hause gebracht, aber dann habe ich angefangen, darüber nachzudenken, wie ich meinen Freund mit einem Schokoladenkuchen überraschen könnte.«

»Oh, das ist schön«, sagte Maggie. Und das war es auch. Sie hatte noch nie jemanden gehabt, der sie mit irgendetwas überraschte. Na ja ... jedenfalls keine *netten* Überraschungen. Sie weigerte sich, an diesen Tag zu denken, an die Überraschung, als die Polizisten, die sie auf der Autobahn angehalten hatten, die Tasche unter ihrem Beifahrersitz hervorholten.

»Ich bin weder eine gute Köchin noch eine gute Bäckerin, aber mein Freund arbeitet wirklich hart. Er und all seine Freunde tun das. Er ist ein SEAL. Und ja, ich darf dir das sagen.« Remi kicherte.

Maggie musste lächeln. Es war schwer, es nicht zu tun, wenn man jemanden wie diese Frau auf dem Rücksitz hatte. Sie strahlte Freundlichkeit und Fröhlichkeit aus. Es war eine willkommene Abwechslung zu dem, womit sie normalerweise zu tun hatte.

»Jedenfalls hat er in letzter Zeit sehr viel gearbeitet, und ich wollte etwas Nettes für ihn tun. Und wenn ich einen seiner Freunde anrufen würde, damit er mich zum Laden fährt, würde er ihm wahrscheinlich eine SMS schicken und ihn informieren, dann wäre die Überraschung ruiniert.«

Maggie rümpfte ein wenig die Nase. Es schien ein wenig … stalkermäßig … für einen Mann, seinem Freund sofort zu erzählen, was seine Partnerin tat und wohin sie ging. Sie schien ihre Reaktion nicht gut zu verbergen, denn Remi kicherte.

»Ich weiß, das klingt seltsam. Aber glaub mir, bei den Dingen, die meine Freundinnen und ich durchgemacht haben, ganz zu schweigen von dem, was mein Freund in seinem Beruf sieht, ist das völlig normal. Er ist beschützend.«

»Das muss schön sein«, platzte Maggie heraus, was sie sofort bereute. Ihre Stimme klang ein wenig zu … wehmütig für ihren Geschmack. Sie bedauerte es nicht, keinen Mann in ihrem Leben zu haben. Sie hatte genug von Männern. Sie war durchaus in der Lage, auf sich selbst aufzupassen, vielen Dank auch.

In diesem Moment knurrte ihr Magen, als wollte er sie öffentlich auf diese Lüge hinweisen. Es war nicht so, dass sie sich im Moment besonders gut um sich selbst kümmerte. Aber sie würde es schon schaffen. Sobald es ihr erlaubt war, würde sie diesen Staat verlassen und an einen Ort ziehen, an dem die Lebenshaltungskosten niedriger waren, und sie würde herausfinden, wie sie wieder auf die Beine kommen konnte.

»Das ist es«, sagte Remi lässig und ignorierte höflich, wie laut Maggies Magen geknurrt hatte. »Wie auch immer, er wird toben und fragen, was zum Teufel ich mir dabei gedacht habe, mit einem Taxi zum Laden und zurück zu fahren, aber dann werde ich ihm den Kuchen präsentieren, den ich gebacken habe, und alles wird gut.«

Maggie grinste. »Das wird tatsächlich funktionieren?«, fragte sie.

Remi kicherte. »Okay, wahrscheinlich nicht. Aber wenn ich

nur eines seiner Hemden trage – und sonst nichts –, wird er mir bestimmt vergeben.«

Maggie konnte sich das Lachen darüber nicht verkneifen.

»Aber im Ernst«, sagte Remi, die immer noch fröhlich und glücklich klang, »ich habe zwei Fahrten abgelehnt, bevor ich deine angenommen habe, weil die Angebote von Männern kamen. Ich weiß, das klingt sexistisch, aber ich bevorzuge Fahrerinnen. Ich weiß, dass Frauen genauso schrecklich sein können wie Männer, aber ich tue, was ich kann, um sicher zu sein, indem ich Fotos von den Lizenzen mache und die neuen Sicherheitsfunktionen in der Mitfahr-App nutze.«

»Schlau«, sagte Maggie und meinte es auch so.

»Eine meiner Freundinnen wurde von zwei Frauen entführt, die sie kannte, und sie versuchten, sie in die sexuelle Sklaverei zu verkaufen. Ich weiß also, dass Frauen schrecklich sein können. Aber ich fühle mich in einem Fahrzeug mit jemandem meines eigenen Geschlechts immer noch sicherer.«

Maggie schnappte nach Luft. Remi hatte diese Bombe so lässig platzen lassen. »Geht es ihr gut? Deiner Freundin?«, fragte sie, da sie nicht anders konnte.

»Oh ja. Josie ist großartig. Sie ist unglaublich. Ein eins fünfundvierzig großer Dynamo. Sie ist bezaubernd und man kann nicht anders, als sie in die Tasche stecken und mit nach Hause nehmen zu wollen, aber sie ist knallhart. Ich liebe sie so sehr. Sie war es, die ich heute Morgen besucht habe. Sie kann auch wie der Blitz tippen. Ich meine, im Ernst, ich habe noch nie jemanden so schnell tippen sehen wie sie. Sie hat einen Beruf daraus gemacht. Ich liebe es, zu ihr zu gehen und an ihrem Tisch zu sitzen, um zu zeichnen, während sie tippt. Ich weiß nicht, irgendwie fühle ich mich durch die Stimmung, die sie ausstrahlt, kreativer.«

Die Frau wechselte die Themen schneller, als Maggie mithalten konnte. »Du zeichnest?«, fragte sie.

»Ja. Ich habe einen Cartoon. Er läuft ziemlich gut. Er ist verdammt albern, aber die Leute scheinen ihn zu mögen.«

»Cartoon?«

»Mh-hm. Pecky, der reisende Taco.«

Maggie fiel die Kinnlade herunter. »Oh mein Gott, im Ernst? Den zeichnest du? Ich liebe Pecky!« Als Maggie in den Rückspiegel schaute, sah sie, wie Remi rot wurde. Das kam unerwartet. Diese Frau war äußerst talentiert. Und sie saß in *ihrem* Wagen! Es fühlte sich unwirklich an.

»Danke.«

»Wow. Ich habe noch nie eine berühmte Person herumgefahren«, sagte Maggie, nur ein wenig neckend.

»Oh bitte«, sagte Remi. »Ich bin nicht berühmt.«

Maggie war anderer Meinung. Sie wollte ihr sagen, dass alle Frauen, mit denen sie inhaftiert gewesen war, ihren Comic liebten. Wenn sie über Peckys neueste Eskapaden lachten, war dies praktisch der einzige Zeitpunkt, an dem alle miteinander auskamen. Dieser Taco war ein Lichtblick in den ansonsten ziemlich elenden zwei Jahren gewesen.

»Du machst einen Unterschied«, sagte sie mit ernstem Ton. »Das meine ich ernst. Du denkst vielleicht, dass das, was du tust, nur ein Hobby oder zum Spaß ist. Aber es bedeutet vielen Menschen etwas.«

Remi tat ihre Worte nicht ab. Stattdessen lehnte sie sich in ihrem Sitz nach vorn und sagte: »Danke. Das bedeutet mir die Welt.«

Maggie hielt vor einem kleinen Haus. Es war bezaubernd und sah überhaupt nicht so aus, wie sie es sich für die Schöpferin von Pecky, dem reisenden Taco vorgestellt hatte. Sie wandte sich Remi zu. »Viel Glück mit dem Kuchen. Ich hoffe, dein Freund ist dir nicht zu böse, weil du ein Taxi genommen hast.«

»Oh, ich bin sicher, Vincent wird mir verzeihen. Wie gesagt, er macht sich nur Sorgen. Ehrlich gesagt fühlt es sich gut an. Auch wenn ich auf mich selbst aufpassen kann und das auch eine ganze Weile getan habe, ist es schön zu wissen, dass jetzt jemand hinter mir steht.« Sie sammelte ihre Taschen ein und öffnete die Hintertür. »Danke fürs Mitnehmen und dass ich so viel reden durfte.«

»Gern geschehen.«

»Ich hoffe, du bekommst eine Pause, um etwas zu essen. Es muss dir nicht peinlich sein, aber ich habe deinen Magen knurren hören.«

Maggie konnte die beschämte Röte nicht unterdrücken, die ihr in die Wangen stieg. »Ich bin jetzt auf dem Heimweg. Du warst mein letzter Fahrgast für heute.«

»Gut.«

»Ähm ... Remi?«, platzte Maggie heraus, bevor sie die Wagentür schließen konnte.

»Ja?«

»Wenn du mal eine Mitfahrgelegenheit brauchst, helfe ich dir gern. Meine Nummer steht auf der Lizenz, von der du ein Foto gemacht hast. Wenn du und dein Freund euch dadurch sicherer fühlt.«

»Oh, das ist so nett! Danke. Ich benutze nicht oft ein Taxi, aber wenn ich in Zukunft eine Mitfahrgelegenheit brauche, rufe ich auf jeden Fall an.«

Maggie nickte. Sie war ein wenig traurig, dass dies wahrscheinlich das einzige Mal sein würde, dass sie Remi sah. Sie erwartete nicht wirklich, dass sie sie in Zukunft für eine Fahrt anrufen würde, aber es war lange her, dass sie sich mit einer anderen Person verbunden gefühlt hatte. Remi war bodenständig, lustig und offen. Schon die kurze Zeit, die sie mit ihr verbracht hatte, um sie nach Hause zu fahren, gab Maggie das Gefühl, wieder sie selbst zu sein. Weniger hart, weniger zynisch.

Dann streckte Remi ihr einen gefalteten Geldschein entgegen. »Trinkgeld«, sagte sie mit einem Lächeln. »Ich gebe gern Bargeld, weil ich nicht weiß, ob das Taxiunternehmen einen Teil davon einbehält, wenn ich es über die App mache.«

»Danke. Schönen Abend noch«, sagte sie lächelnd.

Remi nickte und sagte: »Dir auch. Tschüss!« Sie stieg aus dem Wagen und ging den Weg hinauf zur Tür ihres Hauses.

Maggie beendete die Fahrt über die App und fuhr dann vom Haus weg. Am Stoppschild am Ende der Straße entfaltete sie den Schein, den Remi ihr gegeben hatte.

Sie blinzelte. Sie war sicher, dass sie halluzinierte.

Nein. Es war nicht nur ein Eindollarschein oder ein Fünfdollarschein.

Remi hatte ihr ein Trinkgeld von einhundertfünfzig Dollar gegeben. Für eine Fahrt für zehn Dollar.

Maggie hatte Tränen in den Augen. Das war mehr Geld, als sie normalerweise in drei Tagen mit dem Herumfahren von Leuten verdiente. Das bedeutete, dass sie in den Laden gehen und mehr als nur Ramennudeln kaufen konnte. Sie konnte sich den Salat holen, nach dem sie sich gesehnt hatte.

Remi hatte keinen Grund, ihr so viel Geld zu geben. Sie hatte wahrscheinlich Mitleid mit ihr, aber Maggie konnte sich nicht einmal dafür schämen. Sie brauchte das Geld mehr, als Remi überhaupt wissen konnte. Aber andererseits wusste sie es vielleicht doch.

Als Maggie links in Richtung Supermarkt abbog anstatt rechts in Richtung ihrer Wohnung, liefen ihr die Tränen über die Wangen, die sie bisher zurückgehalten hatte. Dank der Großzügigkeit und Freundlichkeit einer Fremden würde sie heute Abend etwas zu essen bekommen. Eine richtige Mahlzeit. Und ein Teil der Hoffnungslosigkeit und Niedergeschlagenheit fiel von ihren Schultern ab. Plötzlich hatte sie nicht mehr das Gefühl, dass die Welt gegen sie war. Vielleicht war dies ein Zeichen dafür, dass die Dinge sich zum Besseren wendeten.

Maggie wollte das glauben, aber das Leben hatte die Angewohnheit, sie aufzumuntern, nur um sie dann wieder auf den Boden der Tatsachen zurückzuholen, wenn sie es am wenigsten erwartete. Einhundertfünfzig Dollar würden nicht lange reichen, aber zumindest für heute Abend würde sie ihre Sorgen beiseiteschieben.

KAPITEL ZWEI

»Ich habe da eine Situation.«

Shawn »Preacher« Franklin richtete sich auf und riss sich aus seiner Trübsal. Er war auf seinem Sofa zusammengesackt, nachdem er früher vom Marinestützpunkt nach Hause gekommen war, zu nervös, um etwas zum Abendessen zuzubereiten, und seitdem war er dort geblieben. Er liebte es, ein SEAL zu sein. Er liebte sein Land. Er liebte seine Teamkameraden. Aber in letzter Zeit fühlte er sich … unruhig.

Wenn er Kevlar, Safe und Blink mit ihren Freundinnen sah, Frauen, die ihr stacheliges Äußeres abmilderten, wollte er das, was *sie* hatten. Natürlich nicht ihre spezifischen Frauen, sondern jemanden, mit dem er am Ende eines jeden Tages seine Gedanken und Gefühle teilen konnte. Aber die Sache war die, dass Preacher, wenn es um Beziehungen ging, anders war als die meisten SEALs.

Er glaubte an Seelenverwandte.

Er war in dem Glauben erzogen worden, dass es da draußen einen Menschen nur für ihn gab, dass er ihn erkennen würde, wenn er ihn sah ... und dass es respektlos war, mit jemandem Sex zu haben, bevor er seine Seelenverwandte getroffen hatte.

Mit über dreißig noch Jungfrau zu sein war praktisch beispiellos. Vor allem für einen Navy SEAL.

Den Spitznamen »Preacher« hatte er von einigen Jungs im Ausbildungslager bekommen. Als sie hörten, dass er auf seine Seelenverwandte wartete und kein Interesse daran hatte, in seiner Freizeit irgendeine dahergelaufene Frau in der örtlichen Kneipe aufzureißen, lachten sie und gaben ihm diesen Spitznamen.

Es war nicht so, dass er nie in Versuchung geführt worden wäre. Aber jedes Mal, wenn er beschloss, dass seine altmodischen Werte lächerlich waren und er es einfach hinter sich bringen und endlich jemanden vögeln sollte ...

Konnte er es nicht.

Er schämte sich auch nicht für seine Überzeugungen. Aber *sie* waren es, die ihn entmutigten. Er hatte Angst, dass er sie bereits verpasst hatte. Dass er seine Seelenverwandte vielleicht nicht erkannt hatte, als er sie in der Vergangenheit getroffen hatte.

Oder schlimmer noch – dass er sie nie finden würde.

Das war der gefürchtete Gedanke, der ihm durch den Kopf ging, als Kevlar anrief. Aber als er den ernsten Tonfall seines Teamleiters am Telefon hörte, verflogen alle Gedanken an Einsamkeit aus seinem Gehirn.

»Was ist los?«, blaffte er.

»Tut mir leid, ich wollte nicht so dramatisch klingen«, antwortete Kevlar verlegen, »aber ich habe heute Abend etwas Beunruhigendes erfahren und wollte es jemandem mitteilen.«

»Ich höre«, sagte Preacher und spürte, wie sein Herzschlag wieder langsamer wurde. In letzter Zeit hatte es genügend »Situationen« mit Wren, Josie und Remi gegeben, dass er nicht anders konnte, als sofort in den Kampfmodus zu verfallen.

»Remi ist heute mit einer dieser Mitfahr-Apps zum Supermarkt und wieder zurück gefahren und ...«

»Warte, warum hat sie niemanden angerufen? Geht es ihr gut? Ist etwas passiert?«, unterbrach Preacher seinen Freund.

Kevlar lachte. »Das sind alles Fragen, die ich *ihr* gestellt habe. Es geht ihr gut. Es ist nichts passiert. Und sie sagte, sie wollte niemanden belästigen. Sie wollte mich mit einem Schokoladenkuchen überraschen. Glaub mir, ich habe dafür gesorgt, dass sie verstanden hat, dass es kein Problem ist, einen unserer Freunde anzurufen, um ihr zu helfen. Jeder hätte sie gern irgendwo hingefahren.«

Preacher runzelte die Stirn. »Gut, also ... wenn nichts passiert ist, was ist die Situation?«

»Remi hat sich mit der Fahrerin gut verstanden – natürlich hat sie das ... sie ist Remi. Aber sie hat getan, was ich ihr beigebracht habe, und ein Foto von den Daten der Fahrerin gemacht, nur für den Fall. Die Fahrerin hat Remi auch ermutigt, sie anzurufen, wenn sie in Zukunft eine Mitfahrgelegenheit braucht. Die Sache ist die«, sagte Kevlar und kam zum Punkt, »der Name der Fahrerin war Adina Cornett. Und das sind die Informationen, die auf dem Schild standen, von dem Remi ein Foto gemacht hat.«

»Ist Adina nicht die Frau, die in der Logistik arbeitet?«

»Ja – und sie ist im Einsatz, weshalb wir sie schon seit einer Weile nicht mehr gesehen haben.«

»Scheiße«, sagte Preacher.

»Genau. Da fährt jemand in Adinas Wagen herum, vermutlich mit ihrem Namen, und beklaut sie wahrscheinlich, während sie im Einsatz ist.«

»Und was machen wir jetzt?«, fragte Preacher. »Rufen wir die Militärstrafverfolgungsbehörde an?«

»Ich dachte, wir versuchen erst mal, selbst etwas herauszufinden«, sagte Kevlar.

Preacher lächelte und spürte, wie eine Welle der Aufregung durch seine Adern strömte.

»Die falsche Adina hat Remi gesagt, sie solle sie jederzeit anrufen, wenn sie eine Mitfahrgelegenheit braucht. Ich denke, wir könnten morgen eine Mitfahrgelegenheit von der Arbeit nach Hause brauchen.«

»Wird Remi da mitmachen?«, fragte Preacher skeptisch.

»Sie ist nicht glücklich über die Täuschung. Sie hat mir gesagt, dass die falsche Adina wirklich nett ist. Dass sie sie sehr mag. Sie hat mir gesagt, ich solle es ruhig angehen lassen. Dass sie wahrscheinlich einen guten Grund hat, Adinas Namen und Wagen zu benutzen.«

Preacher schnaubte.

»Das war auch meine Antwort«, stimmte Kevlar zu. »Sie hat dieser Frau auch ein Trinkgeld von einhundertfünfzig Dollar gegeben.«

»Im Ernst?«, fragte Preacher.

»Ja. Sie hat mir versichert, dass sie nicht dazu gedrängt wurde. Sie sagte nur, dass sie sich mit der Frau verbunden fühlte und dass diese niedergeschlagen wirkte. Oh, und das Sahnehäubchen? Ihr Magen knurrte fast ununterbrochen.«

Preacher wollte am liebsten mit den Augen rollen, aber so etwas konnte man nicht vortäuschen. Ja, vielleicht hatte sie mit dem Essen gewartet in der Hoffnung, dass ihr Körper seine Bedürfnisse hörbar machen würde. Aber das war unwahrscheinlich. Und Remi war nicht die Art von Frau, die man ausnutzen konnte. Sie war eine der nettesten Frauen, die Preacher kannte, aber sie war mit Geld aufgewachsen und erkannte ziemlich gut, wenn jemand nur nett war, um an ihr Geld zu kommen.

»Ich bin dabei«, sagte er zu seinem Freund.

»Ich werde sehen, ob Smiley auch mitkommen will«, sagte Kevlar.

Preacher zuckte zusammen. Smiley war ein wenig ruppig und würde die falsche Adina wahrscheinlich zu Tode erschrecken ... was wahrscheinlich Kevlars Absicht war. Wenn die Fahrt morgen vorbei war, würde die Frau definitiv zweimal überdenken, welchen illegalen Plan sie auch immer verfolgte. »Vielleicht wären Safe oder MacGyver besser?«

»Nein. Ich will, dass diese Frau eingeschüchtert wird. Ich will, dass sie bereut, was sie getan hat. Sie kann nicht einfach mit jemandes Namen und Fahrzeug herumfahren und stehlen. Und wer weiß, wie tief das geht.«

»Sollen wir versuchen, Adina zu erreichen?«, fragte Preacher.

»Das werde ich. Nach morgen«, sagte Kevlar.

»In Ordnung. Wir sehen uns morgen früh.«

»Danke fürs Zuhören und dass du mir nicht gesagt hast, ich verhalte mich verrückt oder würde Remi zu sehr beschützen«, sagte Kevlar.

»Du tust beides«, sagte Preacher lachend. »Aber wenn es Remi nichts ausmacht, warum sollte es mich dann stören?«

Kevlar lachte. »Stimmt. Bis dann.«

Preacher legte auf und presste die Lippen zusammen. Seine Gedanken wirbelten durch die Informationen, die Kevlar gerade geteilt hatte, herum. Keiner von ihnen kannte Adina wirklich, sie hatten nur beruflich mit ihr zu tun. Aber zu wissen, dass sie im Einsatz war und jemand sie ausnutzte, behagte ihm nicht, genauso wenig wie Kevlar. Morgen würden sie herausfinden, was zum Teufel los war, und alle erforderlichen Maßnahmen ergreifen, um den Betrug zu stoppen.

Maggie war überrascht gewesen, so schnell von Remi zu hören, vor allem nachdem sie zugegeben hatte, dass sie nicht allzu oft Mitfahrgelegenheiten nutzte. Aber sie freute sich über das zusätzliche Geschäft. Der Tag war schleppend verlaufen, und alle, die sie mitgenommen hatte, waren knauserig mit dem Trinkgeld gewesen. Es war deprimierend, bei einer Fahrt für fünfzehn Dollar nur einen Dollar Trinkgeld zu bekommen, aber es war nicht so, als könnte sie etwas dagegen tun.

Sie hatte bereits den Großteil des Trinkgeldes ausgegeben, das Remi ihr gestern gegeben hatte, aber sie hatte es geschafft, eine ganze Menge Lebensmittel zu kaufen. Thunfisch, No-Name-Müsli, etwas Brot, das im Angebot war, einige verbeulte Gemüsekonserven, und sie hatte sich am Abend zuvor einen Hamburger gegönnt und einen großen, käsigen Auflauf gemacht, zusammen mit einem der besten Salate, die sie seit Jahren gegessen hatte, was ihr für mehrere Mahlzeiten reichen sollte.

Adinas Wagen musste dringend zur Inspektion, und das stand als Nächstes auf Maggies Aufgabenliste. Ohne Fahrzeug wäre sie aufgeschmissen. Es war das Einzige, was sie vor dem Verhungern bewahrte.

Remi hatte darum gebeten, in der Nähe der Tore des riesigen Marinestützpunktes abgeholt zu werden, und als Maggie vor dem Pfandhaus am Straßenrand anhielt, wo Remi nach eigenen Angaben warten würde, sah sie sie nicht sofort.

Stattdessen sah Maggie, sobald sie anhielt, drei Männer, die mit entschlossenen Schritten den Bürgersteig entlanggingen. Alle drei trugen die blauen Tarnuniformen, die die Marine ihrem Personal aushändigte.

Erst als es zu spät war, den Gang einzulegen und Gas zu geben, bemerkte sie, dass sie auf *sie* zukamen.

Einer der Männer setzte sich auf den Vordersitz und die anderen beiden auf die Rückbank. Maggies Herz pochte so heftig, dass es fast schmerzte. In den letzten drei Monaten hatte sie einige brenzlige Situationen erlebt, aber noch nie hatte sie sich so bedroht gefühlt wie in diesem Moment. Diese Männer könnten sie leicht überwältigen. Wenn sie ihr etwas antun wollten, könnte sie nichts dagegen tun.

»Ich habe kein Bargeld bei mir«, sagte sie schnell, »aber Sie können den Wagen haben.«

»Wir werden Ihnen nichts tun und Sie auch nicht ausrauben. Wir wollen nur reden«, sagte der Mann, der neben ihr auf dem Beifahrersitz saß. Er hatte grüne Augen, welliges dunkles Haar und einen kurz geschnittenen Vollbart. Die Männer auf dem Rücksitz runzelten die Stirn und starrten sie mit so intensiven und beängstigenden Blicken an, dass Maggie kaum noch atmen konnte.

Ihre Hand lag auf dem Türgriff und sie war zwei Sekunden davon entfernt, das Weite zu suchen und so schnell wie möglich zu laufen. Aber es wäre eine Katastrophe, Adinas Wagen zurückzulassen ... also zögerte sie.

»Reden?«, stieß Maggie hervor.

»Ja. Wie heißen Sie?«, fragte der Mann, der direkt hinter ihr saß.

Maggie schaute in den Rückspiegel und sah, dass er sie anstarrte. Er beugte sich beim Sprechen nach vorn, während der andere Mann auf dem Rücksitz ein Foto von der Taxilizenz machte, die an der Kopfstütze befestigt war. Darauf standen Adinas Informationen, mit Ausnahme der Telefonnummer, die Maggie mit ihrer eigenen überklebt hatte. Es gefiel ihr nicht, wie er die Lizenz musterte – und plötzlich hatte sie das Gefühl, dass diese Männer herausgefunden hatten, dass sie nicht die war, für die sie sich ausgab.

»Adina«, stotterte sie. »Adina Cornett.«

»Blödsinn«, blaffte der Mann hinter ihr. »Wir kennen Adina. Wir arbeiten mit ihr auf dem Stützpunkt. Sie ist fast zehn Jahre jünger als Sie, blond, hat blaue Augen und ist auch einige Zentimeter größer als Sie. Und sie treibt gerade zufällig auf einem Schiff im Nahen Osten herum. Sie müssen also anfangen zu reden – und zwar schnell. Warum geben Sie vor, sie zu sein, fahren Ihren Wagen und machen wer weiß was sonst noch mit *ihrem* Namen?«

Maggie schluckte schwer. Sie hatte gewusst, dass dieser Tag kommen würde. Riverton war eine ziemlich große Stadt, aber sie war nicht L. A. Sie würde irgendwann auf jemanden treffen, der Adina kannte. Ihre Freundin hatte einen recht einzigartigen Namen, und der Mann hatte recht, Maggie sah ihr überhaupt nicht ähnlich.

Sie versuchte, eine Erwiderung zu finden. Sie überlegte, was sie sagen könnte, damit diese Männer aus ihrem Wagen stiegen und sie in Ruhe ließen, aber ihr fiel nichts Plausibles ein.

»Nun?«, drängte der andere, irgendwie gemein aussehende Mann auf dem Rücksitz. Er hatte die Aufmerksamkeit von Adinas Lizenz abgewendet und starrte sie nun ebenfalls an.

Maggie öffnete den Mund, um etwas zu sagen, sie hatte keine Ahnung was, aber der normalerweise zuverlässige Honda Accord nutzte diesen Moment, um zu stottern und auszugehen. Der Motor schaltete sich aus – und die Stille, die den Wagen erfüllte, war fast beklemmend.

Das war der Tropfen, der das Fass zum Überlaufen brachte. Maggie hatte keine Ahnung, was mit dem Wagen los war, nur dass sie ohne ihn völlig aufgeschmissen war.

Sie umklammerte das Lenkrad und starrte geradeaus, wobei sie sich sehr bemühte, nicht in Tränen auszubrechen. Sie glaubte nicht, dass es ihrer Sache bei diesen Männern helfen würde. »Maggie. Mein Name ist Maggie Lionetti.«

»Ich bin Preacher. Kevlar und Smiley sind hinten drin«, sagte der Mann neben ihr in einem Ton, der fast schon sanft klang. Aber Maggie ließ sich nicht täuschen. Er versuchte wahrscheinlich, sie dazu zu bringen, ihre Deckung fallen zu lassen, bevor er die Polizei rief. Wenn er das tat, würde sie wieder ins Gefängnis kommen. Ihre Bewährungshelferin hatte ihr immer wieder gesagt, was passieren würde, wenn sie es vermasselte.

»Wie sind Sie an den Schlüssel für Adinas Wagen gekommen?«, fragte Kevlar.

Maggie wurde kalt. Einige der schrecklichen Dinge, die sie hinter Gittern durchgemacht hatte, schossen ihr durch den Kopf. Die Beinahe-Übergriffe, die Kämpfe, die verbalen Beschimpfungen. Sie konnte nicht zurück. Sie *konnte* nicht.

»Maggie?«, fragte Preacher.

Sie würden nicht aufgeben. Sie würden nicht einfach aus dem Wagen steigen und sie allein lassen. Von Trauer überwältigt und unter dem Druck der letzten drei Monate, die auf ihr lasteten, brach Maggie zusammen.

»Adina ist meine Freundin. Sie ist meine *einzige* Freundin. Ich habe sie erst vor Kurzem kennengelernt. Vor ein paar Monaten brauchte ich einen Ort, an den ich gehen konnte, und sie bot mir an, bei ihr zu wohnen. Ich habe ihr Angebot angenommen. Als sie in den Einsatz geschickt wurde, sagte sie, ich könne ihren Wagen benutzen, und sie weiß, dass ich ihre Taxi-Registrierung verwende. Wir haben darüber gesprochen. Sie war einverstanden.« Ihre Worte waren schnell und knapp, und Maggie weigerte sich, einen der Männer in dem kleinen Fahrzeug anzusehen, während sie sprach. Sie hörte das Rascheln ihrer Kleidung, als sie sich auf ihren Sitzen bewegten, wandte den Blick jedoch nicht von der Straße vor sich ab.

»Warum brauchen Sie eine Unterkunft? Haben Sie keinen anderen Job?«, fragte Smiley.

Maggie hatte noch nie einen Namen gehört, der so wenig

zu einem Gesichtsausdruck passte. Der Mann hatte kein einziges Mal gelächelt. Er sah geradezu Furcht einflößend aus.

Und es schien *definitiv* so, als würden sie sie nicht in Ruhe lassen, bis sie ihnen alles erzählt hatte.

Na gut. Sie wollten es wissen? Sie hatte nichts zu verbergen. Nicht wirklich.

Sie stieß einen langen Atemzug aus und drehte den Kopf, um den Mann neben sich anzusehen. Preacher. Er sah überhaupt nicht wie ein Mann der Kirche aus. Nicht dass sie wirklich wusste, wie sie aussehen sollten. Aber von den drei Männern im Wagen schien er im Moment am wenigsten ... feindselig zu sein.

»Ich war im Gefängnis. Ich habe fast zwei meiner drei Jahre abgesessen. Ich kam wegen guter Führung raus und weil es keine freien Plätze mehr für die gewalttätigeren Straftäter gab. Ich habe Adina kennengelernt, bevor meine Haft begann. Sie hat mir jede Woche geschrieben. Sie hat mich abgeholt, als ich entlassen wurde.

Als ich rauskam, konnte ich meinen alten Job nicht wiederbekommen, hatte kein Geld und keine Unterkunft. Es ist fast schon grausam, wie das System funktioniert ... ja, man wird entlassen, aber die Wahrscheinlichkeit, gleich wieder hinter Gittern zu landen, ist enorm, weil es so unmöglich ist, sich in der realen Welt wieder ein ehrliches Leben aufzubauen. Zum Glück hatte ich Adina. Der Einsatz war eine Überraschung, aber sie sagte großzügigerweise, dass ich während ihrer Abwesenheit in ihrer Wohnung bleiben könne. Ich könne ihren Wagen fahren. Und es war eigentlich ihre Idee, dass ich ihre Taxi-Registrierung übernehmen sollte. So kann ich mir ein paar Dollar dazuverdienen. Um zu essen.

Ich stehle nicht von Adina, das schwöre ich. Ja, ich benutze ihre Registrierung, aber ich kann wegen der Straftat in meiner Akte keine eigene bekommen. Wissen Sie, wie schwer es ist, einen anständigen Job zu finden, wenn man wegen einer Straftat verurteilt wurde?« Sie lachte schrill. »Nein. Natürlich wissen Sie das nicht. Nun, ich kann Ihnen sagen, es ist fast unmöglich. Und fürs Protokoll: Ich bin unschuldig. Sie werden mir nicht glauben, niemand tut das, aber es ist trotzdem wahr.«

Sie keuchte praktisch, als ihr die Worte ausgingen. Sie wollte unbedingt, dass diese Männer ihr glaubten, aber die Chancen dafür standen äußerst schlecht.

»Sie wissen, dass wir uns mit Adina in Verbindung setzen und Ihre Geschichte überprüfen können, oder?«, fragte Kevlar.

Maggie drehte sich zu ihm um. »Tun Sie es. Fragen Sie sie. Sie wird alles bestätigen, was ich Ihnen gerade erzählt habe.«

»Weshalb sind Sie hinter Gittern gelandet?«

»Smiley«, sagte Preacher in warnendem Tonfall.

Maggie war nicht überrascht. Es war nicht so, als hätte Smiley nicht ausgesprochen, was alle drei Männer dachten.

»Ich bin keine Gefahr für die Gesellschaft«, sagte sie müde. »Ich weiß, dass Sie das auch nicht glauben werden, aber ich wurde reingelegt. Ich musste für meinen Job in die Gegend von Los Angeles fahren, und mein Freund bat mich, einem Freund etwas mitzubringen. Ich hatte kein Problem damit, und der Freund wollte mich in der Apotheke treffen, in der ich beruflich sein würde. Auf dem Weg dorthin wurde ich angehalten und aus irgendeinem Grund beschloss der Polizist, meinen Wagen zu durchsuchen. In der Tasche, die mein Freund mir gegeben hatte, befanden sich Drogen. Sehr *viele* Drogen. Ich bekam drei Jahre wegen Transports mit der Absicht zu verkaufen. Niemand glaubte mir, dass es nicht meine Tasche war und dass ich keine Drogen nach L. A. brachte, um sie zu verkaufen.«

Man hätte eine Stecknadel fallen hören können, so still war es im Wagen.

»Ich nehme an, der Freund ist jetzt Ihr *Ex*-Freund«, sagte Kevlar trocken.

Maggie konnte nicht anders, sie schnaubte. Laut. »Offensichtlich. Hören Sie, ich benutze Adinas Daten nicht gern, aber ich habe keine andere Möglichkeit, Geld zu verdienen, um mich zu ernähren. Und ich muss keine Miete zahlen, aber ich versuche trotzdem, meinen Anteil beizutragen. Ich würde Riverton am liebsten ganz verlassen, wenn ich könnte, aber ich darf den Staat nicht verlassen, bis meine Bewährung vorbei ist. Ich stecke hier buchstäblich fest. Ich versuche, mein Bestes zu geben, aber es ist einfach nicht genug. Es ist nie genug.« Die letzten vier Worte flüsterte sie.

Maggie wollte fragen, ob sie sie verraten würden. An das Taxiunternehmen. An die Polizei. An ihre Bewährungshelferin. Aber die Worte blieben ihr im Halse stecken. Nicht zum ersten Mal wünschte sie sich, sie hätte ihren Ex nie kennengelernt. Aber das hatte sie. Sie war von seiner überlebensgroßen Persönlichkeit beeindruckt gewesen und von der Tatsache, dass er ein hochrangiger Marineoffizier war. Sie hatte auf die harte Tour gelernt, dass nicht alle Militärangehörigen aufrechte Bürger waren.

Sie konnte nur beten, dass diejenigen, die gerade in ihrem Wagen saßen, mitfühlender waren als ihr hinterhältiger Ex.

»Was ist mit dem Wagen los?«, fragte Preacher.

Sie warf ihm einen Blick zu und zuckte dann mit den Schultern. »Ich weiß es nicht«, gab sie leise zu. »Ich habe gespart, um ihn in die Werkstatt zu bringen. Er verhält sich seltsam. Er stottert und schaltet sich selbst aus, wenn ich anhalte.«

Preacher warf den Männern auf dem Rücksitz einen Blick zu, bevor er sich wieder ihr zuwandte. »Geben Sie mir den Schlüssel.«

Maggie blinzelte. »Nein.«

»Ich werde dieses Stück Scheiße nicht stehlen«, sagte Preacher zu ihr. »Ich möchte mit meinen Freunden reden, und ich muss sicherstellen, dass Sie nicht abhauen, wenn wir aussteigen ... falls dieses Ding überhaupt wieder anspringt.«

Sie wollte weiter protestieren. Sie wollte sie alle anflehen, sie einfach in Ruhe zu lassen. Sie wollte ihnen sagen, dass sie aufhören würde, für das Taxiunternehmen zu fahren. Aber sie konnte nicht. Wenn sie nicht in einem Stripklub arbeiten wollte, was sie definitiv *nicht* wollte, musste sie weiterhin Leute herumkutschieren.

»Geben Sie ihm den Schlüssel, Maggie«, befahl Kevlar.

Zu ihrer Überraschung tat sie genau das. Was machte das schon? Diese Männer hielten buchstäblich ihr Leben in den Händen. Wenn sie sie auslieferten, würde sie direkt wieder hinter Gitter kommen. Sie wollte sie auf keinen Fall noch mehr verärgern, als sie es bereits getan hatte.

Ihre Fingerspitzen streiften Preachers Handfläche, als sie den Schlüssel in seine Hand fallen ließ – und zu ihrem Erschrecken spürte sie, wie ein Kribbeln ihren Arm hinaufschoss.

Sie zog ihre Hand zurück, als hätte sie sich verbrannt. Sie wollte ihre Hand an ihre Brust drücken, hielt sich aber gerade noch zurück. Sie hatte während ihrer Zeit hinter Gittern gelernt, dass es gefährlich war, jemanden wissen zu lassen, was man dachte oder fühlte.

Sie tat ihr Bestes, um alle Emotionen aus ihrem Gesicht zu verbannen ... aber sie hatte das Gefühl, kläglich versagt zu haben, als Preacher sprach.

»Atmen, Maggie. Wir müssen nur einen Moment reden.«

Atmen. Sicher. Als ob.

Sie saß wie erstarrt da, als die drei Männer ausstiegen und die Türen hinter sich zuschlugen.

Die Verzweiflung überkam Maggie aufs Neue. Sie würden ihr nicht glauben. Das tat niemand. Sie dachten wahrscheinlich, sie sei eine Meisterin im Drogenhandel oder so etwas.

Dass sie den Job als Taxifahrerin als Tarnung benutzte, um Menschen in der ganzen Stadt Drogen zu liefern. Sie war am Arsch. Sie konnte sich genauso gut darauf vorbereiten, die schreckliche Gefängnishose und das Hemd anzuziehen, die sie in den letzten zwei Jahren hatte tragen müssen.

Die Tränen, die sie zurückgehalten hatte, setzten sich schließlich durch und liefen ihr über die Wangen.

KAPITEL DREI

KAPITEL DREI

Preacher stieg aus dem Fahrzeug und wartete auf Kevlar und Smiley. Sie drängten sich an die Backsteinmauer des Gebäudes in der Nähe der Stelle, wo Maggie geparkt hatte.

»Ich glaube ihr«, sagte Kevlar ohne Umschweife.

»Ich auch«, stimmte Preacher zu.

Die beiden Männer sahen Smiley an. Er war der Skeptiker im Team. Der Typ, der immer die schlimmstmöglichen Szenarien erwartete.

Zu Preachers Überraschung nickte er und sagte: »Sie lügt nicht.«

»Und was machen wir jetzt?«, fragte er.

»Ich werde Adinas Kommandanten eine Nachricht schicken, nur um ihre Geschichte zu überprüfen, aber ich denke, dass sie mit diesem Schrottwagen nicht mehr weit kommen wird«, sagte Kevlar.

Preacher schaute zu dem fraglichen Fahrzeug hinüber und runzelte die Stirn, als er Maggie über das Lenkrad gebeugt sah. Er hatte ein schlechtes Gewissen, weil sie sie ausgetrickst hatten. So schlecht es auch aussah, sie schien keine böswilligen

Absichten zu haben, indem sie Adinas Namen und Taxilizenz benutzte.

Die Frau hatte auch etwas an sich, das in ihm den Wunsch auslöste, sie fest in den Arm zu nehmen und ihr zu versichern, dass alles gut werden würde.

Was verrückt war. Aber das änderte nichts an seinen Gefühlen.

»Ich folge ihr nach Hause, um sicherzustellen, dass sie gut ankommt«, platzte es aus ihm heraus.

Sowohl Kevlar als auch Smiley musterten ihn intensiv.

Schließlich sagte Kevlar: »Es wäre vielleicht nicht klug, sich mit einer Kriminellen einzulassen.«

Ärger schoss durch Preachers Adern. »Ich habe nicht gesagt, dass ich mich mit ihr einlasse. Ich sorge nur dafür, dass sie gut nach Hause kommt, und ich habe nicht vor, sie durch den Marinestützpunkt zu führen und ihre kriminelle Vergangenheit jedem zuzurufen, an dem ich vorbeigehe«, sagte er angespannt.

Zu seiner Überraschung lachte Smiley. »Ich würde dafür bezahlen, das zu sehen«, sagte er streng.

»Richtig, tut mir leid«, sagte Kevlar, ohne zu zögern.

»Außerdem ... kannst du dir diese Frau wirklich als Drogendealerin vorstellen? Wir haben sie nur ein wenig unter Druck gesetzt und sie ist eingeknickt. Wenn sie mit Drogen handelt, bin ich insgeheim ein Mathegenie, das kurz davor steht, die schwierigste Gleichung der Welt zu lösen«, sagte Preacher sarkastisch.

»Gibt es so etwas?«, fragte Smiley.

»Keine Ahnung. Wahrscheinlich.«

»Können wir uns bitte auf das eigentliche Thema konzentrieren?«, bat Kevlar.

»Das tun wir doch«, erwiderte Smiley, ohne mit der Wimper zu zucken. »Mathe. Preacher hat es angesprochen.«

Er grinste seinen Teamkameraden amüsiert an. »Abgesehen von meinen nicht vorhandenen mathematischen Fähigkeiten ... werden wir etwas gegen ihre Situation unternehmen?«

Kevlar überlegte einen Moment, bevor er seufzte. »Remi mochte sie wirklich. Ich bin mir allerdings nicht sicher, ob es in ihrem besten Interesse ist, so weiterzumachen wie bisher. Wenn ihre Bewährungshelferin Wind davon bekommt, dass sie sich als Adina ausgibt und mit ihrer Lizenz arbeitet, könnte das schlecht für sie ausgehen.«

Preacher nickte. »Wir kennen viele Leute. Ich schätze, wir können ihr irgendwie helfen. Vielleicht finden wir einen Job für sie.«

»Glaubst du, sie wird unsere Hilfe annehmen?«, fragte Smiley.

Preacher drehte sich zu Maggie um. Sie sah so niedergeschlagen aus. Als würde sie nur darauf warten, dass etwas Schlimmes passiert. Er blickte seinem Teamkameraden in die Augen. »Ja, ich denke schon. Sie ist ziemlich am Boden. Sie braucht den Beweis, dass es nicht jeder auf sie abgesehen hat.«

»Nachdem ich mit Adina geklärt habe, ob sie Maggie tatsächlich in ihrer Wohnung wohnen lässt, rufe ich Wolf an.«

»Ich mache das«, sagte Preacher zu seinem Freund.

»In Ordnung. Willst du mal sehen, ob der Wagen anspringt? Wenn ja, fahr einfach mit ihr mit, für den Fall, dass das Fahrzeug auf dem Heimweg noch Probleme hat. Wir gehen zurück zum Stützpunkt und ich bringe dir dein Fahrzeug. Schick mir einfach eine SMS mit der Adresse des Wohngebäudes, in dem sie lebt«, sagte Kevlar.

»Danke. Das weiß ich zu schätzen.« Was er *wirklich* zu schätzen wusste, war, dass seine Freunde ihm nicht sagten, dass es dumm von ihm war, sich in Maggies Leben einzumischen. Ja, Kevlar warnte ihn, dass es vielleicht keine gute Idee sei, aber er hätte ihm unverhohlen gesagt, dass er ein Dummkopf war, wenn er *wirklich* dachte, dass Preacher einen Fehler machte.

Aber Preacher hatte das Gefühl, dass sie jemanden an ihrer Seite brauchte. Die Geschichte ihrer Verhaftung wegen Drogenschmuggels klang fast zu übertrieben, um wahr zu sein, aber er war kein Idiot; er war sich sehr wohl bewusst, dass viele Menschen wegen Dingen, die sie nicht getan hatten, oder aufgrund erfundener Anschuldigungen ins Gefängnis kamen.

Smiley klopfte ihm auf die Schulter und Kevlar nickte ihm zu, dann wandten sie sich ohne ein weiteres Wort ab und gingen zurück zum Stützpunkt und zu ihren Fahrzeugen. Preacher ging zum Accord und stieg ein. Er streckte den Schlüssel aus. »Mal sehen, ob der Wagen anspringt, okay?«

Maggie schniefte und verbarg nicht, dass sie geweint hatte. Preachers Herz setzte einen Schlag aus. Er hasste es, dass sie geweint hatte, sagte aber nichts dazu.

Sie wischte sich die Wangen an den Schultern ab und griff nach dem Schlüsselbund. Sie steckte den Schlüssel ins Zündschloss und für eine Sekunde dachte er, der Motor würde nicht anspringen, aber schließlich tat er es ... begleitet von einem, wie er es sich vorstellte, langen Stöhnen des überarbeiteten Wagens.

»Und?«, fragte Maggie und drehte sich zu ihm um. »Was jetzt? Werden Sie mich ausliefern?«

»Nein.«

Sie sah überrascht aus. »Nein?«

»Nein«, bestätigte Preacher. »Im Moment werde ich Sie nach Hause begleiten. Meine Freunde werden meinen Wagen dorthin bringen.«

Maggie versteifte sich und setzte sich aufrechter hin. »Wenn Sie denken, dass Sie mein Leben noch mehr versauen können, als es ohnehin schon ist, weil ich hier im Nachteil bin, liegen Sie falsch. Ich kann und *werde* mich verteidigen, und ich könnte wegen Körperverletzung wieder ins Gefängnis kommen, aber ich werde nicht zulassen, dass Sie mich anfassen.«

Preacher war wirklich entsetzt, dass sie dachte, er könnte sie erpressen oder ihr auf andere Weise wehtun. Er lehnte sich von ihr weg gegen die Tür und schüttelte den Kopf. »Ich will nur sicherstellen, dass Sie gut nach Hause kommen. Das ist alles. Ich schwöre es.«

Einen angespannten Moment lang sagte keiner von beiden etwas. Dann fragte Maggie: »Warum?«

»Warum was?«

»Warum ist Ihnen das wichtig? Ich bin für Sie ein Niemand. Eine Verbrecherin. Eine verurteilte Drogendealerin. Warum um alles in der Welt würden Sie etwas tun, um mir zu helfen?«

»Weil Remi Sie mag«, erklärte Preacher schlicht.

Maggie runzelte die Stirn.

Er versuchte, es zu erklären. »Remi ist ... sie ist wie eine Schwester für mich. Sie und Kevlar haben einiges durchgemacht, und sie ist auf der anderen Seite als derselbe heitere, glückliche Mensch herausgekommen, der sie vorher war. Und glauben Sie mir, das ist ein verdammtes Wunder. Wir würden alle alles tun, um sicherzustellen, dass sie so bleibt. Und wenn man bedenkt, wie sie mit Kevlar über Sie gesprochen hat, ist klar, dass Sie einen Eindruck auf sie gemacht haben.«

Als er eine Pause machte, sagte Maggie: »Ich mochte sie auch. Sie war ... nett. Davon habe ich in letzter Zeit nicht viel erlebt.«

»Das glaube ich. Deshalb möchte ich Ihnen helfen. Außerdem würde meine Mutter mich enttäuscht ansehen – und glauben Sie mir, es ist das schlimmste Gefühl überhaupt, seine Mutter zu enttäuschen –, wenn ich nicht eingreife und tue, was ich kann, um Ihnen zu helfen.«

»Ich kann das nicht wissen. Ich wurde als Kind adoptiert.

Und sagen wir einfach, dass es zwischen meinen Adoptiveltern und mir nicht geklappt hat. Mit achtzehn bin ich von zu Hause ausgezogen und habe nicht zurückgeblickt.«

»Das tut mir leid.«

»Das muss es nicht. Mir geht es gut«, sagte Maggie.

»Gut. Also ... hätten Sie etwas dagegen, wenn ich ein paar Freunde anrufe und mich erkundige, ob sie Ihnen einen Job besorgen können?«

Maggie starrte Preacher mit großen braunen Augen an. Ihr schwarzes Haar war zu einem Pferdeschwanz zusammengebunden und ihr Gesicht wirkte auf ihn etwas blass. Es war jedoch die Ungläubigkeit, dass jemand bereit wäre, ihr zu helfen, die ihn beschäftigte. Niemand sollte so überrascht sein über den grundlegenden Anstand, den ein anderer Mensch ihm entgegenbrachte.

»Solange es legal ist, nein. Und ich muss es meiner Bewährungshelferin sagen, also kann es nicht unter der Hand geschehen«, sagte sie schließlich.

»Natürlich nicht«, sagte Preacher ruhig. »Darf ich Du sagen? Hast du Hunger? Ich bin am Verhungern. Wir hatten einen langen Tag mit langweiligen Besprechungen, und ich würde für Del Taco töten. Wenn du auf dem Heimweg bei einem anhältst, lade ich dich ein.«

»Ich schlafe nicht mit dir«, sagte Maggie steif. »Und wenn du mich reinlegen willst, wenn du eine Art Serienmörder bist, werde ich nicht kampflos untergehen. Ich werde deine DNA unter meinen Fingernägeln haben, mir die Seele aus dem Leib schreien und der letzte Mensch sein, den du je ermordest.«

»Ich bin kein Serienmörder. Ich kann nicht leugnen, dass ich schon einmal getötet habe, aber sie hatten es alle verdient«, sagte Preacher unverblümt.

Zu seiner Überraschung neigte Maggie nur den Kopf und starrte ihn an. Er wünschte, er wüsste, was sie dachte.

»Für die Marine«, sagte sie nach einer Weile. Es war keine Frage.

»Für die Marine«, bestätigte Preacher. »Ich bin ein Navy SEAL.«

Das entlockte ihr eine Reaktion. »Wirklich?«

Er konnte sich ein Lachen über ihre Antwort nicht verkneifen. »Ist das so überraschend?«

»Nun ja. Du siehst nicht so aus, wie ich mir einen SEAL vorgestellt habe. Du bist ...« Ihre Stimme versagte.

»Ich bin was?«, fragte Preacher, der wirklich daran interessiert war zu hören, was sie dachte.

»Du scheinst nicht die Schärfe zu haben, die ich mir bei jemandem vorgestellt habe, der das tut, was du tust.«

Preacher zuckte mit den Schultern. »Ehrlich gesagt ist es ein seltsamer Job. Wir verbringen viel Zeit mit Recherchen und in Besprechungen und Briefings. Wenn ich für jeden Kilometer, den ich in der Luft verbracht habe, um in dieses oder jenes Land zu fliegen, einen Dollar bekäme, wäre ich Millionär. Manchmal springen wir aus völlig intakten Flugzeugen, wandern kilometerweit, nur um eine Kugel zu verschießen, und wandern dann kilometerweit zurück zu unserem Extraktionspunkt. Ich habe einige schreckliche Dinge gesehen und Dinge getan, auf die ich nicht stolz bin, aber ich habe noch mehr Dinge getan, auf die ich *sehr* stolz bin.

Ich mag die Bürokratie nicht, aber ich liebe die Männer in meinem Team, als seien sie meine Brüder, und ich liebe es, meinem Land zu dienen. Ich mag keine Tyrannen und finde die Art und Weise, wie Arme, Frauen und Kinder auf der ganzen Welt behandelt werden, absolut abscheulich. Ich unterstütze das Recht der Menschen, jede beliebige Religion auszuüben, aber keine Unterdrückung im Namen irgendeiner Religion. Ich liebe Tiere, Kinder und meine Familie. Und ich weiß, dass der letzte Teil etwas abschweift, aber ich versuche, dir zu versichern, dass ich dir nicht wehtun werde, Maggie. Ich möchte nur helfen.«

»Darf ich ein Foto von deinem Ausweis machen?«, fragte sie nach einem kurzen Moment.

Als Antwort griff Preacher nach seiner Brieftasche. Er zog seinen Marine-Ausweis heraus und hielt ihn ihr hin.

»Shawn Franklin«, sagte sie mit einem kleinen Lächeln, kurz bevor sie ein Foto des Ausweises machte. Sie gab ihm den Ausweis zurück und sagte: »Das ist so ein ... normaler Name.«

Preacher lachte.

»Bist du wirklich ein Prediger?«, fragte sie.

»Nein. Nicht einmal annähernd«, sagte er.

»Also ist es das Gegenteil? Du hast diesen Spitznamen, weil du ein Hurenbock bist oder so?«

»Nein. Nicht einmal annähernd«, wiederholte er.

Maggie runzelte die Stirn. »Warum dann?«

»Vielleicht erzähle ich es dir eines Tages. Ich habe Hunger. Können wir bitte losfahren, damit ich hier auf dem Beifahrersitz nicht dahinwelke?« Dies war weder der richtige Zeitpunkt noch der richtige Ort, um auf den Grund für seinen Spitznamen einzugehen. Er konnte ihr immer sagen, was er erzählte, wenn andere wissen wollten, wie er zu seinem Spitznamen gekommen war ... dass er der moralische Kompass seines Teams war. Aus irgendeinem Grund wollte er diese Frau nicht anlügen, aber er wollte ihr auch nicht sagen, dass er eine verdammte Jungfrau war. Also ja, das war ein Gespräch für ein anderes Mal und einen anderen Ort, falls es überhaupt dazu kam.

»Okay. Shawn? Darf ich dich so nennen?«

Die Haare in seinem Nacken stellten sich auf. Preacher war sich bewusst, dass Remi, Wren und Josie ihre Männer bei ihrem richtigen Namen nannten anstatt bei ihrem Spitznamen. Er hatte nicht viel darüber nachgedacht ... aber jetzt, da er seinen Vornamen aus Maggies Mund hörte, sehnte er sich erneut nach dem, was seine Teamkameraden mit ihren Frauen hatten. »Ja. Du kannst mich Shawn nennen.«

»Ich werde wirklich mit allen Mitteln gegen dich kämpfen, wenn du irgendetwas versuchst.«

Preacher nickte ernst. »Verstanden.«

Sie drehte den Kopf und fuhr los, als sie sah, dass die Straße frei war. »Es gibt einen Del Taco nicht weit von meiner Wohnung entfernt.«

»Klingt gut. Ich schreibe Kevlar eine SMS und sage ihm, dass wir unterwegs zum Abendessen bei Del Taco sind, bevor wir zu dir fahren. Kann ich deine Adresse haben, damit er weiß, wo er mich abholen muss?«

Maggie nickte und gab ihm die Informationen, die er an Kevlar weitergeben musste.

Die Fahrt zu Del Taco verlief ereignislos, bis auf die Tatsache, dass er das Doppelte von dem bestellte, was Maggie bestellt hatte, damit sie genug für Reste hatte. Hamburger und Pommes schmeckten am nächsten Tag nicht gerade gut aufgewärmt, aber er dachte nicht, dass es sie stören würde. Sie versuchte zu protestieren, aber er ignorierte sie und genoss es, wie sie nicht zögerte, in die Tüte zu greifen, sobald sie das Restaurant verlassen hatten.

Sie fuhr auf den Parkplatz des Wohngebäudes, in dem sie lebte, und stellte den Motor ab, bevor sie ihn ansah. »Ich ... wirst du mich wirklich nicht anzeigen? Bei dem Taxiunternehmen oder meiner Bewährungshelferin?«

»Ich werde dich nicht anzeigen«, sagte Preacher.

»Ich brauche diesen Job. Er ist die einzige Möglichkeit, Geld zu verdienen, ohne in einem Fast-Food-Restaurant zu arbeiten oder etwas Gefährliches zu tun, wie Strippen oder in einem der Supermärkte zu arbeiten, die rund um die Uhr geöffnet haben. Nicht dass ein Fast-Food-Job nicht gut genug wäre, es ist nur ...«

»Ich verstehe. Ich werde heute Abend ein paar Leute anrufen. Wenn du mir ein wenig vertraust und heute Abend oder morgen keine Fahrten erledigst, melde ich mich bei dir und sage dir, was ich herausgefunden habe. Kannst du das tun?«

Maggie nickte. »Danke. Und fürs Protokoll, sollte es nicht klappen, weiß ich es trotzdem zu schätzen, dass du es versucht hast.«

»Warum sollte es nicht klappen?«, fragte Preacher.

Sie zuckte mit den Schultern. »Wenn die Leute herausfinden, dass ich eine verurteilte Drogendealerin bin, scheint jegliches Interesse, mich einzustellen, zu schwinden.«

»Das wird hier nicht der Fall sein«, versicherte er ihr.

Maggie zuckte nur mit den Schultern. »Trotzdem weiß ich die Mühe zu schätzen.«

Preacher war frustriert, dass sie ihm offensichtlich nicht glaubte. Aber er konnte es ihr nicht verübeln. Nicht nach dem, was sie durchgemacht hatte. »Ich gebe dir meine Nummer. Wenn du irgendetwas brauchst, und ich meine wirklich alles, rufst du mich an. Ich werde tun, was ich kann, um zu helfen.«

Sie sah verwirrt aus – was Preacher erneut irritierte. Hatte ihr in letzter Zeit *niemand* Hilfe angeboten? Außer Adina? Ihrer Reaktion nach zu urteilen wohl nicht.

Sie tauschten ihre Nummern aus, und allein schon, als er ihren Namen in seinen Kontakten sah, fühlte Preacher sich ... er war nicht sicher, *was* er fühlte. Zufrieden? Aufgeregt?

»Nochmals vielen Dank fürs Abendessen. Ist es in Ordnung für dich, hier draußen zu warten, bis dein Freund kommt?«, fragte sie.

Preacher konnte nicht anders. Er fragte: »Ernsthaft? Die Marine schickt mich über einige der gefährlichsten Grenzen der Welt, und du willst wissen, ob es für mich in Ordnung ist, auf einem gut beleuchteten Parkplatz auf meinen Kumpel zu warten, der in zehn Minuten mit meinem Wagen hier sein wird?«

Maggie errötete, aber sie hob das Kinn und sagte: »Ja.«

Er lachte leise. »Dann ja, das ist in Ordnung für mich.«

Beide stiegen aus dem Accord aus, und Maggie hielt die Tüte mit dem Essen fast schon defensiv vor sich. »Na dann, nochmals vielen Dank. Für alles. Für das Abendessen, dass du nicht die Polizei angerufen hast. Du weißt schon ... dass du kein Serienmörder bist.«

Diese Frau hatte ihn mehr zum Lächeln gebracht als irgendjemand anderes seit langer Zeit. »Gern geschehen. Ich melde mich, Maggie. Und nur fürs Protokoll, nicht jeder ist ein Arschloch wie dein Ex.«

»Gott sei Dank«, sagte sie mit einem leisen Schnauben. Dann winkte sie ihm unbeholfen zu und ging zur Tür des Gebäudes. Erst als sie sicher im Wohnhaus war, entspannte Preacher sich ein wenig. Er sah sich um. Diese Gegend der Stadt war ziemlich sicher und der Parkplatz war gut beleuchtet. Beides beruhigte ihn.

Warum er sich so sehr um eine Frau sorgte, die er gerade erst kennengelernt hatte, war ihm nicht klar. Aber er konnte das Gefühl nicht leugnen. In seinem Kopf überschlugen sich die Ideen, wen er anrufen könnte, um Maggie bei der Jobsuche zu helfen.

Er dachte immer noch über seine Möglichkeiten nach, als Kevlar vorfuhr. Er stieg aus und ließ Preacher ans Steuer.

»Alles in Ordnung?«, fragte er.

»Alles in Ordnung«, bestätigte Preacher.

»Bist du immer noch der Meinung, dass sie nicht das getan hat, was ihr vorgeworfen wird?«

»Mehr denn je«, gab er zu. Er konnte sich einfach nicht vorstellen, dass Maggie Drogen transportierte, um sie zu verkaufen. Vielleicht war er naiv, aber er glaubte es nicht.

»Okay. Also ... bringen wir den Wagen zur Inspektion?«

Preacher lächelte. Das war einer der vielen Gründe, warum er seinen Teamleiter respektierte. »Ja.«

Kevlar seufzte. »Weißt du, sobald sie Maggies Geschichte gehört haben, werden Remi und die anderen sich wahrscheinlich mit ihr anfreunden wollen. Ich weiß nicht, ob mir das gefällt«, sagte er.

»Natürlich werden sie das. Remi kann Menschen gut einschätzen.«

»Ich weiß, aber ich mache mir trotzdem Sorgen.«

»Viel Glück dabei, ihr zu sagen, dass du nicht willst, dass sie Maggie kontaktiert«, sagte Preacher mit einem kleinen Grinsen.

»Scheiße«, sagte Kevlar, stieß einen Seufzer aus und fuhr sich mit einer Hand durch die Haare. »Du glaubst doch nicht wirklich, dass sie eine Gefahr darstellt?«, fragte er seinen Teamkameraden.

»Nein.«

»Ich werde sehen, ob ich Remi davon überzeugen kann, die Dinge langsam anzugehen. Vielleicht sollten wir damit anfangen, sie per SMS oder so kennenzulernen. Das gibt uns die Möglichkeit, die Situation zu überprüfen.«

Preacher grinste noch breiter. Er hatte das Gefühl, dass Remi die Dinge nicht langsam angehen lassen wollte.

Es fühlte sich richtig an, Maggie in ihre Gruppe aufzunehmen. Wenn jemand Freunde brauchte, dann diese Frau. Sie war kratzbürstig und misstrauisch, aber er konnte es ihr nicht verübeln. Er konnte sich nicht vorstellen, wie zwei Jahre hinter Gittern gewesen waren. Aber heute hatte sie die richtigen Leute getroffen. Er und seine Freunde würden dafür sorgen, dass es ihr gut ging.

KAPITEL VIER

Maggie lag auf Adinas Couch und starrte an die Decke. Sie hatte einen vollen Bauch, hatte tatsächlich gut geschlafen und es fühlte sich großartig an, sich einen Tag freizunehmen, ohne sich Sorgen um einen Job, genügend Geld zum Essen und die Frage machen zu müssen, ob Adinas Wagen endgültig kaputtgehen würde.

Apropos Wagen ... sie hatte vor kurzem eine SMS von Shawn erhalten, in der er sie fragte, ob er das Fahrzeug zu einem vertrauenswürdigen Mechaniker bringen dürfe, den er kannte. Sie hatte noch nicht geantwortet, weil sie sich nicht sicher war, ob sie sich noch mehr auf Shawn oder seine Freunde einlassen wollte, als sie es bereits tat. Jemandem zu vertrauen, insbesondere einem Mann, war nichts, womit sie sich wohlfühlte. Roman Robertson hatte nicht einmal mit der Wimper gezuckt, als er sie betrog. Die vier Monate, in denen sie miteinander ausgegangen waren, hatten ihm offenbar nichts bedeutet. Sie war nur ein Mittel zum Zweck gewesen. Und das schmerzte. Sehr.

Maggie konnte also nicht umhin, sich zu fragen, warum Shawn ihr so gern helfen wollte. Sie war erleichtert, dass er und seine Freunde nicht zur Polizei gegangen waren, weil sie Adinas Taxi-Registrierung benutzt hatte, aber sie konnten es immer noch tun.

Am klügsten wäre es, Shawns Nummer zu blockieren und so zu tun, als hätte sie ihn nie getroffen. *Vor allem* weil er bei der Marine war. Aber der Mann wusste, wo sie wohnte. Er könnte einfach ihre Bewährungshelferin anrufen und sie verpfeifen. Im Moment wäre es am besten, ihn seinen guten Willen zeigen zu lassen und sich langsam aus seinem Leben zu verabschieden. Sie hätte sich gestern Abend nicht von ihm nach Hause begleiten lassen sollen, aber sie war schwach gewesen. Sie war erleichtert gewesen, dass die drei Männer sie offenbar nicht in Schwierigkeiten bringen wollten. Aber jetzt bereute sie all ihre Entscheidungen.

Andererseits, wenn er ehrlich war und wirklich einen Job für sie finden konnte, konnte sie es sich nicht leisten, ihn zu blockieren.

Sie hasste es, dass sie jemandem verpflichtet sein würde, und seufzte. Dann setzte sie sich auf und griff nach ihrem Handy. Sie musste auf Shawns SMS antworten.

Maggie: Okay.

Da sie entschied, dass es am besten sei, die Dinge kurz und prägnant zu halten, war sie mit ihrer Antwort zufrieden.

Shawn: Das hat wehgetan, oder?

· · ·

Maggie konnte sich ein Lächeln nicht verkneifen.

Maggie: Ein bisschen. *grins*

Shawn: Hör zu, ich verstehe schon. Du kennst mich nicht. Aber ich schwöre, ich bin auf deiner Seite.

Das Urteil darüber stand noch aus, aber Maggie war entschlossen, die Dinge zwischen ihr und Shawn professionell zu halten. Wenn er ein Weltverbesserer sein wollte, würde sie sich von ihm helfen lassen. Am Ende würde es keine Rolle spielen. Sobald sie diesen Staat verlassen konnte, war sie weg.

Maggie: In Ordnung.

Sie war absichtlich distanziert, in der Hoffnung, dass er die Botschaft verstehen würde. Dass sie nichts von ihm wollte ... außer den Kontakten, die er nutzen wollte, um ihr einen Job zu verschaffen.

Shawn: Gut. Ich habe veranlasst, dass ein Abschleppwagen den Accord später am Morgen abholt. Der Typ, den ich kenne und der dort arbeitet, wird sich den Wagen ansehen und dir sagen, was er herausgefunden hat. Hoffentlich ist es nichts Ernstes. Kevlar hat mit Adinas Kommandanten gesprochen und sie hat alles bestätigt, was du uns erzählt hast. Ich war nicht besorgt, aber ich dachte, es würde dir vielleicht ein besseres Gefühl geben, das zu wissen. Ich habe auch mit einer Freundin gesprochen, und wenn du Interesse hast, hast du heute Nachmittag ein Vorstellungsgespräch. Ich kann dich abholen, dorthin bringen und dich danach wieder nach Hause fahren. Lass es mich wissen.

Die Nachricht war lang ... und Maggie hatte den Eindruck, dass sie seine Gefühle irgendwie verletzt hatte. Warum sie sich darum scherte, war ihr ein Rätsel, aber sie tat es.

Maggie: Das ist schwer für mich. Nach dem, was passiert ist, ist es fast unmöglich, jemandem zu vertrauen. Und ja, ich bin sehr an dem Job interessiert.

Shawn: Willst du nicht wissen, worum es geht?

Maggie: Das ist mir egal. Im Moment würde ich so ziemlich alles tun, außer mich vor Männern auszuziehen, damit sie meinen Körper begaffen können ... Nicht dass ich auf Frauen herabschaue, die das tun, aber das ist nichts für mich.

Shawn: Es hat mit Kleidung zu tun, aber nicht damit, sie auszuziehen. Ist es in Ordnung, wenn ich dich um fünfzehn Uhr abhole?

Maggie konnte nicht anders, als neugierig zu sein.

Maggie: Es ist nicht so, als hätte ich einen vollen Terminkalender. LOL. Fünfzehn Uhr passt mir gut.

Shawn: Bis dann. Oh ... und ich hoffe, es macht dir nichts aus, aber ich habe deine Nummer ein paar Freunden von mir gegeben. Frauen. Es sind die Freundinnen einiger meiner

Teamkameraden. Ich habe ihnen gesagt, sie sollen es nicht übertreiben, aber ich vermute, sie werden es trotzdem tun. Ich würde mich entschuldigen, aber sie sind gute Menschen. Bis später.

Maggie starrte auf die Worte auf dem Bildschirm ihres Handys. Er hatte ihre Nummer an andere Leute weitergegeben? Sie sollte sauer sein, aber sie hatte keine Zeit, viel darüber nachzudenken – denn in diesem Moment vibrierte ihr Handy in ihrer Hand und erschreckte sie zu Tode.

Es war eine Gruppen-SMS. Anscheinend gehörten diese Frauen nicht zu den Menschen, die Dinge aufschoben.

Unbekannt, Unbekannt + 1 weitere: Hi! Ich bin Remi! Wir haben uns neulich kennengelernt, als du mich am Laden abgeholt hast!

Unbekannt, Unbekannt + 1 weitere: Und ich bin Josie.

Unbekannt, Unbekannt + 1 weitere: Und ich bin Wren. Wir wollten nur schreiben und Hallo sagen!

Unbekannt, Unbekannt + 1 weitere: Ja, hallo!

Unbekannt, Unbekannt + 1 weitere: Ich möchte mich für meine Rolle gestern entschuldigen. Mein Mann und seine Freunde haben dich überfallen. Er hatte Angst, dass du eine Betrügerin bist. Ich habe ihm gesagt, dass er sich irrt, dass du so nett bist, wie man nur sein kann. Ich habe nur zugestimmt, diese Abholung zu arrangieren, weil ich mir sicher war, dass du Vincent und die anderen für dich gewinnen würdest. Und ich hatte recht. :)

Unbekannt, Unbekannt + 1 weitere: Remi, wie kommt es, dass du immer zuerst die coolen Leute kennenlernst?

Unbekannt, Unbekannt + 1 weitere: Vielleicht weil ich mehr aus dem Haus gehe als du, Wren.

Unbekannt, Unbekannt + 1 weitere: Gutes Argument.

Unbekannt, Unbekannt + 1 weitere: Verzeihst du mir, Maggie?

Maggies Finger bewegten sich, bevor sie darüber nachdachte.

Maggie: Natürlich.

Unbekannt, Unbekannt + 1 weitere: Gut. Denn ich hätte mich schrecklich gefühlt, wenn du traumatisiert wärst oder so.

Maggie: Ich bin nicht traumatisiert.

Unbekannt, Unbekannt + 1 weitere: Gott sei Dank. Möchtest du mit uns zu Mittag essen?

Maggie starrte auf das Telefon. Waren diese Frauen echt? Ihrer Erfahrung nach waren die Leute nicht so freundlich. Vor allem nicht zu jemandem, den sie nicht kannten.

Da kam ihr etwas in den Sinn.

Maggie: Hat dein Freund dir von mir erzählt? Dass ich eine Kriminelle bin? Dass ich erst vor ein paar Monaten aus dem Gefängnis entlassen wurde? Dass ich wegen eines Drogendelikts zwei Jahre im Gefängnis saß?

Unbekannt, Unbekannt + 1 weitere: Ja. Aber Vincent hat mir auch erzählt, dass du gesagt hast, du hättest es nicht getan.

Unbekannt, Unbekannt + 1 weitere: Fürs Protokoll, Mädchen, das ist scheiße.

Unbekannt, Unbekannt + 1 weitere: Ich frage mich, ob es jemanden gibt, mit dem wir in Kontakt treten können, um dich zu entlasten. Denn die ganze Sache klingt für mich nach Schwachsinn.

Sofort füllten sich Maggies Augen mit Tränen. Sie kannte diese Frauen buchstäblich nicht, hatte Remi nur einmal getroffen, und sie hatten ihr bereits mehr Vertrauen entgegengebracht als Menschen, die sie jahrelang gekannt hatte. Nach ihrer Verhaftung hatten sich alle ihre sogenannten *Freunde* in Luft aufgelöst. Alle außer Adina.

Sie fügte die Nummern der Frauen schnell zu ihrer Kontaktliste hinzu.

Wren, Remi + 1 weitere: Also ... Mittagessen?

Maggie: Das würde mir gefallen, aber ich habe im Moment keinen Wagen. Ironisch, oder?

Wren, Remi + 1 weitere: Kein Problem! Wir können dich abholen. Bo ist heute mit Flash zur Arbeit gefahren, also kann ich seinen Wrangler benutzen.

Maggie: Okay.

Wren, Remi + 1 weitere: Schick mir später deine Adresse. Wir kommen gegen Mittag. Geht das?

Maggie: Ja. Ohne Auto kann ich sowieso nicht arbeiten.

Wren, Remi + 1 weitere: Okay. Dann bis heute Mittag!

Wren, Remi + 1 weitere: Das wird ein Spaß!

Wren, Remi + 1 weitere: Ich muss nur noch einen Cartoon entwerfen, dann bin ich für heute fertig. Ich kann es kaum erwarten, dich wiederzusehen, Maggie!

Maggie fühlte sich, als sei sie in einer anderen Dimension. Sie konnte es sich eigentlich nicht leisten, zum Mittagessen zu gehen. Dass sich Leute für eine Freundschaft mit ihr interessierten, löste ihre Geldsorgen nicht. Sie hatte noch ein bisschen von dem Geld übrig, das Remi ihr gegeben hatte, aber die Reparatur von Adinas Wagen würde nicht billig werden. Die drei Frauen waren jedoch so herzlich und nett, dass es unmöglich war, Nein zu sagen.

Sie vermisste es, Freunde zu haben. Menschen, mit denen sie abhängen konnte. Mit denen sie lachen konnte. Mit denen sie einfach nur zusammen sein konnte. Maggie hatte kein Problem damit, allein zu sein, sie mochte es sogar, aber sie hatte die letzten zwei Jahre in Haft damit verbracht, in ihrem eigenen Kopf eingeschlossen zu sein. Es wäre schön, zum ersten Mal seit langer Zeit mit jemand anderem als sich selbst abzuhängen.

Unweigerlich ließ sie ihre Gedanken zu Shawn wandern. Er war derjenige gewesen, der den anderen Frauen ihre Nummer gegeben hatte. Was war sein Ziel? Er hatte gesagt, er suche keinen Sex, aber das wollten doch *alle* Männer ... oder nicht?

Die Entscheidung, ihn rundheraus abzuweisen, falls er ihr anbieten sollte, für die Reparatur von Adinas Wagen zu bezahlen, beruhigte Maggie. Sie brauchte keinen Mann, der sie aus ihrem Leben »rettete«. Ein Mann hatte sie in die missliche Lage gebracht, in der sie sich jetzt befand, und sie würde sich hüten, ihre Fehler der Vergangenheit zu wiederholen.

Sie würde einen Weg finden, die Reparatur selbst zu bezahlen. Irgendwie.

Pünktlich um zwölf sah Maggie durch das Fenster ihrer Wohnung, wie ein schwarzer Jeep Wrangler auf den Parkplatz fuhr. Sie konnte drei Frauen im Fahrzeug sehen, also schickte sie schnell eine SMS an die Gruppe und teilte ihnen mit, dass sie auf dem Weg nach unten sei. Sie schnappte sich ihre Handtasche und schloss die Tür hinter sich ab, bevor sie die Treppe hinunterging.

Sie hatte diese Entscheidung ein Dutzend Mal infrage gestellt, seit sie zugestimmt hatte, zum Mittagessen zu gehen, aber jetzt konnte sie nicht mehr zurück. Sie verließ das Gebäude und sah Remi neben dem Jeep stehen.

»Hallo!«, sagte sie fröhlich, als Maggie näher kam.

»Hallo«, erwiderte Maggie. Zu ihrer Überraschung trat Remi auf sie zu und umarmte sie. Unerwartet stiegen ihr Tränen in die Augen. Wie lange war es her, dass sie mit Freundlichkeit berührt worden war? Seit sie eine Umarmung bekommen hatte? Jahre.

»Wir dachten, Hob Nob Hill sei perfekt für heute. Ich hoffe, das ist okay?«, sagte Remi, als sie sich zurückgezogen hatte.

Maggie zuckte mit den Schultern. »Ich esse nicht oft auswärts. Ich bin sicher, das ist in Ordnung.«

»Es ist mehr als in Ordnung!«, sagte die Frau hinter dem Steuer des Jeeps. »Ich bin übrigens Wren. Und es ist fantastisch. Entspanntes Wohlfühlessen und keine prätentiöse Atmosphäre. Mein Lieblingsgericht ist das Iowa Porker. Das ist ein riesiges, frittiertes Schweinefilet-Sandwich. Ich kann nie alles aufessen, aber Bo macht das nichts aus, weil er die Reste bekommt.«

Maggie musste darüber lächeln. Sie setzte sich auf den Rücksitz neben Remi.

»Ich bin Josie. Freut mich, dich kennenzulernen.«

»Mich auch«, sagte Maggie.

Die Unterhaltung auf dem Weg zum Restaurant war locker und Maggie war erleichtert, dass sie sich nicht viel an dem Gespräch beteiligen musste. Die drei Frauen schienen sich wirklich zu mögen und sie hatte den Eindruck, dass es schon eine Weile her war, dass sie sich getroffen hatten. Sie sagte dies und war überrascht, als Remi lachte.

»Ich habe Wren vor zwei Tagen gesehen, als wir morgens zusammen gearbeitet haben, und Josie kam gestern Abend vorbei und wir haben einen Film gesehen.«

»Oh«, sagte Maggie. »Ich dachte nur ... es schien, als hättet ihr eine Weile nicht miteinander gesprochen.«

»So sind wir eben, wenn wir zusammen sind«, sagte Josie mit einem Lächeln. »Allein sind wir beide irgendwie schüchtern, ob du es glaubst oder nicht. Aber wenn wir zusammenkommen, ist es, als seien wir andere Menschen. Gesellig und gesprächig.«

Alle kicherten und Maggie schloss sich sogar an. Sie konnte das verstehen. Früher war sie genauso gewesen. Zurückhaltend gegenüber Fremden, aber sie blühte auf, wenn sie mit Menschen zusammen war, die sie kannte und mochte. Aber das Leben hatte sie verändert. Jetzt fühlte sie sich, als würde sie von außen nach innen schauen. Sie wusste tief in ihrem Inneren, dass die Menschen ihr den Rücken kehren würden, wenn sie wüssten, wer sie war, was man ihr vorgeworfen und wo sie die letzten zwei Jahre ihres Lebens verbracht hatte. Sie fühlte sich befleckt. Auch wenn sie nicht getan hatte, was ihr zur Last gelegt wurde, war dieses Gefühl immer noch da.

Wren hielt vor dem kleinen Restaurant in der Innenstadt von Riverton und sagte, sie würde gleich nach dem Parken kommen. Sie gingen hinein und wurden sofort an einen Tisch geführt. Das Innere des Restaurants war einzigartig und entspannt, was für Maggie eine Erleichterung war, da sie Jeans und ein T-Shirt trug.

Wren gesellte sich zu ihnen und nach einer kurzen Diskussion über die Auswahl auf der Speisekarte gaben sie ihre Bestellungen bei der Kellnerin auf. Maggie machte sich ein wenig Sorgen wegen der Preise, da sie nicht gerade niedrig waren, aber sie beschloss, sich nicht weiter darum zu kümmern. Sie hatte sich diesen kleinen Glücksmoment verdient. Sie würde sich später Gedanken darüber machen, woher ihre nächste Mahlzeit kommen sollte.

»Also«, sagte Josie, nachdem die Kellnerin ihnen die Getränke gebracht hatte. »Auf einer Skala von eins bis zehn, wie erdrückend waren die Jungs gestern?«

Maggie grinste. »Sie waren nicht so schlimm.«

Alle drei anderen Frauen rollten mit den Augen.

»Sicher. Sie können einschüchternd sein, wenn sie wollen. Ich glaube, das liegt an ihren SEAL-Genen oder so.«

»Es tut mir wirklich leid, dass ich Teil ihres Hinterhalts war«, sagte Remi. »Ich wusste, dass Vincent wegen der Marine-Frau, die er kennt, besorgt war, aber mir war nicht klar, dass er Preacher und Smiley mitnehmen würde, um dich damit zu konfrontieren.«

»Ist schon okay«, sagte Maggie.

»Ist es nicht. Aber ich bin erleichtert, dass alles gut ausgegangen ist. Woher kennst du Adina?«

Das Gespräch lief locker. Maggie entspannte sich, da das Thema ihrer Inhaftierung nicht zur Sprache kam. Sie konnte so tun, als sei sie eine ganz normale Frau, die mit ihren Freundinnen zum Mittagessen verabredet war.

Das Essen wurde gebracht und Maggies Augen weiteten sich angesichts der Größe der Portionen.

»Kein Wunder, dass die Amerikaner so übergewichtig sind, oder?«, sagte Wren kichernd.

Maggie hatte ein Reuben-Sandwich bestellt und die vielen Pommes rutschten buchstäblich vom Teller. Das Iowa-Porker-Sandwich, das Remi bestellt hatte, war dasselbe, nur dass das panierte und frittierte Schweinefilet über das Brötchen *und* den Teller hinaus hing. Das BLT, das Wren bekam, war so dick, dass sie unmöglich den Mund weit genug öffnen konnte. Und Josies gemischter Salat war so groß wie ihr Kopf.

Zumindest war das Problem, was sie morgen zum Mittag- oder Abendessen essen sollte, gelöst. Sie würde genügend Reste für mindestens eine weitere Mahlzeit haben. Vielleicht auch für zwei. Und das Essen war köstlich. Wahrscheinlich weil sie seit Wochen nur Ramen und Hotdogs gegessen hatte, aber trotzdem.

Zwischen den Bissen sagte Wren: »Ich habe gehört, dass du später am Nachmittag wieder in dieser Gegend bist, um mit Julie zu sprechen.«

Maggie sah sie verständnislos an.

»Wusstest du nicht, dass Preacher dich später zu einem Vorstellungsgespräch mit ihr bringt?«, fragte Remi.

»Ich meine, ich wusste, dass er mit jemandem für mich über einen Job gesprochen hat, aber ich kenne die Details nicht«, gab Maggie zu und kam sich irgendwie dumm vor, dass sie nicht mehr Fragen gestellt hatte.

»Julie ist großartig. Sie ist mit einem ehemaligen SEAL-Kommandanten verheiratet. Sie hat diesen tollen Secondhand-laden hier in der Innenstadt von Riverton. Sie hilft Highschool-Schülern, formelle Kleidung zum Einkaufspreis oder kostenlos für ihre Bälle und so weiter zu bekommen, und besorgt lege-rere Kleidung für diejenigen, die sie brauchen. Sie hat mir wirklich geholfen, als ich neu in der Stadt war«, sagte Wren.

»Mir auch«, stimmte Josie zu.

Shawns Kommentare über Kleidung machten jetzt viel mehr Sinn. Aber als Maggie erfuhr, mit wem sie das Vorstel-lungsgespräch hatte und für welche Art von Stelle, entspannte sie sich nicht. »Ich habe keine Ahnung von Mode«, gab sie leise zu.

Aber keine der Frauen schien besorgt zu sein. »Oh, das macht nichts«, sagte Remi mit einer lässigen Handbewegung.

»Wirklich nicht«, beharrte Wren, als sie den skeptischen Gesichtsausdruck auf Maggies Gesicht sah. »Julie hatte es nicht immer leicht. Sie ist die Tochter eines ehemaligen Senators und wurde mit einem goldenen Löffel im Mund geboren. Erst als sie entführt und als Sexsklavin südlich der Grenze gebracht wurde, erkannte sie, dass es im Leben mehr gibt als Teepartys und Crumpets.«

»Crumpets?«, fragte Josie mit einem leisen Lachen. »Was zum Teufel sind das?«

»Ich habe keine Ahnung«, gab Wren zu.

»Ich weiß es auch nicht, aber jetzt habe ich eine tolle Idee für einen Cartoon von Pecky. Er freundet sich mit einem Crumpet an und hat keine Ahnung, was das ist«, sagte Remi.

Alle lachten, aber Maggie machte sich immer noch Sorgen wegen des Vorstellungsgesprächs, das sie später mit dieser Julie führen sollte.

Remi beugte sich vor und legte eine Hand auf Maggies Arm. Wieder fühlte es sich seltsam an, auf freundliche Weise berührt und nicht von einem Wärter oder einer Mitgefangenen gepackt zu werden.

»Julie ist großartig. Und all ihre Freundinnen auch, die du sicher früher oder später kennenlernen wirst. Caroline und all die anderen sind Ehefrauen ehemaliger SEALs. Wir haben alle so viel von ihnen gelernt. Und zu wissen, dass sie es geschafft haben, erfolgreiche Beziehungen zu führen und Familien mit Männern zu haben, die dasselbe getan haben wie unsere Freunde? Das ist beruhigend.«

»Also ... Preacher, was?«, fragte Wren.

Maggie runzelte die Stirn.

»Du und Preacher?«, hakte sie nach.

Sie schüttelte schnell den Kopf. »Oh nein. Ich habe ihn nur einmal getroffen.«

»Und doch hat er dafür gesorgt, dass dein Wagen repariert

wird, hat uns deine Nummer gegeben und den Job bei Julie vorgeschlagen ...«, sagte Wren, wobei ihre Stimme andeutungsvoll leiser wurde.

Aber Maggie schüttelte erneut den Kopf und sprach diesmal entschiedener. »Nein. So ist das nicht. Ich habe den Mann erst gestern kennengelernt. Ich weiß nichts über ihn. Darum geht es hier nicht. *Überhaupt nicht.* Ich suche keinen Freund. Nicht dass er überhaupt an mir interessiert wäre.« Es fühlte sich an, als würde sie zu sehr protestieren, aber sie wollte auf keinen Fall, dass diese Frauen dachten, es könnte etwas zwischen ihr und ihrem Freund laufen.

Vielleicht hatten sie sie deshalb heute zum Essen eingeladen. Weil sie annahmen, dass zwischen ihr und Shawn etwas lief?

Die Enttäuschung traf sie hart. *Natürlich* hatte die Einladung zum Mittagessen einen Haken.

»Preacher ist anders«, sagte Remi. »Er ist auch knallhart, wie alle Jungs im Team. Aber er ist ... zurückhaltend. Er flirtet nicht. Er geht nicht in Kneipen, um Frauen aufzureißen. Vincent hat mir erzählt, er hätte noch nie gehört, dass er eine Freundin hat. Dass er also die Initiative ergriffen hat, um dir zu helfen ... das bedeutet etwas.«

Maggie war nicht daran interessiert, etwas über Shawns Liebesleben zu erfahren – oder über den Mangel daran. »Ihr versteht das nicht. Sobald ich kann, verlasse ich Kalifornien. Ich bin nicht auf der Suche nach irgendeiner Art von Beziehung.«

Wren und Josie lehnten sich beide in der Sitzecke zurück und blickten überrascht und ... enttäuscht ... drein.

Mist. Maggie hatte nicht den Eindruck erwecken wollen, dass sie ihre Freundschaft nicht wollte, aber es schien, als hätte sie genau das getan.

»Oh, wir verstehen schon«, sagte Remi und deutete auf die

beiden anderen Frauen. »Keine von uns war an einer Beziehung interessiert, als wir unsere Männer kennengelernt haben. Ich bin Vincent begegnet, als wir kilometerweit vor der Küste von Hawaii im Wasser getrieben sind. Wir wurden im Meer dem Tod überlassen. Das Letzte, woran ich dachte, war eine Beziehung mit dem Typen, der mit mir dort war. Und Wren wurden bei einer Verabredung K.-o.-Tropfen verabreicht, und Safe war zufällig da, um ihr zu helfen. Und Josie ...« Sie hielt inne und drückte die Hand der anderen Frau. »Sie wurde in einem iranischen Gefängnis zum Verrotten zurückgelassen, wo Blink als Kriegsgefangener in die Zelle neben ihrer geschleppt wurde.

Glaub mir, keine von uns hat eine Beziehung erwartet oder angestrebt. Wir haben alle nur versucht zu überleben. Aber manchmal kommt genau das, was man braucht, wenn man es am wenigsten erwartet. Man weiß vielleicht nicht, dass man jemanden an seiner Seite braucht, aber plötzlich ist er da, und plötzlich kann man sich nicht vorstellen, noch einen Tag ohne ihn zu leben.«

Maggie schluckte schwer. Diese Frauen taten ihr schrecklich leid. Sie hatte sich so sehr selbst bemitleidet, weil sie im Gefängnis gewesen war, aber was Wren, Josie und Remi durchgemacht hatten, klang noch viel schlimmer. »Es tut mir leid«, flüsterte sie.

»Nein, es muss dir nicht leidtun«, sagte Wren zu ihr. »Du und Preacher, ihr werdet vielleicht nie mehr als Freunde sein. Aber wer braucht nicht noch mehr Freunde?«

Sie hatte recht. Maggie hatte sich so sehr darum bemüht, Shawn auf Distanz zu halten, dass sie nicht in Betracht gezogen hatte, dass er ein weiterer potenzieller Freund sein könnte. Sieh sie nur einer an. Sie aß mit einigen Frauen zu Mittag, die sie noch nie getroffen hatte, aber bereits aufrichtig mochte. Wer konnte sagen, dass sie am Ende nicht dasselbe für Shawn empfinden würde? Sie könnte sicherlich noch ein paar Leute mehr auf ihrer Seite gebrauchen.

Die Tatsache, dass er bei der Marine war, war kaum zu übersehen, aber die Wahrscheinlichkeit, dass Shawn und Roman sich kannten, war gering ... das hoffte sie zumindest.

»Ihr habt recht«, sagte sie und versuchte, den anderen ein beruhigendes Lächeln zu schenken.

»Natürlich haben wir das«, sagte Remi grinsend.

Maggies Handy vibrierte in der Handtasche an ihrer Hüfte, und da sie dachte, es könnte Shawn sein – es war unwahrscheinlich, dass es jemand anderes sein würde, da die einzigen anderen Menschen, die neben Adina und ihrer Bewährungshelferin ihre Nummer hatten, am Tisch um sie herum saßen –, griff sie in ihre Handtasche, um zu sehen, wer anrief.

Es war eine unbekannte Nummer.

»Macht es euch etwas aus, wenn ich rangehe?«, fragte Maggie. Wenn es ihre Bewährungshelferin war, konnte sie es sich nicht leisten, den Anruf abzuweisen. Und wenn jemand anrief, der gefahren werden wollte, musste sie ihm sagen, dass sie gerade nicht arbeitete.

»Natürlich nicht.«

»Nein.«

»Geh nur ran.«

Maggie tippte auf die grüne Taste und hielt sich das Telefon ans Ohr. »Hallo?«

»Hab gehört, du bist rausgekommen. Glückwunsch. Wenn du irgendjemandem irgendetwas über mich erzählst, wirst du es bereuen. Wenn du noch einmal versuchst, mir die Schuld für das, was passiert ist, zuzuschieben, wird es dir wirklich leidtun. Halt den Mund, Schlampe.«

Dann war die Leitung tot.

Maggie wurde schlecht.

»Geht es dir gut? Du bist kreidebleich«, sagte Remi besorgt.

Wie war Roman an ihre neue Nummer gekommen? Sie hatte seine Handynummer vorsichtshalber blockiert, die, die sie vorher gehabt hatte ... und jetzt war es offensichtlich, dass er sie im Auge behalten hatte. Wahrscheinlich hatte er nur auf den Tag gewartet, an dem sie rauskam, damit er ihr drohen konnte. Wie um alles in der Welt sie jemals gedacht hatte, dass sie den Kerl liebte, war ihr ein völliges Rätsel. Er war nichts als ein Tyrann. Ein Arschloch mit Macht.

»Mir geht es gut«, flüsterte Maggie, obwohl sie sich alles andere als gut fühlte.

»Nein, eben nicht«, sagte Remi, während Josie die Kellnerin heranwinkte.

»Ich hole den Wagen«, sagte Wren.

»Nein, mir geht es gut«, beharrte sie. Aber die drei Frauen ignorierten ihre falschen Proteste.

Und in Wahrheit ging es ihr alles andere als gut.

Mit einem einzigen Anruf hatte Roman ihr klargemacht, dass sie ihm niemals entkommen würde. Er könnte jederzeit etwas tun, das sie direkt wieder hinter Gitter bringen würde. Er konnte Drogen in ihrem Wagen oder ihrer Wohnung platzieren und dann ihre Bewährungshelferin anrufen. Sie wäre erst dann sicher, wenn sie diesen Staat und ihn weit hinter sich gelassen hätte.

Und vielleicht nicht einmal dann.

Ehe sie sichs versah, hatte Remi das Mittagessen bezahlt – ohne auf Maggies Proteste einzugehen, dass sie ihr Sandwich selbst bezahlen könne –, Josie hatte die Kellnerin dazu gebracht, ihre Reste einzupacken, und Wren wartete am Straßenrand, als sie das Restaurant verließen.

Sie waren auf halbem Weg zu ihrer Wohnung, als Maggies Telefon erneut klingelte. Angst stieg in ihr auf, aber sie nahm es heraus und schaute auf den Bildschirm.

Sie blinzelte, als sie sah, wer anrief.

Shawn.

Die Erleichterung, die sie verspürte, war immens und unmittelbar. »Hallo?«

»Geht es dir gut? Remi hat mir eine SMS geschickt und gesagt, dass du einen Anruf bekommen hast, der dich verängstigt hat.«

Maggie blickte zu Remi. Sie sah ein wenig verlegen aus und zuckte entschuldigend mit den Schultern.

»Maggie?« Shawns ungeduldige Stimme ertönte in ihrem Ohr.

»Mir geht es gut.«

»Bist du sicher? Möchtest du das Vorstellungsgespräch heute verschieben?«

»Apropos. Ich bin mir nicht sicher, ob ich genug weiß, um in einem Bekleidungsgeschäft zu arbeiten. Ich bin eher ein naturwissenschaftlicher Typ.«

»Ich habe mit mehreren meiner Freunde gesprochen. Caroline ist Chemikerin und sie war bereit zu prüfen, ob sie dir helfen kann, in ihrem Unternehmen eingestellt zu werden, aber nachdem wir mit ihr gesprochen hatten, dachten wir beide, dass Julie am besten zu dir passen würde. Wenn du das wirklich nicht in Betracht ziehen willst, lasse ich mir etwas anderes einfallen.«

Jetzt hatte Maggie ein schlechtes Gewissen. »Nein, das ist okay. Ich werde zumindest mit ihr reden.«

»Gut. Also, musst du es verschieben?«

Er war wirklich ... nett. »Nein. Es ist in Ordnung.«

»In Ordnung. Gut. Mir wurde gesagt, wenn eine Frau sagt, dass etwas in Ordnung ist, ist es das in Wirklichkeit nicht.«

Zu ihrer Überraschung musste Maggie kichern. »Das ist wahrscheinlich wahr, aber in diesem Fall meine ich es ernst.«

»Okay. Ich sage jetzt etwas, das sich wahrscheinlich wie ein dämlicher Spruch anhört, aber ich meine es ernst. Du kannst mit mir reden, Maggie. Ich weiß, wir haben uns gerade erst kennengelernt, aber wenn ich irgendwie helfen kann, musst du nur etwas sagen. Und wenn du nicht mit mir reden möchtest, dann sind in diesem Wagen drei Frauen, die durch die Hölle gegangen sind und *alles* verstehen, was du gerade durchmachst.«

Maggie war sich da nicht so sicher. Sie hatten unterstützende Freunde, von denen sie das Gefühl hatte, dass sie sie mit allem, was sie hatten, beschützen würden. Man denke nur daran, wie Remis Freund sich verhalten hatte, als er herausgefunden hatte, dass Maggie Adinas Namen und Taxi-Registrierung benutzte. Er war nicht einmal mit Adina zusammen und hatte alles getan, um sicherzustellen, dass Maggie die andere Frau nicht ausraubte.

Ihre Situation war nicht im Entferntesten mit dem vergleichbar, was diese Frauen anscheinend durchgemacht hatten. Sie hatten niemanden, der sie verfolgte und der nicht zögern würde, einen unschuldigen Menschen hinter Gitter zu bringen, um sich selbst zu schützen.

»Okay«, sagte sie verspätet.

Sie hörte Shawn seufzen und hatte schon wieder ein schlechtes Gewissen. »Ich bin gegen drei da. Hoffentlich habe ich bis dahin auch etwas über deinen Wagen gehört. Schreib mir eine SMS, wenn du deine Meinung über das Vorstellungsgespräch änderst.«

»Das werde ich. Shawn?«

»Ja?«

»Danke.«

Sie war sich nicht sicher, wofür sie ihm dankte, aber sie war nicht überrascht, als er einfach sagte: »Gern geschehen. Bis später.«

»Bist du sauer?«, fragte Remi, sobald Maggie aufgelegt hatte. »Weil ich ihm von dem Anruf erzählt habe?«

War sie es? Überraschenderweise stellte Maggie fest, dass sie es nicht war. »Nein.«

»Gut. Möchtest du darüber reden?«

»Nicht wirklich.«

»In Ordnung. Aber wir sind für dich da, falls du es doch möchtest. Wir sind vielleicht flatterhaft und irgendwie seltsam, aber wir können gut zuhören. Und wir haben ein paar knallharte Freunde, die wir auf jemanden hetzen können, wenn du es brauchst.«

Maggie musste darüber lachen. Roman Robertson war nicht zum Lachen, und doch tat sie es trotzdem. Auf keinen Fall würde sie einen der SEALs, die diesen Frauen wichtig waren, in Romans Fadenkreuz bringen. Sie wusste nicht genau, was sein Job bei der Marine war, aber er hatte Maggie seinen Titel genannt, als sie sich kennenlernten, was ihr nichts gesagt hatte. Sie musste die Dienstgrade der Marine googeln, um zu sehen, wo er in der Hackordnung stand. Sie erinnerte sich nicht mehr an seinen Titel, aber sie erinnerte sich daran, dass er ziemlich weit oben stand.

»Danke«, sagte sie zu Remi.

Der Rest der Heimfahrt verlief etwas weniger angespannt, und Maggie war wirklich traurig, sich von dem Trio zu verabschieden. Sie schworen, in Kontakt zu bleiben, und es wurden Einladungen zu zukünftigen Mittagessen und Filmabenden versprochen.

Als Maggie ein paar Minuten, nachdem sie den Frauen zum Abschied zugewunken hatte, ihre Wohnungstür aufschloss, fühlte sie sich viel leichter als nach Romans Anruf. Menschlicher. Weniger wie ein Monster, das so lange hinter Gittern eingesperrt war. Sie fühlte sich wie ein Samen, der im Frühling nach einem langen Winterschlaf durch die Erde brach. Das war verdammt kitschig, aber passend.

Ihr Leben war kompliziert. Sie hatte kein Geld, der Wagen

war in der Werkstatt, Roman tauchte wieder in ihrem Leben auf und bedrohte sie, und dann war da noch die aufkeimende Freundschaft mit Remi, Wren, Josie ... und Shawn.

Sie war sich immer noch nicht sicher, was sie von ihm halten sollte. Sie kannte den Mann überhaupt nicht, und dennoch hatte sie ihm erlaubt, Adinas Wagen abholen zu lassen und ihr einen Job zu suchen, und er hatte sich alle Mühe gegeben, ihre Nummer an Frauen weiterzugeben, von denen er überzeugt war, dass sie sie unter ihre Fittiche nehmen würden. Es war seltsam, wie wenig Sorgen sie sich im Moment machte, wenn man bedachte, wie viel Kontrolle sie einem relativ Fremden gegeben hatte.

Maggie nahm an, dass sie später am Tag Zeit haben würde, um mehr über ihn herauszufinden.

In diesem Moment wurde ihr klar, dass sie mit ihm allein in seinem Wagen sein würde. Er konnte buchstäblich alles tun, sie überall hinfahren. Andererseits war sie auch gestern Abend mit ihm allein gewesen, und mit jedem Tag, an dem sie einen Kunden über die Taxi-App annahm, riskierte sie ihre Sicherheit.

Wenn sie sich zwischen Shawn und einem Fremden entscheiden müsste, würde sie sich jedes Mal für Shawn entscheiden, das musste sie zugeben.

Dieser Gedanke überraschte Maggie wirklich. Was hatte er an sich, das sie dazu brachte, ihre Überzeugung, niemals einem anderen Mann zu vertrauen, instinktiv über Bord zu werfen?

Sie hatte keine Ahnung, aber der Gedanke war beängstigend.

Seufzend legte Maggie ihre Essensreste in den Kühlschrank, holte das Bargeld aus ihrer Brieftasche, zählte es und versuchte, sich eine Liste zu machen, was sie brauchte, um für den Rest des Monats über die Runden zu kommen. Sie würde es schaffen ... gerade so. In ihrem vorherigen Leben hatte sie ein gesundes Guthaben auf ihrem Bankkonto gehabt, war eine angesehene Apothekerin gewesen und hatte nur sehr wenige Sorgen.

Es war verrückt, wie das Leben sich schlagartig ändern konnte. Die Zeit würde zeigen, ob es sie nicht einholen würde, wenn sie sich Shawn und den Frauen öffnete. Aber zum ersten Mal seit Langem ... verspürte sie einen Hauch von Hoffnung.

KAPITEL FÜNF

Preacher war sich nicht sicher, ob das eine gute Idee war. Maggie bei der Jobsuche helfen? Ja. Sich in ihr Leben einmischen? Nein.

Aber er konnte nicht anders. Sie hatte einfach etwas an sich, das ihn zögern ließ, sich fernzuhalten. Flash hatte angeboten, sie zu ihrem Vorstellungsgespräch bei Julie zu *My Sister's Closet* zu bringen, aber Preacher hatte nur eins Komma zwei Sekunden gebraucht, um abzulehnen.

Er wollte Zeit mit Maggie verbringen. Sie besser kennenlernen. Sie war ihm in weniger als vierundzwanzig Stunden unter die Haut gegangen, und obwohl er wusste, dass er sich auf Herzschmerz einließ, tat Preacher alles, um sie trotzdem wiederzusehen.

Die Frau hatte selbst gesagt, dass sie Kalifornien so schnell wie möglich verlassen würde. Sie war von einem Mann verbrannt worden – nicht nur verbrannt, sondern eingeäschert. Aber die Tatsache, dass Remi ihm während des Mittagessens eine SMS geschickt hatte, weil sie sich Sorgen um Maggie machte, zeigte Preacher, dass sie etwas Besonderes war. Remi hatte ein weiches Herz, also würde sie ihn auf keinen Fall mit hineinziehen, wenn *sie* Maggie nicht mochte.

Es gab auch eine Menge über die Situation mit Maggies Ex, das ihn beunruhigte. Das Wichtigste war, dass er seinen Namen nicht kannte. Er konnte sich jederzeit an Tex wenden und sehen, was das Computergenie über den Mann herausfinden konnte. Wenn er bereit war, seine Freundin zu verraten und sie wegen Drogenhandels verurteilen zu lassen, war nicht abzusehen, was der Mann sonst noch getan hatte ... oder noch tun würde.

Aber eins nach dem anderen. Maggie brauchte einen Job und Julie wollte sie unbedingt kennenlernen. Sowohl die Spenden als auch die Kundenzahlen für ihre Secondhand-Kleiderboutique waren gestiegen, und sie sagte, sie würde sich über zusätzliche helfende Hände freuen.

Nachdem er auf dem Parkplatz von Maggies Wohnung angekommen war, schickte er ihr eine SMS, um ihr mitzuteilen, dass er da war. Preacher wäre lieber zu ihrer Tür gegangen und hätte sie abgeholt, aber ihre Vertrauensprobleme hinderten sie daran, ihm die Wohnungsnummer zu geben. Was klug war.

Er entschied sich für einen Kompromiss und wartete an der Beifahrertür auf Maggies Ankunft. Es dauerte nicht lange.

Am Tag zuvor war er zu sehr damit beschäftigt gewesen, wer sie war und warum sie Adinas Wagen und Namen benutzte, um Leute zu fahren, als dass er sich auf andere Dinge hätte konzentrieren können. Heute ließ er den Blick von Kopf bis Fuß über Maggie wandern und studierte sie sorgfältig. Sie war ein ganzes Stück kleiner als er mit seinen eins neunzig, sicherlich unter eins siebzig. Sie war wahrscheinlich Mitte dreißig, wie er. Sie hatte glänzendes schwarzes Haar, das wie gestern zu einem langen Pferdeschwanz am Hinterkopf zusammengebunden war. Es schwang hin und her, als sie auf ihn zuging.

Sie trug eine Jeans, die ihre wohlgeformten Beine umschmeichelte ... und so sehr er es auch hasste, dass er es bemerkte, ihre Brüste waren mehr als eine Handvoll. Das T-Shirt, das sie trug, betonte ihre Figur, obwohl es sie vollständig bedeckte. Andere würden sie vielleicht als durchschnittlich gebaut beschreiben, aber in Preachers Augen war an ihr nichts *Durchschnittliches*. Sie sah gesund aus.

Und im Moment schien sie so, als hätte sie überhaupt keine Sorgen. Was das alte Sprichwort, dass man jemandem nicht ansah, was er durchmacht, umso wahrer machte.

»Hey«, sagte Preacher, als sie näher kam. Er bemühte sich, seine Gedanken über ihre Figur zu verdrängen ... und wie sehr er plötzlich sehen wollte, was unter all ihren Kleidern steckte.

»Hi«, erwiderte Maggie. Sie blieb gut zwei Meter entfernt stehen und starrte ihn einfach an.

»Was?«, fragte er, verwirrt über die Art, wie sie ihn betrachtete.

»Nichts. Du ... du siehst nur anders aus, wenn du keine Uniform trägst.«

Preacher entspannte sich und lachte leise. »Die Tarnkleidung stört mich nicht, aber da ich sie rund um die Uhr trage, wenn wir auf Mission sind, versuche ich, Zivilkleidung zu tragen, wenn ich kann. Bist du bereit?«

Sie nickte, sagte aber: »Nein.«

Preacher hatte nach der Tür seines Wagens gegriffen, zögerte aber bei ihrer Antwort. »Hast du deine Meinung geändert?«, fragte er.

»Nein. Ja. Ich weiß nicht.«

Er konnte sich ein Lachen nicht verkneifen. »Eine glasklare Antwort.«

Sie warf ihm einen verlegenen Blick zu. »Es ist nur ... ich

brauche einen Job. Ich benutze Adinas Registrierung bei dem Taxiunternehmen nicht gern, weil ich direkt wieder ins Gefängnis kommen könnte, aber das hier scheint ... ich weiß nicht ... zu schön, um wahr zu sein?«

Preacher bemühte sich, entspannt zu wirken. Der Gedanke, dass diese Frau wieder eingesperrt werden könnte, fühlte sich *falsch* an. »Das ist kein Mitleidsjob«, sagte er. »Du wirst das Geld, das du bekommst, auch verdienen. Julie ist ein Engel, aber sie arbeitet extrem hart und erwartet von jedem, der für sie arbeitet, dasselbe. Soweit ich weiß, ist es eine große Genugtuung, wenn Frauen und Mädchen das perfekte Kleid oder Outfit für einen bestimmten Anlass finden, oder wenn man einer Familie, die bei einem Brand alles verloren hat, kurzfristig mit Kleidung aushelfen kann, oder wenn man an Spendenaktionen teilnimmt und mit einem Haufen Geld nach Hause geht ... aber es ist harte Arbeit. Wenn du diesen Job annimmst, wirst du nicht jeden Tag auf deinem Hintern sitzen. Du sortierst gespendete Kleidung, gehst in Highschools, um Präsentationen zu halten, und kümmerst dich um die Kunden, die in den Laden kommen.«

»Wow, das klingt ja wirklich verlockend«, sagte Maggie lachend.

Aber Preacher lächelte nicht einmal. »Ich bin sicher, dass es an manchen Tagen beschissen ist. Aber die Tage, an denen man sieht, wie sich ein Mädchen, das sich noch nie etwas so Einfaches wie neue Kleidung leisten konnte, hübsch fühlt, wenn sie zum ersten Mal ein Designerkleid anprobiert, sind die wahre Belohnung.«

Maggie neigte den Kopf, als sie seinem Blick begegnete. »Ist es das, was du fühlst? Bei deinem Job? Ich meine, ich weiß, es sind keine Designerkleider, aber ich bin sicher, dass manche Tage schrecklich sind, aber die Befriedigung, die du empfinden musst, wenn du unschuldige Menschen rettest oder einen schrecklichen Terroristen ausschaltest, der so viele Menschen wie möglich töten will, muss überwältigend sein.«

Preacher blinzelte überrascht. Sie hatte nicht unrecht. Überhaupt nicht. »Ja«, sagte er mit einem kleinen Nicken.

»Okay. Dann los. Ich weiß immer noch nicht, wie gut ich in dieser Kleider-Sache sein werde. Ich habe überhaupt keinen Sinn für Mode, könnte ein Discounter-Kleid nicht von einem Louis Vuitton unterscheiden, aber ich habe keine Angst vor harter Arbeit.«

Preacher war stolz auf diese Frau. Sie schien nicht der hysterische Typ zu sein oder zu Dramen zu neigen. Sie tat, was getan werden musste, und erwartete dafür kein Schulterklopfen. Er öffnete die Autotür und deutete auf den Sitz. »Ihr Wagen, meine Dame.«

Sie kicherte und stieg ein.

In diesem Moment machte es bei Preacher klick. Eine Sehnsucht, auch in vielen Jahren noch dasselbe für diese Frau zu tun. Ihr die Tür aufzuhalten, bevor sie sich auf das eine oder andere Abenteuer begaben.

Es war zwar unwahrscheinlich, aber plötzlich wusste er es – Maggie war die Frau, nach der er sein ganzes Leben lang gesucht hatte.

Genauso plötzlich wusste er auch, dass es das Schwierigste sein würde, was er je getan hatte, sie davon zu überzeugen, ihm eine Chance zu geben. Aber sie war die Mühe wert.

Er war kein Idiot. Er wusste ohne Zweifel, dass die Chancen, dass sie ihre Wachsamkeit so weit herunterschrauben würde, dass sie ihn hereinließ, äußerst gering waren. Und warum sollte sie sich für *ihn* entscheiden, wenn es so viele andere Männer da draußen gab, die erfahrener waren, sicherere Jobs hatten und besser aussahen?

Selbst wenn die Wahrscheinlichkeit, dass sie auch nur in Erwägung ziehen würde, mit ihm auszugehen, nur bei einem

Prozent lag – ganz zu schweigen davon, dass sie sich dafür entscheiden würde, den Rest ihres Lebens mit ihm zu verbringen –, würde Preacher alles tun, um ihr zu zeigen, dass er zu den Guten gehörte. Er war nicht wie ihr feiger Ex-Freund. Er würde niemals zulassen, dass sie die Schuld für etwas auf sich nahm, das er getan hatte. Sie brauchte jemanden, der für sie eintrat, der neben ihr stand und manchmal sogar vor ihr.

Und er wollte dieser Mann sein.

Instinktiv wusste Preacher, dass er für sie bestimmt war.

Er schloss die Tür und schloss für einen Moment die Augen. Der überwältigende Gedanke an die Reise, die vor ihm lag, brachte ihn fast dazu, seine Meinung zu ändern. Aber er war noch nie vor einer Herausforderung zurückgeschreckt. Vor etwas, das ihm Angst machte. Und Maggie Lionetti jagte ihm eine Höllenangst ein. Sie könnte genau das sein, was er sich immer gewünscht hatte, und eine falsche Bewegung könnte dazu führen, dass er sie verlor, bevor er sie überhaupt hatte.

Er riss die Augen auf, schritt um seinen dunkelblauen Chevy Malibu herum und hoffte wie verrückt, dass heute alles mit Julie klappen würde. Maggie dabei zu helfen, unabhängiger zu werden und ihr Selbstwertgefühl zu stärken, war der erste Schritt, um ihr wieder auf die Beine zu helfen. Er konnte damit warten, ihr den Hof zu machen, bis sie sich aus eigener Kraft stärker fühlte. Vielleicht.

Maggie schüttelte Julies Hand und erwiderte ihr breites Lächeln. Es passierte wirklich. Sie war skeptisch gewesen, was den Job anging ... bis sie mit der Besitzerin der bezaubernden Boutique gesprochen hatte. Von außen sah der Laden hochwertig und schick aus, wie ein Ort, an dem Maggie niemals würde arbeiten wollen. Aber in der Not frisst der Teufel Fliegen, und sie hatte sich schon so gut wie entschieden, dass sie keine andere Wahl hatte, als den Job anzunehmen.

Dann hatte Julie sie in den hinteren Teil des Ladens geführt, und Maggie hatte einen Blick auf das Chaos dort geworfen ... und sie verstand ein wenig besser, warum Julie Hilfe brauchte. Überall lagen Säcke mit Kleidung herum. Und noch mehr hingen an Kleiderständern in jeder Ecke und jedem Winkel des Raumes. Selbst als Julie erklärte, wie alles funktionierte – eingehende Spenden, Anfragen des Roten Kreuzes und anderer Organisationen nach Kleidung, wöchentliche Spenden an Obdachlosenunterkünfte und Besuche an Schulen mit Kleidern, aus denen die Mädchen auswählen konnten –, klingelte regelmäßig die Glocke über der Eingangstür und sie musste denjenigen begrüßen, der gekommen war, um zu stöbern oder einzukaufen.

Die Frau brauchte definitiv Hilfe.

Aber am meisten war Maggie davon beeindruckt, wie gelassen Julie wirkte. Sie brauchte und wollte die Hilfe, aber sie machte auch deutlich, dass die Arbeit hier nicht allesverzehrend sein würde. Sie selbst ging jeden Tag um siebzehn Uhr nach Hause. Zeit mit ihrem Mann zu verbringen war ihr wichtiger als alles andere. Und nach dem wenigen, das Maggie über die Geschichte der Frau wusste, war sie nicht überrascht. Wie Remi, Wren und Josie hatte auch Julie ein eigenes Trauma durchgemacht und auf die harte Tour herausgefunden, was im Leben wichtig war. Freunde und Familie. Nicht hundert Stunden pro Woche arbeiten.

Als sie mit dem Gespräch fertig waren, waren anderthalb Stunden vergangen. Es fühlte sich eher so an, als hätte sie Zeit mit einer guten Freundin verbracht, als an einem Vorstellungsgespräch teilzunehmen. Maggie konnte es kaum erwarten anzufangen. Die Bezahlung war zwar deutlich niedriger als das, was sie vor ihrer Verhaftung verdient hatte, aber definitiv mehr als das, was sie als Fahrerin verdient hatte. Und das Gute daran war, dass es hundertprozentig legal war, was eine Erleichterung war.

Als Maggie die Tatsache angesprochen hatte, dass sie eine verurteilte Straftäterin war, schien Julie nicht besorgt zu sein. Sie hatte einfach gefragt: »Wirst du mich bestehlen?«

Maggie hatte mit einem entschiedenen Nein geantwortet, und das war es auch schon.

Es schien zu schön, um wahr zu sein, aber sie versuchte, diesen negativen Gedanken in den Hintergrund zu drängen.

»Willst du Preacher eine SMS schreiben und ihm sagen, dass wir fertig sind?«, fragte Julie, als sie in den Hauptteil des Ladens zurückkehrten, nachdem sie sich die Hand geschüttelt und vereinbart hatten, dass Maggie in ein paar Tagen mit der Arbeit beginnen würde, wenn sie ihren Wagen zurückbekommen und ein zuverlässiges Transportmittel hatte.

»Oh, ich möchte ihn nicht zu Hause stören. Ich kann mir ein Taxi nehmen.«

»Er ist nicht zu Hause«, sagte Julie verwirrt. »Ich bin mir ziemlich sicher, dass er die Straße runter in dem kleinen Buchladen ist.«

»Ich habe ihm aber gesagt, dass er gehen kann«, sagte Maggie.

Julie lachte leise. »Eine Sache, die du über einen Navy SEAL lernen wirst ... sie tun so gut wie nie das, was man von ihnen erwartet. Sie tun das, was sie für richtig halten. Jedes Mal.«

Maggie konnte das nicht verstehen. Offensichtlich hatte sie sich viel zu lange mit den falschen Leuten abgegeben. Sie holte ihr Handy aus der Handtasche und schickte Shawn eine SMS.

Sie und Julie plauderten noch, und ehe Maggie sichs versah, kam Shawn zur Tür herein, wobei die kleine Glocke läutete.

»Und?«, fragte er mit besorgter Miene.

»Preacher, darf ich dir die neueste Mitarbeiterin von *My Sister's Closet* vorstellen?«, entgegnete Julie mit einem breiten Lächeln.

»Klasse!«, sagte er, und Maggie konnte sehen, wie seine Schultern sich sichtlich entspannten.

Hatte er sich wirklich solche Sorgen gemacht? Und war seine Sorge darauf begründet, dass Julie sie nicht einstellen wollte, oder auf etwas anderem?

Sie musste nicht lange darüber nachdenken, denn Julie sagte: »Meine Güte, siehst du so erleichtert aus, weil ich sie eingestellt habe oder weil sie zugesagt hat?«

Shawn zuckte mit den Schultern. »Ich hatte keine Zweifel, dass Maggie ein tolles Vorstellungsgespräch haben würde oder dass du dich über die Hilfe freuen würdest. Aber manchmal passt es zwischen Menschen einfach nicht.«

»Zwischen uns hat es gepasst«, versicherte Julie ihm. »Stimmt's, Maggie?«

»Stimmt«, sagte sie. Und sie war überrascht, dass sie nicht log. Sie mochte Julie. Sie war geradlinig und was sie mit ihrem Geschäft tat, um anderen zu helfen, war inspirierend.

»Es ist spät. Du gehst mit ihr etwas essen, oder?«, fragte Julie.

Sie wollte protestieren, aber Shawn kam ihr zuvor. »Natürlich.« Dann ging er hinüber und beugte sich hinunter, um die andere Frau auf die Wange zu küssen. »Danke, Julie. Du bist die Beste.«

Sie rollte mit den Augen. »Ich bin diejenige, die dir dafür danken sollte, dass du Maggie hergebracht hast.«

»Und ich denke, ich bin diejenige, die euch beiden danken sollte«, konterte Maggie.

»Wir werden sehen, ob du nach deiner ersten Schicht immer noch so denkst«, sagte Julie mit einem Lächeln. »Jetzt geh. Wir sehen uns später. Schreib mir eine SMS, wenn sich etwas ändert und du später anfangen musst, als wir besprochen haben. Egal wie es hier aussieht, ich bin wirklich flexibel. Wenn du deine Arbeitszeiten oder etwas anderes ändern musst, können wir das regeln.«

Die Dinge schienen *wirklich* zu schön, um wahr zu sein. »Ich weiß das zu schätzen.«

»Und ich schätze deine Bereitschaft, hart zu arbeiten. Wir sprechen uns später.«

Maggie winkte Julie zu, als Shawn die Fingerspitzen auf ihr Kreuz legte und sie zur Tür gingen.

Hätte jemand anderes es gewagt, sie zu berühren, nachdem er sie erst am Tag zuvor kennengelernt hatte, hätte Maggie ihm gesagt, er solle seine verdammten Hände bei sich behalten. Aber aus irgendeinem Grund ließ Shawns Berührung sie nicht zusammenzucken. Selbst die Erinnerung daran, wie die Wärter im Gefängnis sie am Arm packten und sie manchmal von hinten schubsten, wenn sie ging, brachte sie nicht dazu, ihre Meinung darüber zu ändern, dass Shawn hinter ihr war.

Als sie auf dem Bürgersteig waren, ging er auf die Seite, die der Straße am nächsten lag, während sie auf den Parkplatz zugingen, auf dem er zuvor geparkt hatte.

»Warst du wirklich die ganze Zeit in der Buchhandlung?«, fragte Maggie.

Shawn zuckte mit den Schultern. »So ziemlich. Ich habe noch in ein paar anderen Läden gestöbert, bevor ich in die Buchhandlung gegangen bin.«

»Hast du etwas gefunden?«

Zu ihrer Überraschung hätte Maggie schwören können, dass sie sah, wie eine Röte seinen Nacken hinauf in seine Wangen stieg.

»Es ist eine Buchhandlung. Natürlich habe ich etwas

gekauft. Man kann nicht in eine Buchhandlung gehen, ohne am Ende nicht mindestens ein oder zwei Bücher zu kaufen.«

»Es ist schon lange her, dass ich mir so etwas gegönnt habe, aber früher bin ich ständig in die Bibliothek gegangen. Ich muss wieder hin. Ich vermisse das Lesen.« Das hätte Maggie nicht vielen Menschen gegenüber zugegeben. Aber wieder einmal sorgte Shawn dafür, dass sie sich wohlfühlte, wenn sie Dinge erzählte, die sie normalerweise nicht erzählen würde. Es war beunruhigend, fühlte sich aber auch ... gut an.

»Willst du nach dem Essen hingehen? Ich glaube, es gibt eine nicht weit von deiner Wohnung entfernt.«

Maggie blieb stehen und starrte den Mann neben sich an. Von jedem anderen Mann hätte sie gedacht, dass das Angebot ein Vorbote für etwas anderes war. Aber sie war sich ziemlich sicher, dass Shawn es ernst meinte.

»Was? Was ist los?«, fragte er und sah sich um, als würde er nach einer Gefahr suchen, die sie so plötzlich auf dem Bürgersteig anhalten ließ.

»Ich schlafe nicht mit dir«, platzte es aus Maggie heraus. Das hatte sie ihm bereits gesagt, aber sie hatte das Bedürfnis, es zu wiederholen ... nur für den Fall, dass sie sich in seinen Absichten täuschte.

Shawns besorgter Blick verwandelte sich in etwas anderes. Verärgerung. Enttäuschung.

Es war Letzteres, bei dem Maggie sich für ihren Ausbruch schämte.

»Ich weiß. Wir haben das schon besprochen, aber okay. Ich sage es noch einmal. Der Gedanke kam mir nicht einmal in den Sinn. Ich habe angeboten, dich in die Bibliothek zu bringen, weil ich dachte, es würde dir vielleicht Spaß machen, etwas zu tun, was du schon eine Weile nicht mehr gemacht hast – dir ein neues Buch zu holen. Ich hätte dich in den Buchladen mitgenommen und dir etwas *gekauft*, aber ich dachte mir, dass dich das vielleicht beleidigen würde. Ob du es glaubst oder nicht, ich habe auch einmal in deiner Situation gesteckt, Maggie. Natürlich nicht ganz, aber ich war so pleite, dass ich mir nur Nudeln und, wenn ich Glück hatte, Benzin für meinen Wagen leisten konnte. Ich würde auf keinen Fall versuchen, dich zu verführen. Und ehrlich gesagt hätte ich sowieso nicht die leiseste Ahnung, wie ich das anstellen sollte.«

»Sicher«, sagte Maggie sarkastisch. Sie bemühte sich sehr, kein schlechtes Gewissen zu haben, wie sie diesen Mann behandelte. Er war einfach nur fantastisch zu ihr gewesen, und sie benahm sich wie eine Zicke. Aber sie konnte sich nicht zurückhalten. Ihre Schutzschilde waren zusammengebrochen, und sie musste sie dringend wieder aufbauen, um sich vor weiteren Verletzungen zu schützen. »Du bist ein Navy SEAL. Ich bin sicher, dass die Frauen sich dir ständig an den Hals werfen. Aber wenn du denkst, dass du das bekommst, weil du mir hilfst, hast du dich geschnitten. Ich werde nicht noch eine Kerbe an deinem Bettpfosten sein.«

»Es gibt keine Kerben«, sagte Shawn.

Maggie starrte ihn an, unsicher, was er meinte. »Nun ja. Wie auch immer.«

»Willst du wissen, warum ich Preacher genannt werde?«, fragte er.

Es war seltsam, dass sie mitten auf dem Bürgersteig standen und dieses Gespräch führten, aber jetzt, da sie es begonnen hatte, wusste Maggie nicht, wie sie es beenden sollte.

Er gab ihr keine Gelegenheit zu antworten. »Im Ausbildungslager gingen alle Jungs in Kneipen, um Frauen aufzureißen, wenn wir Pausen hatten. Ich bin nie hingegangen. Kein einziges Mal. Das ist nicht mein Ding. Sie fingen an, mich Preacher zu nennen, um sich über mich lustig zu machen. Aber das interessierte mich nicht. Damals nicht und heute noch weniger. Wenn ich mit einer Frau schlafe, dann weil ich mit ihr den Rest meines Lebens verbringen möchte. Nicht weil sie betrunken ist und damit prahlen will, dass sie mit einem SEAL geschlafen hat. Nenn mich altmodisch, das stört mich nicht. Ich weiß, was ich will – und das ist zu warten, bis ich die richtige Frau gefunden habe.«

Maggie starrte Shawn mit offenem Mund an. Sagte er, was sie *dachte*, dass er sagte? »Wie alt bist du?«

Er lächelte. »Dreiunddreißig.«

»Und du ...« Ihre Stimme versagte.

Sie würde nicht fragen. Nein, das stand ihr nicht zu und es war unhöflich.

Aber er beantwortete die Frage, die sie sich nicht zu stellen traute. »Ich habe dir gesagt, dass ich warte. Du musst also keine Angst haben, dass ich dich zu Sex zwinge oder unter Druck setze.«

Dieser Mann war *Jungfrau*? Es war unglaublich. Er war ... *umwerfend*. Gut gebaut. Gut aussehend. In der Tat wunderschön. Aber noch wichtiger war, dass er freundlich war. Großzügig. Nett. Ein großartiger Freund. Treu. *Alle Adjektive.*

Wie um alles in der Welt konnte er dann noch Jungfrau sein?

Shawn seufzte. »Genau aus diesem Grund spreche ich nicht mit vielen Menschen darüber. Ich sehe einfach keinen Reiz darin, Sex zu haben, nur um Sex zu haben. Ich habe ein paar Spielzeuge, also weiß ich, wie das alles funktioniert. Und ich habe einen gesunden Sexualtrieb. Normalerweise befriedige ich mich einfach selbst. Ich verlasse mich nicht auf Frauen, um meine Bedürfnisse zu befriedigen. Ich möchte eine Verbindung zu jemandem haben, bevor wir etwas so Intimes wie Sex miteinander erleben.«

Je mehr er sprach, desto verblüffter wurde Maggie. Und desto interessierter. Es war irgendwie ironisch, dass er zugab,

Jungfrau zu sein, wodurch sie sich noch *mehr* zu ihm hingezogen fühlte, nicht weniger.

»Also ... willst du in die Bibliothek gehen oder nicht?«

Er klang so ruhig. Überhaupt nicht besorgt, dass er ihr etwas sehr Persönliches und Privates über sich erzählt hatte. Ja, er versuchte, ihr zu versichern, dass er nicht darauf aus war, sie ins Bett zu bekommen, aber trotzdem. »Ja«, sagte sie schließlich.

»Großartig. Wie wäre es mit Italienisch zum Abendessen? Es gibt ein tolles kleines Familienrestaurant nicht weit von hier. Ich kenne die Besitzer. Sie sind großartig. Und ich garantiere dir, dass du nicht hungrig nach Hause gehen wirst.«

»Ist es möglich, ein italienisches Restaurant hungrig zu verlassen?«, fragte sie.

Shawn grinste. »Da wärst du überrascht.«

Sie gingen weiter, und dabei berührte ihre Hand versehentlich seine.

»Tut mir leid«, sagte er mit einem kleinen Achselzucken, als er zu ihr hinunterblickte.

In diesem Moment wurde Maggie klar, dass sie Shawn in einem ganz neuen Licht sah.

Sie hatte ihn mit dem gleichen Pinsel wie ihren Ex gemalt. Sie waren beide in der Marine, waren sehr dominant, fühlten sich in ihrer Haut wohl. Aber Shawn und Roman waren so unterschiedlich, dass es nicht einmal lustig war. Ja, wenn sie nebeneinander aufgereiht wären, würden sie sich sehr ähnlichsehen. Aber jetzt, da sie Shawn kennenlernte, konnte sie sehen, dass sie wie Tag und Nacht waren.

Roman war die dunkle Nacht und Shawn war das Licht des Tages. Und sie genoss es tatsächlich, mit Shawn zusammen zu sein. Sie wollte ihn besser kennenlernen.

»Was liest du gern?«, fragte sie, während sie gingen.

Das Lächeln, das er ihr schenkte, ließ ein Kribbeln in ihrem

Nacken aufsteigen. Sie mochte es, wenn er sie so ansah. Sie mochte es sehr.

Preachers Herz fühlte sich an, als würde es aus seiner Brust springen. Er konnte nicht glauben, dass er Maggie gegenüber zugegeben hatte, noch nie mit einer Frau zusammen gewesen zu sein. Sie musste ihn für den erbärmlichsten Mann halten, den sie je getroffen hatte. Wer war mit dreiunddreißig noch Jungfrau? Aber er musste *etwas* tun, um ihr zu versichern, dass er nicht nur nett war, um sie ins Bett zu bekommen.

Glücklicherweise schien sein Geständnis sie zu entspannen, was sein Ziel war. Aber er zweifelte immer noch an sich. Sein Angebot, sie zum Abendessen und in die Bibliothek einzuladen, war wirklich unverbindlich. Er wollte einfach nur die gemeinsame Zeit mit ihr verlängern.

Und es schien, als wollte sie das auch. Ihr Gespräch war entspannt und sie erlebten keinen einzigen Moment der Unbehaglichkeit, in dem sie nicht wussten, was sie einander sagen sollten. Er hatte ihr von seiner Familie in Maine erzählt, wie er sich für die SEALs zu interessieren begann, und sogar von einigen seiner weniger streng geheimen Missionen.

Im Gegenzug erfuhr er von ihrer Adoption als Kleinkind und wie sie später ihre leibliche Mutter gefunden hatte, die vor etwa einem Jahrzehnt gestorben war, bevor Maggie tatsächlich die Gelegenheit hatte, sie kennenzulernen. Sie hatte keine Geschwister, weder adoptierte noch leibliche. Sie erzählte ihm Geschichten über einige der Dinge, die sie im College gemacht hatte, und er konnte sich nicht erinnern, jemals so viel gelacht zu haben.

Nachdem sie zu viel gegessen hatten und praktisch aus dem Restaurant gerollt waren, verbrachten sie über eine Stunde in der Bibliothek. Er hätte noch mindestens eine weitere Stunde bleiben können, aber Maggie sah müde aus und protestierte nicht, als er fragte, ob sie bereit sei zu gehen. Sie hatte einen Stapel Bücher in den Armen, als sie gingen, was Preacher aus irgendeinem Grund stolz machte.

Der einzige dunkle Moment ihres Abends war, als ihr Telefon klingelte. Sie hatte den Anruf entgegengenommen und dann, ohne ein Wort zu sagen, die Verbindung zu demjenigen am anderen Ende beendet. Sie weigerte sich, ihm zu sagen, wer es war, aber für Preacher war es offensichtlich, dass sie durch den Anruf verunsichert war. Er hasste es, dass sie ihm nicht genügend vertraute, um mit ihm zu reden, aber es war erst einen Tag her, seit sie sich kennengelernt hatten, auch wenn es viel länger schien.

»Es tut mir leid, dass ich noch nichts über deinen Wagen weiß«, sagte er, als er auf ihren Parkplatz fuhr.

»Schon okay. Ich rufe morgen an.«

Er nahm sich vor, gleich am nächsten Morgen den Mechaniker zu kontaktieren. Er hatte keine Ahnung, was mit dem Wagen nicht stimmte, aber er wollte sicherstellen, dass Maggie sich das, was auch immer es war, leisten konnte. Er hatte bereits mit dem Mechaniker vereinbart, dass er die Hälfte der Kosten an Preacher weitergeben würde, aber er wollte auch dafür sorgen, dass die restlichen fünfzig Prozent für Maggie tragbar waren.

Er hatte nicht gelogen, als er ihr vorhin gesagt hatte, dass er wisse, wie es war, Geldprobleme zu haben. Er war jetzt in einer guten Lage, aber er wollte Maggie die Gefallen weitergeben, die er damals bekommen hatte.

»Ich hatte heute Spaß«, sagte Preacher ... und kam sich sofort dumm vor. Dies war keine Verabredung gewesen. Nicht einmal annähernd. Und doch war es seit Jahren die beste Zeit, die er mit einer Frau verbracht hatte.

»Ich auch«, erwiderte Maggie.

Er wollte den Moment verlängern, sehen, ob sie wieder etwas mit ihm unternehmen wollte. Aber er war sich nicht sicher, wie er das ansprechen sollte. Er war einfach nicht sehr gut in solchen Dingen. Verabredungen.

»Danke, dass du mich Julie vorgestellt hast. Und dass du den anderen meine Nummer gegeben hast. Seit ich draußen bin, war mir nicht klar, wie isoliert ich geworden bin.«

Ihre Worte gaben Preacher ein gutes Gefühl. »Gern geschehen.«

»Also ...«, sagte sie und zog das Wort in die Länge.

»Richtig. Ich muss los. Ich habe morgen früh Training«, sagte Preacher und fühlte sich so unbehaglich wie ein Teenager. »Möchtest du irgendwann mal wieder mit mir essen gehen?«, platzte es aus ihm heraus.

Zu seiner Erleichterung nickte Maggie. »Ja. Ich denke schon.«

»Super! Ich rufe dich an.«

»Okay.«

»Okay.« Preacher wusste, dass er wie ein Idiot lächelte, aber er konnte nicht anders. Impulsiv trat er auf sie zu und beugte sich vor, um sie auf die Wange zu küssen. Sie versteifte sich, wich ihm aber nicht aus. »Schlaf gut.«

»Das werde ich. Du auch.«

»Ruf an, wenn du etwas brauchst.«

Sie rümpfte die Nase. »Ich werde nichts brauchen.«

Sie hatte wahrscheinlich recht, aber Preacher konnte nicht anders, als zu sagen: »Man weiß nie. Wir sehen uns, Maggie.«

»Tschüss, Shawn.«

Preacher lächelte den ganzen Weg nach Hause.

KAPITEL SECHS

»Du hast in den letzten Tagen furchtbar viel gelächelt«, sagte MacGyver. »Was ist los?«

Preacher blickte zu seinem Teamkameraden hinüber. Sie machten gerade Sit-ups im Sand und würden gleich wieder aufstehen und den Strand entlanglaufen. Es war früh, die Sonne war gerade über den Horizont gestiegen, und Kevlar ließ sie heute Morgen hart arbeiten. Und doch fühlte sich Preacher wie ein neuer Mensch. Die letzten anderthalb Wochen waren ... fantastisch gewesen.

Er hatte jeden Abend mit Maggie telefoniert, auch an den Abenden, an denen er sie nach der Arbeit getroffen hatte. Ihr Job bei *My Sister's Closet* lief super. Sie sagte, es sei hektisch, aber es gefalle ihr besser, als sie gedacht hätte. Sie hatten sich dreimal getroffen, seit er sie zum Vorstellungsgespräch bei Julie gebracht hatte, und gestern Abend hatte sie ihm endlich erlaubt, sie bis zur Wohnungstür zu begleiten.

Es ging voran. Langsam, aber Preachers Meinung nach war jeder Fortschritt ein Schritt in die richtige Richtung.

»Ich nehme an, dass es mit der Braut, die sich als Adina ausgegeben hat, gut läuft«, sagte Flash.

»Sie heißt Maggie. Und sie hat ihre Taxi-Registrierung nur benutzt, weil sie keinen anderen Job finden konnte«, sagte Preacher etwas gereizt.

»Glauben wir, dass sie unschuldig war?«, fragte Safe.

Preacher tat sein Bestes, um seinem Freund nicht an die Gurgel zu springen. Er klang nicht skeptisch, sondern stellte lediglich eine Frage. Aber es wurmte ihn trotzdem. Zu seiner Überraschung war es Smiley, der antwortete.

»Sie ist unschuldig«, sagte er bestimmt.

»Woher weißt du das?«, hakte Safe nach.

»Wenn du sie triffst, wirst du es wissen«, sagte Smiley, ohne zu zögern. »Sie hat einfach etwas an sich, das nach Unschuld schreit.«

»Also … gibt es etwas, was wir tun können?«, fragte Flash.

»Wobei?«, wollte Kevlar wissen.

»Dass sie zwei Jahre für etwas hinter Gittern gesessen hat, das sie nicht getan hat«, erklärte Flash. »Gibt es jemanden, den wir anrufen können, um zu ermitteln und ihre Verurteilung aufzuheben? Moment mal – weiß sie, wer ihr das angehängt hat? Was ist mit *dieser* Person los?«

»Ja, wer ist das Arschloch, das sie reingelegt hat?«, fragte Blink und klang dabei wütend.

Das war der Grund, warum er so gern mit diesen Männern zusammenarbeitete. Sie waren immer bereit, sich für die Unschuldigen einzusetzen.

»Preacher? Was weißt du über den Kerl? Es war ein Ex, oder?«, fragte Kevlar.

Preacher stand auf, zusammen mit dem Rest seines Teams, und joggte in schnellem Tempo den Strand entlang. Er mochte sich zwar über diese frühmorgendlichen Trainingseinheiten beschweren, aber insgeheim liebte er sie. Sie ließen sein Herz arbeiten und brachten sein Blut zum Fließen. Sie halfen ihm, klarer zu denken.

»Ja, es war ein Ex«, bestätigte er, »aber Maggie und ich haben nicht wirklich darüber gesprochen. Sie ist sehr empfindlich, was das betrifft, und ich kann es ihr nicht verübeln. Sie lebt ihr Leben in der Angst, auch nur das kleinste Ding falsch zu machen und wieder hinter Gittern zu landen. Es ist beschissen.«

»Das kann ich mir vorstellen«, sagte MacGyver. »Ist ihr Ex noch da? Könnte er etwas tun, was sie wieder ins Gefängnis bringen würde? Zum Beispiel eine Falschaussage gegenüber ihrer Bewährungshelferin machen?«

Preacher blieb stehen. Der Rest seines Teams lief noch einen Moment weiter, blieb dann aber ebenfalls stehen und drehte sich um, um ihn anzustarren.

»Preacher?«, rief Kevlar besorgt.

Er kam sich wie ein Idiot vor. Daran hatte er nicht einmal *gedacht*. Preacher wusste, dass Maggie Kalifornien verlassen wollte, aber er hatte sie nicht nach Einzelheiten gefragt. Er nahm einfach an, dass es die schlechten Erinnerungen und die hohen Lebenshaltungskosten hier waren, wegen derer sie unbedingt verschwinden wollte. Aber jetzt, da MacGyver es angesprochen hatte, musste sie Angst haben, dass ihr Ex etwas tun würde, um sie zurück ins Gefängnis zu bringen. Vor allem wenn er derjenige gewesen war, der sie überhaupt erst dorthin gebracht hatte.

Und sie hatte in einem ihrer Gespräche angedeutet, dass er jemand war, der in der Marine ziemlich weit oben stand.

Seine Teamkameraden kehrten zu ihm zurück.

»Was ist los?«, fragte Smiley stirnrunzelnd.

»Er könnte durchaus etwas tun, das sie wieder hinter Gitter bringen würde«, antwortete Preacher auf MacGyvers Frage. »Ich glaube, sie hat genau davor Angst.«

»Und was machen wir jetzt?«, fragte Safe. »Um das zu verhindern?«

Preacher schluckte schwer. »Ich weiß es nicht. Ohne zu wissen, wer dieser Typ ist, sind wir sozusagen im Blindflug unterwegs. Sie hat mir allerdings gesagt, dass er bei der Marine ist.«

»Was?«

»Wirklich?«

»Scheiße. Das macht die Sache kompliziert.«

Preacher hatte dasselbe gedacht, was seine Teamkameraden zum Ausdruck brachten, als Maggie zugegeben hatte, dass ihr Ex-Freund Marineoffizier war.

»Du musst herausfinden, wer er ist. Bring sie dazu, dir seinen Namen zu verraten«, sagte Flash.

»Ich glaube nicht, dass das so einfach ist.«

»Das sollte es aber sein. Beschützt sie ihn aus irgendeinem Grund? Liebt sie ihn immer noch?«, fragte Safe.

»*Nein*«, knurrte Preacher fast. Das wusste er ohne Zweifel.

»Ich weiß nicht. Manchmal ist es für misshandelte Frauen schwer, ihre Peiniger zu verlassen. Sie denken, sie lieben ihn, oder sie, und wollen ihn ändern«, sagte Kevlar.

»Das ist nicht Maggies Problem«, sagte Preacher bestimmt. »Sie hat Angst vor ihm. Und sie bekommt Anrufe. Sie sagt mir nicht, von wem sie sind, und legt fast sofort auf, aber ich sehe, dass sie sie beeinflussen. Sie machen ihr Angst. Nun ... ich glaube, sie sind von dem Ex.«

Kevlar runzelte die Stirn. »Das ist nicht gut.«

»Nein, das ist es nicht«, stimmte Preacher zu.

»Wenn dieser Kerl wirklich in der Marine ist, brauchen wir Beweise für alles, bevor wir zur Strafverfolgungsbehörde gehen können«, sagte Flash.

»Können wir unsere Bedenken nicht einfach vorbringen und sie untersuchen lassen?«, fragte MacGyver. »Und du musst

Maggie nicht einmal nach einem Namen fragen. Wenn er gegen sie ausgesagt hat, sollte sein Name in den Gerichtsakten stehen, oder?«

»Ja. Aber ich will es nicht hinter ihrem Rücken machen. Nicht wenn wir gerade erst angefangen haben, miteinander auszugehen. Das wäre ein riesiger Vertrauensbruch. Sie hat mir *sehr* ungern erzählt, dass er bei der Marine ist. Wenn ich ihren Fall untersuche und ohne ihr Wissen herausfinde, wer dieses Arschloch ist, wird das zweifellos das zerstören, was wir gemeinsam begonnen haben. Ich möchte, dass sie mir genügend vertraut, um mir freiwillig zu sagen, wer er ist«, sagte Preacher zu seinen Freunden.

»Das kann ich verstehen«, erwiderte Kevlar. »Aber wenn er sie bedroht ...« Er verstummte.

»Scheiße«, sagte Blink leise. »Das ist eine ausweglose Situation.«

Preacher stimmte ihm hundertprozentig zu. Er war ein Idiot gewesen. Er hatte Maggie blind umworben, als sei sie in einer normalen Situation. Aber jetzt, da er innehielt, um darüber nachzudenken, war ihre Situation alles andere als normal.

»Bist du sicher, dass du dich auf diese Frau einlassen willst?«, fragte Flash. »Und ich will kein Arsch sein. Sie ist eine verurteilte Straftäterin, es wird eine Menge Dinge geben, die für sie oder euch beide schwieriger oder unmöglich sein werden, wenn ihr zusammenkommt.«

Preacher tat sein Bestes, um nicht auf seinen Freund loszugehen. Er war sich der Konsequenzen bewusst, mit denen Maggie in Zukunft rechnen musste. Sie durfte nicht wählen, solange sie auf Bewährung war, es würde schwieriger sein, Kredite für alles zu bekommen, angefangen bei Fahrzeugen bis hin zu Häusern, und sie wusste bereits, wie schwierig es war, einen Job zu finden.

Aber der Gedanke, sie nicht wiederzusehen, ließ ihn erschaudern.

Die Sache war die, dass Preacher Maggie *mochte*. Sie war witzig, freundlich und rücksichtsvoll. Und sie war verdammt schlau. Je mehr Zeit er mit ihr verbrachte, desto mehr *wollte* er Zeit mit ihr verbringen. Er hatte noch nie eine andere Frau getroffen, bei der er solche Gefühle hatte.

»Ich bin mir sicher«, sagte er verspätet zu Flash.

»Okay, dann müssen wir das klären«, sagte Kevlar bestimmt. »Du musst herausfinden, wie ihr Ex heißt, damit wir wissen, mit wem wir es zu tun haben.«

Alle anderen nickten zustimmend.

Das. Das war Grund Nummer einhundertsiebenundsechzig, warum Preacher sein Leben für diese Männer geben würde, wenn es darauf ankäme. Sie waren über alle Maßen loyal und hatten kein Problem damit, sich für jemanden einzusetzen, der ihnen am Herzen lag.

»Ich werde sehen, was ich tun kann«, sagte Preacher und fürchtete sich bereits vor dem Gespräch, das er mit Maggie führen musste. Sie würde nicht über ihren Ex reden wollen. Nicht nur, weil das Gespräch über ihn schlechte Erinnerungen wecken würde, sondern weil er ehrlich glaubte, dass sie Angst vor dem Mann hatte.

»Gut. Da das geklärt ist, bewegt eure Ärsche. Wir müssen noch sechs Kilometer laufen, bevor wir umkehren und zum Stützpunkt zurückkehren können.«

Alle stöhnten, taten aber, was ihnen befohlen wurde.

Den Rest des Vormittags überlegte Preacher, wie er das Thema von Maggies Ex bei ihrem nächsten Treffen ansprechen sollte, und als sie wieder dort ankamen, wo sie ihre Fahrzeuge geparkt hatten, war er noch keinen Schritt näher an einem brauchbaren Plan.

Aber seine Freunde hatten recht. Maggie brauchte Hilfe.

Und sie hatte vielleicht nicht bemerkt, worauf sie sich einließ, als sie Remi neulich gefahren hatte, aber sie würde bald herausfinden, dass Preacher und seine Freunde nicht nur gut aussahen. Sie hatten einige erstaunliche Kontakte und würden nicht zögern, diese zu nutzen, um jemandem in Not zu helfen. Und Maggie brauchte definitiv jemanden an ihrer Seite.

Es war seltsam, wie sehr Maggie sich darauf freute, Shawn heute Abend zu sehen. Die drei Treffen in den letzten anderthalb Wochen waren wirklich schön gewesen. Sie war noch nie so ... aufgeregt gewesen, mit jemandem zusammen zu sein. Was sie ironischerweise auch vorsichtiger werden ließ.

Die Erinnerung an das, was Roman getan hatte, war noch frisch in ihrem Gedächtnis. Wie könnte es auch anders sein? Manchmal, nachts, wenn sie allein war, konnte sie immer noch den Geruch der Gefängniszelle wahrnehmen, in der sie zwei lange Jahre verbracht hatte. Der Mief, der entstand, wenn so viele Menschen auf engem Raum lebten, fühlte sich an, als sei er in ihre Poren eingedrungen.

Der Gedanke, eine falsche Entscheidung zu treffen und dorthin zurückgeschickt zu werden, reichte aus, um in ihr den Wunsch auszulösen, sich unter ihrer Decke verstecken und nie wieder herauskommen zu wollen.

Aber wenn sie mit Shawn zusammen war, versuchte sie nicht, herauszufinden, wie und wann er sie betrügen würde. Sie konnte ihre Deckung fallen lassen und einfach ... sie selbst sein. Was an sich schon seltsam war, denn sie versuchte immer noch herauszufinden, wer die neue Maggie Lionetti war. Das Gefängnis hatte sie verändert, wie es jeden verändern würde. Aber sie wusste nicht, ob es sie stärker oder einfach zynischer gemacht hatte.

Heute Abend holte Shawn sie ab und sie gingen zum Abendessen in ein Lokal namens *Aces Bar and Grill*. Er hatte ihr versichert, dass es entspannt und keine typische Kneipe sei. Adina hatte es auch erwähnt, bevor sie in den Einsatz geschickt wurde. Kneipen waren nicht Maggies Ding, aber sie war bereit, es zu versuchen.

Jetzt hatte sie jedoch Bedenken. Als Shawn vorhin anrief, hatte er ... seltsam geklungen. Er hatte gefragt, ob er zu ihr nach Hause kommen könne, um ein wenig zu reden, bevor sie zum Abendessen aufbrachen. Natürlich war sie nervös, worüber er sprechen wollte. Sie glaubte nicht, dass er seine Meinung geändert hatte, mit ihr abhängen zu wollen, denn er hatte ihre Pläne bestätigt, danach zum Abendessen zu gehen. Aber ihr fiel nichts ein, worüber er mit ihr sprechen wollte, das ihn so ernst klingen lassen würde.

Und doch ... fiel ihr etwas ein. Der große Elefant im Raum.

Maggie wusste besser als jeder andere, dass es nicht gerade einfach war, mit ihr zusammen zu sein. Ihre Vergangenheit prägte alles, was sie heutzutage tat. Sie überschritt nie das Tempolimit, machte in der Öffentlichkeit nie auf sich aufmerksam und blieb meistens für sich.

Und vielleicht war das alles zu viel für Shawn. Vielleicht wollte er versuchen, sie sanft abblitzen zu lassen, was ihre Freundschaft anging, und hatte immer noch vor, sie als Trostpreis zum Essen einzuladen. Eine letzte gemeinsame Mahlzeit, bevor er sie fallen ließ.

Maggies Fantasie geriet außer Kontrolle und sie war kurz davor, Shawn anzurufen und ihm zu sagen, dass sie ihn nicht mehr sehen oder mit ihm sprechen wolle – aus Selbstschutz, nicht weil sie es wirklich wollte –, als ihr Telefon klingelte.

Sie erschrak zu Tode. Sie hatte vergessen, dass sie den Klingelton heute lauter gestellt hatte, damit sie ihn während der Arbeit hören konnte – zum Glück konnte sie in ihrem neuen

Job Anrufe entgegennehmen und SMS beantworten, solange keine Kunden im Laden waren. Sie hatte in der letzten Woche einige von Shawns Nachrichten verpasst, und das Gefühl der Enttäuschung hatte sie überraschend hart getroffen, also hatte sie alles getan, um das zu verhindern.

Als sie nach unten schaute, drehte sich ihr Magen um, als sie »Unbekannt« auf dem Bildschirm sah. Sie wünschte sich nicht zum ersten Mal, sie könnte es ignorieren. Dass sie den Anruf an die Mailbox weiterleiten könnte. Aber sie wollte für ihre Bewährungshelferin jederzeit erreichbar sein. Die Frau würde sie nicht melden, nur weil sie einen Anruf auf die Mailbox umgeleitet hatte, aber Maggie wollte unbedingt alles in ihrer Macht Stehende tun, um die Regeln zu befolgen, die ihr bei ihrer Entlassung aus dem Gefängnis auferlegt worden waren. Natürlich hatte sie die Büronummer ihrer Bewährungshelferin in ihrem Handy gespeichert, aber es war immer möglich, dass sie von einem anderen Telefon aus anrief.

Sie konnte den Anruf nicht ignorieren, egal wie sehr sie es wollte oder wie sehr es ihr Magenkrämpfe bereitete, dieses »Unbekannt« auf ihrem Bildschirm zu sehen.

Maggie stellte sich auf das Schlimmste ein und sagte: »Hallo?«

»Du gehst mit einem SEAL aus?«, fragte der Mann am anderen Ende der Leitung, und jedes Wort triefte vor Gift. »Willst du mich verarschen?«

»Lass mich in Ruhe, Roman«, sagte Maggie und wurde zum ersten Mal wütend. Es fühlte sich gut an. Normalerweise legte sie einfach auf und blockierte die Nummer, von der aus er anrief, aber heute Abend war sie fertig. F.E.R.T.I.G. *Fertig.* »Ich glaube, du hast dich lange genug in mein Leben eingemischt. Ich habe den Mund gehalten und werde das auch weiterhin tun. Aber du musst aufhören, mich anzurufen.«

»Hör zu, Schlampe, du sagst mir nicht, was ich tun soll. Ich bin derjenige, der alle Trümpfe in der Hand hält. Und verdammt richtig, du wirst den Mund halten. Ich kann dich mit einem einzigen Anruf direkt wieder hinter Gitter bringen.«

Maggie wurden die Knie weich und sie sackte auf dem Boden zusammen, wo sie stand. »Warum?«, flüsterte sie. »Warum tust du das? Du hast mein ganzes Leben versaut, Roman! Warum quälst du mich auch weiterhin?«

»Weil es Spaß macht«, war seine Antwort.

Und das Lachen, das auf seine unverblümte Aussage folgte, machte Maggie klar, dass er es ernst meinte. Es machte ihm wirklich *Spaß*. Ihr Leben zu ruinieren war für ihn Unterhaltung.

Sofort wurde ihr klar, wie sehr sie es vermasselt hatte. Sie hätte alle ihre eingehenden Anrufe aufzeichnen sollen. Um einen Beweis dafür zu haben, dass Roman sie belästigte. Dass er derjenige war, der sie vor zwei Jahren hereingelegt hatte.

Sobald sie aufgelegt hatte, würde sie das korrigieren und nach einer dieser Aufnahme-Apps suchen. Sie wusste nicht, wie sie funktionierten, aber sie würde es herausfinden. Vielleicht würde Shawn helfen.

Der Gedanke an den Mann, der jeden Moment in ihrer Wohnung sein würde, ließ sie erneut erstarren. Und als hätten sich ihre Gedanken an ihn irgendwie auf Roman übertragen, sprach er erneut.

»Ich warne dich, wenn du diesem Froschmann oder seinen Freunden irgendetwas erzählst, wirst du es bereuen. Früher oder später werde ich herausfinden, wer er ist, und ich werde dafür sorgen, dass er es bereut, dich jemals getroffen zu haben. Ich habe dir gesagt, dass ich auf diesem Stützpunkt eine große Nummer bin, und ich habe nicht gelogen. Ich kann dafür sorgen, dass sein Team in irgendeinem Dschungel verrottet oder ihr Blut in einer verdammten Wüste auf der anderen Seite der Welt kocht. Sobald ich weiß, wer er ist, und auch nur einen

Pieps höre, dass er nach mir fragt, ist es beschlossene Sache. Ich *besitze* dich, Maggie. Vergiss das bloß nicht, verdammt noch mal.«

Wie sollte sie auch? Er ließ es nicht zu.

Maggie öffnete den Mund, um ihren Ex erneut zu bitten, sie in Ruhe zu lassen, aber es war zu spät. Die Leitung war tot.

Wie ein Roboter tippte sie auf die Nummer, von der aus er angerufen hatte, und blockierte sie, obwohl sie wusste, dass das nichts bringen würde. Roman hatte offenbar einen endlosen Vorrat an Wegwerfhandys, von denen aus er sie anrufen konnte. Sie konnte sich eine andere Telefonnummer besorgen, aber er hatte *diese* – eine neue Nummer, die sie nach ihrer Entlassung bekommen hatte – mühelos herausgefunden. Sie hatte keinen Grund zu bezweifeln, dass er eine andere Nummer genauso leicht finden würde.

Sie saß auf dem Fliesenboden, starrte ins Leere und zermarterte sich den Kopf, was sie tun sollte. Sie könnte weglaufen, den Staat verlassen, sich verstecken, aber das würde sie nur noch tiefer in Schwierigkeiten bringen. Sie hatte keine Ahnung, wie sie untertauchen oder eine neue Identität bekommen sollte. Außerdem war sie, anders als in ihrer Akte stand, keine Kriminelle. Sie mochte es nicht, in Schwierigkeiten zu stecken. Sie hielt sich an Regeln und allein der Gedanke, den Rest ihres Lebens damit zu verbringen, sich vor den Behörden zu verstecken, löste bei ihr Hautausschlag aus.

Aber Romans Drohung gegen Shawn und seine Freunde klang glaubwürdig. Sie zweifelte keine Sekunde daran, dass er ihr Team völlig zerstören könnte, und sie wusste, dass er nicht zögern würde, dies zu tun. Sie wollte auf keinen Fall, dass jemand anderes verletzt wurde oder in Schwierigkeiten geriet, weil sie schlechte Entscheidungen getroffen hatte. Und mit Roman Robertson auszugehen war eine der schlimmsten

Entscheidungen, die sie je getroffen hatte. Es hatte ihr Leben buchstäblich ruiniert.

Sie würde alles tun, um zu verhindern, dass es auch Shawns Leben ruinierte.

Als Maggie wusste, was sie tun musste, fühlte sie sich noch hilfloser und ängstlicher.

Als es an ihrer Tür klopfte, zuckte sie überrascht zusammen. Langsam stand sie auf, wobei ihre Füße kribbelten, weil sie so lange darauf gesessen hatte. Sie ging wie betäubt zur Tür und schaute durch den Spion. Es war Shawn, wie sie erwartet hatte.

Als sie die Tür öffnete, schluckte sie schwer. Er sah gut aus. Wirklich gut. Er trug ein weiß-blau kariertes Flanellhemd, was in Südkalifornien etwas albern hätte wirken sollen, aber es ließ ihn nur noch attraktiver aussehen als sonst. Es schien auch, als hätte er versucht, seine Haare tatsächlich zu stylen, anstatt nur mit der Hand hindurchzufahren, wie er es normalerweise tat. Sein Bart war ordentlich gestutzt und das Lächeln auf seinem Gesicht, als er sie sah, hätte Maggie wohlige Schauer bescheren sollen. Stattdessen wurde ihr übel, wenn sie bedachte, was sie vorhatte.

Das Lächeln auf seinem Gesicht verschwand langsam und er fragte: »Was ist los?«

Maggie holte tief Luft und trat einen Schritt zurück. »Nichts. Komm rein.«

Ihn hereinzubitten war ein großer Schritt für sie. Es zeigte ein Maß an Vertrauen, von dem sie gedacht hatte, dass es durch all das, was sie durchgemacht hatte, zerstört worden war. Aber dieser Mann hatte es irgendwie geschafft, ihre Schutzschilde zu durchbrechen und sie dazu zu bringen, ihm in Rekordzeit zu vertrauen. Zu schade, dass sie das mit dem, was sie ihm sagen wollte, ruinieren würde.

Sie betraten ihre Wohnung, und Maggie wandte sich unbehaglich an Shawn. »Möchtest du etwas trinken?«

»Nein. Ich möchte, dass du mir sagst, was dich so aus der Fassung gebracht hat. Willst du mich nicht hier haben? Ich kann gehen. Oder hast du deine Meinung über das *Aces* geändert? Wir können woanders hingehen.«

Das war einer der Aspekte, die sie an diesem Mann am meisten schätzte. Er tat alles, um sicherzustellen, dass sie sich wohlfühlte. Und er scheute sich nicht, sie direkt zu fragen, was sie dachte und fühlte. Ihrer Erfahrung nach taten Männer das nicht. Sie taten so, als sei alles in Ordnung, auch wenn es das eindeutig nicht war.

Sie musste das hinter sich bringen. Es wie ein Pflaster abreißen. »Dies funktioniert für mich nicht, Shawn. Ich denke nicht, dass wir uns noch sehen oder miteinander reden sollten.«

Zu ihrer Bestürzung zeigte Shawn keinerlei Reaktion auf ihre Worte. Er starrte sie einfach nur an.

Um den unangenehmen Moment und ihr Unbehagen zu überspielen, redete Maggie weiter. »Es ist nicht so, dass ich dich nicht mag. Das tue ich. Es ist nur ... ich habe viel um die Ohren. Du weißt schon, mit dem Job, bei dem du mir geholfen hast, und dafür zu sorgen, dass ich nichts tue, was gegen meine Bewährungsauflagen verstößt. Adina wird in ein paar Monaten nach Hause kommen, und ich muss mich darauf konzentrieren, eine neue Wohnung zu finden.«

»Ich verstehe«, sagte er, als sie fertig war.

Aber er drehte sich nicht um und ging. Er tat nichts anderes, als dazustehen und sie weiterhin mit seinen tiefgrünen Augen anzustarren.

»Shawn?«, fragte sie und wurde jetzt nervös.

Zu ihrer Überraschung streckte er eine Hand aus und nahm das Handy, das sie immer noch wie einen Rettungsanker umklammerte. Sie ließ los und sah zu, wie er es entsperrte und auf dem Bildschirm zu scrollen begann.

»Woher kennst du den PIN meines Handys?«, platzte sie heraus.

»Ich war oft genug in deiner Nähe, um zu sehen, wie du es ein paarmal entsperrt hast.«

Na Scheiße. Natürlich hatte er das. Er war ein Navy SEAL. Er war aufmerksam. Und sie musste besser darin werden, sich selbst zu schützen. Vor allem da ihr Ex offenbar hinter ihr her war.

»Er hat wieder angerufen«, sagte Shawn. Es war keine Frage.

Maggie hielt den Atem an, während sie ihn anstarrte. Sie war nicht sicher, ob sie wollte, dass er all ihre Geheimnisse herausfand und sie überzeugte, ihn bleiben zu lassen, oder ob er sich einfach umdrehen und gehen sollte.

Gott, wem machte sie etwas vor – sie wollte nicht, dass er ging. Überhaupt nicht. Bei ihm fühlte sie sich sicher, was eine verdammt große Sache war, nachdem sie sich in den letzten zwei Jahren keine Minute am Tag sicher gefühlt hatte. Selbst wenn sie schlief, war Maggie nervös gewesen. Sie und ihre Zellengenossin hatten sich verstanden, aber es hätte nur eines Streits bedurft, und sie hätte eine selbst gemachte Klinge in ihrer Brust finden können.

»Ich kann dir helfen«, sagte Shawn leise und gleichmäßig. »Meine Freunde und ich haben Beziehungen. Darüber wollte ich mit dir sprechen. Ich brauche nur einen Namen, und wir können den Rest erledigen. Du musst nichts weiter sagen, sag mir nur, wer dein Ex ist, und ich sorge dafür, dass er nichts tut, was dich wieder in Schwierigkeiten bringen könnte.«

Maggie wollte sich in seine Arme sinken lassen und ihm all ihre Geheimnisse anvertrauen. Aber sie machte die Knie steif. Romans Anruf war ihr noch viel zu frisch im Gedächtnis. Er würde genau das tun, was er angedroht hatte. Er würde Shawn und sein SEAL-Team irgendwie in die entlegensten Winkel der Welt schicken, wenn sie anfingen, ihn zu überprüfen. Sie wären in Gefahr. Verdammt, wenn es nach Roman ginge, würde er wahrscheinlich versuchen, sie im Dienst umbringen zu lassen, nur damit sie wirklich niemanden auf ihrer Seite hätte.

»Ich kann nicht.« Sie hatte vorgehabt, sich nicht beirren zu lassen und ihm zu sagen, dass es bei ihrer Entscheidung nicht um ihren Ex ging, aber stattdessen sprudelten diese drei kleinen Worte aus ihr heraus.

»Er hat dich bedroht«, sagte Shawn.

Und zum ersten Mal hörte Maggie Emotionen in seinem Tonfall. Er war sauer. Nicht auf sie, sondern in ihrem Namen.

Sie brach zusammen. Wann war das letzte Mal jemand beleidigt und sauer gewesen, weil ihr etwas angetan wurde? Vor Jahren.

Tränen stiegen ihr in die Augen, obwohl sie den Kopf schüttelte.

»Ist schon okay. Du kannst es mir sagen«, beschwichtigte Shawn sie.

Aber sie konnte nicht. Sie würde diesen Mann vor ihrem Ex schützen, und wenn es das Letzte wäre, was sie täte. Vielleicht war es dumm, wahrscheinlich war es das, aber sie hatte solche Angst vor Roman, davor, was er tun könnte, dass sie Shawn keinem Risiko aussetzen konnte.

Er machte einen Schritt auf sie zu und ehe Maggie sichs versah, lag sie in seinen Armen. Ihre Nase war an seinem Hals vergraben, während sie sich so fest an ihn klammerte, wie sie nur konnte. Es war immer noch schockierend, wie gut sich die Berührung eines anderen Menschen anfühlte. Jetzt verstand sie, warum Neugeborene die Berührung ihrer Mutter oder die eines warmen menschlichen Körpers brauchten. Es hatte etwas so Elementares, gehalten zu werden, als sei man das Wichtigste im Leben eines anderen Menschen.

»Ich habe dich. Dir geht es gut«, murmelte Shawn, während er mit einer Hand durch ihr Haar fuhr und die andere auf ihren oberen Rücken legte. Sie fühlte sich wie in einem Kokon. Sicher.

Aber er lag falsch. Ihr ging es nicht gut. Nicht im Geringsten.

Maggie spürte, wie Shawn sie rückwärts zu ihrer Couch schob. Er setzte sie beide hin, ließ sie aber nicht los, was genau das war, was Maggie im Moment brauchte.

Wie lange sie in seinen Armen auf der Couch saß, während sie ihn umklammerte, wusste sie nicht. Aber nach einer Weile lehnte sie sich zurück. Shawn ließ immer noch nicht los, aber er erlaubte ihr, etwas Abstand zwischen sie zu bringen.

»Okay«, sagte er.

Maggie runzelte die Stirn. »Okay, was?«

»Ich halte mich zurück. Damit du Zeit hast, wirklich zu glauben, dass ich auf deiner Seite bin. Dass ich dir den Rücken stärken kann. Ich habe keine Angst vor deinem Ex, Maggie. Er ist ein Tyrann, und Tyrannen gewinnen nie.«

Maggie war sich da nicht so sicher.

»Meine Freunde und ich können dir helfen, aber ich verstehe, dass du mehr Zeit brauchst, um das zu verdauen. Wir kennen Leute. Leute, die verhindern können, dass dieses Arschloch dir noch mehr Ärger macht, als er es bereits getan hat. Nicht nur das, sie können auch prüfen, was nötig ist, um möglicherweise deine Verurteilung aufzuheben.«

Er hätte sie nicht mehr schockieren können, wenn er aufgestanden wäre, sich ausgezogen hätte und wie ein männlicher Stripper im Zimmer herumgetanzt wäre. »Was?«, flüsterte sie.

»Ich weiß nicht, ob das möglich ist, aber unsere Kontakte

werden ihr Möglichstes tun, um zumindest zu prüfen, ob es möglich ist.«

Der Drang, diesem Mann all ihre Probleme anzuvertrauen, war groß. Aber ein kleiner Teil von ihr war immer noch skeptisch. Obwohl sie ihm genügend vertraute, um zu fragen: »Kannst du mir beibringen, wie ich Anrufe auf meinem Telefon aufzeichnen kann?«

»Ja.« Die Antwort kam sofort und war aufrichtig.

Allein das Wissen, dass sie in Zukunft in der Lage sein würde, Romans Drohungen aufzuzeichnen und ihn vielleicht dabei zu erwischen, wie er sich selbst belastete, gab ihr ein besseres Gefühl. Sie fühlte sich stärker.

»Danke.«

»Du musst mir nicht dafür danken, dass ich das tue, was jeder anständige Mensch tun würde.«

Das musste sie. Er verstand nicht, wie wenig Freundlichkeit und Anstand sie in letzter Zeit erfahren hatte. Es war nur Adina gewesen, die sie in ihrer Wohnung bleiben ließ, bevor Shawn in ihr Leben getreten war.

Maggie holte tief Luft, richtete sich auf und Shawn löste schließlich die Arme von ihr. Der Stich des Bedauerns war überraschend, aber sie verdrängte ihn. »Du wolltest reden?«, zwang sie sich zu fragen.

Shawn starrte sie einen Moment lang an. »Ja, das wollte ich. Du nicht. Also werden wir es nicht tun.«

Da wurde es ihr klar – er hatte über ihren Ex reden wollen. Er hatte nicht vor, ihre Freundschaft zu beenden. Erleichterung durchströmte ihre Adern.

»Aber wenn du bereit bist, egal wann das ist, zu welcher Tageszeit, wie lange es noch dauert ... Ich höre zu, okay?«

Maggie nickte.

»Hast du Hunger?«

Als hätte ihr Magen seine Worte gehört, knurrte er.

Er grinste.

Gott, dieser Mann sah gut aus. Manchmal jungenhaft, manchmal fast beängstigend in seiner Intensität. Aber im Moment sorglos und gut aussehend wie ein Schauspieler.

»Komm schon. Und eine Vorwarnung?«

Maggie wartete darauf, dass er fortfuhr.

»Ich hatte nicht geplant, dass alle auftauchen, um sich uns anzuschließen. Aber ich habe Kevlar gegenüber erwähnt, dass ich dich heute Abend ins *Aces* mitbringe, und als Nächstes bekam ich eine SMS von Remi, in der sie wissen wollte, wann wir da sein würden. Dann beschlossen die Jungs, dass sie schon eine Weile nicht mehr Billard gespielt hatten. Und jemand rief Julie an, die Caroline und Fiona und Summer anrief. Jessyka, der die Kneipe gehört, hat es erfahren … und jetzt ist es eine verdammte Party oder so. Wenn du also zu McDonald's gehen oder hierbleiben und etwas bestellen möchtest, können wir das tun.«

Maggie war aufrichtig schockiert. Noch nie hatten andere am selben Ort wie sie abhängen wollen, nur weil sie dort war. Zugegeben, nichts von dem, was Shawn gerade gesagt hatte, deutete darauf hin, dass es um *sie* ging.

Doch seine nächsten Worte machten diesen Gedanken zunichte.

»Aber wenn wir zu McDonald's gehen, werden wahrscheinlich alle ihre Pläne ändern und uns dorthin folgen. Sie sind fest entschlossen, dich kennenzulernen und dir das Gefühl zu geben, willkommen zu sein.«

Maggie fühlte sich wie der Grinch, als ihr Herz vor lauter Freundlichkeit der Whos aus Whoville drei Größen wuchs, und schluckte schwer.

»Ist das Essen im *Aces* gut?«, fragte sie.

»Das beste.«

»Dann können wir dort hingehen.«

»Bist du sicher? Es gibt nichts, was ich mir mehr wünsche, als dass du dich meiner Marine-Familie anschließt, aber nicht auf Kosten dessen, dass du dich unwohl oder unsicher fühlst.«

»Solange keiner deiner Freunde mein Ex ist, geht es mir gut.«

Er blinzelte und runzelte dann die Stirn. »Sie sind nicht dein Ex«, sagte er bestimmt. »Erstens wäre niemand, mit dem ich abhänge, so ein Mistkerl, dass er eine Frau wegen Drogen für zwei Jahre ins Gefängnis bringen würde. Zweitens sind die meisten meiner Freunde entweder verheiratet oder mit einer Frau zusammen, die sie irgendwann heiraten wollen. Und drittens – scheiß auf ihn. Deinen Ex.«

Maggie konnte nicht anders, als bei diesen Worten zu lächeln.

»Das gefällt mir. Dich lächeln zu sehen. Das tust du nicht oft genug«, sagte Shawn leise. Er leckte sich die Lippen, den Blick auf ihren Mund gerichtet.

Ihre Atmung beschleunigte sich und ihr Bauch zog sich zusammen, aber diesmal nicht vor Hunger. Es war schon ewig her, dass sie Verlangen verspürt hatte. Sie war zu sehr damit beschäftigt gewesen, sich zu schützen. Aber jetzt? So nahe neben Shawn zu sitzen, seinen sauberen Geruch zu riechen, zu sehen, wie besessen er von ihren Lippen zu sein schien ... Maggie spürte, wie ihre Brustwarzen hart wurden, und sie widerstand dem Drang, sich zu winden und die Oberschenkel zusammenzupressen, um zu versuchen, die Sehnsucht zwischen ihren Beinen zu lindern.

Maggie ahmte ihn nach, indem sie ihre eigenen Lippen leckte, und beugte sich einen Zentimeter vor.

Diese Ermutigung war alles, was Shawn brauchte. Er hob eine Hand und ließ sie auf ihrer Wange ruhen, als er schließlich den Blick hob, um ihr in die Augen zu sehen. »Darf ich?«, flüsterte er.

Dass Shawn um ihre Zustimmung für etwas so Unschuldiges wie einen Kuss bat, hatte eine Wirkung auf Maggie. Die Schutzschilde, an denen sie verzweifelt festgehalten hatte, zersplitterten in eine Million Stücke.

Anstatt ihm verbal zu antworten, beugte sie sich vor und schloss die Distanz zwischen ihnen.

Ihre Lippen trafen sich und jeder Gedanke an Unschuld in Bezug auf das Küssen dieses Mannes flog zum Fenster hinaus. Es fühlte sich an, als hätte sie eine stromführende Leitung berührt. Wenn sie gedacht hatte, dass Shawn nicht würde küssen können, weil er Jungfrau war, hatte sie sich geirrt.

Er ließ eine Hand von ihrer Wange in ihr Haar wandern und neigte den Kopf. Er leckte ihre Lippen und Maggie öffnete sich für ihn.

Ein Stöhnen entwich ihr, als er sie verschlang. Er leckte, saugte und knabberte an ihr, sodass sie jegliches Zeit- und Raumgefühl verlor. Er schmeckte nach Minze, als hätte er sich kürzlich die Zähne geputzt, und sie brauchte mehr davon.

Er hielt sie mit seiner Hand still, während sie sich küssten, und Maggie hatte sich in ihrem Leben noch nie so weiblich gefühlt. Sie war ein Häufchen Brei und schmolz förmlich an ihm dahin.

Er zog sich zurück, lange bevor sie bereit war, und die Art, wie er keuchte, versicherte ihr, dass er von ihrem Kuss genauso angetan war wie sie.

Sie leckte sich die Lippen und schmeckte ihn dort. Sofort blickte er wieder zu ihrem Mund und fuhr ehrfürchtig mit seinem Daumen über ihre Unterlippe. Einige Frauen könnten denken, dass dieser Schritt kalkuliert war, etwas, das er tat, um zu verführen. Aber Maggie konnte die Ehrfurcht in Shawns Augen sehen.

»Danke«, flüsterte er nach einem Moment.

»Wofür?«, fragte sie und bemühte sich, ihr Gleichgewicht

wiederzufinden, nachdem dieser Kuss ihre Welt erschüttert hatte.

»Dafür, dass du dich mir anvertraut hast.«

War es das, was sie getan hatte? Zu Maggies Überraschung wurde ihr klar, dass sie es getan hatte. Normalerweise hielt sie sich beim ersten Kuss mit einem Mann zurück. Aber bei Shawn hatte sie sich nicht zurückgehalten. Sie hatte ihm ihre Sehnsucht, ihre Wünsche und Bedürfnisse gezeigt, und er hatte dieses Vertrauen nicht gebrochen, indem er sie auf die Couch legte und auf mehr drängte.

»Ich dachte, du seist noch Jungfrau«, platzte es aus ihr heraus. »Das fühlte sich nicht wie der Kuss einer Jungfrau an.«

Shawn lachte leise. »Das bin ich«, sagte er. »Und obwohl ich in der Vergangenheit schon Frauen geküsst habe, war es das erste Mal, dass es sich *so* angefühlt hat.«

Sie wusste, was er meinte, ohne danach fragen zu müssen. Sie wusste, was es war. Es war ein tief sitzendes Gefühl, dass sie endlich mit dem richtigen Menschen zusammen war.

»Und nur fürs Protokoll, wo wir gerade beim Thema sind. Ich hatte vielleicht noch nie Geschlechtsverkehr mit einer Frau, aber ich *hatte* schon gemeinsame Orgasmen mit einer.«

Maggie errötete, fragte aber: »Was soll das heißen?«

»Sagen wir einfach, ich bin ein großer Fan von Oralsex.«

Daraufhin spürte sie, wie ihre Wangen noch heißer wurden. »Oh.«

»Ja. Oh. Ich möchte nur sichergehen, dass du nicht denkst, ich sei wie ein fünfzehnjähriger Junge, der herumfummelt und nicht weiß, was er im Bett tut.«

»Ich glaube, dieser Kuss hat mir alles gesagt, was ich wissen musste.« Maggie kommentierte nicht die Tatsache, dass seine Worte definitiv implizierten, dass sie irgendwann zusammen im Bett landen würden. Sie war überrascht, als sie merkte, dass sie das wollte. Fast schon verzweifelt.

Dieser Mann hatte ihr Leben in so kurzer Zeit verändert. Es hätte ihr eine Heidenangst einjagen sollen, aber stattdessen fühlte es sich … richtig an. Für eine Sekunde wünschte sie sich, sie hätte ihn in ihrem früheren Leben kennengelernt. Aber andererseits, da sie nicht mehr dieselbe Frau war wie damals, hätte sie vor zwei Jahren wahrscheinlich nicht erkannt, wie besonders er war.

»Ich werde das nicht vermasseln«, sagte Shawn mehr zu sich selbst als zu ihr.

»Aber ich werde wahrscheinlich etwas tun, das das vermasselt.« Sie konnte die Worte nicht zurückhalten.

»Dann werde ich dafür sorgen, dass ich die Stimme der Vernunft für uns beide bin. Jetzt komm schon. Mein Handy vibriert seit ein paar Minuten in meiner Tasche, ich bin sicher, dass sich alle im *Aces* fragen, wo wir sind. Bist du sicher, dass du das willst?«

»Ich bin mir sicher.« Und das war sie auch. Plötzlich konnte Maggie es kaum erwarten, mit Shawns Freunden abzuhängen. »Und ich werde sogar den Kommentar über deine vibrierende Hosentasche durchgehen lassen.«

Er brach in Gelächter aus, stand auf, nahm ihre Hand und zog sie dabei mit sich auf die Füße. »Das weiß ich zu schätzen.« Dann beugte er sich zu ihr hinunter und küsste sie fest und schnell, bevor er sich umdrehte und zur Tür ging.

Ihre Lippen prickelten noch von ihrem *letzten* Kuss, und dieser lässige Kuss, nur weil ihm danach war, brachte Maggie fast um den Verstand. »Warte! Meine Handtasche. Hast du noch mein Handy?«

Er wartete geduldig, während Maggie sich zurechtmachte und zum Gehen bereit machte.

Sie gingen zur Tür hinaus, ihre Hand in seiner, als sei es das Normalste auf der Welt. Und ausnahmsweise fühlte es sich auch so an.

KAPITEL SIEBEN

Preacher blickte sich im Raum um und runzelte die Stirn. Normalerweise liebte er es, mit seinen Freunden abzuhängen, aber heute Abend hatten sie Maggie in Beschlag genommen, und das ärgerte ihn ein wenig. Er hatte sich darauf gefreut, sie reden, lachen und ein wenig aus sich herausgehen zu sehen.

Und sie tat all das und noch mehr – nur dass es nicht *er* war, der es aus ihr herausholte. Es waren seine Freunde.

Jemand klopfte ihm auf die Schulter, als er am Billardtisch stand und darauf wartete, dass er an der Reihe war zu stoßen. Preacher blickte hinüber und sah Dude neben sich stehen. Er war ein ehemaliger SEAL, der mit Preacher und dem Rest seines Teams befreundet war. Wolf, Abe, Benny, Cookie und sogar Julies Ehemann, der ehemalige Kommandant des Teams, waren heute Abend da. Zusammen mit ihren Frauen. Es war ein volles Haus, und das Gebäude war erfüllt von Glück und Freundschaft.

»Es ist hart, nicht wahr?«

Für einen entsetzten Moment dachte Preacher, Dude kommentierte den Zustand seines Schwanzes. Er war schon den ganzen Abend halb erigiert, seit diesem unglaublichen Kuss, den er mit Maggie auf ihrer Couch geteilt hatte.

Dude lachte, als wüsste er *genau*, was Preacher dachte. »Es ist hart, sie von allen in Beschlag nehmen zu lassen.«

Er nickte, als er innerlich vor Erleichterung zusammensackte.

»Sie braucht das«, fuhr Duke fort.

Das musste sein Freund ihm nicht sagen. Er hatte es selbst bemerkt. Maggie war im *Aces* lebendig geworden. Sie lächelte, lachte und tat so, als würde sie die anderen Frauen schon ihr ganzes Leben lang kennen. Anfangs war sie nervös gewesen, aber es hatte nicht lange gedauert, bis sie sich entspannt hatte. Und es war Preacher nicht entgangen, dass sie auch keinen Alkohol brauchte.

Sie hatte alle Getränke höflich abgelehnt und stattdessen Jessyka, die hinter der Bar half, um ein Glas Mineralwasser mit Limette gebeten. Sie hatte den ganzen Abend an diesem einen Getränk genippt, und als Preacher sie vor einer Weile beiseitegenommen hatte, um nach ihr zu sehen und sicherzustellen, dass es ihr gut ging, hatte er dies kommentiert. Sie hatte ihm verlegen gesagt, dass niemand sie nervte, wenn sie etwas in der Hand hielt, das wie ein alkoholisches Getränk aussah. Dann fügte sie hinzu, dass es gegen ihre Bewährungsauflagen verstieß, Alkohol zu trinken oder Drogen zu nehmen, und gab zu, dass sie regelmäßig Drogentests unterzogen wurde.

Preacher verstand ... und er verfluchte sich dafür, dass er nicht daran gedacht hatte. Als alle wichtigen Menschen in seinem Leben sich auf seine Verabredung stürzten, hätte er den Veranstaltungsort auf einen anderen Ort als die Kneipe verlegen sollen. Er selbst war kein großer Trinker und benutzte oft den gleichen Trick wie Maggie: Wenn er den ganzen Abend über an einer Flasche Bier nippte, war die Wahrscheinlichkeit geringer, dass ihm mehr Alkohol aufgedrängt wurde.

»Preacher?«

Er wandte sich Dude zu und bemerkte, dass er in Gedanken versunken gewesen war. »Tut mir leid. Ich weiß. Sie ist kontaktfreudig.«

»Ist alles in Ordnung mit ihr? Die Situation mit ihrem Ex?«

Preacher war nicht überrascht, dass Dude von Maggie wusste. Die SEAL-Gemeinschaft war eng miteinander verbunden ... und Klatsch verbreitete sich in der Regel wie ein Lauffeuer in den Rängen. Es spielte keine Rolle, dass Dude und die anderen Männer aus seinem Team im Ruhestand waren. Sie waren offensichtlich immer noch sehr gut informiert.

»Ganz ehrlich? Ich glaube nicht«, sagte Preacher zu seinem Freund. »Er hat sie angerufen. Sie hat mir nicht verraten, was er gesagt hat oder wer er ist, aber ich weiß, dass es sie quält. Sie hat betont, dass sie direkt wieder ins Gefängnis gehen könnte, wenn sie bei etwas Falschem erwischt wird.«

»Und da ihr Ex sie überhaupt erst in Schwierigkeiten gebracht hat, könnte er ihr weitere Drogen unterschieben oder etwas anderes tun, das dazu führen würde, dass ihre Bewährung widerrufen wird.«

»Genau«, sagte er nickend.

»Du musst herausfinden, wer ihr Ex ist.«

Preacher stieß einen frustrierten Seufzer aus. »Glaubst du, das wüsste ich nicht? Es ist nicht so einfach, wie nur zu fragen, Dude. Wir haben heute Abend darüber gesprochen, und sie hat schreckliche Angst vor ihm. Sie ist zusammengebrochen, als sie nur daran *dachte*, über ihn zu sprechen. Ich habe ihr versprochen, ihr etwas Zeit zu geben. Zeit, um zu erkennen, dass ich wirklich auf ihrer Seite bin. Um mir zu vertrauen. Ich habe ihr auch gesagt, dass meine Freunde und ich alles tun würden, um die Situation zu untersuchen, die sie überhaupt erst ins Gefängnis gebracht hat, und dass wir einen Weg finden würden, ihre Verurteilung aufzuheben, falls es einen gäbe.«

»Sie wurde mit einer ziemlich großen Menge Drogen in ihrem Wagen erwischt. Selbst wenn es nicht ihre Drogen waren, besteht kein Zweifel daran, dass sie gefahren ist und der Wagen ihr gehörte«, sagte Dude.

»Ich weiß.«

»Und sie hat wahrscheinlich nur so eine geringe Strafe bekommen, weil sie keinerlei Vorstrafen hatte.«

»Das weiß ich auch«, sagte Preacher. »Aber wenn wir beweisen können, dass ihr Freund in den Drogenhandel verwickelt war, und herausfinden, wer seine Verbindung in Los Angeles gewesen sein könnte, könnte das ein großer Schritt in Richtung ihrer Unschuld sein.« Er war sich da nicht so sicher, denn Dude hatte recht. Es war nicht zu leugnen, dass die Drogen sich in Maggies Wagen befunden hatten. Aber er hoffte, dass es ein Video von der Körperkamera des Polizisten geben könnte, das ihre echte Überraschung zeigte, und dass dies zusammen mit allem anderen, was Tex oder einer seiner Computerfreunde ausgraben mochten, ihrem Fall helfen könnte.

»Ich denke, das dringendere Problem ist, dafür zu sorgen, dass das Arschloch sie in Ruhe lässt«, sagte Dude.

Er hatte nicht unrecht.

»Ja«, stimmte Preacher zu.

Beide Männer schwiegen einen Moment, dann sagte Dude: »Wenn du etwas brauchst, ruf mich an. Nicht Wolf. Nicht Kevlar. *Mich.* Ich kümmere mich für dich darum. Was auch immer es ist. Es macht mich wütend, wenn Männer Frauen missbrauchen. Vor allem wenn es sich um Frauen handelt, die uns wichtig sind. Und da Maggie dir wichtig ist, ist sie auch mir wichtig. Unsere Frauen sollten um jeden Preis geschützt werden. Nicht weil sie schwach sind oder nicht auf sich selbst aufpassen können, sondern weil sie das Wertvollste in unserem Leben sind.

Mein Team und ich haben das Gleiche durchgemacht wie ihr. Es sieht so aus, als würden den Menschen, die wir lieben, immer wieder schlimme Dinge widerfahren. Das ist frustrierend und macht wütend. Ihr alle habt schon genug durchgemacht. Mit Howler, Remi, Blink, Josie, Wren, *allen*. Deshalb nehme ich das, was deiner Frau passiert ist, persönlich. Es ist schlimm genug, dass jemand gelogen hat und sie zwei Jahre hinter Gittern verbringen musste, aber sie auch nach ihrer Entlassung weiter zu belästigen und ihr so viele Sorgen zu bereiten, wo sie doch eigentlich nur daran denken sollte, wieder auf die Beine zu kommen ... das ist *falsch*. Beleidigend.«

Preacher war sich nicht sicher, was er sagen sollte. Also nickte er einfach.

Dude erwiderte die Geste und ging dann quer durch den Raum zu seiner Frau Cheyenne, die bei Caroline, Remi, Wren, Josie und Maggie stand. Er legte einen Arm um ihre Taille und beugte sich vor, um ihr etwas ins Ohr zu flüstern.

Cheyenne schmolz förmlich in den Armen ihres Mannes dahin. Sie drehte sich um und sah ihn mit so viel Liebe an, dass es Preacher fast unangenehm war. Sie nickte ihm zu, und er trat einen Schritt zurück und ging auf Benny, Flash und Mozart zu.

Preacher beschloss, dass er Maggie genügend Raum gegeben hatte, um die Frauen und Männer kennenzulernen, die gekommen waren, um sie zu treffen. Jetzt war sein Bedürfnis, in ihrer Nähe zu sein, fast überwältigend. Er trat in Dudes Fußstapfen und blieb an ihrer Seite stehen.

Das Lächeln, das sie ihm schenkte, als er eine Hand auf ihren Rücken legte, war fast blendend.

»Hi!«, zwitscherte sie.

»Hi«, erwiderte er mit einem kleinen Lächeln.

»Du kennst Cheyenne und Caroline, oder?«, fragte sie.

Preacher lachte leise. »Ja.«

»Richtig, tut mir leid. Natürlich kennst du sie. Wir haben gerade darüber gesprochen, wie verrückt der Job eines SEALs ist. An einem Tag kann man zu einem Einsatz bei einer Naturkatastrophe geschickt werden, und am nächsten Tag muss man kilometerweit über dem Boden aus einem Flugzeug springen, um in ein feindliches Land einzudringen, in dem sich Geiseln befinden, und sie befreien.«

Sie hatte nicht unrecht. »Das klingt für mich nicht nach einem sehr interessanten Gespräch«, sagte Preacher, ging ein Risiko ein und legte einen Arm um Maggies Taille. Er war begeistert, als sie sich an ihn lehnte.

»Machst du Witze? Es ist faszinierend. Und ich weiß, dass du nicht über deine Missionen, Einsätze oder wie auch immer sie genannt werden sprechen kannst, aber fürs Protokoll, ich bin so stolz auf dich. Was du tust, ist erstaunlich, auch wenn niemand davon weiß. Es ist sogar noch erstaunlicher, *weil* es so ist.«

Ihre Worte bedeuteten Preacher die Welt. Er hatte schon früher Dank erhalten. Die Leute dankten ihm ständig für seinen Dienst. Aber irgendwie hatten die Worte dieser Frau so viel mehr Gewicht.

»Und Caroline ist Chemikerin. Und Cheyenne ist Leitstellendisponentin beim Notruf. Ist das nicht cool?«

Ihre Begeisterung war ansteckend, und alle um sie herum hatten ein breites Lächeln im Gesicht.

Den Rest des Abends blieb Preacher an Maggies Seite, während sie die Runde machte und mit verschiedenen Gruppen von Menschen sprach. Sie passte perfekt zu all seinen Freunden und war eine großartige Gesprächspartnerin. Sie machte den Leuten Komplimente, hörte jedem, der sprach, aufmerksam zu und schien sich wirklich für das zu interessieren, worüber gesprochen wurde.

Preacher fühlte sich wohl damit, sich zurückzuhalten, und

das nicht nur, weil er es als SEAL gewohnt war, sich im Hintergrund zu halten. Er war nicht sehr gut in geselligen Situationen. Aber mit Maggie musste er das auch nicht sein. Er war zufrieden damit, sie die Führung übernehmen zu lassen, und stand einfach an ihrer Seite, während sie jede einzelne Person in der Kneipe für sich gewann.

Sie sprach sogar mit einigen Leuten, die Preacher nicht kannte. Sie war in ihrem Element, und er liebte es zu sehen, wie sie aus sich herausging.

Als die Öffnungszeit sich ihrem Ende näherte, war Maggie immer noch in Hochform. Die meisten SEALs waren gegangen, zusammen mit ihren Lebensgefährtinnen. Die Einzigen, die noch da waren, waren Smiley, Summer und Mozart. Die fünf saßen um einen Tisch herum und unterhielten sich.

Er war überrascht, dass Smiley zurückgeblieben war, nachdem der Rest ihrer Teamkameraden gegangen war. Noch überraschender war, dass er sich gerade über die Frau geöffnet hatte, die er kurz in Las Vegas kennengelernt hatte, als er Josie aus den Fängen der Schlampen befreite, die sie entführt und versucht hatten, sie in die sexuelle Sklaverei zu verkaufen.

»Lass mich das mal klarstellen«, sagte Maggie mit dem ernstesten Gesichtsausdruck, den Preacher an diesem Abend bei ihr gesehen hatte. »Diese Frau, Bree, war von ihrem Ex an dieses Arschloch verkauft worden, und während ihr dafür gesorgt habt, dass Josie in Sicherheit ist, ist sie einfach verschwunden?«

Smiley nickte.

»Wo ist sie hin? Sie kann sich doch nicht in Luft aufgelöst haben. Ist ihr Ex an sie rangekommen? Hatte das Arschloch einen Komplizen? Hatte sie einfach zu viel Angst, um im Wagen zu bleiben und auf eure Rückkehr zu warten?«, fragte Maggie.

»Ich weiß es nicht«, sagte Smiley achselzuckend. »Aber es

nagt an mir. Was ist, wenn sie *doch* wieder von den Menschenhändlern geschnappt wurde? Sucht außer mir noch jemand nach ihr? Weiß überhaupt jemand, dass sie weg ist? Diese Ungewissheit ist beschissen.«

»Wow. Ich wette, sie hat Angst«, sagte Summer.

»Was können wir tun, um zu helfen?«, fragte Maggie und legte eine Hand auf Smileys.

»Nichts«, antwortete er, ohne zu zögern. »Es gibt nicht viel, was man tun *könnte*.«

»Aber du hast gesagt, dass du an den Wochenenden nach Vegas gefahren bist, um sie zu finden. Vielleicht können wir dir dabei helfen«, beharrte sie.

Smiley schüttelte den Kopf. »Ich bin jedes Wochenende, das ich erübrigen konnte, nach Vegas gefahren, aber ehrlich gesagt ist es ziemlich hoffnungslos. Es ist nicht so, dass sie sich in dieser Gegend immer noch im Gebüsch versteckt oder so. Ich konnte die Wohnung ausfindig machen, in der sie gelebt hat, und sie ist leer. Ausgeräumt.«

»Was? Wirklich? Von ihr?«, fragte Summer.

»Keine Ahnung. Aber das war eine Sackgasse. Sie ist auch nicht mehr bei ihrer Arbeit aufgetaucht. Sie ist buchstäblich einfach verschwunden.«

Preacher runzelte die Stirn. Er hatte keine Ahnung gehabt, dass Smiley so sehr daran interessiert war, die mysteriöse Bree zu finden. Natürlich wussten er und der Rest des Teams, dass er häufig nach Vegas zurückgekehrt war, aber nicht, dass er tatsächlich ihre Adresse oder ihren Arbeitsplatz herausgefunden hatte. Er hatte Smiley noch nie so ... besorgt um jemanden gesehen. Vor allem nicht um eine Frau. Es war nicht so, dass er gefühllos war, sondern eher, dass er seine Emotionen immer im Griff hatte.

»Na, so ein Mist«, sagte Maggie. »Wenn es irgendetwas gibt, was wir tun können, sagst du es uns, oder?«

»Ja, die meisten von uns Frauen wissen, wie es ist, sich völlig allein zu fühlen«, fügte Summer hinzu.

»Danke, Ladys«, sagte Smiley. »Ich bin sicher, dass es ihr gut geht. Ich mag es nur nicht, im Ungewissen zu sein.«

»Es ist wie bei diesen Krimiserien, die enden, ohne den Zuschauern zu verraten, wer es getan hat«, sagte Summer.

»Oder bei denen, in denen es um vermisste Personen geht und man die ganze Stunde lang zuschaut und am Ende ... sind sie immer noch verschwunden. Ich hasse das«, stimmte Maggie zu.

Preacher war ganz auf der Seite der Frauen. Er hasste das auch, was einer der Gründe war, warum er nicht oft Krimiserien im Fernsehen schaute. Er sah in seinem Job genügend Tod und Hass. Das musste er nicht auch noch in seiner Freizeit sehen. Er interessierte sich eher für Sport. Football, Basketball, Fußball und Turmspringen. Am liebsten von hohen Plattformen. Oder Klippenspringen. Er konnte sich stundenlang YouTube-Videos von Sportlern ansehen, die von wahnsinnig hohen Plattformen sprangen.

»... gehen.«

Preacher hatte das meiste von dem, was Mozart gesagt hatte, verpasst, aber er nahm an, dass er sich auf den Weg machen wollte, so wie er aufstand und seiner Frau aufhalf.

Maggie stand auf, umarmte ihre neue Freundin und versprach, in Kontakt zu bleiben. Smiley verabschiedete sich ebenfalls, und dann saßen nur noch Preacher und Maggie am Tisch.

»Du siehst glücklich aus«, sagte er zu ihr.

»Das bin ich«, entgegnete sie, ohne zu zögern. »Ich mag deine Freunde. Sie sind alle so nett.«

Das waren sie. »Ich wusste nicht, dass du ein Nachtmensch bist. Oder extrovertiert.«

Maggie lachte. »Macht das einen Unterschied?«

»Überhaupt nicht. Es macht mir nur wieder klar, wie schwer du es in den letzten zwei Jahren gehabt haben musst.«

Sie wurde ernst. »Ja«, stimmte sie zu. »Ich habe mich zurückgezogen, weil ich Angst hatte, das Falsche zur falschen Person zu sagen. Und es war nicht so, dass ich die Wahl hatte, lange aufzubleiben oder nicht, die Lichter gingen für alle zur gleichen Zeit aus.«

»Ich hätte dich heute Abend nicht in eine Kneipe mitnehmen sollen. Es tut mir leid«, sagte Preacher.

»Schon okay. Ich war noch nie eine große Trinkerin, also war ich nicht in Versuchung.«

»Trotzdem. Das war nicht cool. Ich werde dafür sorgen, dass wir unsere Treffen von nun an woanders abhalten. Oder zumindest bis deine Bewährung vorbei ist.«

Maggie starrte ihn einen langen Moment an. »Du bist fast zu nett, um wahr zu sein.«

»Ich bin nicht nett«, konterte Preacher.

Sie rollte mit den Augen.

»Okay, ich bin nett zu dir, aber ich glaube nicht, dass ich mich besonders anstrenge, um zu anderen nett zu sein.«

»Wie auch immer, Shawn. Jeder Einzelne, mit dem ich heute Abend gesprochen habe, hatte nur Gutes über dich zu sagen.«

Er wollte nicht über sich selbst sprechen. Er würde sich viel lieber um sie kümmern. »Bist du bereit loszufahren?«, fragte er.

»Ja. Ich wollte dich nicht so lange wach halten. Du hast morgen früh Training ... na ja, heute, oder?«

»Es wäre nicht das erste Mal, dass ich nicht viel schlafe, bevor ich trainieren muss. Das ist in Ordnung«, sagte Preacher.

»Siehst du? Nett«, erwiderte Maggie leise, als sie aufstand.

Preacher musste grinsen. Er nickte dem Barkeeper zu, während er Maggie zur Tür führte. Er brachte sie zu seinem Wagen und behielt dabei die Umgebung im Auge. Es war sehr

spät, oder sehr früh, und nach Mitternacht passierte normalerweise nichts Gutes. Aber es war ruhig, und sie kamen ohne
Probleme bei seinem Wagen an. Preacher setzte Maggie auf
den Beifahrersitz und ging zur Fahrerseite.

»Was für eine schöne Nacht«, sagte Maggie, als er vom Parkplatz fuhr. Sie hatte den Kopf in den Nacken gelegt und schaute
aus dem Seitenfenster. »Es war seltsam, so lange keine Sterne
zu sehen. Oder den Mond.«

Preacher traf eine spontane Entscheidung und lenkte
seinen Wagen in Richtung Marinestützpunkt.

»Wohin fahren wir?«, fragte Maggie.

»Du hast deinen Ausweis dabei, oder?«, fragte er, ohne ihre
Frage zu beantworten.

»Natürlich.«

»Gut. Hol ihn raus. Bitte.«

Sie tat, worum er sie bat, und schwieg den Rest des Weges
zum Stützpunkt. Sie fuhren durch die Tore und Preacher zeigte
dem Wachmann sowohl seinen Militärausweis als auch
Maggies Führerschein. Als sie durchgewunken wurden, fragte
sie erneut: »Shawn? Wo fahren wir hin?«

Nur dass sie diesmal nervös klang, was er hasste.

»Ich möchte dir einen Ort zeigen. Ich schwöre dir, dass du
bei mir sicher bist. Ich habe nichts Böses vor. Ich glaube nur,
dass dir dieser Ort genauso gut gefallen wird wie mir.
Manchmal komme ich hierher, wenn wir nach einer besonders
harten Mission nach Hause kommen.«

Es dauerte nicht lange, bis sie den Strandabschnitt erreichten, an den er gedacht hatte. Preacher parkte am Straßenrand;
es gab nicht einmal einen richtigen Parkplatz. Er schaltete den
Motor aus und als er um den Wagen herumgegangen war,
wartete Maggie bereits auf ihn. Er streckte ihr eine Hand
entgegen und war sowohl erleichtert als auch begeistert, als sie
sie nahm.

Er folgte einem fast nicht vorhandenen Pfad durch einige Büsche und hohe Gräser zu dem kleinen Sandstreifen. Dies war kein guter Badestrand, weshalb er weder bekannt noch beliebt war. Es gab viele schroffe Felsen entlang des Ufers, wo sich die Wellen fast pausenlos brachen. Es war tatsächlich ziemlich laut auf dem Sand, aber das hatte Preacher noch nie gestört.

Er blieb stehen und drehte sich zu Maggie um. »Setzt du dich zu mir?«

Sie nickte, und sie setzten sich beide auf den weichen Sand. Preacher wünschte, er hätte daran gedacht, eine Decke oder etwas anderes mitzubringen, aber es war zu spät, und die Reise war dafür zu spontan gewesen. Aber Maggie schien das nichts auszumachen.

»Es ist wunderschön hier. Ich liebe das Geräusch der Wellen, die auf die Felsen treffen.«

»Schau nach oben«, sagte Preacher zu ihr.

Er lächelte, als ein leises Keuchen ihre Lippen verließ. »Oh mein Gott«, flüsterte sie.

Preacher musste nicht nach oben schauen, um zu wissen, was sie sah. Die Sterne hier draußen, weit weg von der Licht-verschmutzung der Stadt, waren erstaunlich. Sie schienen endlos zu sein.

Anstatt zu den Sternen zu schauen, hielt er den Blick auf Maggie gerichtet. Ihr Mund stand vor Staunen offen und er hätte schwören können, dass er sah, wie ihre Muskeln sich entspannten. Deshalb hatte er sie herbringen wollen.

»Es ist ... wow. Ich fühle mich so klein«, flüsterte sie.

»Ja. Hierherzukommen erinnert mich daran, dass ich nur ein winziges Rädchen in diesem Ding namens Leben bin.«

Sie ließ den Blick zu ihm wandern. »Das klingt wie ein Liedtext.«

Er lachte leise. »Ich weiß nicht. Ich weiß nur, dass das

Rauschen des Wassers und der Anblick der Sterne mich beruhigen.«

»Ja«, stimmte Maggie zu und schaute wieder zum Himmel auf.

Nach einem Moment zog Preacher an ihrer Hand, die sie nicht aus seiner genommen hatte. Er drängte sie, sich zurückzulehnen. Das wäre besser für ihre Nackenmuskulatur. Sie tat es bereitwillig.

Sie lagen im Sand und starrten mehrere Minuten lang wortlos in den Himmel.

»Danke«, sagte Maggie nach einer Weile. »Das habe ich gebraucht.«

»Gern geschehen.« Sie würden beide Sand in den Haaren haben und er würde morgen beim Training erschöpft sein, aber das war es wert. Zumindest in seinen Augen.

»Weißt du, was das Schlimmste daran war, im Gefängnis zu sein?«, fragte sie, nachdem noch ein paar Minuten vergangen waren.

Ihm fielen viele Dinge ein, die scheiße daran waren, eingesperrt zu sein. Aber stattdessen entgegnete er: »Was?«

»Zu wissen, dass er *hier* draußen war. Frei. Sein Leben lebte. Zu wissen, dass die Leute zu ihm aufschauten. Dachten, dass er dieser großartige Typ sei. Das macht mich verdammt kleinlich, aber ich kann nicht anders. Ich habe einmal dasselbe gedacht. Aber dann fing ich an, ihn so zu sehen, wie er wirklich war. Ich distanzierte mich von ihm. Wollte mit ihm Schluss machen. Aber ich habe zu lange gewartet.« Sie seufzte.

Preacher wollte unbedingt den Namen des Arschlochs wissen, von dem sie sprach. Aber er hielt sich mit dieser Frage zurück. Hoffentlich würde sie es ihm sagen, wenn sie bereit war. Dann würde er sehen, was er tun konnte, um das Leben des Kerls zu ruinieren, so wie er es mit Maggies getan hatte.

»Er wird noch bekommen, was er verdient«, sagte Preacher

zu ihr. »Ich bin fest davon überzeugt, dass diejenigen, die anderen Schlechtes antun, langfristig für ihre Missetaten bezahlen werden.«

»Ich mag es nicht, wenn ich so viel Hass für einen Menschen empfinde. Das fühlt sich nicht richtig an. Aber ich kann nichts dagegen tun.«

»Du bist ein Mensch«, sagte Preacher und drückte ihre Hand. »Und er hat dir großes Unrecht getan.«

»Ja«, stimmte sie zu. Dann verstummte sie. Nach ein paar weiteren Minuten fragte sie: »Wie spät ist es?«

»Ist das wichtig?«

Sie lachte ein wenig. »Es ist wichtig, wenn du das Training verpasst, weil wir hier draußen im Sand sitzen.«

Preacher lachte leise. »Selbst wenn ich es verpassen würde, wäre das in Ordnung. Ich meine, ja, ich sollte dort sein, aber Kevlar wird mich nicht als unerlaubt abwesend melden, wenn ich nicht erscheine.«

»Er scheint ein guter Mann zu sein.«

»Das ist er.«

»Ich mag Remi, Wren und Josie wirklich sehr. Sie waren alle so nett zu mir. Ich habe das Gefühl, sie schon ewig zu kennen. Es ist schwer zu glauben, dass ihnen das alles wirklich passiert ist. Ich bin froh, dass es ihnen gut geht.«

»Ich auch.«

»Shawn?«

»Ja, Maggie?«

»Dies ist toll. Danke.«

»Gern geschehen.«

Sie holte tief Luft und setzte sich dann auf. »Du musst nach Hause.«

»Willst du noch bleiben und dir länger die Sterne ansehen?«, erwiderte Preacher.

Sie überlegte kurz, dann schüttelte sie den Kopf. »Nein, ich denke, das reicht. Aber ich würde nicht ablehnen, irgendwann wieder herzukommen.«

»Abgemacht.«

Preacher stand auf und half Maggie auf die Beine. Er klopfte sich so viel Sand wie möglich ab und half Maggie, etwas davon aus ihren Haaren zu entfernen. Zu seiner Überraschung erwiderte sie den Gefallen, und als er ihre Hand in seinem Haar spürte, bekam er eine Gänsehaut auf den Armen.

Dann nahm sie seine Hand und führte ihn durch die kleine Lücke in den Büschen und Gräsern zurück zu seinem Wagen.

Die Fahrt zu ihrer Wohnung verlief in angenehmer Stille. Er begleitete sie bis zu ihrer Tür und konnte nicht anders, als eine Hand auf ihre Wange zu legen. »Ich hatte heute Abend viel Spaß. Wirklich *großen* Spaß.«

»Ich auch.«

Preacher war sprachlos. Er wollte so viel sagen und tun, aber er konnte seine Gedanken nicht ordnen.

Maggie schien nicht das gleiche Problem zu haben. Sie stellte sich auf die Zehenspitzen und hob ihr Kinn. Preacher zögerte nicht, sich zu ihr herunterzubeugen.

Der Kuss, den sie vor ihrer Tür teilten, war genauso leidenschaftlich und intim wie der, den sie zuvor gehabt hatten. Nur dass Maggie diesmal ihren Körper an seinen drückte und er sie an jedem Zentimeter seines eigenen spüren konnte. Sie fühlte sich dort zu Hause. Als sei sie für ihn geschaffen.

So kitschig der Gedanke auch war, es fühlte sich richtig an. Preacher schlang einen Arm um ihre Taille und drückte sie an sich, während er die andere Hand zu ihrem Nacken wandern ließ. Sie klammerte sich genauso fest an ihn.

Sie atmeten beide schwer, als sie sich schließlich zurückzog.

»Bist du sicher, dass du in ...«, sie schaute auf die Uhr, »drei Stunden zum Training gehen kannst?«

»Ich bin sicher«, sagte Preacher. Das Training würde

scheiße sein, aber das war ihm egal. Er hätte den heutigen Abend gegen nichts eintauschen wollen. Vor allem nicht gegen Schlaf.

»Sehen wir uns morgen?«

»Natürlich. Arbeitest du im Laden?«

»Ja. Von zwölf bis siebzehn Uhr.«

»Sollen wir zusammen zu Mittag essen? Ich kann gegen elf mit Sandwiches oder so vorbeikommen.«

»Das wäre toll«, sagte Maggie mit einem breiten Lächeln.

»Schlaf gut«, sagte Preacher und zwang sich, sie loszulassen und einen Schritt zurückzutreten.

»Du auch.«

Maggie drehte sich um und schloss ihre Tür auf. Sie betrat die Wohnung und drehte sich wieder zu ihm um. »Shawn?«

»Ja?«

»Ich *will* es dir sagen. Ich ... ich bin nur noch nicht so weit. Ich will dich auf keinen Fall in sein Fadenkreuz bringen.«

Preacher wusste genau, von wem und was sie sprach. So sehr er ihre Worte auch hasste, sie ließen auch Hoffnung aufkeimen. Sie hatte *noch nicht* gesagt. Und sie wollte ihm vertrauen, sie brauchte nur mehr Zeit. Die konnte er ihr geben. Vielleicht. »Er kann mir nicht wehtun«, sagte er.

»Ich denke, er könnte es. Und das kann ich nicht riskieren.«

»Lass mich dir helfen, Maggie«, sagte Preacher. »Du musst das nicht mehr allein durchstehen.«

Sie lächelte ihn traurig an. »Gute Nacht, Shawn.«

»Nacht, Maggie. Bis morgen.«

»Tschüss.«

Preacher stand im Flur, bis er hörte, wie sie die Tür abschloss, und erst dann drehte er sich um und ging zur Treppe. Frustration durchströmte seine Adern. Keine sexuelle Frustration, obwohl er auch das spürte, sondern Frustration über die Situation, in der Maggie sich befand. Er hasste es, dass immer noch jemand da draußen war, der sie bedrohte. Sie brauchte Hilfe, aber solange sie ihm nicht die Informationen gab, die er brauchte, stand er daneben und schaute zu. Und das hasste er absolut, aber er wollte ihr Vertrauen mehr, als dass er neugierig sein wollte. Er wollte, dass sie sich aus freien Stücken über ihren Ex äußerte, ohne dass er hinter ihrem Rücken herausfinden musste, wer der Typ war.

In der Zwischenzeit konnte er nur für sie da sein. Ihr das Gefühl von Sicherheit geben. Dann, und nur dann, würde sie sich ihm hoffentlich öffnen.

Als er vor Beginn seines Arbeitstages an seinem Schreibtisch auf dem Marinestützpunkt saß, betrachtete Roman Robertson das Bild, das ihm geschickt worden war, und grinste. Es war genau das, was er brauchte, um Maggie zu erpressen. Um sie weiterhin zu quälen. Er tat es nicht, weil er sie zurückhaben wollte oder weil er den absurden Gedanken hatte, dass niemand sie haben konnte, wenn er sie nicht haben konnte.

Es war genau so, wie er es ihr gesagt hatte – weil es Spaß machte.

Er hatte keine Ahnung, dass sie angehalten werden würde, als er die Drogen in ihren Wagen legte, um sie zu seinem Kontaktmann im Norden zu bringen. Aber als es geschah, hatte er einen enormen Machtrausch verspürt in dem Wissen, dass sie, was sie auch sagen mochte, für seine Taten den Kopf hinhalten würde.

Roman liebte es, Menschen seiner Gnade auszuliefern. Deshalb war sein Job als Offizier bei der Marine so perfekt. Er liebte es, mit Salut gegrüßt, mit Respekt behandelt zu werden und über Millionen von Geldern der Regierung zu verfügen. Und da er seine Zeit investiert hatte, musste er sich keine

Sorgen machen, dass er eingesetzt oder in Gefahr gebracht werden könnte. Er konnte anderen befehlen, den schwierigen Scheiß zu erledigen.

Und dank des Fotos auf seinem Handy – aufgenommen von einem der vielen Menschen, die aufgrund seiner Macht über sie alles taten, worum er sie bat, ohne zu fragen – wusste Roman genau, mit wem er sich als Nächstes anlegen würde.

Er hatte Maggie gewarnt. Er hatte ihr gesagt, dass sie es bereuen würde, wenn sie auch nur daran dachte, ihn zu verpfeifen. Dies schien der perfekte Zeitpunkt zu sein, um sowohl sie fertigzumachen als auch mit Männern zu spielen, die sich für unantastbar hielten.

Roman hasste SEALs, seit er selbst die Ausbildung nicht bestanden hatte.

Scheiß auf sie.

Scheiß auf ihn.

Es würde Spaß machen, mit beiden zu spielen.

Möge das Spiel beginnen.

KAPITEL ACHT

»Was?«, fragte Maggie ungläubig.

Die letzte Woche war ruhig gewesen. Fast zu ruhig. Sie hatte keine Drohanrufe von Roman erhalten, die Arbeit war reibungslos verlaufen und sie hatte es geliebt, Shawn immer besser kennenzulernen. Und seine Küsse machten ihre Knie weich und ließen ihre Lippen kribbeln. Sie wollte mehr, war sich aber nicht sicher, wie sie vorgehen sollte, da er noch Jungfrau war. Es machte ihr nichts aus, dass er unerfahren war, aber sie war sich nicht sicher, ob sie die Führung übernehmen sollte. Er war ein Alpha, das war klar. Würde es ihn abschrecken, wenn sie den ersten Schritt machte?

Es sah so aus, als sei das vorerst irrelevant.

»Wir gehen heute auf Mission«, sagte Shawn in ihrem Ohr. Es war kurz vor Mittag, und Maggie hatte gedacht, er würde anrufen, um zu fragen, was er zum Essen mitbringen sollte, aber stattdessen hatte er eine Bombe platzen lassen.

»Auf Mission? Für wie lange?«

»Scheiße«, murmelte Shawn. Dann seufzte er. »Wir haben über diesen Teil meines Jobs noch nicht gesprochen, aber leider kann ich dir nicht viel sagen. Das liegt in der Natur eines SEALs. Oft wissen wir selbst nicht, wie lange wir weg sein werden. Aber unsere Missionen sind nicht wie die Einsätze deiner Freundin Adina. Sie dauern in der Regel nicht Monate.«

Die Panik, die Maggie verspürte, kam überraschend. Sie kannte Shawn und seine Freunde noch nicht so lange, aber der Gedanke, nicht mehr jeden Abend mit ihm reden zu können, wie sie es bisher getan hatte, oder ihn nicht mehr sehen zu können, fühlte sich falsch an.

Sie hatte jedoch viel von Remi und den anderen Frauen gelernt. So war es eben, wenn man mit einem Soldaten zusammen war. Außerdem war sie es gewohnt, allein zu sein.

Als könnte Shawn ihre Gedanken lesen, sagte er: »Remi, Wren und Josie werden für dich da sein. Und Caroline, Summer und die anderen Frauen auch. Und ihre Ehemänner. Du bist nicht allein, Maggie, ehrlich.«

»Ich weiß«, flüsterte sie. Und das tat sie auch. Die Art und Weise, wie alle sie aufgenommen hatten, war fast wie ein Wunder gewesen. Sie hatte noch nie so viele Freunde gehabt. Und es fühlte sich großartig an.

»Ich wollte es dir persönlich sagen, aber wir haben Befehle erhalten und müssen fast sofort aufbrechen.«

»Du wirst ... vorsichtig sein?« Es klang dumm, aber plötzlich hatte Maggie Angst um Shawn.

»Ich bin immer vorsichtig. Und jetzt habe ich etwas, jemanden, zu dem ich nach Hause kommen kann, also werde ich noch wachsamer sein.«

Wow. Das war ... Maggie war sich nicht sicher, was das war. Aber seine Worte ließen ihren Körper kribbeln und zum ersten Mal seit Jahren hatte sie das Gefühl, wirklich wichtig zu sein. »Shawn«, flüsterte sie.

»Ich weiß, das ist ätzend. Aber das ist nun mal mein Beruf. Normalerweise haben wir mehr Vorbereitungszeit, aber manchmal passiert das. Ich bin im Handumdrehen zurück. Und noch einmal, wenn irgendetwas passiert, ruf Dude an, Cheyennes Ehemann. Er kann dir weiterhelfen.«

Maggie wollte fragen, was seiner Meinung nach passieren könnte, aber sie wusste, worauf er anspielte. Ihr Ex. Sie hatte ihm neulich erzählt, dass sie seit einer Woche nichts mehr von ihm gehört hatte, und obwohl sie erleichtert war, machte sie sich auch Sorgen, dass er etwas planen könnte. Natürlich freute Shawn sich nicht über dieses Geständnis. Überhaupt nicht.

Zum ersten Mal, seit sie sich kennengelernt hatten, fragte Maggie sich, warum sie sich so sehr bemühte, den Namen ihres Ex vor Shawn geheim zu halten. Ja, sie hatte Angst davor, was Roman tun könnte, aber wenn die Leute wüssten, wer er war, dann würde Roman, falls Maggie etwas zustoßen sollte, vielleicht etwas ernster genommen werden.

»Wenn du zurück bist, sollten wir reden«, platzte es aus Maggie heraus. Da Romans letzte Drohungen nicht mehr so aktuell waren, fühlte sie sich mutiger, Shawn zu erzählen, wer er war.

»Das werden wir«, sagte er zu ihr. »Ich muss Schluss machen, wir haben viel zu tun, um uns vorzubereiten, da diese Mission so unerwartet kam. Pass auf dich auf, während ich weg bin. Maggie?«

»Ja?«

»Ich werde dich vermissen. Ich genieße unsere abendlichen Gespräche wirklich.«

Maggie ließ den Kopf hängen. »Ich auch«, gab sie zu.

»Ich rufe dich an, sobald wir wieder auf dem Stützpunkt sind, okay?«

»Okay.«

»Pass auf dich auf.«

»Du auch.«

Maggie legte widerwillig auf und seufzte. Sie fühlte sich

bereits einsamer als zu der Zeit, bevor sie Shawn und seine Freunde kennengelernt hatte.

Als sie zu ihrer Schicht bei *My Sister's Closet* ankam, hatte sich offensichtlich herumgesprochen, dass Shawn und sein Team auf Mission geschickt worden waren.

»Wie geht es dir?«, fragte Julie.

»Ganz ehrlich? Ich weiß nicht, was ich fühlen soll«, sagte Maggie.

»Falls es dich tröstet, es wird einfacher. Nicht dass dein Mann sich bereitwillig in Gefahr begibt, wenn alle anderen davor davonlaufen, sondern dass er geht. Und ich bin nicht wirklich jemand, der darüber reden sollte, da mein Mann Kommandant war, und als wir uns kennenlernten, überlegte er, in den Ruhestand zu gehen, aber das sagen Caroline, Fiona und die anderen. Warte, wir sollten sie anrufen. Nein! Ich weiß! Lass uns eine Pyjamaparty machen!«

Maggie blinzelte die andere Frau an. »Eine Pyjamaparty?«, fragte sie ungläubig.

»Ja! Das macht echt Spaß. Caroline veranstaltet sie normalerweise bei sich zu Hause. Sie hat einen ziemlich großen Keller und viele bequeme Möbel, auf denen wir übernachten können. Wir können auch Remi, Josie und Wren einladen. Ich rufe sie gleich an!«

Maggie wollte am liebsten protestieren. Ihr sagen, dass sie mit fünfunddreißig viel zu alt für eine Pyjamaparty war, aber die anderen Frauen mussten mindestens zehn Jahre älter sein als sie. Und je mehr sie darüber nachdachte, desto mehr gefiel ihr die Idee, mit den Frauen, die sie im *Aces* kennengelernt hatte, in einer intimeren Atmosphäre zusammen zu sein.

Wann hatte sie das letzte Mal wirklich Spaß gehabt? Wahrscheinlich vor einer Woche, als sie alle Freunde von Shawn in der Kneipe kennengelernt hatte.

Zu ihrer Überraschung war die Übernachtung noch am

selben Tag geplant worden. Der Gruppenchat, in dem Maggie Mitglied war, war aktiv gewesen, da Wren und die anderen eine Million Fragen stellten, und sie hatte sogar von Caroline gehört, wie sehr sie sich freute, Gastgeberin des Treffens zu sein.

Es war für das folgende Wochenende geplant, und Maggie freute sich darauf mit so viel Begeisterung, wie sie sie schon lange nicht mehr empfunden hatte.

Eine Woche später saß Maggie im Schneidersitz auf einem Doppelbett im Keller von Caroline Steel, umgeben von zehn anderen Frauen. Zum Abendessen hatte Caroline vier riesige Charcuterie-Platten zubereitet und alle stopften sich mit Fingerfood voll.

Maggie hatte das gebraucht. Während der letzten Woche hatte sie begonnen, wieder in alte Gewohnheiten zurückzufallen ... sie war in sich gekehrt und hatte sich zu viele Gedanken gemacht. Die Nachrichten ihrer neuen Freundinnen und gelegentliche Anrufe von Remi, Wren oder Josie hatten sie davon abgehalten, den Verstand zu verlieren. Und ihr Job im Bekleidungsgeschäft brachte sie zumindest aus der Wohnung heraus.

Durch Shawns Abwesenheit wurde ihr klar, wie sehr sie menschliche Interaktion brauchte. Die zwei Jahre hinter Gittern hätten sie fast gebrochen. Ja, es gab viele Gelegenheiten, mit anderen zu interagieren, aber die meisten ihrer Mitinsassen waren nicht vertrauenswürdig. Und das machte den Unterschied aus. Maggie erkannte, dass sie nicht nur Shawn, sondern auch seinen Freunden vertrauen konnte.

Und diese Frauen? Maggie hatte den Wert wahrer Freundschaft nie gekannt, bis sie ihnen begegnete. Wie es den Unterschied zwischen einem beschissenen Tag und einem Tag, der nur nervig war, ausmachen konnte, jemanden zum Reden zu haben.

Sie kicherte vor sich hin. Sie wurde langsam zur Philosophin. Es war lächerlich.

»Was ist so lustig?«, fragte Cheyenne.

»Nichts. Ich habe nur darüber nachgedacht, wie anders mein Leben jetzt ist als noch vor ein paar Monaten.«

»Mädchen, dieser Teil deines Lebens ist vorbei. Zu Ende. Du gehst nicht zurück«, sagte Wren mit Nachdruck.

Alle anderen stimmten sofort zu.

Maggie liebte sie dafür ... aber das stimmte nicht ganz. Sie war nur einen Fehler davon entfernt, vor einem Richter zu stehen und möglicherweise direkt wieder ins Gefängnis geschickt zu werden. Aber sie wollte nicht darauf eingehen, dass es nur einer Entscheidung von Roman bedurfte, um seine Drohungen wahr zu machen und sie wieder ins Gefängnis zu bringen. »Danke, Leute.«

»Darf ich eine Frage stellen?«, fragte Remi.

»Ich glaube, das hast du gerade getan«, sagte Summer kichernd.

»Ich meine noch eine«, sagte Remi mit einem Augenrollen.

Das brachte alle zum Lachen und es dauerte einen Moment, bis es im Raum ruhig genug war, damit Remi ihre Frage tatsächlich stellen konnte.

Maggie machte sich bereit in der Annahme, dass sie sie etwas über das Gefängnis fragen würde. Niemand hatte bisher nach all den Dingen gefragt, die für die meisten Menschen selbstverständlich waren. Wie die Benutzung der Toilette, das Duschen, wie die Mahlzeiten abliefen und was sie den ganzen Tag *tat*.

Aber anstatt sich an Maggie zu wenden, schaute Remi die älteren Frauen an, die SEAL-Ehefrauen, die seit Jahren mit der Marine verbunden waren. »Wird es einfacher? Die Einsätze?«

»Ich übernehme das«, sagte Caroline zu den anderen Frauen, bevor sie Remis Blick begegnete. »Ich würde gern hier sitzen und sagen, dass es das wird. Aber zumindest in meinem Fall war das Gegenteil der Fall. Jedes Mal wenn Matthew ging, fiel es mir immer schwerer. Vielleicht weil ich mehr als andere von den Situationen wusste, in die er und sein Team sich begaben. Vielleicht weil ich ihn mit jedem Tag, den wir zusammen verbrachten, mehr und inniger liebte. Vielleicht hatte ich es einfach satt, dass er mich allein ließ. Ich weiß es nicht. Aber nein, sie werden nicht einfacher. Das soll nicht heißen, dass ich nicht jedes Mal, wenn er ging, stolz auf ihn war. Und dankbar, dass er und die anderen da draußen waren und taten, was getan werden musste. Wenn nicht er, wer dann?«

»Ich habe neulich darüber nachgedacht, als ich sah, dass drei Geiseln im Südpazifik – ich habe vergessen, auf welcher Insel – gerettet wurden. Sie waren aus dem Hotel, in dem sie wohnten, entführt und als Geiseln gehalten worden. Was würde passieren, wenn Männer wie unsere nicht bereit wären, das zu tun, was getan werden muss? Ihr Leben aufs Spiel zu setzen, um anderen zu helfen?«, sagte Cheyenne.

»Was hätte *ich* getan?«, fragte Josie. »Niemand hat nach mir gesucht. Und Nate hätte fliehen können, aber stattdessen hat er sich noch mehr Folter ausgesetzt, weil er nicht ohne mich gehen wollte. Ich habe großen Respekt vor ihm und seinen Freunden.«

»Ich glaube, die Frage ist ... kannst *du* mit dem, was Kevlar tut, umgehen?«, fragte Jessyka Remi sanft. »Denn manchmal ist es scheiße, die Frau oder Freundin eines SEALs zu sein. Aber meistens ist es wie in jeder anderen Beziehung. Man streitet sich, freut sich, sich nach einem langen Arbeitstag zu sehen, macht sich Sorgen um Geld und liebt sich für das, was man ist.«

»Es ist nur … diese letzte Mission … die fühlt sich … *seltsam* an«, sagte Remi.

»Ich stimme zu«, sagte Wren. »Ich meine, ich bin noch nicht lange mit Bo zusammen, aber in der Vergangenheit hatten sie bei Missionen normalerweise mehr Zeit zum Planen. Ich mache mir Sorgen, dass sie sich in eine Situation begeben haben, auf die sie nicht vorbereitet waren.«

»Hatten sie nicht wenigstens vierundzwanzig Stunden Vorlauf?«, fragte Alabama.

»Nein«, sagte Wren. »Bo rief von der Arbeit aus an und sagte, dass sie in etwa zwei Stunden aufbrechen würden. Er konnte nicht einmal nach Hause kommen, um sich zu verabschieden.«

»Hmmm, das klingt ungewöhnlich«, stimmte Summer zu.

»Es ist in der Tat seltsam«, sagte Julie. »Ich habe nicht auf alles eine Antwort, nur weil ich mit einem ehemaligen Kommandanten zusammen bin. Aber im Allgemeinen versuchen die Anführer, ihren Leuten Zeit zu geben, mit ihren Familien zu sprechen, um sich zu verabschieden. Zwei Stunden bedeuten entweder, dass irgendwo etwas Großes passiert und es keine Zeit für etwas anderes gab als die Besprechung und das Einsteigen in ein Flugzeug … oder jemand hat Mist gebaut.«

Einen Moment lang herrschte Stille im Raum. Dann griff Caroline nach ihrem Handy und begann zu scrollen.

»Was ist, Caroline?«, fragte Fiona.

»Ich schaue mir gerade die Nachrichten an, um zu sehen, ob irgendwo etwas passiert ist.«

Alle warteten und beobachteten, wie Caroline auf ihren Bildschirm starrte. Schließlich hob sie den Kopf und zuckte mit den Schultern. »Nur weil ich nichts Großes finden kann, heißt das nicht, dass nichts passiert ist.«

Die anderen begannen alle gleichzeitig zu reden und versuchten herauszufinden, warum das Team so schnell losgeschickt worden war, während sie Wren, Josie, Remi und Maggie versicherten, dass es den Jungs gut ginge und sie bald zurück sein würden.

Aber Wrens Frage ließ Maggie die Nackenhaare zu Berge stehen. Was wäre, wenn …

Nein, das war ein verrückter Gedanke. Er würde nicht … oder doch?

Doch, das würde er.

Die Frage war, ob Roman *wirklich* den Einfluss und die Macht hatte, ein Team von Navy SEALs auf eine Mission zu schicken, auf die es nicht vollständig vorbereitet war. Allein der Gedanke daran war erschreckend.

Instinktiv schaute sie auf ihr eigenes Telefon. Sie hatte seit fast zwei Wochen keinen Anruf von Roman mehr erhalten. Sie hatte gehofft, dass er es leid war, sie zu ärgern. Aber was, wenn nicht? Was, wenn das seine Art war, ihr zu sagen, dass sie und alle, die ihr wichtig waren, *immer* unter seiner Kontrolle stehen würden? Dass sie immer über ihre Schulter schauen und sich fragen müsste, ob er da war, wartete, lauerte, sich darauf vorbereitete, ihr Leben auf jede erdenkliche Weise zu versauen?

Sie schauderte.

»Maggie? Was denkst du?«

Sie riss den Kopf hoch und sah Cheyenne an. »Entschuldigung, ich habe nicht zugehört. Was denke ich worüber?«

Die andere Frau lächelte ihr verständnisvoll zu. »Darüber, nicht mehr über die Arbeit zu reden, sondern heiße Schokolade zu machen und einen Film anzusehen.«

Maggie stimmte voll und ganz zu. Der Gedanke, dass

sieben Männer ihretwegen in Gefahr geraten sein könnten, machte sie krank. Wenn etwas passierte ...

Daran durfte sie nicht denken. Shawn und die anderen waren sehr gut in dem, was sie taten. Selbst wenn – und das war ein großes wenn – Roman etwas damit zu tun hatte, dass sie losgeschickt wurden, würden sie damit fertigwerden. Maggie hatte von Remi, Wren und Josie genügend Geschichten über die Männer im Einsatz gehört, um das bis ins Mark zu spüren.

Aber dennoch konnte sie nicht aufhören, sich über Roman Gedanken zu machen. Würde er wirklich seine Macht einsetzen, um die Jungs in ein fremdes Land zu schicken?

Sie musste besonders vorsichtig sein. In Alarmbereitschaft. Vielleicht hatte er Shawn weggeschickt, damit er leichter an sie herankam. Der Gedanke, dass er wieder Drogen in ihrem Wagen oder in ihrer Wohnung deponieren oder ein Getränk mit Drogen versetzen könnte, damit sie einen Drogentest nicht bestand ... es gab viele Möglichkeiten, wie er sie reinlegen könnte, damit sie eine ihrer Bewährungsregeln brach. Bei dem Gedanken daran wollte sie sich am liebsten in ihrer Wohnung unter der Bettdecke verkriechen und nie wieder herauskommen.

Als alle Frauen nach oben in die Küche gingen, um heiße Schokolade zu machen, zitterte Maggie. Was, wenn Roman es auf eine von *ihnen* abgesehen hatte? Es war schlimm genug, dass sie so viel Zeit hinter Gittern verbracht hatte. Was, wenn er etwas tat, um eine ihrer Freundinnen ins Gefängnis zu bringen?

Damit würde sie nicht fertigwerden.

Es war an der Zeit. Zeit, mit Shawn zu reden. Sie hatte bereits beschlossen, ihm zu sagen, wer ihr Ex war, aber sie musste ihm *alles* erzählen. So schnell wie möglich. Sie hatte keine Ahnung, ob er und seine Freunde etwas tun konnten, um sie zu beschützen, aber zumindest würden sie es wissen. Vielleicht, nur vielleicht, könnte Shawn etwas tun, um Roman davon abzuhalten, das Leben eines anderen zu ruinieren.

Aber andererseits ... könnte Roman *Shawns* Leben ruinieren.

Nein. Sie musste Shawn glauben, wenn er sagte, dass er auf sich selbst aufpassen konnte und Freunde hatte, die ihr würden helfen können. Denn alles andere entsprang ihren schlimmsten Albträumen.

KAPITEL NEUN

»Ernsthaft, was zum Teufel ist das hier?«, fragte Smiley, als sie sich in dem Schlafraum versammelten, der ihnen auf dem derzeit im Mittelmeer stationierten Flugzeugträger mit Atomantrieb zugewiesen worden war.

Preacher hatte die gleiche Frage, und offensichtlich auch seine Teamkameraden. Sie hatten diese Mission während der letzten Woche einzeln miteinander hinterfragt, aber dies war das erste Mal, dass sie sie als Gruppe diskutierten.

»Warum zum Teufel sind wir hier?«, fragte Flash. »Es gibt keine unmittelbare Bedrohung durch irgendjemanden und es sind bereits zwei SEAL-Teams an Bord dieses Schiffes.«

Kevlar runzelte die Stirn. »Ich habe heute mit unserem Kommandanten gesprochen, und er versucht herauszufinden, was los ist. Er glaubt, dass jemand Mist gebaut hat und es zu einer Verwechslung gekommen ist. Er dachte, wir kämen hierher, um die anderen Teams zu unterstützen, aber da wir nur hier herumsitzen, hat er angefangen, Fragen zu stellen. Anscheinend wurde die Mission, die wir unterstützen sollten, abgesagt – aber niemand hat den Kommandanten darüber informiert. Unterm Strich *sollten* wir nicht hier sein.«

»Und wann fahren wir nach Hause?«, fragte Safe.

»Das ist es ja ... ich bin mir nicht sicher«, erklärte Kevlar.

»Scheiße«, fluchte Blink.

»Das ist doch Schwachsinn«, fügte Preacher hinzu.

»Ich weiß. Und der Kommandant arbeitet daran. Aber ihr wisst ja, wie das läuft. Es könnte morgen oder in einem Monat sein, bis die Verantwortlichen in die Gänge kommen und wir nach Hause geschickt werden.«

»Es sollte besser kein verdammter Monat sein«, knurrte Safe.

»Können wir nicht Tex anrufen? Er kann doch sicher etwas tun, um diese beschissene Situation zu lösen. Ich habe in ein paar Wochen ein Treffen mit einem Detective in Vegas, das ich nicht verpassen möchte«, sagte Smiley.

»Ich kümmere mich darum«, sagte MacGyver, bevor er blitzschnell die Daumen auf seinem Handy bewegte.

»Ich denke nicht, dass wir Tex da mit reinziehen sollten«, sagte Kevlar. »Ich bin sicher, die Marine wird das schon hinbekommen.«

Smiley schnaubte. »Ja, klar, genau wie sie *dachten*, dass sie uns hierherschicken sollten, obwohl wir definitiv nicht gebraucht werden?«

»Okay, da ist was dran«, räumte Kevlar ein. »Lass mich wissen, was er sagt, MacGyver.«

»Er sagt, er kümmert sich darum.«

»Moment, *was*? Du hast schon mit Tex gesprochen, ihm die Situation erklärt und er arbeitet daran?«, fragte Flash.

»Ja«, erklärte MacGyver grinsend.

»Verdammt! Vielleicht sollten wir packen«, schlug Safe vor.

Preacher war sich da nicht so sicher, aber alles, was das

Computergenie tun konnte, um diese beschissene Situation zu beheben, wäre willkommen. Sie waren schon viel zu lange auf diesem Schiff.

Er hatte Maggie seit seiner Abreise ein paar E-Mails geschickt, und obwohl sie sagte, dass es ihr gut gehe, spürte er, dass etwas mit ihr nicht stimmte. Er war sich nicht sicher was, und sehnte sich danach, persönlich mit ihr sprechen zu können, weil er sie gut einschätzen konnte, wenn sie sich gegenüberstanden.

»Also, ich schätze, die Pyjamaparty ist gut gelaufen«, sagte Kevlar und wechselte das Thema.

»Was hätte ich dafür gegeben, *dabei* Mäuschen spielen zu können«, sagte Flash lachend.

Safe warf ein Kissen nach seinem Freund. »Ich weiß nicht, was du denkst, was bei solchen Veranstaltungen vor sich geht, aber ich bin mir ganz sicher, dass es nicht das ist, was dir gerade durch den Kopf geht.«

»Du meinst, sie tragen nicht alle knappe kleine Negligés und machen eine Kissenschlacht?«, fragte MacGyver und versuchte, unschuldig zu klingen, was ihm aber nicht gelang.

»Denk nie wieder an Wren in einem Negligé«, drohte Safe.

Alle lachten. »Remi sagte, sie hätten darüber gesprochen, SEAL-Ehefrauen und -Freundinnen zu sein, darüber, wie sehr sie uns vermissen, und dann zu viel zuckerhaltige heiße Schokolade getrunken und Filme geschaut. Preacher, anscheinend hat Maggie den Wettbewerb gewonnen, wer am längsten wach bleiben konnte.«

Er grinste. Daran hatte er keinen Zweifel. Seine Maggie war eine Nachteule. »Habt ihr gehört, was sie gemacht hat, während alle anderen geschlafen haben?«, fragte er.

»Ihre Hände in warmes Wasser getaucht, damit sie pinkeln? Plastikspinnen im ganzen Haus verteilt, damit die Mädchen beim Aufwachen einen Herzinfarkt bekommen? Wecker auf allen Handys gestellt?«, fragte MacGyver.

Alle lachten.

»Das ist ein bisschen kindisch, oder?«, fragte Flash.

»Sie hat ihre BHs genommen, sie in Wasser getaucht und sie alle in den Gefrierschrank gelegt«, sagte Preacher.

Kevlar, Safe und Blink grinsten, da sie offensichtlich bereits von ihren Frauen von dem Streich gehört hatten, aber den anderen drei Männern fiel die Kinnlade herunter.

»Ernsthaft?«

»Ach du heilige Scheiße, ich glaube, ich liebe sie.«

Smiley machte seinem Spitznamen alle Ehre und grinste wie ein Verrückter. »Ich wusste, dass mir das Mädchen gefällt.«

»Klingt, als hätten sie alle sehr viel Spaß gehabt«, sagte Blink.

»Irgendwas Neues über ihren Ex?«, fragte Safe.

Preacher seufzte. »Nein. Aber sie kommt dem Reden näher. Das spüre ich.«

»Also ... sie hat dir erzählt, dass er ein hochrangiges Mitglied der Marine ist ... Besteht die Möglichkeit, dass dieses mysteriöse Arschloch etwas damit zu tun hat, dass wir alle auf diesem Schiff auf unseren Ärschen sitzen und Däumchen drehen, während unsere Frauen zu Hause sind und uns vermissen?«, fragte Kevlar leise.

»Das kann nicht sein«, sagte Preacher. Aber die Frage beunruhigte ihn trotzdem.

»Das wäre doch unmöglich, oder?«, fragte Safe.

»Keine Ahnung. Wenn ihr Ex jemand ist, der in der Befehlskette weit oben steht, vielleicht«, sagte Flash.

»Er müsste mindestens ein Captain sein«, sagte Smiley.

»Höchstwahrscheinlich ein Admiral«, stimmte MacGyver zu.

»Aber würde ein Admiral wirklich in den Verkauf von Drogen und die Schikanierung einer Ex verwickelt sein? Würde er wirklich so weit gehen wie Maggies Ex, um sie ins Gefängnis zu bringen? Und wofür? Warum sollte er so etwas tun?«, fragte Flash.

Preacher hatte die gleichen Fragen.

»Keine Ahnung«, sagte Kevlar, »aber entweder ist ein riesiger Fehler unterlaufen, dass wir hier gelandet sind, oder wir müssen zumindest in Betracht ziehen, dass Maggies Ex vielleicht mehr Einfluss hat, als wir erwartet haben. Es sei denn, jemand weiß etwas über eine bevorstehende Kriegserklärung, von der wir noch nichts erfahren haben, was unwahrscheinlich ist.«

Das weitere Gespräch drehte sich um die instabilen Verhältnisse in vielen Ländern der Region. Die Worte seiner Freunde drangen bei Preacher nur schwer durch. Er musste immer wieder daran denken, wer wohl so viel Mist gebaut hatte, dass das SEAL-Team so kurzfristig auf dieses Schiff geschickt worden war. Oder daran, dass es vielleicht gar kein Fehler war. Und wenn nicht ... wie hoch war die Wahrscheinlichkeit, dass es tatsächlich mit Maggie zu tun hatte? Hatte ihr Ex wirklich *so* viel Macht in der Marine?

Wenn ja, könnten sie beide in Gefahr sein.

Es war eine verrückte Idee. Soweit er wusste, hatte ihr Ex nicht einmal Kenntnis von ihm. Er sollte nicht einmal wissen, dass er und Maggie sich trafen. Verdammt, was sie getan hatten, konnte man kaum als Beziehung bezeichnen.

Aber sobald er den Gedanken hatte, wusste Preacher, dass er sich selbst belog.

Die Küsse, die Telefonate, die Abendessen, das Händchenhalten. Sie waren definitiv zusammen. Und wenn ihr Ex das herausfand, warum sollte es ihn dann kümmern?

Er hatte zu viele Fragen und keine Antworten ... und das machte ihn wahnsinnig. Und jetzt, da Kevlar die Möglichkeit angesprochen hatte, dass Maggies Ex in diese verkorkste Mission verwickelt war, die sie gar nicht erst hätten durchführen müssen, konnte Preacher nicht aufhören, darüber nachzudenken. Der Gedanke machte ihn noch ungeduldiger, nach Südkalifornien zurückzukehren. Zu Maggie.

Einige Tage nach der Pyjamaparty klingelte Maggies Telefon gegen zehn Uhr abends, und für einen Moment hatte sie den Gedanken, dass es vielleicht Shawn war. Vielleicht war er zurück. Sie vermisste ihn schrecklich. In gewisser Weise hatte sie in ihrem Leben noch nie etwas vermisst. Selbst als sie im Gefängnis gewesen war und Del Taco oder Gewürze in ihrem Essen vermisste, war das *nichts* im Vergleich zu dem flauen Gefühl in ihrem Magen, weil sie Shawn vermisste.

Aber als sie auf ihr Handy schaute, spannten ihre Muskeln sich vor Angst an, als sie das gefürchtete Wort sah – unbekannt.

»Hallo?«, sagte sie zögerlich, als sie antwortete.

»Hi, Mags. Wie geht es dir?«

Sie schloss die Augen. Sie hatte ehrlich gedacht, Roman hätte aufgegeben. Dass er endlich weitergezogen war. Aber natürlich hatte sie sich geirrt.

»Leg nicht auf«, befahl er, gerade als sie das tun wollte. »Ich rufe an, um dir zu sagen, dass du weiterhin den Mund halten wirst, wenn du nicht willst, dass dein Freund an einen schlimmeren Ort als ein Schiff mitten auf dem Ozean geschickt wird.«

Ihre schlimmste Befürchtung hatte sich gerade bewahrheitet.

»Warum ...?«, flüsterte sie.

»Weil ich es kann«, sagte Roman sichtlich amüsiert. »Dieses

Mal habe ich sie nur auf eine sinnlose Mission geschickt. Aber beim nächsten Mal könnte es der Iran sein. Glaubst du, Blink würde gern noch einmal in die Zelle zurückkehren, in der er und seine Freundin zu Gast waren? Oder vielleicht Nordkorea … was meinst du, wie würde das den Jungs gefallen? Ich glaube, sie würden auffallen wie bunte Hunde, oder? Vielleicht werden sie gefangen genommen und in Arbeitslager gesteckt. Oder ich habe gehört, dass Russland zu dieser Jahreszeit schön ist.«

»Im Ernst, Roman, *warum*? Du hast mein Leben schon versaut! Warum tust du das?«

»Ich habe es dir schon gesagt – weil es Spaß macht. Und um sicherzustellen, dass du keinen Mist baust. Ich habe Fotos von dir, Schlampe. Wie du mit diesem verweichlichten SEAL in seinem Wagen rummachst. Ich habe Augen und Ohren *überall*. Nichts, was du tust, ist vor mir geheim. Ich weiß alles über deine Arbeit in diesem verdammten Bekleidungsgeschäft, deine kleine Pyjamaparty bei Caroline Steel und den Besuch in diesem Wohngebäude in der Third Street. Wenn ich *irgendetwas* darüber höre, dass dieser SEAL und sein Team sich nach mir erkundigen, sind sie so gut wie tot. Hast du mich verstanden? Ich werde sie so schnell ausfliegen lassen, dass dir schwindelig wird, und ich werde alles tun, um dafür zu sorgen, dass sie nie wiederkommen.«

»Ich werde nichts sagen! Lass sie einfach in Ruhe!«, flehte Maggie.

»Oder vielleicht befördere ich dich wieder ins Gefängnis. Es hat beim ersten Mal so viel Spaß gemacht, dir beim Untergang zuzusehen. Ich könnte mich mit deiner Bewährungshelferin unterhalten. Oder es wäre nicht schwer, *erneut* etwas in deinem Wagen zu platzieren, vielleicht in deine Wohnung einzubrechen und ein paar Utensilien zu verteilen. Genug, um deine Bewährung widerrufen zu lassen und deine Strafe zu verlängern. Verarsch mich nicht, Maggie. Jetzt, da ich bewiesen habe, wozu ich fähig bin, sei einmal in deinem Leben schlau.«

Sie wusste nicht, was sie noch sagen sollte.

»Was ist überhaupt der Reiz daran?«, fragte Roman.

Maggie wollte am liebsten auflegen, aber sie konnte nicht. Er musste weiterreden, damit er sich weiterhin selbst belastete.

»Jeder weiß, dass SEALs im Bett scheiße sind. Sie interessieren sich nur dafür, sich selbst zu befriedigen. Ihre Egos sind zu groß, um an etwas anderes zu denken als an den Wettlauf bis zur Ziellinie. Aber weißt du was? Wenn ich es mir recht überlege, macht es durchaus Sinn, dass du mit ihm zusammen bist. Ich meine, es ist ja nicht so, dass *du* im Bett gut wärst. Die Schlimmste, die ich je hatte – und ich hatte schon viele –, warst du. Du lagst einfach da wie ein toter Fisch.«

Okay, vielleicht hätte sie nicht hören müssen, was er noch zu sagen hatte.

»Du hast die schlechtesten Blowjobs gegeben, die ich je –«

Maggie beendete die Verbindung und blockierte sofort die Nummer, von der aus er angerufen hatte. Dann öffnete sie die App, die sie installiert hatte, und vergewisserte sich, dass das Gespräch aufgezeichnet worden war.

Sie hatte genügend Material, um Roman ins Gefängnis zu bringen, aber sie hatte Todesangst, es irgendjemandem zu zeigen. Denn sie hatte keinen Zweifel daran, dass er nicht sofort verhaftet werden würde. Es würde eine Untersuchung geben müssen. Sie würden ihn nach dem Anruf fragen. Wahrscheinlich würden sie ihm die Aufnahme vorspielen. Aber wenn er nicht sofort hinter Gitter gebracht würde, wäre sie geliefert. Er würde *alles* tun, um sie dafür büßen zu lassen. Sie wäre nicht sicher. Nicht einmal annähernd.

Vorsichtig speicherte Maggie die Nachricht in einem Ordner auf ihrem Handy und schickte sie sich auch per E-Mail. Später würde sie sie auf ihrem Computer speichern. *Falls* ihr tatsächlich etwas zustoßen sollte, falls sie spurlos verschwinden sollte, würde es Aufzeichnungen darüber geben, wer es auf sie abgesehen hatte. Das *Warum* war eine andere Geschichte. Selbst sie verstand nicht genau, warum Roman entschlossen war, ihr Leben zu ruinieren. Sie hatte gedacht, sie sei eine gute Freundin gewesen. Aber sie hatte offensichtlich etwas getan, das ihn verärgerte. Oder vielleicht genoss er es, Macht über andere zu haben.

Sie wollte nicht glauben, dass es so war, wie er sagte. Dass es ihm einfach Spaß machte.

Was auch immer der Grund war, es spielte keine Rolle mehr. Alles, was zählte, war die klare Tatsache, dass er kein Problem damit hatte, Shawn und sein Team zu belästigen und ihr Leben in Gefahr zu bringen, nur um sie zu ärgern.

Maggie hatte schreckliche Schuldgefühle, saß auf der Couch in Adinas Wohnung und starrte ins Leere. Dann begannen einige der anderen Dinge, die Roman gesagt hatte, zu ihr durchzudringen. Jemand hatte Fotos von ihr und Shawn gemacht, wie sie in seinem Wagen knutschten. Das musste auf dem Parkplatz von *My Sister's Closet* gewesen sein, ein paar Tage vor seinem Einsatz. Eine glückliche Erinnerung, die nun durch das Wissen getrübt war, dass sie beobachtet worden waren.

Derjenige war ihr auch zu einer Wohnung gefolgt, die sie eventuell hatte mieten wollen. Er wusste, dass sie mit ihren Freundinnen zu Caroline gefahren war.

Sie brachte *so viele* Menschenleben in Gefahr.

Dann geschah etwas Überraschendes – tief in ihr begann Wut zu wachsen.

Sie hatte nichts falsch gemacht. *Gar nichts.* Auch wenn der Richter glaubte, dass die Drogen ihr gehörten. Auch wenn sie in der Vergangenheit Fehler gemacht hatte. Das bedeutete nicht, dass sie verdiente, was jetzt geschah. Und Shawn und seine Freunde schon gar nicht.

Die einzige Möglichkeit, dies zu stoppen, bestand darin, genau das zu tun, was sie am meisten fürchtete. Jemandem davon zu erzählen, was vor sich ging. Wer Roman war und alles über seine Drohungen.

Und der einzige Mensch, dem sie genug vertraute, um es ihm zu erzählen, war Shawn. Was schwierig war, denn wenn sie es ihm erzählte, würde er sich in unmittelbare Gefahr begeben. Aber er war ein SEAL. Er war kein x-beliebiger Mann ohne Verbindungen. Er hatte es selbst gesagt, er kannte Leute. Leute, die hoffentlich nicht nur *sie*, sondern auch alle anderen beschützen konnten.

Wenn sie nichts sagte, würde Roman nicht aufhören. Er würde Shawn und seine Freunde wahrscheinlich an einen dieser schrecklichen Orte schicken, mit denen er ohnehin schon gedroht hatte, nur weil er es konnte. Es wäre egal, dass Maggie niemandem gesagt hatte, wer er war. Wenn sie zumindest etwas sagte, wenn sie Roman als den Kriminellen entlarvte, der er war, wären andere auf alles vorbereitet, was er als Nächstes versuchen könnte.

Zu diesem Zeitpunkt war sie bereit, alles zu tun, um ihre neuen Freunde zu schützen, auch wenn das bedeutete, dass sie selbst nicht sicher war. Sie würde die Konsequenzen ihrer Handlungen tragen, solange sie nur *sie* betrafen.

Sie hatte Angst vor Roman und davor, was er tun könnte, aber noch mehr Angst hatte sie davor, was er anderen antun könnte. Und das brachte sie dazu, sich zu entscheiden.

Das Ironische daran war, dass sie genau das getan hätte, was er wollte, wenn Roman Shawn nicht bedroht hätte, wenn ihr nicht jemand zu Carolines Haus gefolgt wäre. Sie hätte den Mund gehalten.

Aber jetzt, da er andere mit hineingezogen hatte, unschuldige Menschen, die es nicht verdient hatten, dass ein Psychopath ihr Leben ruinierte, hatte Maggie ihr Rückgrat gefunden. Roman Robertson würde niemand anderem so wehtun, wie er ihr wehgetan hatte. Sie würde alles tun, um dafür zu sorgen, dass jeder wusste, was für ein Drecksack er war. Oder bei dem Versuch sterben ... was definitiv eine Möglichkeit war.

KAPITEL ZEHN

Es hatte noch eine weitere Woche gedauert, aber schließlich waren sie zu Hause. Preacher war nicht sicher, was tatsächlich passiert war, aber irgendwann wurden sie einfach in das Büro des Admirals auf dem Schiff gerufen und man teilte ihnen mit, dass sie am nächsten Morgen abreisen würden. Zu diesem Zeitpunkt war es egal, ob es an Tex lag oder ob jemand in der Befehlskette erkannt hatte, was für eine Verschwendung von Ressourcen es war, drei SEAL-Teams auf diesem Schiff zu haben, die nichts taten ... aber sie wurden nach Hause geschickt.

Es war halb fünf Uhr morgens, und obwohl Maggie schlafen würde – verdammt, sie war wahrscheinlich erst vor ein paar Stunden ins Bett gegangen –, zögerte Preacher nicht, sie anzurufen. Kevlar, Safe und Blink hatten ihre Frauen ebenfalls bereits kontaktiert.

»Hallo?«, sagte Maggie verschlafen, als sie antwortete.

»Hey, ich bin's«, sagte Preacher mit einem kleinen Lächeln, weil sie so benommen und liebenswert klang.

»Shawn?«

»Ja. Wir sind zu Hause.«

»Seid ihr das?« Sie klang jetzt definitiv wach.

»Ja.«

»Kommst du vorbei? Soll ich zu dir kommen? Geht es dir gut? Sind alle anderen in Ordnung? Was soll ich tun?«

Preacher musste lachen, und er konnte nicht glauben, wie gerührt er von ihrer Fürsorge und Besorgnis war. So etwas hatte er noch nie erlebt. Er hatte seine Kameraden beneidet, wenn sie nach der Rückkehr von früheren Missionen ihre Frauen anriefen, aber er hatte nicht erwartet, wie viel Freude ihm die Emotionen bereiten würden, die er in Maggies Stimme hörte.

»Wenn es okay ist, komme ich zu dir.«

»Es ist okay!«, schrie sie praktisch. »Möchtest du, dass ich Frühstück mache?«

»Nein. Ich möchte, dass du im Bett bleibst, ganz warm und schläfrig. Und ich möchte mich dir *wirklich* anschließen, wenn ich ankomme. Einfach zum Schlafen. Im Flugzeug kann ich mich nie ausruhen.«

»Okay. Ich stehe auf und schließe die Tür auf. Shawn?«

»Ja?«

»Ich bin so froh, dass du zu Hause bist. Ich habe dir viel zu erzählen.«

»Ich auch. Ich bin in etwa fünfzehn Minuten da, okay?«

»Okay. Wir sehen uns gleich.«

»Ja, das werden wir.«

Preacher legte auf und wusste, dass er ein albernes Lächeln im Gesicht hatte. Er war erschöpft, das stimmte. Er konnte sich nichts Schöneres vorstellen, als sich an Maggie zu kuscheln und mit ihr in seinen Armen einzuschlafen. Davon hatte er geträumt. Von ihr.

Es dauerte dreizehn Minuten, um zu ihrer Wohnung zu gelangen, da es so früh am Morgen nicht viel Verkehr gab. Ihre Tür war wie versprochen unverschlossen, und obwohl er

Maggie für ihre Unvorsichtigkeit schelten wollte, war er zu begierig darauf, sie zu sehen.

Nachdem er dafür gesorgt hatte, dass die Tür hinter ihm verschlossen war, ließ Preacher seine Reisetasche auf dem Boden des Eingangsbereiches fallen und machte sich auf den Weg ins Schlafzimmer. Er holte tief Luft und stieß die Tür auf – und der Anblick, der ihn begrüßte, verschlug ihm den Atem.

Eine seiner Fantasien war wahr geworden. Maggie hatte neben dem Bett ein Licht angemacht, das den Raum in ein sanftes Licht tauchte. Sie war wach und lag in der Mitte des Doppelbetts, die Bettdecke bis zur Brust hochgezogen. Sie setzte sich auf und lächelte ihn an, als er hereinkam. »Willkommen zu Hause.«

Preacher trat auf sie zu. Er beugte sich über die Matratze, und zu seiner Freude neigte sie ihr Kinn zu ihm und bot ihm ihre Lippen an. Er nahm sie.

Zuerst war ihr Kuss sanft und süß. Aber schnell wurde daraus mehr. Ehe er sichs versah, zog Maggie an seinem Hemd und versuchte, es ihm über den Kopf zu ziehen. Und ihm ging es nicht viel besser. Er zog die Bettdecke herunter, dann hatte er Maggies Kopf in seinen Händen und hielt sie still, während er sie hart, lange und tief küsste. Alle Gedanken an Schlaf waren wie weggeblasen.

Preacher hatte im Laufe der Jahre viel über diesen Moment nachgedacht, darüber, was er fühlen würde, wenn es an der Zeit war, seine Jungfräulichkeit zu verlieren. Er hatte sich vorgestellt, wie es ablaufen könnte. Was er sagen und tun würde, welche Gefühle er dabei empfinden würde. Aber nichts, woran er in der Vergangenheit gedacht hatte, kam dem Zusammensein mit Maggie auch nur annähernd nahe.

Bald waren sie beide nackt wie am Tag ihrer Geburt. Aus Preachers Schwanz trat bereits ein Lusttropfen, aber er konnte nur daran denken sicherzustellen, dass Maggie bereit war, ihn zu nehmen. Er mochte zwar noch Jungfrau sein, aber selbst Preacher wusste, dass sein Schwanz überdurchschnittlich groß war. Er war lang und dick, und auf keinen Fall wollte er dieser Frau wehtun.

Maggie lag auf dem Rücken unter ihm und grub die Fingernägel in seine Haut, als sie sich an ihn klammerte und verzweifelt versuchte, ihn näher zu sich zu ziehen. Sie hatten ihren Kuss nur lange genug unterbrochen, um sich auszuziehen. So sehr Preacher sie auch weiter küssen wollte, er musste sie sehen, alles von ihr, noch mehr.

Er hob den Kopf und blickte auf die Frau hinunter, die auf dem Bett ausgestreckt lag. Ihr schwarzes Haar war auf dem Kissen ausgebreitet, sie hatte einen kleinen Fleck auf einer Wange, wo sie zuvor geschlafen hatte, und als er auf sie hinunterblickte, leckte sie sich die rosafarbenen, geschwollenen Lippen.

»Du bist die beste Heimkehr, die ich je hatte«, sagte Preacher ehrfürchtig. Er ließ den Blick langsam ihren Körper hinuntergleiten und prägte sich den Moment ein. Sie war Perfektion. Nicht im strengsten Sinne des Wortes. Sie hatte eine Narbe in der Nähe ihres Schlüsselbeins, ein paar Sommersprossen auf der Brust, ein paar Schönheitsflecke hier und da, aber alles, was er sehen konnte, war glatte, wunderschöne Haut.

Er ließ eine Hand zu ihrer Brust wandern, als hätte er das schon eine Million Mal gemacht. Er drückte sanft zu und genoss es, wie sie sich unter ihm wand. Dann fuhr er mit seinem Daumen über ihre Brustwarze und grinste, als sie sich unter seiner Berührung sofort verhärtete. Er nahm sie mit Daumen und Zeigefinger und drückte leicht zu, genoss das überraschte Geräusch, das aus Maggies Mund kam, und die Art, wie sie sich an ihn schmiegte.

Sie war so empfänglich. Er wollte am liebsten die ganze

Nacht mit ihren Brüsten spielen, aber diesmal war das auf keinen Fall möglich. Er musste unbedingt in ihr sein.

Widerwillig ließ er ihre Brustwarze los und fuhr mit seiner Hand über die kleine Wölbung ihres Bauches bis zu den sauber gestutzten Haaren zwischen ihren Beinen. »Spreize die Beine für mich«, drängte er in einem Tonfall, den er nicht wiedererkannte.

Sofort entspannten sich ihre Oberschenkelmuskeln und sie spreizte ihre Beine weiter. Preachers Blick war auf ihre Muschi geheftet. Er wollte sich bewegen. Zwischen ihre Beine gelangen und sie genauer untersuchen. Sie kosten. Mit seiner Zunge zwischen ihren Schamlippen entlangfahren und zusehen, wie sie bei der Berührung seines Mundes und seiner Finger kam.

Aber er war zu ungeduldig.

Zum Glück schien sie es auch zu sein.

Sie führte eine Hand zwischen ihre Beine und begann, sich zu streicheln. Preacher hob den Blick zu ihr.

»Ich will dich«, sagte sie kühn, »aber ich muss feuchter sein. Es ist ... schon eine Weile her für mich.«

Er liebte es, dass sie sich nicht scheute zu sagen, was sie brauchte. Er wandte seine Aufmerksamkeit wieder ihren Beinen zu und beobachtete, wie sie sich selbst befriedigte, und machte sich mentale Notizen darüber, was ihr gefiel.

Er legte eine Hand auf ihre, als ihr Finger sich schneller auf ihrer Klitoris bewegte. Als ihre Hüften zu zucken begannen, schob er ihre Hand grob beiseite und übernahm.

Wieder entwich ihr ein überraschtes Quietschen, und Preacher konnte bei dem Geräusch nur grinsen.

»Ja ... härter, Shawn. Mehr!«

Die kleine Knospe zwischen ihren Beinen war hart unter seinem Daumen, und er schob seinen kleinen Finger so weit wie möglich in ihren Körper, während er sie streichelte.

Sie war so verdammt heiß. Und feucht. Er konnte fühlen,

wie sie seinen kleinen Finger durchnässte, und sein Schwanz pochte vor Ungeduld.

»Oh!«, rief Maggie aus, als sie ihren Hintern von der Matratze hob und zu erstarren schien. Dann brach sie zusammen und zitterte fast unkontrolliert an ihm. Preacher hatte schon Frauen zum Orgasmus kommen sehen, aber das war nichts im Vergleich dazu. Wenn Maggie nicht nach unten gegriffen hätte, um ihn zu packen und gegen sich zu drücken, hätte er vielleicht gedacht, dass sie Schmerzen hatte.

Sie würde nie erfahren, welches Geschenk sie ihm gerade gemacht hatte.

Sie ließ die Hüften wieder auf das Bett sinken, und als sie subtil von seiner Berührung an ihrer Klitoris wegzuckte, verstand er die Botschaft. Preacher ließ seine Hand weiter zwischen ihre Beine gleiten und stöhnte. Sie war klatschnass. Er schob einen Finger in ihren Körper, dann zwei. Er fingerte sie sanft, während sie von ihrem Orgasmus herunterkam. Ihre Säfte bedeckten seine Finger, und er zog sie aus ihrem Körper und führte sie zu seinem Schwanz.

Er war hart wie Stahl und ihre Säfte in Kombination mit seinem Lusttropfen waren mehr als genug Gleitmittel, um sicherzustellen, dass er ihr beim Eindringen nicht wehtat.

Dann erstarrte er. *Verdammt.*

»Was? Was ist los?«, fragte Maggie, die offensichtlich spürte, dass er sich anspannte.

»Ich habe kein Kondom«, gab er zu. Dies war sein Moment. Seine Chance, seine Jungfräulichkeit mit der Frau seiner Träume zu verlieren – und wie ein Idiot hatte er nichts, womit er sie schützen konnte.

»Ist schon okay«, sagte sie.

»Nein, ist es nicht.«

»Shawn, du bist noch Jungfrau. Und ich hatte seit über zwei Jahren keinen Sex mehr, weil ich im Gefängnis war.«

»Schwangerschaft«, erinnerte er sie.

Er konnte sehen, wie ihre Wangen rosa wurden. »Es ist nicht der richtige Zeitpunkt. Und ich weiß, das klingt wie eine Floskel, aber es ist die Wahrheit.«

Preacher zögerte. Er sollte das sofort beenden ...

Maggie traf die Entscheidung für sie beide, als sie nach unten griff und seinen Schwanz in die Hand nahm.

Er stöhnte und konnte nicht anders, als sich in ihren Griff zu schieben. Sie lächelte ihn an.

»Es ist in Ordnung, Shawn, wirklich. Bitte. Ich brauche dich. Ich *will* dich. Ich will deine Erste sein.«

Ohne zu zögern, bewegte Preacher sich zwischen ihre Beine und drückte sie mit den Knien auseinander. Ihre Schamlippen glitzerten im schwachen Licht. Er konnte nicht widerstehen, sie noch einmal zu berühren und zu spüren, wie heiß und feucht sie war.

»Bist du dir wirklich sicher?«, brachte er heraus.

»Absolut.«

»Wenn es irgendwelche Konsequenzen gibt, werde ich das Richtige tun. Ich möchte im Leben meines Kindes präsent sein. Ich werde *kein* abwesender Vater sein.«

Er spürte, wie ihre Muschi sich um die Finger schloss, die er wieder in sie hineingeschoben hatte, da er sich nicht zurückhalten konnte.

»Okay.«

»Letzte Chance, Maggie. Wenn du Ja sagst, werde ich dich ficken. Es gibt kein Zurück.« Preacher konnte kaum denken. Sein Blick war auf ihre Muschi geheftet. Er wollte das. Und nicht nur Sex. Sondern Sex mit *ihr*. Es ging nicht nur darum, seine Jungfräulichkeit zu verlieren. Es ging darum, Maggie so nahe wie möglich zu sein.

»Ja«, sagte sie bestimmt.

Preacher zog seine Finger aus ihrem Körper und umschloss

seinen Schwanz erneut mit der Hand, wobei er ihn mit ihrer Feuchtigkeit überzog. Dann rückte er näher und drückte ihre Beine noch weiter auseinander. Als er nach unten schaute und sah, wie die Eichel seines Schwanzes ihren Schamhügel berührte, kam er fast. Er konnte ihre Schamhaare an der empfindlichen Spitze spüren. Er konnte den moschusartigen Geruch von Sex riechen. Er hörte ihr schweres und schnelles Atmen. Sah, wie ihr Bauch vor Erwartung zuckte.

Jeder seiner Sinne war beschäftigt. Dieser Moment brannte sich für immer in sein Gehirn ein ... und er hatte noch nicht einmal angefangen.

Er setzte die Eichel seines Schwanzes an ihrem Eingang an und drückte.

Maggie hielt den Atem an, als Shawn in sie eindrang. Für einen Moment war der stechende Schmerz fast überwältigend. Es war so lange her, dass sie Sex gehabt hatte. Aber das Unbehagen verschwand fast sofort.

Ihr Blick war zwischen ihre Beine geheftet und sie beobachtete, wie Shawns überraschend langer und dicker Schwanz in ihrem Körper verschwand. Aber als sie ein seltsames Geräusch von Shawn hörte, sah sie zu seinem Gesicht auf.

Die Ehrfurcht, die sie dort sah, machte diesen Moment zu etwas ganz Besonderem. Dies war sein erstes Mal, und sie hatte sich noch nie so stark und sexy gefühlt wie in diesem Moment.

»Verdammt«, murmelte er. Er rückte Zentimeter für Zentimeter näher und schob seinen fetten Schwanz noch tiefer in sie hinein. Dann bewegte er sich nicht mehr. Er blieb einfach so tief wie möglich drin.

»Shawn?«, fragte Maggie besorgt.

Er gab ein Geräusch von sich, das irgendwo zwischen

einem Ja und einem Grunzen lag. Sie grinste und spannte absichtlich ihre inneren Muskeln um seinen Schwanz an.

Sein Blick war auf die Stelle gerichtet, an der sie miteinander verbunden waren, aber er schaute auf, als er spürte, wie sie sich um ihn herum zusammenzog. »Mach das noch mal«, befahl er.

Sie tat es.

»Heilige Scheiße, das fühlt sich unglaublich an!«, flüsterte er.

»Du kannst dich bewegen«, flüsterte sie.

Shawn schüttelte nur den Kopf. Seine Pupillen waren so groß, dass sie kaum noch etwas von der grünen Farbe seiner Iriden sehen konnte.

»Tue ich dir weh?«, fragte er.

»Nein.«

»Gut. Denn ich glaube, ich werde nie wieder gehen. Du bist so heiß. Und so verdammt feucht. Ich habe noch nie ... das ist ... *verdammt*.«

Maggie konnte nicht aufhören zu lächeln. »Warte, bis du anfängst zu stoßen«, sagte sie.

Zu ihrer Überraschung drückte er gegen sie – dann verzerrte sich sein Gesicht. Sie spürte, wie er mit den Hüften noch einmal zustieß.

»Bist du ... bist du gerade gekommen?«, fragte sie.

»Ja«, sagte er ohne Verlegenheit. »Du fühlst dich zu gut an. So verdammt gut!«

Sie war begeistert, dass er sein Vergnügen gefunden hatte. Sie war auch ein wenig enttäuscht, aber dies war ja nun sein erstes Mal. Er würde den Dreh beim Liebesspiel schnell raushaben, da war sie sich sicher.

Er beugte sich zu ihr hinunter und küsste sie sanft. Als er sich zurückzog, lag ein Schimmer von ... *etwas* ... in seinen Augen. »Jetzt, da *das* aus dem Weg ist, bist du bereit?«

»Wofür?«, fragte Maggie.

»Gefickt zu werden.«

Sie konnte nicht anders. Sie lachte. »Ja.«

Zu ihrer Überraschung merkte sie, dass er immer noch hart war, als er sich bis zur Spitze aus ihrem Körper zurückzog. Mit einem langen Stoß drang er wieder in sie ein.

»Oh!«, rief sie aus und genoss es, wie er sich anfühlte, als er bis zum Anschlag in ihr war. Nach seinem Orgasmus war sie jetzt noch feuchter und er glitt leicht in ihren Körper hinein.

Ihr Bauch spannte sich an, als er begann, sich in einem langsamen und gleichmäßigen Rhythmus zu bewegen. Sein Schwanz berührte Stellen in ihr, die noch nie ein Mann erreicht hatte. Es dauerte nicht lange, bis er immer härter zustieß. Mit einer Hand stützte er sich neben ihrer Schulter auf der Matratze ab, mit der anderen umklammerte er ihren Oberschenkel und hielt sie weit geöffnet.

Bei jedem Stoß hüpften ihre Brüste, und die Freude in Shawns Blick zu sehen, als er sie nahm, war fast so aufregend wie das, was er mit ihrem Körper tat. Fast.

Dann ließ er eine Hand zwischen sie wandern. Er stieß weiter und hob dabei seine Hüften ein wenig an, um Platz für seine Hand zu schaffen, mit der er ihre Klitoris berührte.

»Shawn!«, rief sie aus, als er begann, sie zu streicheln.

»Genau so. Komm an meinem Schwanz. Ich will es fühlen. Du hast meinen Finger unglaublich gut umklammert, und ich wette, du würdest meinen Schwanz verdammt noch mal erwürgen. Oh! Ich kann fühlen, wie du zuckst. Das ist verdammt fantastisch!«

Sie hätte Shawn nie für jemanden gehalten, der so sprach, aber Maggie liebte es.

Er hob ihre Hüfte, als ihr Orgasmus näher rückte. Sie konnte sich nur noch an Shawn festhalten, während er sie wie ein verdammter Maestro fingerte. Es war kaum zu glauben, dass dies sein erstes Mal war. Er war der beste Liebhaber, den sie je hatte. Er hatte sie für jeden anderen verdorben. Punkt.

Als sie über den Abgrund stürzte, keuchte Shawn und verzog das Gesicht, als würde er gefoltert. Sie hörte ihn stöhnen: »Gott sei Dank«, während sie zum Orgasmus kam. Dann hielt er mit beiden Händen ihre Hüften fest und versuchte, ihren sich windenden Körper ruhig zu halten, während er sie ernsthaft fickte.

Es dauerte nicht lange, bis er ganz aufhörte, sich zu bewegen, als er sie so fest an sich zog, dass Maggie das Gefühl hatte, sie würde blaue Flecke bekommen. Dann stöhnte er noch einmal und kam. Sie spürte tatsächlich, wie sein Schwanz zuckte, als er sich in ihr entleerte.

»Heilige Scheiße«, sagte er voller Ehrfurcht, als seine Hände langsam ihren eisernen Griff um ihre Hüften lockerten. Dann fiel er nach vorn, zum Glück ohne sie unter sich zu zerquetschen. Er vergrub die Nase an ihrem Hals und keuchte, während er versuchte, die Kontrolle über seinen Körper wiederzuerlangen.

Maggie konnte nicht aufhören zu lächeln. Mit den Händen strich sie seinen leicht feuchten Rücken auf und ab, während sie ihr Bestes tat, um ihn zu beruhigen, bis er sich von seinem zweiten Orgasmus in dieser Nacht erholt hatte.

Als er sich weit genug aufgerichtet hatte, um ihr in die Augen zu sehen, steckte er immer noch tief in ihrem Körper.

»Hallo«, sagte sie ein wenig verlegen.

»Danke«, antwortete er.

Maggie runzelte die Stirn. »Wofür?«

»Fragst du das ernsthaft?«, entgegnete er ein wenig gereizt.

Maggie kicherte.

Ein seltsamer Ausdruck legte sich auf sein Gesicht. »Ich habe das gespürt«, informierte er sie. »Dein Lachen. Ich habe es an meinem Schwanz gespürt. Es hat mir gefallen.«

Sie konnte nicht anders, als erneut zu lachen.

Diesmal bildete sich ein kleines Lächeln auf seinem Gesicht. »Ich muss dir etwas gestehen.«

Als er nicht weitersprach, fragte Maggie: »Ja? Das wäre?«

»Ich mag Sex. Mit dir. Und ich glaube, du hast ein Monster erschaffen.«

Sie lächelte ihn an. »Ich mag es auch. Mit dir. Bist du sicher, dass du das noch nie gemacht hast? Denn du bist *sehr* gut darin.«

»Ich bin mir sicher. Und ich war inspiriert.«

Maggie war schon lange nicht mehr so glücklich gewesen. Ihr Leben war seit einiger Zeit beschissen gewesen. Und es gab noch viele Dinge, die beschissen waren, aber im Moment, in diesem Augenblick, war sie so zufrieden wie nie zuvor. »Alles in Ordnung? Ist deine Mission gut gelaufen?«, fragte sie.

»Mir geht es gut. Die Mission war eine Katastrophe. Eine Nullnummer. Wir wurden zwar dorthin geschickt, aber nicht gebraucht. Überhaupt nicht. Wir saßen auf unseren Ärschen und warteten darauf, dass unser Kommandant seinen Scheiß auf die Reihe kriegt und uns nach Hause holt.«

»Oh«, sagte Maggie, nicht ganz überrascht. Roman hatte im Grunde genau das gesagt. Aber es war auch ein wenig beängstigend, weil sie an der unwirklichen Hoffnung festgehalten hatte, dass er sie angelogen hatte. Dass er nichts mit ihrem Einsatz zu tun gehabt hatte.

»Ich möchte jetzt nicht über die Arbeit reden«, sagte Shawn.

Maggie war damit völlig einverstanden. Sie wollte nicht an Roman, seine Drohungen oder irgendetwas anderes denken als an den Mann, der immer noch tief in ihrem Körper steckte. »Nicht? Was sollen wir dann tun? Schlafen?«

»Hmmmmm, vielleicht. Oder vielleicht fallen uns bessere Dinge ein«, sagte er.

Irgendwie schaffte er es, sie beide herumzudrehen, ohne aus ihr herauszugleiten, bis Maggie auf ihm saß. »Oh!«, rief sie überrascht aus. »Du bist schon wieder hart.«

»Ich habe das Gefühl, dass das in deiner Gegenwart mein Normalzustand sein wird. Es gibt viele Stellungen, die ich ausprobieren möchte. Ich meine, schließlich bin ich ja noch Jungfrau.«

»Warst«, sagte Maggie grinsend. »Du *warst* noch Jungfrau.«

»Stimmt. Zeig mir, wie das geht, Maggie. Diesmal fickst *du* mich.«

Zwanzig Minuten später war Maggie nicht mehr sicher, wer wen gefickt hatte. Shawn hatte sie eine Weile die Führung übernehmen lassen, dann hatte er sie festgehalten, als er sie von unten nahm. Er stieß immer wieder in sie hinein, während er ihr befahl, ihre Klitoris zu reiben, damit sie noch einmal an seinem Schwanz kommen konnte.

Als er schließlich zum Orgasmus gekommen war, fiel sie wie ein nasser Sack auf ihn. Sie waren beide verschwitzt und sie hatte sich noch nie so befriedigt gefühlt. Er hatte sich aus ihr zurückgezogen und sie konnte fühlen, wie sein Sperma zwischen ihren Beinen herauslief. »Ich sollte aufstehen und duschen.«

»Nicht«, befahl er. »Ich will die volle Erfahrung.«

Maggie rollte mit den Augen, machte aber keine Anstalten, von ihm herunterzuklettern. Die Wahrheit war, dass sie sich genau dort wohlfühlte, wo sie war. Sie benutzte Shawn als Kissen.

»Okay, aber beschwere dich nicht bei mir, wenn du am Morgen klebrig bist und dich unbehaglich fühlst.«

»Es ist schon Morgen«, sagte Shawn mit einem leisen Lachen.

Maggie spürte, wie es sich durch ihren Körper zog, da sie auf ihm lag. Es fühlte sich ... intim an. Schön.

»Musst du morgen ... äh ... heute arbeiten?«, fragte er nach einer Weile.

»Eigentlich schon. Aber ich kann Julie später anrufen und fragen, ob es okay ist, wenn ich mir den Tag freinehme. Ich bin sicher, sie wird es verstehen. Sie hat mir schon gesagt, dass ich mir den Tag freinehmen kann, wenn ihr nach Hause kommt.«

»Okay. Ich habe auch den Tag frei«, sagte Shawn.

»Gut.«

»Ja. Gut. Schlaf, Maggie.«

Preacher war erschöpft. Es war eine lange Heimreise aus dem Nahen Osten gewesen und sein Körper hatte keine Ahnung, wie spät es war. Aber er konnte nicht schlafen. Er drückte Maggie an sich und schloss die Augen.

Der Sex mit Maggie war ... lebensverändernd gewesen. Er hatte gewusst, dass sie anders war, etwas Besonderes, aber die Verbindung, die sie gerade geteilt hatten, hatte ihm mehr als recht gegeben. So hatte er noch nie für jemanden empfunden. Und obwohl er mit keiner anderen Frau so weit gegangen war, hatte er genug getan, um zu wissen, dass das, was er und Maggie gerade geteilt hatten, tiefer ging als alles, was er je erlebt ... oder erwartet hatte.

Er wollte den Rest seines Lebens mit ihr verbringen. Nach seinen Einsätzen zu ihr nach Hause in ihrem Bett kommen und von ihr genauso willkommen geheißen werden wie heute Abend. Über die Streiche ihrer Kinder lachen und ihre Zeitpläne um die Aktivitäten ihrer Kinder herum gestalten. Er wollte das alles. Mit Maggie.

Der Gedanke an Kinder mit dieser Frau ließ seinen Schwanz erneut zucken. Aber obwohl er keinen Zweifel daran hatte, dass sie das, was sie gerade getan hatten, genossen hatte, war er sich nicht sicher, ob sie auf derselben Wellenlänge lag wie er.

Maggie war von seiner Brust gerutscht und hatte sich neben ihn auf die Matratze gelegt. Sie kuschelte sich an seine Seite und benutzte seine Schulter als Kissen. Er hatte sie mit einer Decke zugedeckt, aber er konnte die Beule im Stoff sehen, die sein Schwanz bildete, als er daran dachte, Maggie noch einmal mit seinem Sperma zu füllen.

»Immer mit der Ruhe«, flüsterte er sich selbst zu. Er durfte das nicht vermasseln. Er musste es verdammt noch mal langsam angehen. Maggie war noch nicht bereit, Kinder zu bekommen. Ihr Ex war immer noch da draußen und hatte es auf sie abgesehen, und die Gefahr, dass sie wieder ins Gefängnis musste, war in ihrem Kopf allgegenwärtig. Ganz zu schweigen davon, dass sie ihm mehr als einmal gesagt hatte, dass sie aus Kalifornien verschwinden wollte.

Seufzend versuchte Preacher, seine Sorgen zu verdrängen. Die Gegenwart zu genießen. Maggies warmer Atem an seiner Schulter war etwas, das er noch nie zuvor erlebt hatte. Er hatte noch nie mit einer Frau geschlafen. In jeder Hinsicht. Es war schön.

Während er so dalag und Maggie fest umklammerte, schloss Preacher die Augen und ließ den Moment noch einmal Revue passieren, als er zum ersten Mal in ihre heiße, feuchte Muschi eingedrungen war. Jetzt verstand er, warum Männer in Bezug auf Sex so dumme Dinge taten. Das Gefühl, wie ihr Körper ihn in einem Schraubstock umklammerte, war unbeschreiblich. Es sollte ihm peinlich sein, wie schnell er beim ersten Mal gekommen war, aber das war es nicht. Das Vergnügen war überwältigend gewesen. Zum Glück war er danach nicht wieder schlaff geworden und konnte sie richtig ficken.

Der Gedanke an das, was sie getan hatten, und wie gut es

sich angefühlt hatte, ließ Preachers Schwanz wieder hart werden. Er versuchte, ihn zu ignorieren. Maggie hatte wahrscheinlich Muskelkater und brauchte ihre Ruhe.

Aber je mehr er versuchte, seinen Schwanz zu ignorieren, desto mehr pochte er. Er wollte sie wieder. Brauchte sie.

Er weigerte sich, etwas zu tun, während Maggie schlief.

Er hatte keine Ahnung, wie lange er dort lag, während sein Schwanz vor Verlangen pochte, wieder in Maggie zu sein, aber in der Sekunde, in der sie sich an ihm rührte, bewegte er sich.

Er drückte Maggie auf den Bauch, griff dann nach einem Kissen und legte es unter ihre Hüften. Dann setzte er sich hinter sie und stimulierte sie mit seinen Fingern.

»Shawn?«, fragte sie schläfrig.

»Kannst du mich noch einmal nehmen?«, fragte er, wobei er seine eigene Stimme nicht erkannte.

Als Antwort hob sie ihre Hüften.

»Bleib liegen. Ich mache die ganze Arbeit«, sagte er zu ihr.

Als er sie vor sich sah, ihren runden und einladenden Hintern, ihre Muschi noch feucht von all dem Sperma, das er zuvor in ihr entladen hatte, dankte Preacher den Sternen, dass sie in sein Leben getreten war.

Er rutschte näher und drang mit einem langen, langsamen Stoß in ihre Muschi ein.

Beide stöhnten auf.

Da er wusste, dass er es langsam und behutsam angehen lassen musste, nahm Preacher seine Frau mit nichts anderem als ihrem Vergnügen im Sinn.

Es dauerte nicht lange, bis sie sich unter ihm wand. »Lass mich auf die Knie gehen.«

Preacher half ihr, und er musste zugeben, dass diese Position noch besser war. Er schob eine Hand unter sie, fand ihre Klitoris und streichelte sie, während er sie von hinten nahm.

»Das gefällt mir«, erklärte er.

Er spürte, wie Maggie kicherte. »Natürlich bist du ein Mann, der auf die Hündchenstellung steht«, sagte sie im Takt seiner Stöße.

»Ich bin ein Mann, der auf Maggie steht«, korrigierte er.

Er hatte vorgehabt, diese Runde sanft zu halten, aber als Maggie anfing, sich gegen ihn zu stemmen und ihren weichen Hintern gegen seine Schenkel zu pressen, verlor Preacher seine eiserne Beherrschung.

Er hielt ihre Hüften fest, während er sie hart von hinten fickte. Das Geräusch ihrer aufeinanderklatschenden Haut trug nur noch mehr zur Sinnlichkeit des Augenblicks bei. Und als er nach unten schaute und sah, wie sein Schwanz in ihrer Muschi verschwand und wieder auftauchte, wurde er noch erregter. Ihre Brüste schwankten bei jedem seiner Stöße, und das Stöhnen aus ihrer Kehle sagte ihm alles, was er darüber wissen musste, wie sehr sie das genoss.

Ihr Orgasmus kam schnell näher und sie zitterte bei seiner Ankunft viel früher, als Preacher erwartet hatte. Aber ihr Vergnügen löste auch sein eigenes aus. Ohne darüber nachzudenken, was er tat, zog er sich zurück und kam auf ihren wunderschönen Hintern. Bevor er fertig war, stieß Preacher wieder in ihre Muschi und kam weiter tief in ihr.

Dann massierte er ihren Hintern und verteilte seinen Samen auf ihrem ganzen Körper. Er markierte sie als seine Frau.

»Heilige Scheiße, Shawn«, hauchte sie.

Er konnte ihr nur zustimmen.

KAPITEL ELF

Als sie und Shawn aufstanden, duschten und das Frühstück zubereiteten, war es fast Mittag. Maggie hatte Muskelkater, aber auf die bestmögliche Art und Weise. Sie hätte Shawn nie für einen Sexbesessenen gehalten, aber sie konnte nicht behaupten, dass sie darüber verärgert war. Nicht wenn er dafür gesorgt hatte, dass sie jedes Mal vor ihm zum Orgasmus kam.

Alles, was Roman abfällig über ihr Sexleben gesagt hatte, war in einer einzigen Runde mit Shawn wie weggeblasen. Der langweilige Sex, den sie mit ihrem Ex gehabt hatte, hatte offensichtlich nichts mit *ihr* zu tun.

Und jetzt, da sie intim gewesen waren, konnte Shawn seine Hände nicht von ihr lassen. Er berührte ihren Rücken, fuhr mit der Hand über ihren Arm, streifte sie in der Küche, und Maggie genoss jede Sekunde. Davon hatte sie in einer Beziehung immer geträumt. Diese Nähe. Dieses verzweifelte Bedürfnis, beieinander zu sein. Sie wusste, dass es nicht immer so sein würde, aber das war ein verdammt guter Anfang.

Sie hatte nicht erwartet, jemals wieder eine Beziehung mit jemandem einzugehen. Nicht nach Romans unglaublichem

Verrat. Aber Shawn hatte sie überrascht. Seine Ernsthaftigkeit und Offenheit hatten sie überzeugt. Es war nicht so, als würden sie morgen heiraten oder so, aber sie konnte sich definitiv eine langfristige Beziehung mit ihm vorstellen.

»Du hast nicht viel geschlafen, bist du sicher, dass es dir gut geht?«, fragte sie, als sie am Tisch saßen und die Muffins und den Auflauf aßen, die sie für den Brunch gemacht hatten.

»Willst du wieder ins Bett gehen?«, fragte er grinsend.

Maggie rollte mit den Augen. »Nein. Ich habe Muskelkater. Ich meinte es ernst. Du hast nicht viel geschlafen.«

Die Leichtigkeit in seinem Gesichtsausdruck verschwand augenblicklich. »Habe ich dir wehgetan?«, fragte er.

»Nein. Überhaupt nicht. Aber ich habe dir doch gesagt, dass es bei mir schon eine Weile her war. Offensichtlich. Und du bist kein kleiner Mann.«

Das Stirnrunzeln verschwand nicht aus seinem Gesicht. »Es tut mir leid.«

»Shawn«, sagte Maggie, beugte sich näher zu ihm und legte eine Hand auf seine. »Ich beschwere mich nicht. Ich sage nur, dass ein paar Stunden Pause für mich keine schlechte Sache wären.«

»Gut. Heute Abend kannst du mir beibringen, was du magst, wenn ich dich oral befriedige. Dann masturbiere ich vielleicht und komme auf deiner Muschi und deinem Bauch. Das sollte dir eine anständige Pause verschaffen.«

Maggie spürte, wie sie rot wurde. »Heilige Scheiße, Shawn. Ich hatte keine Ahnung, dass solche Worte in dir stecken.«

»Ich auch nicht. Du bringst es in mir zum Vorschein«, sagte er mit einem Grinsen.

Maggie konnte nicht anders, als sein Lächeln zu erwidern. Und sie konnte nicht verhindern, dass das Bild von ihm, wie er zwischen ihren Beinen kniete und sich streichelte, durch ihr Gehirn schoss.

»Was willst du heute machen?«, fragte Shawn und lächelte, als wüsste er genau, woran sie dachte. »Ich muss Wäsche waschen, ich habe einen Seesack voller schmutziger Wäsche, der wahrscheinlich aufstehen und von selbst gehen würde, wenn er die Chance dazu hätte.«

Und so verschwand Maggies heitere Stimmung. »Wir müssen reden«, platzte sie heraus.

Shawn drehte sich zu ihr um. »Okay. Du weißt, dass ich immer für dich da bin. Letzte Nacht ... oder besser gesagt heute Morgen ... hat mir etwas bedeutet. *Du* bedeutest mir etwas. Ich bin kein Mann, der mit Frauen ins Bett springt, was du bereits weißt. Ich möchte exklusiv sein, Maggie. Ich möchte dein Partner sein, dein Mann. Ich werde alles in meiner Macht Stehende tun, um an deiner Seite zu stehen, dich zu unterstützen und dir mein Ohr zu leihen, wenn du es brauchst.«

Er brachte sie um. Denn das wollte sie auch. Alles davon. Aber es gab ein sehr reales Hindernis, das sie davon abhielt, ein offizielles Paar zu werden. Und sie wollte mit ihm darüber sprechen. Ihm von Roman erzählen. »Das will ich auch«, sagte sie. »Ich will deine Freundin sein, und dass wir exklusiv sind, versteht sich von selbst.«

»Wenn du nicht sofort ein Kind von mir willst, muss einer von uns etwas für die Empfängnisverhütung tun«, fügte er so lässig hinzu, als würden sie über das Wetter in der kommenden Woche sprechen. Er hielt ihren Blick fest und fuhr fort: »Ich habe nämlich das Gefühl, dass ich so oft in dir sein möchte, wie du mich lässt. Ich benutze Kondome, wenn du willst. Obwohl es wahrscheinlich lächerlich von mir ist, zuzugeben, wie sehr ich es genieße, in *und* auf dir zu kommen. Okay, das war seltsam, oder? Ich kann an deinem Gesichtsausdruck erkennen, dass es seltsam war.«

Maggie konnte nicht anders, als zu kichern. »Ein bisschen. Aber wenn du seltsam bist, bin ich es auch, denn ich mag es, wenn ich spüre, wie dein Sperma an meinen Schenkeln herunterläuft, wenn ich aufstehe. Und ich weiß es zu schätzen, dass du angeboten hast, die Kosten für die Verhütungsmittel zu übernehmen. Das würde nicht jeder Mann tun. Andere würden einfach erwarten, dass ich mich darum kümmere.«

»Wenn du schwanger wirst, betrifft das uns beide«, sagte Shawn bestimmt. »Und es sollte nicht nur Sache der Frau sein. Sag mir, was du willst. Ich werde tun, was du entscheidest.«

»Ich kann die Pille nehmen. Oder mir eine Spritze geben lassen.«

»Okay. Wenn das nicht klappt, lassen wir uns etwas anderes einfallen. In der Zwischenzeit besorge ich Kondome, damit wir nicht enthaltsam leben müssen, während wir darauf warten, dass du einen Termin bei einem Arzt bekommst.«

Dieser Mann. Wie konnte sie so viel Glück haben?

Moment ... sie hatte kein Glück. Überhaupt nicht. Sie hatte zwei Jahre hinter Gittern verbracht, weil sie so viel *Pech* hatte. Vor allem in der Liebe. Dieser Gedanke ernüchterte sie.

»Bist du fertig?«, fragte sie und deutete auf seinen Teller.

Shawn nickte, und Maggie stand sofort auf und nahm seinen Teller. Die Mahlzeit, die sie gegessen hatte, lag ihr plötzlich wie ein Stein im Magen. Sie musste dieses Gespräch hinter sich bringen. Je eher Shawn herausfand, wer ihr Ex war, desto eher konnte er seine Kontakte nutzen, um zu sehen, was er tun konnte, um die Bedrohungen zu mildern. Und er musste wissen, wer hinter der Entsendung seines Teams auf diese sinnlose Mission steckte. Er musste wissen, dass die Möglichkeit bestand, dass sie an wirklich schreckliche Orte geschickt wurden, einfach weil Roman ein rachsüchtiges Arschloch war.

Sie stellte das Geschirr in die Spüle und drehte sich um, um zu Shawn zurückzugehen – und schnappte nach Luft, als sie mit ihm zusammenstieß. Er war ihr gefolgt und stand direkt hinter ihr.

»Oh!«, rief sie aus. »Ich habe dich nicht gehört.«

»Ich bin ja auch ein SEAL«, sagte Shawn mit einem Lächeln, das seine Augen nicht erreichte. »Komm schon. Mir gefällt nicht, wie gestresst du plötzlich aussiehst.« Er nahm ihre Hand und führte sie zur Couch. Er setzte sich und zog sie neben sich. Sie berührten sich vom Knie bis zur Hüfte, er hatte seinen Arm um sie gelegt und seine Hand ruhte auf ihrer gegenüberliegenden Hüfte.

Maggie hätte es vorgezogen, bei diesem Gespräch etwas Abstand zwischen ihnen zu haben, aber gleichzeitig liebte sie es, ihm so nahe zu sein. Sie war durcheinander und wollte nur, dass sie das hinter sich brachten, damit sie weitermachen konnten.

»Ich bin bereit, dir von meinem Ex zu erzählen«, platzte sie heraus.

»Okay. Ich bin bereit, ohne zu urteilen, zuzuhören«, entgegnete Shawn ruhig.

Maggie holte tief Luft, betete, dass dies nicht nach hinten losgehen würde, und begann zu sprechen.

»Anfangs fand ich ihn großartig. Er war so ein Gentleman. Er führte mich in die schicksten Restaurants aus. Lud mich ein. Er ließ mich ehrlich glauben, dass ich ihm wichtig war. Er tauchte mit Mittagessen in der Apotheke auf, in der ich arbeitete. Er machte mir ständig Komplimente. Wenn ich zurückdenke, wird mir jetzt klar, dass das übertrieben war. Zu viel, zu früh ... und ich kann nicht glauben, dass ich darauf reingefallen bin. Aber das bin ich.

Ehe ich michs versah, habe ich bei ihm geschlafen – er kam nie zu mir – und wir waren ein Paar. Zumindest dachte ich das. Er war super besitzergreifend, wollte immer wissen, wo ich war und wann ich nach Hause kommen würde. Damals hielt ich das für Beschützerinstinkt. Ich merkte nicht, dass er mich absichtlich von den wenigen Freunden, die ich hatte, trennen wollte, als er anfing, mir zu erzählen, dass sie Ärger machen würden oder dass er dachte, dass sie hinter meinem Rücken über mich redeten. Ich war alt genug, um es besser zu wissen, um nicht auf seinen Mist hereinzufallen, aber ... ich wollte wirklich eine Beziehung haben. Ich wollte geliebt werden.

Als ich vier Monate später erwähnte, dass ich beruflich nach L. A. reisen würde, um dort eine andere Apotheke zu besuchen, und er fragte, ob ich etwas für einen Freund von ihm mitnehmen würde, habe ich nicht zweimal darüber nachgedacht. Nicht einmal, als er mir nicht sagen wollte, was in der Tasche war ... oder als er sie nicht auf den Rücksitz zu meinem Koffer legte, sondern unter den Beifahrersitz schob.

Ich war eine totale Idiotin. Aber auch hier kam mir nie in den Sinn, dass er bei seiner Position in der Marine jemals etwas mit *Drogen* zu tun haben könnte. Es kam mir absolut nicht in den Sinn, dass er alles abstreiten würde, wenn ich mit seinen Drogen *erwischt* würde. Dass er der Polizei sagen würde, ich sei süchtig. Dass er andeuten würde, ich würde Pillen aus der Apotheke stehlen.

Er zerstörte nicht nur meinen Glauben an mich selbst – den Glauben, dass ich eine kompetente, unabhängige Frau war –, sondern auch meinen beruflichen Ruf und mein ganzes Leben. Und als er mir direkt in die Augen sah, als er vor Gericht gegen mich aussagte und mir und allen im Gerichtssaal ins Gesicht log, wusste ich, dass er keine Seele hatte. Alles, was er zu mir gesagt hatte, alles, was er getan hatte, um mich ins Bett zu bekommen, war Teil seines Plans gewesen, mich die ganze Zeit über auszunutzen. Es war einfach Pech, dass ich zum ersten Mal, als er mich dazu gebracht hatte, Drogen für ihn zu liefern, wegen zu schnellen Fahrens angehalten wurde. Ich glaube, er hatte eine Art langfristiges Transportgeschäft geplant und mich als unwissenden Kurier benutzen wollen.«

»Wer ist er, Maggie? Ich brauche einen Namen«, sagte Shawn.

Maggie war so angespannt, wie sie es noch nie erlebt hatte. Shawn ging es nicht viel besser. Er saß kerzengerade da und fixierte sie mit seinem Blick. Aber die Berührung seiner Hand an ihrer Hüfte war sanft. Mit einem Finger strich er immer wieder rhythmisch über ihre Haut. Beruhigend. Er ließ sie wissen, dass er für sie da sein würde, egal was passierte.

»Roman Robertson.«

Shawn blinzelte. »Was?«

»Roman Robertson. Das ist mein Ex. Kennst du ihn?«

»*Konteradmiral* Robertson?«

Maggie wurde unruhig. Sie konnte seinen Tonfall nicht deuten. »Ja. Ich denke schon. Er hat mir einmal seinen Rang genannt und ich habe es nachgeschlagen, aber ich kenne mich mit der Marine und den Rängen und so nicht aus, also erinnere ich mich nicht wirklich.«

»Verdammt«, sagte Shawn.

Dann stand er auf und begann, auf und ab zu gehen.

Maggie schwieg.

»Das kann nicht stimmen. Es muss noch einen anderen Roman Robertson geben. Oder er gibt sich als der echte Konteradmiral Robertson aus. Hast du jemals seinen Militärausweis gesehen? Hat er dich überhaupt mal auf den Stützpunkt mitgenommen?«

Maggie schluckte schwer. Das lief nicht so, wie sie es sich vorgestellt hatte.

Nein, das war nicht richtig. Leider verlief dieses Gespräch *genau* so, wie sie es befürchtet hatte, bevor sie mit Shawn intim geworden war. Das war der Grund, warum sie ihm nicht sagen wollte, wer ihr Ex war. Weil sie Angst hatte, dass er ihr nicht glauben würde. Und jetzt wurde ihr Albtraum wahr. »Nein. Und nein.«

»Ich wette, dieses Arschloch hat den Namen des Konteradmirals in der Zeitung gelesen oder so. Maggie, Schatz, der Mann, den du als deinen Ex kennst, muss sich als der echte Roman Robertson ausgeben.«

»Nein, das tut er nicht. Er hat mir erzählt, dass er der Grund dafür war, dass du und dein Team so schnell auf diese Mission geschickt wurdet. Weil er es möglich gemacht hat. Und dass er euch das nächste Mal an einen schrecklichen Ort schicken wird, wie Nordkorea oder Russland, nur weil er es kann. Er will nicht, dass du es wieder nach Hause schaffst, Shawn. Das hat er mir *erzählt*.«

»Schatz, wir sind SEALs. Wir werden ständig an solche Orte geschickt. Und wir werden auch häufig mit wenig bis gar keiner Vorwarnung eingesetzt.«

Maggie starrte ihn an – und ihr wurde plötzlich kalt. So verdammt kalt.

Shawn glaubte ihr nicht.

Es hatte sie alles gekostet, ihm den Namen ihres Ex zu nennen – und er tat sie einfach ab.

Es tat weh. Sehr sogar.

Sie senkte den Blick und spürte sofort, wie sie sich abschottete. Sie baute die Schutzschilde auf, hinter denen sie sich jedes Mal versteckte, wenn ihr Leben den Bach runterging. Das war öfter passiert, als ihr lieb war. Es war passiert, als sie mit diesen Drogen erwischt wurde und der Beamte sich weigerte zu glauben, dass sie *Konteradmiral* Roman Robertson gehörten.

Aber diesmal war es anders. Sie hatte sich nicht mehr so verletzt gefühlt, seit sie mit sechzehn Jahren mitbekommen hatte, wie ihre Adoptiveltern sich stritten. Sie stritten sich über Maggie und die Schwierigkeiten, in die sie in letzter Zeit geraten war. Es war einfach typischer Teenagerkram ... Sie hatte sich eines Nachts rausgeschlichen und war erwischt worden. Sie kam nach der vereinbarten Zeit nach Hause. Sie widersprach. Schon damals wusste sie, dass es dumm war, aber der Gruppenzwang in der Schule, dazuzugehören und »cool« zu sein, hatte sie dazu gebracht, sich auf eine Art und Weise zu verhalten, auf die sie nicht stolz war. Aber anstatt sich mit ihr hinzusetzen und darüber zu reden, begannen ihre Eltern, sich gegenseitig die Schuld zu geben.

Dann hatte ihre Mutter ihrem Vater gegenüber tatsächlich zugegeben, dass sie vor all den Jahren einen Fehler gemacht hatten, als sie sie adoptierten. Sie sagte, sie hätten es aus dem falschen Grund getan, um ihrer Ehe zu helfen, und es hätte nicht funktioniert.

Sie hatten einander eingestanden, dass sie es *bereuten*, sie adoptiert zu haben.

Diese Worte verfolgten sie noch immer. Sie hatten alles, was sie über Familie und Vertrauen zu wissen glaubte, auf den Kopf gestellt. Natürlich hatte sie gewusst, dass ihre Eltern nicht glücklich waren. Sie stritten sich die ganze Zeit. Aber zu hören, dass sie es nicht genossen, Eltern zu sein, und sich wünschten, sie sei nicht da, war verheerend.

Es veränderte sie als Mensch. Maggie zog sich mehr zurück. Sie war vorsichtig, wenn es darum ging, sich anderen zu öffnen. Sobald sie ihren Abschluss gemacht hatte, zog sie aus und schaute nicht zurück. Es war bezeichnend, dass ihre Eltern niemals mehr als einen flüchtigen Versuch unternommen hatten, mit ihr in Kontakt zu bleiben, nachdem sie weggezogen war.

Als Roman in ihr Leben trat, sehnte sie sich verzweifelt nach Liebe. Und wie war es ausgegangen? Aber selbst nach allem, was Roman ihr angetan hatte, nachdem sie im *Gefängnis* gewesen war, schaffte Shawn es immer noch, die Mauern, die sie jahrelang aufgebaut hatte, vollständig einzureißen. Sie hatte ihm schnell und vollständig vertraut. Sie hatte wirklich geglaubt, dass sie es vielleicht, nur vielleicht, doch wert war, geliebt zu werden.

Stattdessen ... fühlte sie sich durch seine sofortige Ablehnung ihrer Geschichte im Moment genauso allein wie an dem Tag, an dem sie merkte, dass ihre Eltern sie nicht mehr um sich haben wollten.

Die letzte Nacht hätte *alles* bedeuten sollen. Für sie hatte sie das. Aber jetzt, da sie Shawns völlige Ungläubigkeit hörte, dass ihr Ex der Konteradmiral sein könnte, wurde ihr klar, dass es nichts bedeutete. Sie war nur die erste Kerbe an seinem Bettpfosten. Er hatte beschlossen, dass es Zeit war, seine lästige Jungfräulichkeit loszuwerden, und sie war zufällig da gewesen.

Es war ein vernichtender Schlag.

Sie dachte an die Aufnahme, die sie gemacht hatte. Sie könnte ihm beweisen, dass sie nicht gelogen hatte. Dass er sich irrte und ihr Ex wirklich dieser Konteradmiral war, den er offensichtlich kannte. Für einen Moment wollte sie alles tun, um ihn dazu zu bringen, ihr zu glauben, und um ihre Beziehung zu kämpfen.

Aber das sollte sie nicht tun *müssen*. Er sollte ihr glauben ... oder? Er sollte ihr bedingungslos vertrauen und sie ebenso wollen.

Aber warum sollte er das tun? Ihre Eltern taten es nicht.

Die Tatsache, dass Roman *wieder einmal* ihr Leben ruinierte, erfüllte sie mit Wut. Und sie wusste, dass er damit nicht aufhören würde.

Sie wollte nicht, dass er ein weiteres unschuldiges Opfer betrog, so wie er sie betrogen hatte. Er hatte alle hinters Licht geführt. Die Marine, die Leute, die für ihn arbeiteten, die Leute, mit denen er zu tun hatte.

Nein. Sie musste Shawn den Anruf hören lassen. Die Drohungen.

Und das würde sie auch. Aber nicht jetzt. Sie war zu aufgewühlt. Zu enttäuscht von ihm. Sie musste warten, bis sie Zeit gehabt hatte, ihre Schutzschilde wiederaufzubauen. So wäre es nicht ganz so verheerend wie jetzt, wenn er ihr nicht glaubte, auch wenn sie solide Beweise von Romans Charakter hatte.

»Maggie?«, fragte Shawn.

Sie hatte keine Ahnung, was er gesagt haben könnte, während sie in ihren Gedanken versunken gewesen war. Also sagte sie einfach: »Okay.« Sie weigerte sich aufzuschauen und studierte das Muster auf dem Teppich unter Shawns Füßen.

»Schatz, sieh mich an«, sagte er.

Sie wollte nicht. *Wirklich* nicht, aber Maggie hob trotzdem den Kopf.

»Konteradmiral Robertson war nie ein SEAL, aber er ist trotzdem hochdekoriert. Er war Sanitäter und hat an einigen äußerst erschütternden Missionen teilgenommen, nicht nur mit SEALs, sondern auch mit anderen Spezialeinheiten. Er ist hoch angesehen und wurde explizit gebeten, nach Riverton zu kommen, um bei der Leitung der Teams zu helfen.«

»Okay«, wiederholte Maggie hölzern.

»Kannst du mir mehr über diesen Typen erzählen? Wie sieht er aus? Warte, du hast gesagt, du hast bei ihm übernachtet, kannst du dich an die Adresse erinnern? Ich kann meine Kontakte nachforschen lassen, was sie herausfinden können. Herausfinden, wer dieser Typ *wirklich* ist. Ihn dazu bringen, dich nicht mehr zu belästigen.«

Plötzlich erschöpft wünschte sie sich, er würde einfach gehen. Sie konnte es nicht mehr ertragen, dass er versuchte, sie davon zu überzeugen, dass sie falschlag.

»Ich muss eine Weile darüber nachdenken. Ich erinnere mich nicht wirklich«, murmelte sie und versuchte, die Lüge überzeugend klingen zu lassen. Shawn musste gehen, damit sie ihre Wunden lecken konnte. Sie würde sagen, was auch immer nötig war, um das zu erreichen, denn sie konnte ihre

Emotionen nur mit Mühe kontrollieren. »Außerdem ist er wahrscheinlich umgezogen, seit ich das letzte Mal dort war. Immerhin war ich zwei Jahre lang weg.«

»Scheiße, ja, das ist ein gutes Argument. Okay, wir werden uns etwas einfallen lassen. Wir werden nicht zulassen, dass dieser Typ dich weiterhin belästigt. Und glaub mir, er kann mir oder meinem Team nichts antun. Er hat keine Möglichkeit, das System der Marine zu infiltrieren. Er hat dir das nur erzählt, damit du denkst, dass er Macht über uns hat, die er nicht hat.«

Shawn lag falsch. Aber im Moment war Maggie zu niedergeschlagen, um zu versuchen, ihn zu überzeugen. Später, wenn sie sich stärker fühlte, wenn sie nicht mehr so emotional involviert war, würde sie sich wieder mit ihm zusammensetzen und alles daransetzen, ihm klarzumachen, dass sie nicht gelogen hatte. Dass der Roman Robertson, der sie bedrohte, der *ihn* bedrohte, derselbe Mensch war, den er so sehr schätzte.

»Okay«, wiederholte sie noch einmal. »Weißt du, mir ist gerade etwas eingefallen. Ich habe heute einen Termin mit meiner Bewährungshelferin. In einer Stunde sogar. Ich muss mich fertig machen.«

»Oh ... in Ordnung. Ich kann nach Hause fahren und meine Wäsche waschen. Wir sehen uns später?«

»Klar«, sagte Maggie. Sie wollte ihn nur loswerden. Sie musste allein sein, um ihre Schutzschilde wieder zu stärken. Shawn hatte sie ausgelöscht, und jetzt, da sie sie am meisten brauchte, waren sie völlig verschwunden.

Er trat näher an die Stelle, an der Maggie noch auf der Couch saß, und kniete sich vor sie hin. »Wir werden das schon klären, Schatz. Ich schwöre es.«

Maggie musste all ihre Selbstbeherrschung aufbringen, um nicht in Tränen auszubrechen, ihn anzuschreien und ihm zu sagen, dass es nichts zu klären gab. Der Roman, den sie kannte, war derselbe Mann, den *er* kannte. Auch wenn er es nicht zugeben wollte. »Okay.« Sie fühlte sich wie ein Roboter, der immer wieder dasselbe Wort sagte, aber mehr konnte ihr Gehirn im Moment nicht zustande bringen.

Shawn beugte sich vor und küsste sie kurz, stand dann auf und ging zur Tür. Maggie stand auf und ließ sich noch einmal von ihm küssen, bevor sie die Tür hinter ihm schloss und verriegelte. Sie sackte direkt an der Tür auf den Boden und ließ den Kopf auf die Knie sinken.

Preacher runzelte die Stirn, als er zu seiner Wohnung zurückfuhr. Er war nicht in der Stimmung, mit der älteren Dame zu plaudern, der das Haus gehörte, in dem er ein Zimmer gemietet hatte, und war daher erleichtert, als ihr Wagen nicht in der Einfahrt stand. Er ging in sein Zimmer, startete eine Ladung Wäsche und setzte sich dann auf die Bettkante und starrte ins Leere, während er alles durchging, was Maggie ihm erzählt hatte.

Der Gedanke, dass jemand sich als Konteradmiral Robertson ausgab, erfüllte ihn mit Wut. Der Mann war eine Legende. Er war durch die Hölle und zurück gegangen und half nun als hochrangiger Offizier bei der Leitung des SEAL-Programms. Er war auf keinen Fall in Drogenschmuggel oder -handel verwickelt, und er konnte sich nicht vorstellen, dass der Mann jemanden – insbesondere eine Frau, mit der er ausging – so behandelte, wie Maggies Ex sie behandelt hatte.

Für den Bruchteil einer Sekunde fragte Preacher sich, ob *irgendetwas* von dem, was Maggie ihm erzählt hatte, wahr war. Ja, Adina hatte sich für sie verbürgt ... aber stimmte es, dass die in ihrem Wagen gefundenen Drogen nicht ihr gehörten?

Kaum hatte er den Gedanken, verwarf Preacher ihn auch schon wieder. Maggie log nicht. Darauf hätte er seine SEAL-

Karriere verwettet. Wer auch immer ihr Ex war, er war offensichtlich schlau. Er wusste, wie man sich meisterhaft als jemand anderes ausgab. Wie man manipulierte.

Er musste Kevlar anrufen. Und vielleicht Wolf. Nein ... Dude. Der ehemalige SEAL hatte ihn gebeten anzurufen, wenn er Hilfe brauchte. Und der ältere Mann kannte den Konteradmiral, arbeitete manchmal mit ihm zusammen, um Trainingseinheiten mit den neueren SEALs zu organisieren.

Vielleicht würde Preacher sogar Tex anrufen.

Gemeinsam würden sie der Sache auf den Grund gehen. Herausfinden, wer Maggie manipulierte, und dem ein für alle Mal ein Ende setzen.

Maggie saß auf ihrer Couch, die Knie an die Brust gezogen, und grübelte über das nach, was früher am Tag passiert war. Sie hatte über das Treffen mit ihrer Bewährungshelferin gelogen – aber das war alles, worüber sie gelogen hatte. Sie wusste genau, dass der Roman Robertson, mit dem sie sich verabredet hatte, derselbe Mensch war, den Shawn kannte. Sie musste es nur beweisen.

Sie analysierte ihr Gespräch wieder und wieder und gab widerwillig zu, dass sie emotional statt rational reagiert hatte. Sie hätte Shawn nicht so schnell rausschmeißen sollen. Sie hätte mehr tun sollen, damit er ihr glaubte. Zu ihrer Verteidigung sei jedoch gesagt, dass sie von seiner sofortigen Leugnung, dass sie nicht über denselben Menschen sprachen, so überrumpelt gewesen war. Aber er war ein ehrenwerter Mann – Shawn, nicht Roman. Natürlich würde es ihm schwerfallen, etwas so Schreckliches über jemanden zu glauben, den er bewunderte und zu dem er aufschaute. Wenn ihr damals jemand vor ihrer Beziehung gesagt hätte, dass Roman so ein

Arschloch war, hätte sie ihm wahrscheinlich auch nicht geglaubt.

Der Mann hatte alle hinters Licht geführt, und so war er so lange mit allem davongekommen, was er getan hatte. Er war nicht dumm, er wusste, wie man das System ausnutzte. Aber er fühlte sich auch unantastbar, und früher oder später würde er einen Fehler machen. Maggie musste nur hoffen, dass es passierte, bevor er sie wieder ins Gefängnis brachte.

Sie setzte sich auf und griff nach ihrem Handy. Sie musste sich bei Shawn entschuldigen. Zugeben, dass sie wegen des Treffens gelogen hatte, und ihn bitten, noch einmal vorbeizukommen, oder ihm anbieten, ihn irgendwo zu treffen. Sie würde ruhiger sein, wenn sie das nächste Mal mit ihm sprach. Sie würde die Telefonaufzeichnung weitergeben. Sie würde ihn die Drohungen hören lassen. Vielleicht würde er die Stimme des Mannes erkennen. Sie würde alles tun, um ihn davon zu überzeugen, dass Konteradmiral Roman Robertson kein Mann war, zu dem man aufschauen sollte.

Maggie drückte auf Shawns Nummer in ihren Kontakten und wartete ungeduldig darauf, dass er antwortete. Enttäuschung erfüllte sie, als die Mailbox ansprang. Sie holte tief Luft und hinterließ ihm eine Nachricht.

»Hallo, Shawn. Ich bin's, Maggie. Ich wollte mich entschuldigen, weil ich gelogen habe, als ich sagte, ich hätte heute ein Treffen mit meiner Bewährungshelferin. Ich brauchte etwas Abstand, nachdem klar war, dass du mir nicht geglaubt hast, was meinen Ex angeht. Aber ich verstehe das. Ich weiß, dass es schwer zu glauben ist. Glaub mir, es war auch für mich eine Überraschung, dass ein so hoch angesehener Mann ein so herzloses Tier sein kann. Ich habe eine Telefonaufzeichnung seiner Drohungen ... gegen mich, gegen dich und dein Team. Ich kann dir die Adresse geben, die er vor zwei Jahren

hatte, und ich werde sogar online gehen und dir Bilder von ihm zeigen. Er ist es, Shawn, und ich mache mir Sorgen um dich. Und um mich selbst, jetzt, da ich es dir gesagt habe. Er sagte, wenn ich jemals jemandem von ihm erzähle, würde ich dafür bezahlen. Bitte. Ruf mich zurück. Danke ... ähm ... wir sprechen uns später. Tschüss.«

Als Maggie auflegte, drehte sich ihr der Magen um. Sie war kurz davor gewesen, ihm zu sagen, wie sehr sie ihn liebte ... aber das wäre verrückt, oder? Es war zu früh. Viel zu früh. Sie musste sich nur ansehen, was mit Roman passiert war. Sie hatte sich Hals über Kopf in diese Beziehung gestürzt und hatte am Ende als verurteilte Straftäterin dagestanden. Zum Glück hatte sie sich rechtzeitig gefangen, aber die Sorge in ihrem Bauch ließ nicht nach, während sie darauf wartete, dass Shawn sie zurückrief. Sie musste ihn überzeugen ... um ihrer beider willen.

KAPITEL ZWÖLF

Preacher war übel. So hatte er sich seit dem ersten Tag seiner Ausbildung nicht mehr gefühlt. Er hatte mit Kevlar gesprochen. Dann mit Dude. Und schließlich mit Tex. Jetzt ging er in einem der Konferenzräume auf dem Stützpunkt auf und ab und wartete auf den Rest seines Teams. Es war wahrscheinlich nicht der beste Ort für ein Treffen, vor allem wenn Maggies Ex wirklich der Konteradmiral Roman Robertson war, aber der Raum war sicher. Das musste er auch sein, wenn man bedachte, welche Missionen dort geplant wurden.

Alle, mit denen er gesprochen hatte, waren völlig schockiert gewesen, als sie hörten, dass Konteradmiral Robertson der Mann war, von dem Maggie behauptete, er sei ihr Ex. Der Mann, der sie sprichwörtlich den Wölfen zum Fraß vorgeworfen hatte. Der ihr derzeit mit einer Rückkehr ins Gefängnis drohte.

Preacher wollte es nicht glauben. *Konnte* es nicht glauben. Und doch, obwohl alle seine Freunde ihn in seiner Skepsis bestärkt hatten ... blieb ein nagender Zweifel zurück.

Maggie hatte sich so sicher angehört. Und er konnte den

Ausdruck von Verrat und schierer Enttäuschung in ihren Augen nicht abschütteln, als er sagte, dass sie sich irrte. Als er stattdessen vorschlug, dass ihr Ex-Freund sich als der Konteradmiral *ausgab*.

Was, wenn sie recht hatte und *er* im Unrecht war?

Das wäre ein riesiger Skandal für die Marine ... und jede Mission, auf die die SEALs geschickt worden waren – alle, nicht nur die *seines* Teams –, würde überprüft werden, um sicherzustellen, dass sie legitim war. Die Auswirkungen, die es haben könnte, wenn der Konteradmiral SEAL-Teams für seine eigenen Zwecke auf Missionen schickte, wären weitreichend und lang anhaltend.

Ganz zu schweigen von den Drogen und den Drohungen gegen Maggie. Wenn es wahr war, wenn er tatsächlich Maggies Ex war, wäre nicht abzusehen, wie viele andere Frauen er betrogen hatte oder gerade betrog. An der Nase herumführte. Benutzte.

Daher das mulmige Gefühl in Preachers Magen.

Die Tür öffnete sich und Kevlar trat ein, gefolgt vom Rest seines Teams.

Smiley machte keine Umschweife. »Ist es wahr? Ist Konteradmiral Robertson Maggies Ex?«

»Das sagt sie zumindest«, antwortete Preacher.

»Scheiße«, murmelte Blink.

»Das ist nicht gut«, fügte MacGyver hinzu.

»Überhaupt nicht gut«, stimmte Safe zu.

»Jetzt atmet erst mal alle tief durch. Es besteht die Möglichkeit, dass jemand da draußen sich als der Konteradmiral ausgibt«, sagte Kevlar.

»Wie hoch ist die Wahrscheinlichkeit?«, fragte Flash.

Kevlar seufzte. »Zwanzig Prozent?«

»*Scheiße*«, sagte Blink erneut.

Zwanzig Prozent.

Preacher presste die Lippen zusammen. Er hatte es versaut. So sehr. Maggie würde ihm nie wieder vertrauen. Er hatte gerade erst den Punkt erreicht, an dem er sich gut fühlte, wie weit sie ihre Schutzschilde bei ihm gesenkt hatte. Und nach diesem Morgen ... hatte er sich noch nie in seinem Leben einem anderen Menschen so nahe gefühlt. Und er hatte es ruiniert.

»Hast du mit Tex gesprochen?«, fragte Safe.

»Ich habe ihn angerufen. Er geht der Sache nach«, sagte Preacher zu seinen Freunden. »Ich habe auch Dude angerufen und seine Meinung zu dieser ganzen beschissenen Situation eingeholt.«

»Und?«, fragte Smiley.

»Er war fassungslos. Zuerst sagte er, es gäbe keine Möglichkeit. Aber ich schätze, nachdem wir aufgelegt hatten, dachte er noch einmal über die Situation nach. Er rief mich zurück und sagte, jetzt glaube er, dass es eine Möglichkeit gäbe, dass es wahr sein könnte«, sagte Preacher mit einem Seufzer.

»Was hat ihn überzeugt?«, fragte Smiley.

»Ich habe keine Ahnung. Er erwähnte, dass er ein paar Anrufe tätigen würde, und sagte dann, dass er nicht glaube, dass Maggie bei etwas so Ernstem wie dieser Sache lügen würde. Vor allem da es einfach wäre, zu beweisen oder zu widerlegen, wer ihr Ex war.«

»Und was jetzt?«, fragte MacGyver.

»Ich denke, ich muss noch einmal mit Maggie sprechen. Ich muss so viele Informationen wie möglich aus ihr herausbekommen. Dann wenden wir uns an die oberste Führungsriege hier auf dem Stützpunkt. Und an die Strafverfolgungsbehörde. Wir müssen eine Untersuchung einleiten«, antwortete Preacher.

»Sobald Robertson herausfindet, dass gegen ihn ermittelt wird, ist sie in Gefahr«, sagte Blink.

»Sie braucht rund um die Uhr jemanden an ihrer Seite«, stimmte Flash zu.

»Und ihre Bewährungshelferin muss über die Vorgänge informiert werden. Für den Fall, dass Robertson sich rächt, indem er versucht, sie erneut hereinzulegen«, stimmte Safe zu.

Preacher liebte diese Männer. Er liebte es, dass ihre ersten Gedanken Maggie galten. Nicht, wie beschissen es war, dass sie auf Missionen geschickt worden waren, die vielleicht Schwachsinn waren. Da kam ihm ein Gedanke. »Blink, diese Mission, bei der dein Team in einen Hinterhalt geraten ist ... glaubst du, dass ...« Er konnte den Gedanken nicht einmal zu Ende führen.

Blink starrte ihn an und machte seinem Spitznamen alle Ehre, indem er kein einziges Mal blinzelte. »Wenn er hinter dieser beschissenen Mission steckt, bringe ich ihn verdammt noch mal um.«

Preacher würde dem Mann keinen Vorwurf machen. Er hatte bei diesem beschissenen Einsatz einige sehr gute Freunde verloren. Ganz zu schweigen davon, dass er mit einem anderen SEAL-Team in den Iran zurückgeschickt worden war ... wollte ihn da auch jemand loswerden? Den einzigen anderen Zeugen für alles, was bei dem früheren Einsatz schiefgelaufen war?

»Ich denke, das bestätigt unsere Vermutung, dass wir wahrscheinlich absichtlich zu diesem verdammten Schiff geschickt wurden, obwohl wir nicht gebraucht wurden, oder?«, fragte Smiley niemand Bestimmtes.

»Ich muss Maggie anrufen«, sagte Preacher, der das fast verzweifelte Bedürfnis hatte, mit ihr zu sprechen. Sie hatten sich an diesem Morgen nicht gerade im Guten getrennt. Er zog sein Handy heraus und war überrascht, eine Nachricht von ihr zu finden, wobei er vergaß, dass er sein Handy für dieses Treffen auf »Bitte nicht stören« gestellt hatte. Preacher verdrängte die hitzige Diskussion seiner Freunde darüber, ob

Konteradmiral Robertson für ihre letzte Mission verantwortlich war oder nicht, und hielt sich sein Handy ans Ohr.

Er lächelte nicht, als er Maggies Nachricht abhörte, aber er war zumindest erleichtert. Es gefiel ihm, dass sie, obwohl sie sich gestritten hatten, nicht gezögert hatte, sich dafür zu entschuldigen, dass sie gelogen hatte, um ihn zum Gehen zu bewegen. Er musste dasselbe tun. Es war hauptsächlich seine Schuld, dass sie ihn hatte loswerden wollen. Wenn er etwas offener für die Möglichkeit gewesen wäre, wer ihr Ex sein könnte, wäre die Situation nicht so eskaliert, dass sie das Gefühl gehabt hatte, etwas Abstand zu brauchen.

Zu wissen, dass sie den Anruf ihres Ex aufgezeichnet hatte, machte ihn außerordentlich stolz. Und er war sich nicht sicher, warum *er* nicht daran gedacht hatte, sie ihren Ex auf Fotos identifizieren zu lassen.

Er tippte auf ihren Namen, denn er musste ihr sofort sagen, dass es ihm ebenfalls leidtat, wie die Dinge gelaufen waren, und dass er und sein Team für ihre Sicherheit sorgen würden, während eine Untersuchung gegen Robertson eingeleitet wurde. Aber sein Anruf ging sofort auf die Mailbox. Was seltsam war. In der ganzen Zeit, in der er sie kannte, was zugegebenermaßen nicht *so* lange war, war ihr Telefon immer an gewesen.

Als Preacher auf die Uhr schaute, fragte er sich, ob sie sich doch entschlossen hatte, für ein paar Stunden in *My Sister's Closet* vorbeizuschauen. Er wollte gerade Julie anrufen und fragen, ob Maggie da sei und ob er mit ihr sprechen könne, als Kevlar nach Maggies Nachricht fragte. Er erzählte seinem Team, dass sie ein Telefongespräch mit ihrem Ex aufgezeichnet hatte und bereit war, ihm die Adresse zu geben, an der er vor ihrer Inhaftierung gelebt hatte.

Dann klingelte Preachers Telefon. Als er ängstlich darauf schaute, sah er sehr zu seiner Enttäuschung, dass es nicht

Maggie war, die anrief. Stattdessen leuchtete Tex' Name auf seinem Bildschirm auf.

»Tex, hey«, sagte Preacher.

»Ich vermute, deine Frau lügt nicht«, sagte Tex und redete nicht um den heißen Brei herum. »Ich gebe zu, dass ich anfangs sehr skeptisch war. Ich meine, ein Konteradmiral ist nicht gerade jemand, den ich verdächtigen würde, ein Drogendealer zu sein oder eine unschuldige Frau ins Gefängnis zu schicken. Aber je tiefer ich über den Mann recherchierte, desto mehr fand ich heraus.«

»Warte mal«, sagte Preacher, schaltete sein Telefon auf Lautsprecher und informierte sein Team über den aktuellen Stand der Dinge. »Okay, schieß los. Wir hören alle zu«, sagte er zu dem Computergenie.

»Also, es war ein bisschen Arbeit nötig – einiges davon war *sehr* tief vergraben –, aber ich habe herausgefunden, dass der geschätzte Konteradmiral definitiv ein paar Leichen im Keller hat. Zum Beispiel ist Roman Robertson nicht sein richtiger Name.«

»Ach du Scheiße, im Ernst?«, fragte Kevlar.

»Im Ernst«, bestätigte Tex. »Er hat auch nicht direkt nach der Highschool das College besucht. Stattdessen hat er Zeit in Chicago verbracht ... und er war verheiratet.«

»Wirklich?«, fragte Flash stirnrunzelnd. »Soweit ich weiß, ist er ein eingefleischter Junggeselle. Das war er schon immer.«

»Können wir uns wieder darauf konzentrieren, wie sein verdammter richtiger Name lautet?«, protestierte Kevlar.

»Er war zwei Jahre lang verheiratet. Bevor seine Frau verschwand«, sagte Tex und ignorierte Kevlar, während er die nächste Bombe platzen ließ.

Preacher holte scharf Luft.

»Was zum Teufel?« Blink sagte, was sie alle dachten.

Tex fuhr fort: »Laut der Akte hatten sie einen Streit, und am nächsten Morgen wachte Robertson auf und sie war nicht in der gemeinsamen Wohnung. Es gab keine Spur von ihr. Ihr Wagen stand auf dem Parkplatz, ihre Handtasche, ihre Schlüssel und ihr Geld befanden sich noch in der Wohnung. Die Tür war unverschlossen und es gab keine Anzeichen für eine Auseinandersetzung im Inneren. Robertson wurde als Verdächtiger eingestuft, aber nie angeklagt, da es keine Beweise für ein Verbrechen gab. Es gab keine Beweise dafür, dass er überhaupt in ihr Verschwinden verwickelt war.

Danach zog er an die Ostküste und ging aufs College«, fuhr Tex fort. »Ich habe die Fingerabdrücke verglichen, die die Polizei bei der Vermisstenanzeige seiner Frau hatte, und die von der Marine, als er beitrat, und siehe da ... sie stimmten überein. Bartholomew Jones wurde zu Roman Robertson.«

»Verdammt, ich würde meinen Namen auch ändern, wenn er Bartholomew lautete«, murmelte Smiley sarkastisch.

»Was noch?«, fragte Safe.

»Du gehst davon aus, dass es noch mehr gibt?«, entgegnete Tex.

»Ein Mann, der um seine Frau trauert – vorausgesetzt er hat sich überhaupt Sorgen um das Verschwinden seiner Frau gemacht –, wird nicht zu dem, was er jetzt ist, ohne dass dazwischen eine ganze Menge liegt«, sagte Safe selbstsicher.

»Du hast recht. Ich habe seine Marinekarriere verfolgt, und überall, wo er stationiert war, gab es Anklagen wegen Drogenhandels gegen Männer, die unter ihm arbeiteten. Jedes Mal kam er mit einer weißen Weste davon. Ich habe versucht, nach Geldspuren zu suchen, um zu sehen, ob er Leute geschmiert hat, aber es ist zu viel Zeit vergangen, um sicher zu sein. Ganz zu schweigen davon, dass er wahrscheinlich schlau genug ist, Bargeld zu verwenden, anstatt einen verdammten Scheck auszustellen oder jemandem Geld für irgendeine üble Scheiße zu überweisen, die er erledigt haben will.«

»Irgendetwas über Maggies Situation?«, fragte Preacher.

»Nichts Konkretes, aber einer der Polizisten, die sie angehalten haben, war bei der Marine. Und ratet mal, wer sein befehlshabender Offizier war ...«

»Scheiße«, knurrte Blink.

Normalerweise hätte Preacher den stoischen SEAL bei seinem Lieblingsfluch angegrinst, aber an dieser Situation war nichts auch nur annähernd Lustiges.

»Ich vermute, er hat Untergebene als Drogenkuriere benutzt. Um seine Drogen von einem Ort zum anderen zu transportieren, während er die Gewinne einstreicht. Aber bei Maggie hat er es vermasselt. Er hat sich persönlich involviert, eine seiner Freundinnen als Kurierin benutzt, und sie wurde erwischt. Wahrscheinlich glaubt er, dass sie der einzige Mensch ist, der ihn zu Fall bringen kann. Militärische Untergebene haben genauso viel zu verlieren wie er, also werden sie den Mund halten. Aber Maggie hat keinen Grund zu schweigen. Verdammt, sie hat versucht, allen zu sagen, dass die Drogen nicht ihr gehören. Robertson geht wahrscheinlich davon aus, dass sie weiterhin versuchen wird, jemanden dazu zu bringen, ihr zu glauben ... und irgendwann wird sie Erfolg haben. Er will unter keinen Umständen, dass das passiert.«

»Was nun?«, fragte Preacher. Schuldgefühle überkamen ihn. Maggie hatte versucht, *ihn* dazu zu bringen, ihr zu glauben – und er hatte sie im Stich gelassen. Und er war ratlos, was er oder irgendjemand tun könnte, um Maggie zu helfen, jetzt, da es sicher schien, dass Robertson tatsächlich ihr Ex war. Er konnte nicht jede Minute des Tages an ihrer Seite sein, und er hatte das ungute Gefühl, dass jeder, der ihr zu helfen versuchte, ins Fadenkreuz des sehr mächtigen Konteradmirals geraten würde. Und Preacher wollte auf keinen Fall, dass Wolf oder jemand aus seinem Team, zusammen mit den entsprechenden Frauen und Familien, auf Robertsons Radar auftauchte.

Jedenfalls nicht mehr, als sie es vielleicht schon waren.

Bevor Tex antworten konnte, klingelte Kevlars Telefon. Dann das von Safe, Smiley und den anderen des Teams. Preacher blickte nach unten und sah, dass auch auf seinem eigenen Bildschirm ein eingehender Anruf angezeigt wurde.

»Verdammt!«

Diesmal war es Kevlar, der fluchte.

»Was ist los?«, blaffte Tex durch den Lautsprecher.

Kevlar war rangegangen und alle hörten, wie er mit abgehackter Stimme demjenigen antwortete, der am anderen Ende der Leitung war. »Ja, Sir. Ich verstehe. Jetzt sofort? Haben wir Zeit, nach Hause zu fahren und mit unseren Familien zu sprechen? Gut. Dreißig Minuten. Sie sind hier, ich sage es ihnen. Zu Befehl, Sir. Ende.«

»Wir werden eingesetzt«, verkündete er, sobald er aufgelegt hatte, ohne dass jemand fragen musste, was zum Teufel los war. »Sofort.«

»Er ist es«, sagte Preacher, dem schlecht wurde.

»Das wissen wir nicht«, argumentierte Kevlar, aber die Unruhe war in seinem Tonfall deutlich zu hören.

»Den Teufel tun wir«, erwiderte Preacher und erhob seine Stimme.

»Ich kümmere mich darum«, sagte Tex. »Wenn das ein schwachsinniger Einsatz ist, werde ich ihn rückgängig machen. Und wenn ich das nicht schaffe, bevor ihr aufbrecht, werde ich euch so schnell wie möglich nach Hause bringen.«

»Ich brauche jemanden, der auf Maggie aufpasst«, sagte Preacher zu dem älteren Mann.

»Darum kümmere ich mich auch«, versprach er.

Aber Preacher war nicht beruhigt. Er fühlte sich hilflos. Und war sauer auf die Welt. »Ich muss sie anrufen.«

»Verstanden. Verliere *nicht* den Fokus«, warnte Tex ihn. »Konzentriere dich auf eure Mission. Das könnte unter den gegebenen Umständen das Schwierigste sein, was du je getan hast, aber wenn du es nicht tust, kann ich dich nicht aus dem Grab zurückholen.«

Preacher holte tief Luft. Safe, Blink und Kevlar telefonierten gerade, wahrscheinlich mit Wren, Josie und Remi. Seine drei anderen Teamkameraden starrten ihn mit verschränkten Armen und finsterer Miene an.

»Klar. Ich weiß.«

»Ich bin dran«, wiederholte Tex. »Wenn Robertson euer Team auf falsche Missionen schickt, ist er verdammt noch mal am *Ende*. Wenn er hinter Maggies Inhaftierung steckt, wird er untergehen. Ich werde so hart und tief graben, dass er sich definitiv so fühlen wird, als hätte ihm jemand den Arsch aufgerissen.«

Normalerweise hätte Preacher über die Anspielungen des sonst so ernsten Tex zumindest gelächelt, aber im Moment war ihm nicht danach.

»Ruf sie an. Sag ihr, sie soll auf der Hut sein. Und lass sie wissen, dass ich sie anrufen werde und dass ich eine Kopie des von ihr aufgezeichneten Telefonats haben möchte«, befahl Tex. »Pass auf dich auf. Ich melde mich wieder.«

Nachdem Tex aufgelegt hatte, tippte Preacher auf Maggies Namen und nahm sein Telefon ans Ohr. Wieder ging der Anruf direkt auf die Mailbox. Das Grauen ließ Galle in seinem Hals aufsteigen, als er auflegte.

»Sie geht nicht ran?«, fragte Smiley stirnrunzelnd.

»Nein.«

»Ruf noch mal an und hinterlasse ihr eine Nachricht«, befahl MacGyver.

Preacher nickte, aber er hatte ein schlechtes Gefühl bei der ganzen Situation.

. . .

»Maggie, hier ist Shawn. Ich ... verdammt. Hier ist alles im Arsch. Wir werden wieder losgeschickt. Jetzt. Und du gehst nicht ran. Ich hoffe sehr, dass es dir gut geht. Das mit heute Morgen tut mir so leid. Ich hätte mehr auf dich hören sollen. Ich glaube dir. Ich habe Leute darauf angesetzt. Jemand namens Tex wird sich bei dir melden. Er ist buchstäblich der klügste Mann, den ich kenne, und wenn uns jemand helfen kann, dann er. Er wird die Aufnahme haben wollen, von der du mir erzählt hast. Es ist okay, sie ihm zu schicken, ich schwöre es. Pass auf dich auf, okay? Ich habe ein ungutes Gefühl im Bauch, und wenn ein SEAL das sagt, ist es nie gut. Ich werde weiter versuchen, dich zu erreichen, bitte geh ran. Selbst wenn du immer noch sauer auf mich bist, muss ich wissen, dass es dir gut geht. Es ist zu früh dafür, aber scheiß drauf. Ich verliebe mich in dich, Maggie. Und falls dir jemals etwas zustößt ... gut. Okay, ich muss Schluss machen. Aber sobald ich zurück bin, sperre ich uns in einen Raum ein – bei dir, bei mir, egal – und wir werden das klären.«

Er legte auf, weil er sich nicht verabschieden wollte. Das fühlte sich zu endgültig an. Zu sehr wie eine verdammte Vorahnung.

Er hatte nicht bemerkt, dass alle anderen den Raum verlassen hatten, um ihre Ausrüstung für den Einsatz zu holen, außer Smiley.

»Wenn er das ist, wird er damit nicht durchkommen«, versprach der andere Mann.

Preacher wollte nicken. Wollte seinem Freund zustimmen. Aber er hatte Angst, dass er sich irrte. Robertson kam bereits damit durch ... was auch immer *damit* war. Der Konteradmiral trennte Maggie von ihrem Unterstützungsnetzwerk – ihm und dem Rest der SEALs. Ja, sie hatte immer noch Wolfs Team, aber sie kannte sie nicht so gut wie Kevlar, Safe und den Rest der anderen. Preacher war sich nicht sicher, ob sie Dude oder Wolf anrufen würde, wenn etwas passierte.

»Er unterschätzt uns«, sagte Smiley. »Er wird schon noch merken, was passiert, wenn er eine ganze Gruppe knallharter Navy SEALs gegen sich aufbringt. Sobald wir zurück sind, werden wir alle Hebel in Bewegung setzen ... und dafür sorgen, dass jeder SEAL, ob im aktiven Dienst oder im Ruhestand, mitmacht. Wie Tex schon sagte, er wird untergehen, Preacher. Merk dir meine Worte.«

Daran hatte Preacher keinen Zweifel. Er hoffte nur, dass es geschah, bevor er noch mehr Leben ruinierte, als er es bereits getan hatte. Nämlich das von Maggie.

Maggie stöhnte, als sie versuchte, sich umzudrehen – und merkte fast sofort, dass sie sich nicht wirklich bewegen konnte. Sie lag auf der Seite und ihre Hände waren hinter ihrem Rücken gefesselt, was ihre Position äußerst unangenehm machte, und da war etwas um ihren Kopf gewickelt, über ihren Mund. Sie bewegte ihren Kiefer hin und her ... Klebeband. Es war Klebeband, das an ihrer Haut zog. Schlimmer noch, sie war im Dunkeln. Sie konnte winzige Lichtstrahlen sehen, die offensichtlich durch Latten drangen, was deutlich machte, dass sie sich in einer Art Kiste befand. Aber ansonsten war es stockdunkel.

Es war auch seltsam still.

Maggie legte den Kopf an die Schulter und spürte etwas in ihrem Ohr. Scheiße ... hatte ihr jemand *Ohrstöpsel* in die Ohren gesteckt? Voller Panik versuchte sie verzweifelt, ihre Ohren sowohl an ihren Schultern als auch an den Brettern unter ihr zu reiben ... alles, um das, was hineingestopft worden war, zu entfernen. Aber es hatte keinen Zweck.

Sie war im Grunde blind, taub und stumm.

Was auch immer geschah, es war nicht gut. Überhaupt nicht.

Mit gerunzelter Stirn und pochendem Kopf versuchte Maggie, sich zu erinnern, wie zum Teufel sie in einer *Kiste* gelandet war. Sie war in ihrer Wohnung gewesen, als jemand an die Tür geklopft hatte. Sie hatte gedacht, es sei Shawn, der vorbeikam, um noch etwas zu reden. Sie nahm an, dass er die Nachricht erhalten hatte, die sie ihm hinterlassen hatte, und direkt vorbeigekommen war.

Stattdessen war es ein Fremder. Ein Mann, den sie noch nie zuvor gesehen hatte. Er war groß. Viel größer und schwerer als sie. Er packte sie am Hals, sobald sie die Tür geöffnet hatte. Sie hatte keine Zeit zu reagieren, ihm in die Eier zu treten. Sie hatte nur nach seinen Händen greifen können in dem Versuch, etwas Luft in ihre Lunge zu bekommen. Aber sie scheiterte.

Sie musste ohnmächtig geworden sein ... und jetzt war sie hier ... wo auch immer *hier* war.

Plötzlich begann die Kiste, in der sie sich befand, zu schwanken. Maggie hyperventilierte fast. Es war schwer, nur durch die Nase zu atmen, wenn das Klebeband über ihrem Mund war. Sie konnte durch die Latten nicht wirklich sehen und sie konnte nichts hören, was um sie herum vorging.

Die Kiste schwankte mehrere Minuten lang, bis die Bewegung plötzlich aufhörte. Dann fühlte es sich an, als würde die Kiste unsanft fallen gelassen. Der Schmerz in ihrer Hüfte vibrierte in ihrem ganzen Körper. Sie stöhnte, aber das Geräusch hallte aufgrund der geräuschdämpfenden Ohrstöpsel nur in ihrem Kopf wider.

Die Kiste wackelte, als, wie sie nur vermuten konnte, weitere Container auf und um sie herum gestellt wurden. Die Realität ihrer Situation begann, sich ihr zu offenbaren. Sie war so gut wie tot. Sie konnte sich nicht bewegen, sie konnte nicht essen, sie konnte nicht um Hilfe rufen. Es gab keinen Ort, an dem sie auf die Toilette gehen konnte. Nach drei Tagen ohne Wasser würde sie einfach dahinsiechen.

Würde Roman so weit gehen, um sie zum Schweigen zu bringen? Wahrscheinlich. Er hatte definitiv die nötigen Kontakte. Er musste sich nicht einmal die Hände schmutzig machen. Er hatte einfach jemanden beauftragt, sie zu entführen und in diese Kiste zu stecken. Es war nicht abzusehen, wo sie am Ende ihrer Reise landen würde.

Dann schoss ihr Shawns Gesicht durch den Kopf und die Trauer traf Maggie hart. Er würde nie erfahren, wie viel er ihr bedeutete. Ihre letzten Worte waren voller Wut und Frustration gewesen ... zumindest ihrerseits. Er war buchstäblich das Beste, was ihr je passiert war, und sie würde nie die Gelegenheit bekommen, ihm das zu sagen.

Tränen füllten ihre Augen und tropften auf die Holzplanken unter ihr. Das war's. Sie würde nur eine weitere vermisste Frau sein. Die Leute würden sich vielleicht fragen, wohin sie verschwunden war. Ihre Bewährungshelferin würde denken, dass sie weggelaufen war, vielleicht nach Mexiko. Es würde Haftbefehle gegen sie geben, aber sie würde nie gefunden werden.

Shawn würde wahrscheinlich denken, dass sie ihn verlassen und sich versteckt hatte, weil er ihr in Bezug auf Roman nicht geglaubt hatte.

Na ja ... vielleicht, vielleicht auch nicht. Sie hatte ihm immerhin diese Nachricht hinterlassen. Vielleicht würde er ihren Computer und die Aufzeichnung des Gesprächs mit Roman finden. Vielleicht würde es eine riesige Untersuchung geben und er würde schließlich für schuldig befunden werden. Es würde eine spezielle Fernsehsendung über alles geben, was passiert war ... und sie würde mit einem verdammten Cliffhanger enden, denn Roman könnte zwar verurteilt werden, was ohne ihre Leiche schwierig wäre, aber sie würde immer noch vermisst werden.

Maggie wollte über die lächerlichen Gedanken, die ihr durch den Kopf gingen, am liebsten hysterisch lachen und schloss die Augen. Was auch immer Roman mit ihr vorhatte, es war wahrscheinlich kein langsamer, relativ schmerzloser Tod durch Dehydrierung. Nein, was auch immer er im Sinn hatte, es würde die Hölle sein.

Maggie versuchte, die Schmerzen zu ignorieren, die durch ihren Körper strömten – ihr Hals, wo Gigantor sie gewürgt hatte, ihre Hüfte, ihre Schultern, weil ihre Arme so lange nach hinten gebunden waren, ihr Haar und ihr Gesicht, weil sie beide vom Klebeband gezogen wurden, und mehrere andere Stellen, an denen sie sicher blaue Flecke von der Misshandlung haben würde –, und schloss die Augen.

Wenn sie schlief, würde sie vielleicht aufwachen und dieser Albtraum wäre vorbei.

KAPITEL DREIZEHN

»Das ist ein Scherz, oder?«, fragte MacGyver niemand Bestimmtes.

Die »Mission«, auf die sie geschickt worden waren, bestand darin, ans andere Ende der Welt zu fliegen, mit Hubschraubern aufzusteigen und Kisten mit Waffen an strategischen Orten abzuwerfen, damit die ukrainischen Streitkräfte sie einsammeln und gegen die russischen Streitkräfte einsetzen konnten, die versuchten, ihr Land zu besetzen.

Es war nicht so, dass die SEALs so etwas noch nie gemacht hätten, aber normalerweise wurden sie mitten in einem Kriegsgebiet damit beauftragt. Sie warfen Waffen und Munition für amerikanische Soldaten ab, die feststeckten und Verstärkung brauchten. Soweit Preacher wusste, war die russische Armee kilometerweit von dieser bestimmten Abwurfzone entfernt und würde erst in ein oder zwei Tagen in der Nähe sein.

Unterm Strich war dieser Abwurf nicht besonders gefährlich. Jeder Trupp hätte das tun können, was sie taten. Es ergab keinen Sinn. Und Dinge, die keinen Sinn ergaben, ließen die *Oh-Scheiße*-Anzeige jedes SEALs verrücktspielen.

Irgendetwas stimmte nicht. Preacher würde normalerweise davon ausgehen, dass ihre Informationen fehlerhaft waren und sie in einen Hinterhalt flogen. Theoretisch hatten sie genügend Zeit, um die Waffen abzuliefern. Die kleine Stadt in der Nähe der Abwurfzone war bereits ziemlich stark bombardiert worden. Die meisten Zivilisten waren aus der Gegend geflohen, und ihren Informationen zufolge hatten es die russischen Truppen, die ausgesandt worden waren, um die letzten Nachzügler aufzuscheuchen, nicht eilig. Das war der angebliche Grund, warum sie hier Waffen abwarfen. Das Gebiet sollte für ukrainische Soldaten sicher sein, um hinein- und hinauszukommen, bevor der Feind eintraf.

Vielleicht waren die russischen Streitkräfte näher, als ihnen gesagt worden war. Vielleicht war das dieses Gefühl, das in Preachers Bauch brodelte.

»Das ist ein Ablenkungsmanöver«, murmelte Smiley. »Wir sollen diesen blöden Abwurf durchführen, um uns von etwas anderem abzulenken.«

»Ja. Um uns aus dem verdammten Land zu bringen, damit Robertson Maggie kriegen kann.«

Er warf MacGyver einen Blick zu. Sein Freund klang genauso sauer wie Preacher. Es fiel ihm schwer, den Kloß in seinem Hals hinunterzuschlucken. Das Team hatte im Flugzeug viel geredet und sie waren sich alle einig, dass Maggie in Gefahr war. Sie hassten es, dass sie so plötzlich abreisen mussten, und alle waren äußerst besorgt darüber, dass Preacher sie nicht mehr erreichen konnte, bevor sie abhoben.

Und jetzt, da er MacGyvers Sorge und Wut für Maggie hörte, verstand Preacher wirklich, was Freundschaft bedeutete. Ja, er hatte genauso empfunden, als Remi, Josie und Wren in Schwierigkeiten geraten waren, aber das hier war anders. Denn er war auf der anderen Seite. Es war *seine* Frau, die möglicherweise in Gefahr war – und er konnte nichts dagegen tun.

»Also lassen wir diese Kisten fallen und machen uns dann verdammt noch mal auf den Weg zurück nach Kalifornien«, sagte Smiley bestimmt.

Preacher wollte das mehr, als zu atmen, aber es war nicht so einfach. Sie waren der Gnade ihrer Regierung ausgeliefert. Sie gingen dorthin, wo man es ihnen sagte, und taten, was man ihnen befahl. Sie konnten sich nicht einfach entscheiden, einen Befehl zu missachten und in ein Flugzeug zu steigen, ein Flugzeug, das den Vereinigten Staaten gehörte, und nach Kalifornien zurückzufliegen.

»Ankunft an der Abwurfzone in sechzig Sekunden.«

Die Stimme einer der Piloten in seinem Ohr ließ Preacher zusammenzucken. Er blickte aus der offenen Tür des Hubschraubers und suchte den Boden ab, um das Gebiet zu überwachen, in dem sie die Kisten abwerfen würden. Smiley und MacGyver befanden sich mit ihm im Hubschrauber, Safe, Blink und Flash in einem zweiten. Kevlar war am Boden und überwachte die Mission von ihrem sicheren Standort im Westen der Ukraine aus.

Preacher versuchte, sich auf die anstehende Aufgabe zu konzentrieren. Die Wut brodelte knapp unter der Oberfläche, aber die Erinnerung an Tex' Warnung, sich auf das Wesentliche zu konzentrieren, half ihm, sich auf das zu fokussieren, was in diesem Moment getan werden musste.

Sie hatten sechs Kisten, die abgeworfen werden mussten. Der Plan sah vor, dass der Hubschrauber etwa einen Meter fünfzig über dem Boden schweben sollte, während die SEALs die Kisten aus der Tür auf das verlassene Ackerland außerhalb der Stadt schoben. Das Ziel war es, zu verhindern, dass sie bei der Landung auseinanderbrachen, um die darin befindlichen Vorräte zu schützen. Ukrainische Soldaten in der Gegend würden kommen, die Waffen einsammeln und dann in der Stadt verschwinden, um sich auf die Russen vorzubereiten.

Nichts an dieser Sache fühlte sich richtig an, aber zu diesem Zeitpunkt wollte Preacher einfach nur fertig werden und wieder über die Grenze gelangen. Je schneller sie fertig waren, desto schneller konnte er versuchen, Maggie zu erreichen.

»Dreißig Sekunden.«

Smiley und MacGyver waren mit den Kisten beschäftigt, schoben sie näher an die offene Tür und bereiteten sie für den Abwurf vor.

»Fünfzehn Sekunden.«

Der Hubschrauber begann, sich mit hoher Geschwindigkeit dem Boden zu nähern. Nur weil feindliche Kräfte nicht sofort sichtbar waren, bedeutete das nicht, dass die Piloten länger als nötig bleiben wollten.

»Los, los, los!«, sagte der Pilot.

Ohne zu zögern, ging Preacher zur Seite und half MacGyver, die erste Kiste aus der Tür zu schieben. Sie landete und prallte einmal auf der Grasfläche auf. Smiley schob bereits die nächste Kiste nach vorn, und Preacher wiederholte seine Handlungen.

Sie schafften schnell fünf Kisten aus der Tür und waren bei der letzten angelangt.

»Diese hier ist viel leichter als die anderen«, bemerkte MacGyver über das Headset, während er sie zur offenen Tür schob.

Preacher war das egal. Er wollte nur diese idiotische Aufgabe hinter sich bringen und zurück nach Südkalifornien gelangen.

Die Piloten hatten den Hubschrauber nach jeder abgelegten Kiste ein paar Meter nach vorn bewegt, damit sie nicht aufeinander landeten. Preacher beobachtete unbeteiligt, wie die letzte Kiste im hohen Gras unten landete. Der

Hubschrauber hatte sich wieder in die Luft erhoben, sobald die Kiste den Laderaum verlassen hatte.

Anstatt ein paar Meter zu hüpfen oder zu rollen, bis sie zum Stillstand kam, zerbrach die letzte Kiste jedoch beim Aufprall. Und was Preacher sah, ließ ihm das Blut in den Adern gefrieren.

Er hatte keine Zeit, den Piloten etwas zu sagen. Er riss sein Headset ab, griff nach der Sicherungsleine, die zuvor für den Fall vorbereitet worden war, dass sie den Hubschrauber sofort evakuieren mussten, sprang durch die Tür und seilte sich zum Boden ab.

Er spürte mehr als dass er sah, wie der Hubschrauber seinen Aufstieg stoppte, aber Preachers ganze Konzentration galt der letzten Kiste. Er hätte nicht schockierter sein können von dem, was darin war, wenn ihm jemand gesagt hätte, er hätte im Lotto gewonnen ... obwohl er nicht einmal spielte.

Maggie.

Er würde sie überall erkennen, und das nicht nur, weil sie dasselbe trug, was sie am Morgen ihres Streits anhatte, als er das Land für diese verdammte Mission verlassen hatte.

Es war unmöglich. Doch seine Augen täuschten ihn nicht.

Maggie war in dieser letzten Kiste gewesen. Und sie lag derzeit regungslos im hohen Gras und im Dreck.

Preacher fühlte sich, als würde er sich in Zeitlupe bewegen. Er konnte nicht schnell genug bei ihr sein. Sein Herz pochte heftig in seiner Brust und das Adrenalin ließ ihn zittern. War sie tot? Hatte Robertson sie getötet und wollte er ihre Leiche auf diese Weise beseitigen, indem er Preacher und sein Team die Drecksarbeit machen ließ? Bei dem Gedanken wurde ihm schlecht.

Er musste zu ihr. Er dachte an nichts anderes. Nicht an Feinde, die vielleicht im Anmarsch waren. Nicht an den Hubschrauber, der über seinem Kopf schwebte. Nicht einmal an das Geräusch von MacGyver, der hinter ihm seinen Namen schrie.

Maggie war alles, was zählte.

Maggie stöhnte. Sie war so verwirrt. Sie hatte in den letzten zwei Tagen die Hölle durchgemacht. Zumindest ... dachte sie, dass es zwei Tage gewesen waren. In der dunklen Kiste hatte sie keine Möglichkeit gehabt, die Zeit zu bestimmen. Sie war ein paarmal bewegt worden, und selbst mit den Ohrstöpseln in ihren verdammten Ohren konnte sie das laute, unverkennbare Geräusch eines Hubschraubers hören.

Sie hatte keine Ahnung, was geschah oder wo sie war, aber als die Kiste, in der sie sich befand, plötzlich für ein paar Sekunden schwerelos wurde, stieß sie hinter dem Klebeband einen erschrockenen Schrei aus.

Der Schmerz bei der Landung war stark und für einen Moment hatte sie das Bewusstsein verloren. Aber als sie die Augen öffnete, war Maggie überrascht, dass sie sehen konnte. Die Kiste, in der sie sich befunden hatte, war aufgebrochen.

Hände griffen nach ihr und ihr Selbsterhaltungstrieb setzte ein. Obwohl ihre eigenen Hände immer noch hinter ihrem Rücken gefesselt waren, kämpfte sie. Sie benutzte ihre Beine, um denjenigen zu treten, der über ihr stand, drehte sich auf die Seite, kniete sich hin ...

Das plötzliche Licht nach Tagen der Dunkelheit blendete sie fast, aber Maggie zwang sich, auf das Grauen zu schauen, in das sie plötzlich geworfen worden war – und erstarrte.

Sie konnte nicht sehen, was sie zu sehen glaubte. *Wen* sie sah.

Shawn.

»Was zum Teufel?«

Sie hörte ihn nicht, aber sie konnte seine Lippen lesen. Er begann, an dem Klebeband um ihren Mund zu ziehen, wodurch ihre Haare mitgerissen wurden, woraufhin sie versuchte, von ihm zurückzuweichen.

Dann wurde sie von weiteren Händen berührt. Maggie schaute so gut sie konnte zur Seite und sah MacGyver. Sie hatte keine Ahnung, wo sie waren oder wie Shawn und sein Freund sie gefunden hatten, aber sie war unendlich dankbar.

Aber schnell machte sich Panik breit. Das war wahrscheinlich alles Teil von Romans Plan! Was auch immer er im Schilde führte, konnte nichts Gutes sein. Shawn war in Gefahr. *Ihretwegen.* Sie versuchte, ihm zu sagen, er solle von ihr weggehen. Sie verlassen und gehen, aber das verdammte Klebeband war immer noch über ihrem Mund.

MacGyver hatte es bereits geschafft, die Kabelbinder um ihre Handgelenke zu entfernen, und die Erleichterung, die sie verspürte, als sie frei war, war fast so überwältigend wie schmerzhaft. Das Blut, das ungehindert ihre Arme hinunterfloss, fühlte sich an, als würde es heftig ihren Musikantenknochen treffen.

Shawns Mund bewegte sich, als würde er mit ihr sprechen, aber die verdammten Ohrstöpsel machten es unmöglich, zu hören, was er sagte. Sie drehte sich auf den Rücken, stöhnte darüber, wie gut es sich anfühlte, und griff sich ans Ohr. Sie entfernte einen Ohrstöpsel, dann den anderen.

»Was zum Teufel?«, sagte MacGyver und ahmte Shawn nach.

»Ohrstöpsel«, sagte Maggie hinter dem Klebeband, obwohl er selbst deutlich sehen konnte, was es war.

»Maggie! Geht es dir gut? Warum zum Teufel bist du hier?«

Sie schüttelte den Kopf und sagte gleichzeitig: »Mir geht es noch nicht gut. Aber das wird schon, wenn du mir ein oder zwei Minuten gibst, um mich zu orientieren.« Das war es, was sie zu sagen versuchte, aber das Klebeband über ihrem Mund verhinderte, dass die Worte verständlich waren.

»Hier«, sagte MacGyver und reichte Shawn etwas.

Es war ein Messer. Ein bösartig aussehendes mit gezackten Kanten. Jeder andere, der sich damit ihrem Gesicht näherte, hätte einen Fuß in die Leistengegend bekommen, aber es war Shawn, der die tödliche Waffe hielt. Maggie schloss die Augen und ließ ihn tun, was getan werden musste.

Sie spürte, wie sich das Klebeband um ihr Gesicht lockerte, dann sagte Shawn: »Das wird wehtun.«

Maggie nickte, öffnete aber nicht die Augen. Sie hatte während der letzten Tage alles getan, um das Klebeband feucht zu machen und es um ihre Lippen zu lockern, aber das half nichts gegen den Klebstoff, der fest an ihren Wangen klebte.

Shawn tat sein Bestes, um schnell zu sein, aber er hatte sich nicht geirrt. Das Klebeband von ihrem Gesicht zu ziehen tat immer noch verdammt weh.

»Maggie?«, fragte er ängstlich.

»Shawn«, flüsterte sie. Ihr Mund war trocken und ihr war irgendwie übel, weil sie weder Wasser noch Nahrung zu sich genommen hatte. Aber sie lebte. Das war alles, was zählte.

»Verdammt!«, sagte er. Er atmete schwer, seine Augen waren weit aufgerissen und seine Hände zitterten tatsächlich, als er ihr Gesicht umfasste.

Dann waren seine Lippen auf ihren. Es war ein sanfter Kuss, aber ein lebensbejahender.

Er zog sich zurück und griff sofort nach etwas an seinem Gürtel. »Hier, trink das.«

Wasser.

Maggie würde es nie wieder als selbstverständlich ansehen. Sie versuchte, es nicht hinunterzuschlingen, aber sie spürte, wie es ihr aus den Mundwinkeln lief, als sie verzweifelt die lebensrettende Flüssigkeit schneller zu sich nahm, als sie sollte.

»Langsam«, warnte Shawn und zog die Feldflasche von ihr weg.

Maggie stieß einen leisen Protestlaut aus.

»Ich weiß. Ich gebe dir gleich noch mehr. Du musst das erst einmal sacken lassen.«

»Preacher, wir haben Besuch«, sagte MacGyver.

Als Maggie ihn ansah, bemerkte sie, wie er über ihre Köpfe hinweg deutete. Sie blickte zum ersten Mal an Shawn vorbei und sah in der Ferne einen Hubschrauber, der schnell auf sie zukam. Ein zweiter Hubschrauber, der viel näher war und zu schweben schien, drehte plötzlich scharf nach links, gewann an Höhe und Geschwindigkeit und flog in die entgegengesetzte Richtung davon.

»Was zum Teufel? Ich dachte, sie kommen erst in ein paar Tagen«, sagte Shawn.

»Unsere Informationen waren wohl falsch. Aber das überrascht mich nicht. Wir müssen los«, sagte MacGyver.

»Kannst du aufstehen?«, fragte Shawn Maggie.

»Ja«, antwortete sie, ohne zu wissen, ob das stimmte oder nicht. Aber nach dem Blick zu urteilen, den MacGyver Shawn zuwarf, hatte sie keine andere Wahl. Sie würde ein verdammtes Rad schlagen, um von hier wegzukommen – wo auch immer *hier* war –, wenn sie das musste.

Ein lautes Knallen hallte um sie herum wider, und sowohl Shawn als auch MacGyver zuckten zusammen und krümmten sich, als versuchten sie, sich unter dem zu ducken, was auch immer dieses Geräusch verursacht hatte.

»Wir müssen von den Kisten wegkommen«, sagte MacGyver, der jetzt fast ruhig klang, während er kurz zuvor definitiv nervös gewirkt hatte.

»Feinde oder befreundete Einheiten?«, fragte Shawn.

»Weiß ich nicht. Aber ich denke, je weiter wir uns von diesen Kisten entfernen können, desto besser. Ich möchte mich lieber nicht zwischen zwei Hunde und den Knochen stellen, den sie beide wollen.«

»Die Russen sollten noch Tage entfernt sein«, wiederholte Shawn.

Ihr Kopf schwang zwischen den beiden Männern hin und her, als sei sie bei einem Tennisspiel. Dann drang das, was Shawn sagte, zu ihr durch.

Russen? Was zum Teufel?

»Wir verkriechen uns«, fügte Shawn hinzu. »Das Team kommt zurück, wenn die Lage sich beruhigt hat.«

»Smiley und die anderen werden stinksauer sein, dass wir hier zurückgelassen wurden«, sagte MacGyver, als würde er nur darüber sprechen, wo man zu Mittag essen könnte.

»Sie werden so schnell wie möglich zurückkommen. Sie können keinen internationalen Zwischenfall riskieren und sie wissen, dass wir auf uns selbst aufpassen können«, sagte Shawn. Er blickte zu Maggie hinunter. »Komm schon, wir müssen dich auf die Beine und in Bewegung bringen.«

Maggie versuchte aufzustehen und stellte sofort fest, dass sie extrem schwach und wackelig auf den Beinen war. Wenn Shawn nicht einen Arm um ihre Taille gelegt hätte, wäre sie auf dem Gesicht gelandet.

»Russen?«, fragte sie, während sie darum betete, wieder etwas Kraft in ihren Körper zu bekommen.

»Ja. Wir sind in der Ukraine. Komm schon, mach ein paar Schritte, mal sehen, ob das hilft.«

Maggies Augen traten ihr fast aus dem Kopf. »Wie … was … ich verstehe nicht.«

»Wir reden, wenn wir in Sicherheit sind. Denn im Moment sind wir definitiv *nicht* sicher.«

Das laute Knallen ertönte erneut, und diesmal legte Shawn seine Hand auf ihren Hinterkopf und drängte sie, sich mit ihm und MacGyver zu ducken.

»Du wirst sie tragen müssen«, sagte MacGyver.

»Ja.« Shawn drehte sich um. »Steig auf«, sagte er zu ihr.

Maggie blinzelte. Die Dinge bewegten sich viel zu schnell. Sie verstand überhaupt nicht, was vor sich ging. Sie war in der Ukraine? Dem *Land*?

MacGyver ließ ihr keine Zeit, irgendetwas weiter zu verarbeiten, er packte sie einfach unter den Armen und setzte sie auf Shawns Rücken, als sei sie ein Kind. Instinktiv schlang sie ihre Beine um seine Taille und die Arme um seinen Hals. Eine von Shawns Händen landete unter ihrem Hintern, um sie hochzuhalten.

»Los!«, sagte er eindringlich zu MacGyver.

Der andere Mann lief los, mit Shawn und Maggie auf den Fersen.

Die Knallgeräusche, die sie nun als Schüsse erkannte, hallten immer mehr um sie herum wider. Es fühlte sich an, als würden sie ewig laufen, und Maggie musste die Augen schließen, als sie auf Shawns Rücken durchgeschüttelt wurde. Das Wasser, das sie getrunken hatte, drohte wieder hochzukommen, aber sie weigerte sich, Shawn auf die Schulter und die Brust zu kotzen.

Die Schüsse wurden leiser, während sie weiterliefen. Maggie öffnete die Augen und sah, dass sie sich einer Art Stadt näherten. Nun, das, was einmal eine Stadt gewesen war. Jetzt war es hauptsächlich ein Trümmerhaufen. Überall, wo sie hinsah, waren zerstörte Häuser und Gebäude am Stadtrand. Ausgebrannte Fahrzeuge standen mitten auf den ehemaligen Straßen. Der Geruch von Tod und Zerstörung lag in der Luft.

Als sie die eigentliche Stadt betraten, hielten sie nicht an, obwohl sie nicht mehr liefen. MacGyver führte sie über Stein- und Schutthaufen, während sie sich immer weiter in das Herz dessen vorarbeiteten, was diese Stadt einmal gewesen war.

Ab und zu glaubte Maggie, eine Person hinter einem

zerbrochenen Fenster eines verfallenen Gebäudes oder um eine eingestürzte Mauer herum huschen zu sehen, aber sie konnte nicht sicher sein. Niemand näherte sich ihnen, aber was vielleicht noch wichtiger war, niemand bedrohte sie in irgendeiner Weise.

Sie wollte gerade darum betteln, abgesetzt zu werden – ihre Füße waren taub und sie dachte immer noch, dass sie sich übergeben müsste –, als MacGyver sich einem weiteren Steinhaufen näherte.

»Warte hier«, sagte er zu Shawn, bevor er sich unter einem riesigen Stück Sperrholz duckte und verschwand.

Shawn half Maggie langsam auf die Beine, und sie hätte auf die Knie gehen und den Boden küssen können, aber er drehte sich um, schlang einen Arm um ihre Taille und zog sie an seine Brust. Sie vergrub die Nase an der Stelle zwischen seiner Schulter und seinem Kopf und klammerte sie so heftig an ihn, wie er sie festhielt.

Eine Hand lag an ihrem Hinterkopf, die andere umschloss ihre Taille wie ein eisernes Band.

»Scheiße, Maggie. *Scheiße*.«

»Du klingst wie Blink«, murmelte sie an ihm.

Sie spürte sein Schnauben mehr, als dass sie es hörte. Dann zog er sich zurück. »Es tut mir leid. Ich hätte dir, ohne zu fragen, glauben sollen.«

Maggie schüttelte den Kopf. Sie hatte viel Zeit gehabt, über das nachzudenken, was in Kalifornien passiert war. »Nein, du hattest viele Gründe, an dem zu zweifeln, was ich gesagt habe.«

»Nun, es genügt zu sagen, dass ich dir jetzt glaube. Wir alle tun das.«

»Sind wir wirklich in der Ukraine?«

»Ja.«

»Ich bin immer noch verwirrt darüber, was hier vor sich geht.«

»Ich auch. Aber wir werden reden und es herausfinden, sobald MacGyver einen sicheren Ort gefunden hat, an dem wir uns verstecken können.«

»Okay.«

»Hier, trink noch etwas Wasser«, drängte Shawn. Er nahm die Hand von ihrem Hinterkopf und hielt ihr erneut die Feldflasche hin.

Maggie wollte es wieder hinunterschlingen, aber ihr kam etwas in den Sinn. Als sie sich umsah, wurde ihr klar, dass es keinen Wasserhahn in der Nähe geben würde, um sauberes Wasser zu holen, sobald die Feldflasche leer war. Und Shawn würde auch etwas trinken müssen. Wahrscheinlich mehr als sie, da sie sich momentan definitiv in einer Situation befand, die ihre Fähigkeiten überstieg. Dies war Shawns Welt, und sie war noch nie so dankbar gewesen, jemanden an ihrer Seite zu haben, wie in diesem Moment. Sie hatte keine Ahnung, wie er dort hingekommen war, aber sie wollte ihr Glück nicht infrage stellen.

Nachdem sie einen großen Schluck genommen hatte, der ihren Durst nicht annähernd stillte, versuchte sie, ihm die Flasche zurückzugeben.

»Nein, trink aus«, sagte er mit einem Kopfschütteln und versuchte, ihr die Feldflasche wieder an die Lippen zu führen.

»Aber du musst auch etwas trinken«, sagte sie.

»Das werde ich. Nachdem du versorgt bist.«

Maggie sah sich übertrieben um. »Ich sehe hier nirgendwo Wasserquellen, um die Feldflasche aufzufüllen«, sagte sie sarkastisch.

Zu ihrer Überraschung grinste er. Dann wurde er schnell wieder ernst. »Gott, ich hätte das verlieren können. *Dich* verlieren können.«

Maggie schluckte schwer. Sie wollte nichts lieber, als in Tränen auszubrechen, um etwas von dem Stress abzulassen, der sich in den letzten Tagen angestaut hatte, aber sie musste stark bleiben. »Im Ernst, Shawn, ich werde nicht unser ganzes Wasser trinken und dir nichts übrig lassen. Von uns beiden muss *du* am stärksten bleiben. Ich bin hier völlig nutzlos.«

»Nein, das bist du nicht. Und wir werden nicht lange hier sein. Kevlar und die anderen werden uns abholen. Außerdem können wir Wasser finden. Ich habe Reinigungstabletten in meiner Weste. Wir sind okay. Trink.«

Mit einem Seufzer tat sie, was er befahl. Sie war durstig, unglaublich durstig. Und wenn er dachte, dass sie schnell gerettet werden würden, würde sie ihm glauben.

Gerade als sie das Wasser ausgetrunken hatte, tauchte MacGyver wieder auf und erschreckte Maggie so sehr, dass sie auf den Hintern gefallen wäre, wenn Shawns Arm nicht noch immer um ihre Taille gelegen hätte.

»Ganz ruhig, es ist nur MacGyver.«

»Es ist sauber. Kommt schon«, sagte er zu ihnen.

Maggie stand noch wackelig auf den Beinen, aber mit Shawns Hilfe konnte sie über Trümmer klettern und hinter MacGyver kriechen, bis sie einen kleinen sicheren Bereich zwischen den eingestürzten Ruinen eines Gebäudes erreicht hatten.

»Dies ist nicht das Ritz, aber es wird reichen«, verkündete MacGyver. »Ich habe auch ein paar Sachen zusammengesucht, als ich diesen Ort gefunden habe.« Er deutete auf einen Haufen Krimskrams in der Ecke.

Shawn lachte und wandte sich Maggie zu. »Deshalb heißt er MacGyver. Weil er es irgendwie schafft, die erstaunlichsten Werkzeuge aus dem Nichts zu erschaffen. Hier, setz dich. Dann reden wir.«

Es hatte einmal eine Zeit gegeben, da hätten diese drei Worte Maggie das Herz gebrochen. Aber jetzt? Sie *wollte* reden. Musste es. Sie musste Antworten finden, wie zum Teufel sie in der verdammten Ukraine gelandet war, mitten in einem Konflikt, über den sie nur in der Zeitung gelesen hatte.

Aber tief im Inneren wusste sie es bereits. Roman Robertson. Er hatte genau das getan, womit er gedroht hatte – sie und Shawn gleichzeitig verarscht. Sie konnte nur hoffen, dass es dieses Mal anders sein würde. Dass sie und der Mann, in den sie sich definitiv zu verlieben begann, nicht den Manipulationen und unmoralischen, bösen Plänen eines schrecklichen Mannes zum Opfer fallen würden.

KAPITEL VIERZEHN

Preacher konnte nicht aufhören, Maggie zu berühren. Er starrte sie immer wieder an, konnte nicht glauben, dass sie tatsächlich bei ihm war. Als er gesehen hatte, wie ihr regloser Körper aus der Kiste fiel, hätte er fast einen Herzinfarkt bekommen. Er hatte unüberlegt gehandelt, etwas, wofür Tex und sein Team ihn später zur Schnecke machen würden. Aber er hätte auf keinen Fall zugelassen, dass der Hubschrauber mit ihm davonflog, während Maggie im Dreck liegen blieb.

Für den Bruchteil einer Sekunde hatte er gedacht, sie sei tot. Dass Robertson sich auf die ultimative Weise an seiner Ex gerächt hatte. Aber dann hatte sie sich bewegt, und eine ganz neue Angst hatte ihn fast überwältigt. Wenn Robertson die Macht hatte, *dies* zu tun – Maggie zu entführen, sie um die halbe Welt zu verschiffen und ihren neuen Freund dazu zu bringen, ihre Leiche unwissentlich zu entsorgen –, was konnte er dann noch tun?

Aber das war eine Frage für ein anderes Mal. Im Moment mussten sie aus dieser beschissenen Situation herauskommen.

Dann würden er und die anderen das Problem mit Konteradmiral Robertson angehen.

Das Klebeband, mit dem sie zum Schweigen gebracht worden war, hing noch an beiden Seiten ihres Kopfes und steckte fest in ihren Haaren. Der Anblick war abstoßend und verursachte Preacher Übelkeit. Aber er tat sein Bestes, um das vorerst zu ignorieren. Sie war am Leben, das war alles, was zählte.

Wie? Er hatte keine Ahnung. Sie war gewürgt worden – er sah die deutlichen fingerförmigen Blutergüsse an ihrem Hals –, gefesselt, in eine Kiste geworfen, geknebelt, ihr wurden Ohrstöpsel in die Ohren gesteckt, damit sie nichts von dem hören konnte, was um sie herum vorging, und dann aus einem verdammten Hubschrauber gestoßen worden. Sie hätte sterben sollen. Aber sie tat es nicht. Sie war viel zäher, als Robertson es sich je hätte träumen lassen. Nicht nur, dass sie zwei Jahre hinter Gittern überlebte für ein Verbrechen, das sie nicht begangen hatte, sondern auch, dass sie es auf unerklärliche Weise schaffte, seinen kranken Plan zu überleben, sie mitten in einem verdammten Kriegsgebiet abzusetzen.

Roman Robertson würde leiden. Preacher schwor sich, alles zu tun, um dies zu erreichen. Selbst wenn es bedeutete, seinen eigenen Ruf zu ruinieren und aus den SEAL-Teams und der Marine ausgeschlossen zu werden. Robertson würde für das, was er getan hatte, bezahlen – das Leben von Menschen zu ruinieren, nur weil er es konnte.

»Geht es dir gut?«, fragte MacGyver Maggie sanft.

Sie hatten ihr ein paar Proteinriegel gegeben und sie hatte mehr Wasser getrunken. Ihre Wangen waren jetzt wieder etwas rosig, und obwohl sie erschöpft sein musste, war sie für Preachers Geschmack immer noch zu ruhig.

»Ja. Mir geht es gut«, sagte sie.

Preacher hätte am liebsten geschnaubt. Er hatte das Gefühl,

dass sie das auch dann sagen würde, wenn ihre Arme nur noch an einer Sehne baumelten. Sie und er ... sie waren sich sehr ähnlich.

»Was ist passiert, Maggie?«, fragte MacGyver, beugte sich ein wenig vor und sprach leise für den Fall, dass sich in der Nähe Menschen aufhielten, die sie hören könnten. Zu diesem Zeitpunkt wussten sie nicht, ob jemand in der Gegend Freund oder Feind war. Es war am besten, sich ruhig zu verhalten und keine Aufmerksamkeit auf sich zu ziehen.

Preacher spürte, wie sie tief einatmete – sie war an seine Seite gepresst und jede ihrer Bewegungen übertrug sich auf ihn –, dann sprach sie.

»Ich saß auf meiner Couch und bemitleidete mich selbst. Ich machte mir Vorwürfe, dass ich wegen des Streits mit Shawn so ein Baby war, als es an der Tür klopfte. Ich dachte, du wärst es«, sagte sie und sah zu ihm auf. »Ich lief zur Tür und öffnete sie, ohne vorher nachzusehen. Das war dumm.«

»Du hattest keinen Grund zu glauben, dass es jemand anderes als ich war.«

»Vermutlich. Der Typ packte mich am Hals und ich verlor das Bewusstsein. So einfach war das eigentlich.«

Sie klang angewidert von sich selbst.

»Ich verstehe nicht, woher Roman wusste, dass ich mit dir über ihn gesprochen hatte. Ich meine, es waren doch nur ein paar Stunden vergangen. Und obwohl er in dem von mir aufgezeichneten Anruf einige Dinge sagte, die mich glauben ließen, dass er Leute hatte, die mich beobachteten und mir folgten, könnte er auch meine Wohnung irgendwie verwanzt haben?«

»Möglich«, sagte Preacher, dem übel wurde. »Aber ich glaube, es ist wahrscheinlich meine Schuld.«

»Deine?«, fragte sie.

»Ja. Ich habe einige Anrufe getätigt, nachdem ich gegangen war. Ich glaube, er könnte es dadurch herausgefunden haben.«

»Glaubst du, dass Dude oder Tex Robertson irgendwie benachrichtigt haben?«, fragte MacGyver.

»Nein. Das würden sie nie tun. Aber selbst wenn Dude bei seinen Nachforschungen diskret vorgegangen ist, spricht es sich dennoch herum«, sagte Preacher.

Maggie seufzte erneut. »Ich schätze, das spielt keine Rolle. Irgendwann hätte er es sowieso herausgefunden.«

Preacher war anderer Meinung. Robertson hätte sich in einer Welt voller Schmerz wiedergefunden, wenn die Marine Ermittlungen gegen ihn eingeleitet hätte, aber wenn Preacher etwas klüger in Bezug auf Maggies Sicherheit gewesen wäre, hätte der Mann sie nie so schnell in die Finger bekommen.

»Wie auch immer, ich bin in dieser Kiste aufgewacht. Ich konnte wegen des Klebebands nicht um Hilfe rufen und wegen der Ohrstöpsel auch nicht hören, ob jemand in der Nähe war. Ich hatte keine Ahnung, wo ich war oder was los war.«

»Bis diese Kiste kaputtging«, sagte MacGyver. »Gott sei Dank ist das passiert. Sonst wären wir weggeflogen.«

Preacher schauderte vor Abscheu. »Genau das wollte er. Niemand hätte je herausgefunden, was er getan hat. Maggie wäre nur eine weitere vermisste Frau gewesen. Und Robertson hätte sich krankhaft daran erfreut zu wissen, dass ich seine Drecksarbeit für ihn erledigt hätte.«

Er spürte, wie Maggie seinen Arm drückte, aber Preacher war nicht bereit, sich trösten zu lassen. »Und was jetzt?«, fragte sie.

Beide Männer sahen sie an.

»Ich meine, sein Plan ist gescheitert. Ich bin am Leben und ihr habt es herausgefunden. Ihr wisst, dass er ein extremes Arschloch und total böse ist. Also ... was jetzt?«

»Wir warten, bis unser Team uns abholt, dann machen wir uns auf den Weg zurück in die Staaten und sorgen dafür, dass er gefeuert wird«, sagte MacGyver hitzig.

Zu Preachers Überraschung kicherte Maggie. »Klar. Bei dir klingt das so einfach.«

»Das wird es nicht sein«, sagte MacGyver in düsterem Tonfall. »Es wird beschissen. Ich vermute, dass du eventuell sogar ins Zeugenschutzprogramm musst.«

Preacher erwartete, dass Maggie bei dieser Nachricht ausflippen würde. Er selbst war im Moment nicht besonders gelassen.

Aber zu seiner Überraschung sagte sie nur: »Ich vermute, dass das von meiner Bewährungshelferin nicht genehmigt wird.«

Es dauerte einen Moment, aber MacGyver brach in Gelächter aus. Leises Lachen, aber er war definitiv amüsiert.

Maggie lächelte ihn an und wandte sich dann Preacher zu. »Ich werde alles tun, damit er für das bezahlt, was er getan hat. Nicht dafür, dass er mich ins Gefängnis gebracht hat. Ich habe meine Zeit abgesessen und kann nicht zurückgehen und es ungeschehen machen, also ist der Schaden angerichtet. Aber für das, was er der Marine antut. Wie viele andere SEAL-Teams hat er an Orte geschickt, an denen sie nicht hätten sein sollen? Oder ohne die Unterstützung, die sie brauchten? Seine Machtspiele kennen keine Grenzen. Ich war ein Kinderspiel für ihn, aber Menschen zu manipulieren, die sich verpflichtet haben, ihrem Land zu dienen? Wenn nötig, ihr Leben zu geben? Das ist nicht richtig. Er spielt hier nicht *Risiko*, um Himmels willen. Er spielt mit echten Menschen, echten Leben. Er muss gestoppt werden.«

Sie hatte nicht unrecht. Aber Preacher wollte, dass Robertson für die Zeit bezahlte, die Maggie hinter Gittern verbracht hatte. Sie hatte diese Drogen nicht wissentlich transportiert, und sie hatte ganz sicher nicht vorgehabt, sie zu verkaufen. Sie hatte ihre Karriere, ihre Freunde, ihre Wohnung, ihren Wagen und zwei Jahre ihres Lebens verloren – wofür?

Für Robertsons Belustigung? Das war nicht akzeptabel. Auf gar keinen Fall.

»Ich stimme dir zu«, sagte Preacher etwas verspätet.

»Ich auch«, sagte MacGyver.

Maggie gähnte und lehnte sich schwer gegen ihn.

»Warum schläfst du nicht?«, schlug er vor.

»Sind wir sicher?«, fragte sie und blickte sich mit müden Augen im Raum um.

»So sicher, wie wir im Moment sein können«, sagte MacGyver.

»Ich bin mir nicht sicher, ob das sehr beruhigend ist, aber ich bin zu müde, um mich darum zu scheren«, erwiderte sie trocken. Es dauerte nicht lange, bis sie an ihm erschlaffte.

Preacher sah zu MacGyver auf und sagte leise: »Sag mir, dass du dein Funkgerät bei dir hast.«

»Nein. Wir hatten nicht vor, auf den Boden zu gehen. Es war nicht nötig.«

»Verdammt«, fluchte er.

»Macht nichts. Sie werden uns finden«, sagte MacGyver. »Wenn es sein muss, finde ich die Teile, um ein verdammtes Funkgerät zu bauen.«

Das brachte Preacher zum Lächeln. Er zweifelte nicht daran, dass sein Freund genau das tun konnte.

»Außerdem habe ich einen Peilsender. Tex wird sie direkt zu uns führen.«

Erleichterung durchströmte Preachers Adern. Er hatte die Peilsender vergessen. »Ich habe meinen nicht, weil wir nicht nach Hause fahren und packen konnten.« Nach dem, was Blink passiert war, hatte er einen seiner Sender im Hosenbund eines Slips versteckt. Nicht dass die Bösen ihn nicht völlig nackt ausziehen könnten, aber Blink war ein perfektes Beispiel dafür, dass das normalerweise nicht passierte. Natürlich lag diese Unterwäsche nutzlos zu Hause in einer Schublade.

»Ich habe angefangen, jeden verdammten Tag einen von meinen zu tragen«, sagte MacGyver mit einem Achselzucken. »Paranoid? Ja. Aber jetzt bin ich verdammt froh darüber.«

»Ich auch«, stimmte Preacher zu.

Einige Minuten lang herrschte Stille zwischen ihnen, bevor MacGyver sie brach, indem er sagte: »Er ist wahnsinnig.«

Preacher musste nicht fragen, von wem er sprach.

»Sie in diese Kiste zu stecken und dafür zu sorgen, dass wir sie fallen lassen? Dass *du* sie fallen lässt? Der ist verdammt krank.«

»Er wird untergehen«, knurrte Preacher zwischen zusammengebissenen Zähnen.

»Ich kenne ein paar Leute. Sie leben in Indiana. Sie führen ein völlig legales Geschäft, machen aber nebenbei Auftragsarbeiten. Wenn nötig, werde ich sie kontaktieren. Sie werden sich ein für alle Mal um Robertson kümmern.«

Der Gedanke, dass ein Auftragskiller den Müll beseitigte, war verlockend, aber Preacher war kein Mann, der außerhalb des Gesetzes arbeitete. Keiner von ihnen war das. Es gab Regeln für das, was sie taten. Und jemanden anzuheuern, der Robertson eine Kugel in den Kopf jagte, lag weit außerhalb dessen, womit er sich wohlfühlte.

Preacher schaute auf die schlafende Maggie hinunter und sah noch einmal das Klebeband, das an ihren Haaren hing. Es würde höchstwahrscheinlich herausgeschnitten werden müssen.

Seine Überzeugung wankte.

Er holte tief Luft und sagte: »Ich glaube, diese Nummer wird ihm zum Verhängnis werden. Er dachte, er sei so schlau, Maggie auf eine Weise loszuwerden, von der er nicht glaubte, dass sie jemals jemand herausfinden würde. Aber er war zu übermütig. Uns auf diese idiotische Mission zu schicken wird der Nagel in seinem Sarg sein. Er dachte, Maggie würde sterben, und er hoffte wahrscheinlich, dass die Russen sich auch um uns kümmern würden. Aber sie lebt. Und er wird seine Strafe bekommen, MacGyver.«

»Okay. Aber wenn irgendetwas schiefgeht und es so aussieht, als würde er mit einer lächerlichen Strafe davonkommen, rufe ich die Männer von Silverstone an.«

»Abgemacht«, sagte Preacher, ohne zu zögern. Persönlicher Moralkodex hin oder her, tief im Inneren wusste er, dass allein die Vorstellung, dass ein Mann wie Roman Robertson frei herumlief und das Leben anderer Menschen ruinieren konnte, abscheulich war. Ganz zu schweigen davon, dass es Maggies Leben in extreme Gefahr bringen würde. Die Tatsache, dass sie überlebt hatte, was er für sie geplant hatte, war Grund genug für ihn, alles zu tun, um sie auszuschalten. Solange der Mann nicht gestoppt wurde, würde er immer eine Bedrohung darstellen.

Wieder herrschte Stille zwischen den beiden Männern. Preacher war nicht im Geringsten müde. Das Knarren und Ächzen des baufälligen Gebäudes über ihren Köpfen vermittelte ihm nicht gerade ein Gefühl der Sicherheit. Aber sie mussten nur abwarten. Kevlar und die anderen würden hoffentlich bald da sein.

Plötzlich ertönte ein kratzendes Geräusch aus der Richtung, aus der sie den kleinen Raum betreten hatten.

Preacher richtete sich auf, und MacGyver tat es ihm gleich.

Er positionierte Maggie so, dass sie lag, anstatt ihn als Kissen zu benutzen, und bemerkte, dass sie nicht einmal zusammenzuckte. Preacher ärgerte sich erneut darüber, wie erschöpft sie sein musste, und zog sein Kampfmesser aus der Scheide an seiner Seite. MacGyver hatte dasselbe getan, als sie sich darauf vorbereiteten, demjenigen gegenüberzutreten, der den Raum betreten würde. Sie bewegten sich lautlos zu beiden

Seiten des Eingangs, bereit, jede Bedrohung auszuschalten, die auftauchen könnte.

Zu ihrer Überraschung krochen drei Kinder durch die provisorische Tür.

Preacher packte das größte Kind, legte einen Arm um seine Brust und hob es von den Füßen. MacGyver tat dasselbe mit dem nächstgrößeren Eindringling, und sie zerrten sie in die Mitte des kleinen Raumes.

Sofort brach Chaos aus. Die Kinder zappelten, das dritte Kind – das Kind, das nicht gepackt worden war und nicht älter als etwa fünf Jahre sein konnte – zögerte nicht, auf Preacher zuzulaufen und ihn zu treten und zu schlagen.

Das äußerst Merkwürdige an der ganzen Situation war, dass alles still ablief. Diese Kinder wussten offensichtlich, dass sie niemandem in der Nähe ihren Aufenthaltsort mitteilen durften.

»Beruhigt euch«, befahl Preacher bestimmt, aber leise – und erstaunlicherweise taten sie es. Langsam ließ er den Jungen los, den er gepackt hatte, und MacGyver tat dasselbe. Das kleine Mädchen, das so heftig versucht hatte, die Jungen zu beschützen, rannte zu ihnen, und sie umarmten sie sofort, schoben sie dann hinter sich und funkelten die beiden Männer wütend an.

Preacher steckte sein Messer zur gleichen Zeit wie MacGyver wieder ein und ging dann in die Hocke. »Hallo«, sagte er und fragte sich, wie viel Englisch die Kinder verstanden.

»Warum ihr hier?«, fragte der größte Junge. Er sprach mit Akzent und etwas gestelzt, aber Preacher war dennoch beeindruckt, dass er Englisch sprach.

»Wir sind gekommen, um uns auszuruhen und vor den bösen Jungs zu verstecken.«

»Dies ist *unser* Platz«, sagte der andere Junge.

»Das wussten wir nicht. Können wir uns den Platz teilen?«, fragte Preacher.

Der ältere Junge schaute von ihm zu MacGyver und dann wieder zu ihm. Seine Augen füllten sich mit Tränen, aber der Junge wischte sie wütend mit dem Arm weg. »Nein. Wir gehen.«

»Wartet!«, rief Preacher aus. Jetzt, da er sich das Trio genauer angesehen hatte, konnte er sie nicht guten Gewissens einfach gehen lassen. Alle drei waren schmutzig. Ihre Kleidung war zerrissen und zerlumpt, und die Schuhe an ihren Füßen waren im Grunde nichts anderes als Pantoffeln. Sie alle hatten die leeren Augen von abgehärteten Soldaten, die zu viel Hass und Tod gesehen hatten. Es schnürte ihm das Herz zusammen.

»Bleibt«, sagte MacGyver. »Ich verspreche, wir werden euch nichts tun.«

Der jüngere Junge schaute zu Maggie hinüber. »Ihr Mädchen wehgetan.«

»Was? Nein. Sie ist nicht verletzt. Sie schläft«, protestierte MacGyver.

Preacher hasste es, dass diese Kinder dachten, sie hätten Maggie wehgetan, aber er war nicht sonderlich überrascht. Der Krieg hatte die Stadt verwüstet, und diese Kinder hatten Dinge gesehen, die sie niemals hätten sehen dürfen. Er trat zu Maggie und rüttelte sie sanft an der Schulter. »Maggie? Wach auf, Schatz.«

Sofort öffnete sie die Augen, als sei sie es gewohnt, umgehend aufzuwachen, und vermutlich war sie das auch. Es war wahrscheinlich gefährlich, hinter Gittern die Deckung fallen zu lassen. Selbst im Schlaf.

»Was? Was ist los?«

»Nichts. Wir haben Gäste«, sagte Preacher zu ihr.

Sie konzentrierte den Blick auf die drei Kinder. »Oh!«, flüsterte sie.

»Seht ihr? Ihr geht es gut. Sie ist nicht verletzt«, sagte MacGyver. Er hatte sich so bewegt, dass er mit dem Hintern auf dem Boden saß, und hielt die Hände hoch, als wollte er zeigen, dass er unbewaffnet war. »Wir haben kein Essen, aber wir haben etwas Wasser. Es ist sauber. Wollt ihr etwas davon?«

Die Jungen schauten skeptisch, aber das kleine Mädchen zupfte dem Älteren am Hemd und sagte etwas auf Ukrainisch. Er nickte einmal.

MacGyver lächelte, beugte sich vor, stellte seine Feldflasche vor den Kindern auf den Boden und lehnte sich dann zurück.

Der kleinere Junge machte einen Schritt und schnappte sich das Wasser so schnell, dass Preacher es fast verpasst hätte, wenn er nicht hingesehen hätte. Anstatt das Wasser selbst zu trinken, reichte er es dem Mädchen. Sie lächelte ihn an, als sei er ihre ganze Welt, und führte die Feldflasche an ihre Lippen.

»Wie heißt ihr?«, fragte MacGyver leise.

»Wo kommen sie her?«, flüsterte Maggie Preacher zu.

»Keine Ahnung. Sie sind einfach aufgetaucht.«

»Ich heiße MacGyver. Na ja, eigentlich heiße ich Ricardo. Manche nennen mich Ricky.«

»Drei Namen?«, fragte der kleinere Junge.

MacGyver lächelte. »Ja, ich denke schon. Aber du kannst dir aussuchen, welcher dir am besten gefällt.«

»Ricky«, sagte das kleine Mädchen.

Er strahlte. »Dann also Ricky. Und wie heißt du?«, fragte er sie.

»Yana.«

Der älteste Junge sagte etwas in barschem Ton zu dem Mädchen, woraufhin sie sofort die Stirn runzelte und den Kopf senkte.

»Schon gut«, sagte MacGyver. »Ich werde euch nicht wehtun. Keinem von euch. Yana ist ein wunderschöner Name.«

Preacher schwieg, während MacGyver sein Bestes tat, um das Vertrauen der drei sehr scheuen Kinder zu gewinnen.

»Wie alt bist du, Yana?«

Sie hielt vier Finger hoch und sah dann die Jungen an, als wollte sie sich vergewissern, dass sie ihr Alter richtig eingeschätzt hatte oder dass es in Ordnung war, weiterhin mit MacGyver zu interagieren.

»Sie vier. Ich bin acht. Mein Bruder ist sieben.«

»Und wie soll ich dich nennen?«, fragte MacGyver ihn.

Einen Moment lang runzelte der Junge die Stirn. Dann sagte er: »Ich bin Artem. Mein Bruder ist Borysko.«

»Freut mich, euch kennenzulernen. Wie gesagt, ich bin Ricky, und meine Freunde da drüben sind Maggie und Preacher ... ähm ... Shawn.«

Drei Augenpaare richteten sich auf Preacher und Maggie.

»Oh mein Gott, sind die süß«, flüsterte sie.

»Euer Englisch ist sehr gut«, lobte MacGyver. »Wo habt ihr es gelernt?«

»Schule«, sagte Artem, wobei er seinen Spott über diese seiner Meinung nach offensichtlich dumme Frage nicht verbarg.

»Sicher«, sagte MacGyver mit einem leisen Lachen.

»Dies ist unser Platz«, sagte Borysko erneut zu MacGyver.

»Es tut mir sehr leid, dass wir hierhergekommen sind, ohne zu fragen, ob das in Ordnung ist. Aber wir hatten Angst vor den Waffen. Und Maggie brauchte einen Platz zum Ausruhen. Sie war verletzt. Wir gehen, wenn ihr wollt ... aber können wir uns diesen Ort für eine Weile teilen?«

Preacher hatte diese Seite seines Teamkameraden noch nie gesehen. Er sprach leise und mit gedämpfter Stimme und seine ganze Aufmerksamkeit galt den Kindern.

Artem ließ den Blick von MacGyver zu Preacher und

Maggie und dann wieder zurück zu MacGyver wandern. »Haben Russen ihr wehgetan?«

»Nein. Es ist kompliziert.«

Beide Jungen runzelten verwirrt die Stirn.

»Entschuldigung, ähm ... es ist schwer zu erklären«, sagte MacGyver und versuchte, Worte zu finden, die die Kinder verstehen könnten.

Yana zupfte Borysko am Hemd und sagte etwas auf Ukrainisch.

Ihr Bruder übersetzte. »Ihr Englisch ist nicht gut. Sie war noch nicht in Schule, als die Bomben kamen. Wir versuchen, sie zu lernen.«

»Das ist gut«, lobte MacGyver. »Wo sind eure Eltern? Mom und Dad?«

Beide Jungen runzelten erneut die Stirn.

»Tot«, sagte Artem hölzern. »Bombe kam und machte das Haus platt.«

»Oh nein«, flüsterte Maggie.

Preacher hatte den gesamten Austausch beobachtet, und etwas an der nüchternen Art, wie Artem das Wort »tot« ausgesprochen hatte, brach ihm das Herz. Krieg war die Hölle, das wusste er besser als die meisten Menschen. Aber er war ein Erwachsener. Er hatte sich für das gemeldet, was er tat. Aber diese Kinder und die anderen unschuldigen Zivilisten, die während eines Machtkampfes irgendwo auf der Welt in das Kreuzfeuer von Kriegen gerieten, sie waren unschuldig. Diese drei Geschwister waren der Inbegriff der Folgen der menschlichen Gier und des menschlichen Bedürfnisses nach Kontrolle und Macht.

»Es tut mir so leid. Meine Mutter und mein Vater leben noch. Sie wohnen etwa eine Stunde von meinem jetzigen Wohnort entfernt. Ich habe zwei Brüder und zwei Schwestern«, sagte MacGyver zu den Kindern. »Ich bin der Mittlere, aber ich habe mein Bestes getan, um meine Schwestern zu beschützen, als ich in eurem Alter war.«

Er redete weiter, erzählte Geschichten aus seiner Jugend und tat alles, um die Kinder zu beruhigen. Es schien zu funktionieren. Preacher konnte sehen, wie ihre Muskeln sich zu entspannen begannen. Ihre Schultern waren nicht mehr hochgezogen, und sie schienen sich MacGyver zu nähern, anstatt sich von ihm abzuwenden.

»Das bricht mir das Herz«, sagte Maggie leise. »Was wird mit ihnen geschehen, wenn wir weg sind?«

Preacher schluckte schwer. »Hoffentlich gibt es hier in der Gegend Menschen, die sie aufnehmen werden.«

»Aber hätten sie das nicht schon getan, wenn sie es vorgehabt hätten?«, fragte sie.

»Ich weiß es nicht. Der Krieg macht seltsame Dinge mit den Menschen. Er macht sie ... egoistischer. Das ist nicht wirklich das beste Wort, aber wenn die Lebensmittel knapp werden, wenn die Unterkunft unsicher ist, ist es die menschliche Natur, das zu horten, was man hat, und andere nicht hereinzulassen.«

»Aber dies sind Kinder«, flüsterte Maggie heftig. »Das kleine Mädchen ist erst vier! Wie kann jemand *nicht* helfen?«

»Ich entschuldige niemandes Verhalten, ich versuche nur, es zu erklären«, sagte Preacher ruhig.

Maggie nickte und kuschelte sich an ihn. »Ich weiß«, murmelte sie an seiner Brust. »Ich hasse das einfach für sie.«

»Ich auch«, sagte Preacher zu ihr. Und er log nicht. Diese Kinder hatten etwas an sich, das ihn tief berührte. Die älteren Jungen nahmen ihre Aufgabe, ihre kleine Schwester zu beschützen, offensichtlich ernst. Und die Art und Weise, wie sie still gekämpft hatten, um keine Aufmerksamkeit auf sich zu ziehen, war ... falsch. In jeder Beziehung.

»Können wir sie mitnehmen?«, fragte Maggie.

Preachers Magen verkrampfte sich. Er wollte es, aber er wusste, dass sie das nicht tun konnten. Es hatte viele Situationen gegeben, in denen er und sein Team die Kinder, denen sie auf ihren Missionen begegneten, retten wollten. Sie taten, was sie konnten, ließen Lebensmittel und Wasser zurück, aber sie in die USA mitzunehmen verstieß definitiv gegen die Militärpolitik. Und es war etwas, das zu einer schweren Bestrafung führen konnte.

»Ich bin sicher, dass es ihnen gut gehen wird«, sagte Preacher. Die Worte klangen in seinen eigenen Ohren lahm, aber er hatte keine gute Antwort, um Maggie zu beruhigen.

Er hörte ein seltsames Geräusch und schaute zu MacGyver und den Kindern hinüber. Irgendwie hatte sein Freund alle drei Kinder dazu gebracht, sich um ihn herum zu setzen, und sie spielten jetzt Tic-Tac-Toe im Dreck. Es liefen drei Spiele gleichzeitig, und MacGyver tat sein Bestes, um mit allen drei Schritt zu halten.

Das Geräusch, das Preacher hörte, war das Kichern der kleinen Yana.

Diese Kinder hatten gelitten, litten *immer* noch, und doch hatten sie es geschafft, ihre Deckung so weit fallen zu lassen, dass sie mit einem Fremden ein einfaches Spiel im Dreck spielen konnten, in einem zerbombten Gebäude, in der Stadt, in der sie wahrscheinlich aufgewachsen waren und die jetzt nur noch aus Trümmern bestand. Ihre Eltern waren tot, und wer wusste schon, wie viele andere Erwachsene, die sie gekannt hatten, ebenfalls getötet worden waren.

Deshalb endeten Fehden nie wirklich. Dieser *Krieg* würde enden, wie alle anderen auch, aber die Dinge, die diese Kinder gesehen und getan hatten, würden sie nicht mehr loslassen. Der Hass würde schwelen und in spätestens einem Jahrzehnt würden die Spannungen wieder zunehmen, und es war wahrscheinlich, dass Artem und Borysko und möglicherweise sogar

Yana zu den Ersten gehören würden, die sich zum Kampf melden würden.

Es war beschissen.

»Willst du Tic-Tac-Toe spielen?«, fragte Preacher Maggie, die verzweifelt etwas Licht in die Welt der Kinder bringen wollte, und sei es nur, indem sie eine Weile das einfache Spiel mit ihnen spielte.

»Ja«, sagte sie und sah ihn traurig an. Preacher war nicht überrascht, dass sie auf derselben Wellenlänge war. Sie hatte gerade die Hölle durchgemacht, und doch galt ihre ganze Sorge und Aufmerksamkeit diesen Kindern, nicht ihrer eigenen Situation. Sie beeindruckte ihn, und er wollte den Rest seines Lebens mit ihr an seiner Seite verbringen.

Sie rutschten zu den Kindern und MacGyver, die spielten, und fragten, ob sie mitmachen dürften. Die Jungen schauten misstrauisch, entspannten sich aber schließlich genug, um sie mitspielen zu lassen.

Nach etwa einer halben Stunde, in der sie das Spiel immer wieder spielten, machte Preacher eine Pause und warf Maggie einen Blick zu. Irgendwann war Yana auf ihren Schoß gekrochen und eingeschlafen. Maggie lehnte an einer Beton-platte und war ebenfalls eingeschlafen. Yanas Kopf lag an ihrer Brust, ihr Körper war zu einem kleinen Ball zusammen-gerollt.

In diesem Moment schoss ihm ein Gedanke durch den Kopf. Maggie, die ihr eigenes kleines Mädchen genau so im Arm hielt. Die Vision war so real, dass es ihm den Atem raubte. Das wünschte er sich so sehr.

Das Knurren von Boryskos Magen ließ sowohl MacGyver als auch Preacher auf den kleinen Jungen schauen. Der Junge zeigte in keiner Weise, dass er Hunger hatte, offensichtlich war er es gewohnt.

Das war nur eine weitere Sache, die Preacher verärgerte.

MacGyver ging es offensichtlich genauso. Er fragte: »Was esst ihr hier?«

Artem sah ihn an. Der Junge hatte seit dem Tod seiner Eltern tausend Jahre gelebt, das war offensichtlich. Er hatte die Rolle des Beschützers seiner Geschwister übernommen, und das forderte seinen Tribut. Wie könnte es auch anders sein?

»Was wir finden können«, sagte er schlicht.

»Zeigst du es mir?«, fragte MacGyver.

Preacher öffnete den Mund, um zu protestieren. Um seinem Freund zu sagen, dass es nicht klug war, im Moment durch die zerstörte Stadt zu streifen, zumal die Schüsse nicht wirklich abgeklungen waren, seit sie in den Trümmern des Gebäudes Zuflucht gesucht hatten.

Artem musterte MacGyver und nickte dann. Er wandte sich seinem Bruder zu und sagte etwas auf Ukrainisch. Borysko schüttelte den Kopf und sie hatten einen kleinen Streit. Aber Artem gewann offensichtlich, denn er stand auf und sagte zu MacGyver: »Du mir nach.«

»Ich folge dir«, stimmte er zu.

Die beiden schlüpften aus dem Raum und Preacher hoffte, dass sie nicht gerade einen riesigen Fehler begangen hatten. Artem könnte ein Spion der russischen Armee sein. Oder er könnte MacGyver in eine Falle locken. Aber er schüttelte den Kopf. Der Junge war acht. Und er würde nichts tun, was seinen Bruder und seine Schwester in Gefahr bringen könnte. Das wusste er so gut wie seinen Namen. MacGyver würde es gut gehen. Er würde etwas zu essen für sie alle finden, und bis dahin hatte Tex hoffentlich seinen Job gemacht und ihr SEAL-Team geschickt, um sie abzuholen.

Als er zu Maggie und Yana hinüberblickte, die tief und fest schliefen, zog sein Herz sich erneut zusammen. Zum ersten Mal in seiner Karriere war Preacher sich nicht sicher, ob er gerettet werden *wollte*. Nach Kalifornien zurückzukehren bedeutete, sich mit Robertson auseinandersetzen zu müssen, was eine besondere Art von Hölle sein würde. So sehr er jetzt auch alles glaubte, was Maggie über den Mann sagte, es würde nicht einfach sein, ihn strafrechtlich zu verfolgen. Und während sie darauf warteten, dass die Mühlen der Justiz sich drehten, würde Robertson eine Gefahr für sie alle darstellen. Er hatte es geschafft, Maggie zu entführen und sie um die ganze verdammte Welt zu verschiffen; es war nicht abzusehen, was er tun würde, wenn er herausfand, dass seine Pläne vereitelt worden waren.

Dann waren da noch diese Kinder. Sie hatten es offensichtlich allein geschafft, aber der Gedanke, sie in diesem zerstörten Teil des Landes zurückzulassen, ohne dass Erwachsene sich um sie kümmerten ... traf Preacher schwer.

Er rutschte rüber, kroch neben Maggie, legte einen Arm um sie und zog sie an sich, sodass sie ihn als Kissen benutzte und nicht den harten Beton.

Borysko betrachtete die drei einen Moment lang, bevor er sich neben sie in den Dreck legte, eine Hand unter dem Kopf, die andere über dem Fuß seiner Schwester. Offensichtlich wollte er auch im Schlaf eine Verbindung zu ihr aufrechterhalten.

Selbst nachdem er die Augen geschlossen hatte, um sich etwas auszuruhen, konnte Preacher nicht aufhören, Boryskos schmutzige kleine Hand zu sehen, die nach seiner Schwester griff.

Irgendwie, auf irgendeine Weise, würde er etwas für diese kleine Familie tun.

KAPITEL FÜNFZEHN

Maggie blickte sich in ihrer kleinen Gruppe um und schüttelte erstaunt den Kopf. Sie hatte keine Ahnung, wie lange sie geschlafen hatte, während MacGyver und Artem weg waren. Aber als Shawn sie weckte, waren die beiden zurück und hatten ihre Hände voller Nahrung. Zwei verbeulte Dosen und zwei Feldrationen. Sie hatte gefragt, wo in aller Welt sie das alles gefunden hätten, aber MacGyver hatte den Kopf geschüttelt und damit deutlich gemacht, dass er nicht darüber sprechen würde ... zumindest nicht vor den Kindern.

Artem hatte Maggie stirnrunzelnd angesehen und Yana geweckt, sie bei der Hand genommen und auf die andere Seite des Raumes geführt. Es war klar, dass er nicht besonders glücklich darüber war, wie schnell sie den Amerikanern vertraut hatte. Die drei Kinder knieten über einer Feldration, und wenn man bedachte, wie sie sich die Nahrung in den Mund schoben, waren sie sehr hungrig gewesen.

Als Maggie ihre Verzweiflung und ihre Freude am Essen sah, verschwand ihr Hunger augenblicklich.

»Ich weiß«, sagte Shawn mit leiser Stimme, »aber du musst

essen, Maggie. Du brauchst die Nährstoffe. Dir wurden sie auch verwehrt.«

Das wusste sie, aber es fiel ihr trotzdem schwer zu essen, wenn sie das Gefühl hatte, den Kindern buchstäblich das Essen aus dem Mund zu stehlen.

Obwohl Yana in ihrem Schoß eingeschlafen war, war es offensichtlich, dass die Kinder sich mehr zu MacGyver hingezogen fühlten als zu ihr und Shawn. Der SEAL konnte erstaunlich gut mit den Kindern umgehen. Er redete nicht von oben herab mit ihnen und fragte sie nach ihrer Meinung zu Themen, die von der Situation mit den Russen bis hin zu ihren Lieblingsspeisen reichten.

Und obwohl Artem immer noch misstrauisch und vorsichtig war, war scheinbar etwas passiert, als er und MacGyver auf Nahrungssuche gegangen waren. Sie hatten eine Bindung aufgebaut, die für Maggie offensichtlich war. Artem schien in der Gegenwart des Mannes entspannter zu sein, und sein Blick war immer auf den SEAL gerichtet, wenn eines seiner Geschwister nicht redete.

Plötzlich ertönte eine laute Explosion viel zu nahe an ihrem Versteck.

Artem war sofort auf den Beinen, die Hand seiner Schwester in seiner und Borysko auf ihrer anderen Seite.

MacGyver sammelte schnell das nicht verzehrte Essen ein und steckte es in die Taschen seiner Cargohose.

»Wir müssen los«, sagte Shawn unnötigerweise. »Maggie, du nimmst Yana. MacGyver, du gehst voran. Artem hinter ihm, dann Maggie, Borysko und ich bilde die Nachhut.«

Maggie wollte protestieren, aber die SEALs waren hier die Experten. Sie wusste nichts darüber, wie man einschlagenden Bomben auswich oder unerwartete Bösewichte besiegte, denen sie begegneten.

Zu ihrer Überraschung nickte Artem zustimmend und zog

Yana zu ihr, wo sie neben Shawn stand. Er sagte etwas zu dem kleinen Mädchen, und sie nickte und streckte Maggie ihre Arme entgegen.

Wieder einmal schmolz Maggies Herz dahin. Das kleine Mädchen kam nicht zu ihr, um Schutz zu suchen; sie tat es, weil ihr großer Bruder es ihr gesagt hatte. Und doch war sie immer noch voller Bewunderung für das Vertrauen, das Yana ihr entgegenbrachte.

MacGyver wandte sich Artem zu und streckte ihm sein Kampfmesser entgegen. In jeder anderen Situation hätte Maggie protestiert, einem Kind eine so tödliche Waffe zu geben, aber dies war kein Vorort in den Vereinigten Staaten.

Artem nahm das Messer und nickte dem SEAL zu. Er hielt es in seiner kleinen Hand, und Maggie hatte das Gefühl, dass er nicht zögern würde, es zu benutzen, was ihr erneut Übelkeit bereitete. Kein Kind sollte das Gefühl haben, Gewalt anwenden zu müssen, um sich selbst oder seine Familie zu schützen.

Sie verließen den versteckten Raum, der sich irgendwie sicher angefühlt hatte, was er offensichtlich nicht war, wenn man den immer näher kommenden Explosionen Glauben schenken konnte.

Es war unheimlich, dass sie niemandem begegneten, als sie aus den Trümmern krochen und durch die Straßen der kleinen Stadt schlichen. Ab und zu hallte das Geräusch von Schüssen um sie herum und ließ Maggie jedes Mal zusammenzucken.

Das war beängstigend. Sie konnte es zugeben. Und obwohl MacGyver und Shawn da waren, konnten sie keine Kugel aufhalten. Weder davor, sie zu treffen, noch durch ihre eigenen Körper zu gehen. In diesem Moment hasste sie Roman ein bisschen mehr, und sie hasste ihn bereits mit jeder Faser ihres Seins. *Er* war dafür verantwortlich. Er war durch und durch böse. Er musste wissen, dass sie in dieser Kiste wahrscheinlich nicht sterben würde. Also war sein Plan gewesen, sie hier, mitten in einem Kriegsgebiet abzuladen, lebend, gefesselt und unfähig, sich selbst zu schützen.

Wenn sie gefunden worden wäre, hätte sie sexuell missbraucht, geschlagen, verkauft, auf der Stelle getötet werden können ... die Möglichkeiten waren endlos. Sie wollte so verdammt sehr gerettet werden, aber gleichzeitig wollte sie nicht nach Kalifornien zurückkehren. Denn Roman würde noch entschlossener sein, sie zu foltern, sobald er merkte, dass sie noch am Leben war. Er würde sie ein für alle Mal loswerden müssen. Sie war so gut wie tot, sobald sie wieder einen Fuß nach Riverton setzte.

Sie begann vor Angst zu zittern. Vor der aktuellen Situation *und* vor dem, was sie zu Hause erwartete. Sie konnte buchstäblich nicht gewinnen. Vielleicht sollte sie Shawn fragen, ob er sie in Turkmenistan absetzen könnte oder so. Irgendwo, wo niemand sie finden würde. Nicht dass sie im Ausland leben oder von Shawn getrennt sein wollte, jetzt, da sie endlich einen Mann kennengelernt hatte, mit dem sie den Rest ihres Lebens verbringen könnte. Aber sie wollte auch nicht sterben.

»Mag gut?«, flüsterte Yana und tätschelte Maggie beim Gehen die Wange.

Maggie sah dem kleinen Mädchen in die Augen und holte tief Luft. »Mir geht es gut«, wiederholte sie, obwohl sie sich überhaupt nicht gut fühlte, aber für dieses Kind musste sie es tun. »Yana gut?«, fragte sie.

Yana nickte. Ihr ernster Gesichtsausdruck war tragisch. Dieses Kind sollte lachen und lächeln, nicht durch Trümmerstraßen getragen werden und Schüssen ausweichen.

Plötzlich waren diese Straßen voller russischer Soldaten. Sie entdeckten ihre kleine Gruppe sofort, richteten ihre Gewehre auf sie und schrien etwas, das Maggie nicht verstehen konnte, aber sie nahm an, dass es so etwas wie »Stopp« war.

»Lauft!«, schrie Shawn – und dann liefen sie alle buchstäblich um ihr Leben.

Es war schwierig, mit der kleinen Yana auf dem Arm zu laufen, aber sie wusste, dass sie alle sterben oder gefangen genommen werden würden, wenn sie es nicht täte, denn keiner ihrer Brüder würde Yana zurücklassen, und Shawn ganz sicher nicht, und es war offensichtlich, dass MacGyver sich mit der kleinen Familie angefreundet hatte und *keines* der Geschwister zurücklassen würde. Es fühlte sich also so an, als sei sie die Einzige, die sie vor den Russen bewahrte ... was fast schon ein Witz war. Von allen in ihrer kleinen Gruppe war sie am wenigsten darauf vorbereitet, mit dem umzugehen, was geschah.

Aber sie tat ihr Bestes.

Sie wäre fast über ein Trümmerstück auf der Straße gestolpert, aber zum Glück war Shawn plötzlich an ihrer Seite, packte ihren Ellbogen und half ihr, auf den Beinen zu bleiben, während sie flohen.

Gerade als sie dachte, sie würden den Männern entkommen, die sie verfolgten, gingen sie eine Straße entlang, die vollständig von den Trümmern eines Gebäudes blockiert war, das irgendwann in der Vergangenheit bombardiert worden war. Es gab keinen Weg daran vorbei, und sie konnten nicht den Weg zurückgehen, den sie gekommen waren, weil sie immer noch die Soldaten schreien hörten.

»Hoch!«, befahl MacGyver, drehte sich um, packte Borysko an der Taille und zog ihn nach oben zu einem kleinen Betonabsatz in etwa zweieinhalb Metern Höhe.

Shawn nahm Maggie wortlos die kleine Yana aus den Armen und hielt sie ihrem Bruder entgegen. Ehe Maggie blinzeln konnte, hatte MacGyver Artem hochgehoben, damit er sich seinen Geschwistern anschließen konnte.

»Jetzt bist du dran«, sagte Shawn zu Maggie, beugte sich vor und verschränkte die Finger. »Setz deinen Fuß hierher, ich helfe dir hoch.«

Sie wollte protestieren, dass das verrückt sei, aber die Zeit drängte. Es gab keinen Raum fürs Zögern. Sie legte eine Hand auf Shawns Schulter, um das Gleichgewicht zu halten, trat in seine Hände – und flog praktisch in die Luft. Bevor sie wusste, wie es passiert war, stand sie mit den Kindern auf dem Absatz.

Sie hatte nur Sekunden Zeit, um sich zu fragen, wie Shawn und MacGyver mit ihnen dort hinaufkommen würden, bevor die Soldaten am Ende der Straße auftauchten. Sie schrien etwas und liefen dann auf die beiden Männer zu.

»Shawn!«, schrie Maggie – aber es war zu spät. Die Soldaten waren da, schlugen mit ihren Gewehren auf die SEALs ein und schrien sie an.

»Geh!«, schrie Shawn noch, bevor ihm jemand mit dem Gewehrkolben ins Gesicht schlug. Er ging heftig zu Boden ... und rührte sich dann nicht mehr.

Maggie war wie erstarrt vor Schock und Entsetzen. MacGyver kämpfte mit aller Kraft, aber acht gegen einen war kein fairer Kampf, und es war offensichtlich, dass er jeden Moment wie Shawn zu Boden gehen würde.

»Komm!«, sagte Artem eindringlich und zog an Maggies Hand. Der Vorsprung, auf dem sie standen, war Teil einer eingestürzten Mauer, die auf der anderen Seite in die Dunkelheit abfiel. Sie konnte gerade noch ein Gewirr aus Stahl und Beton erkennen, das offensichtlich einmal eine Art Wohnhaus gewesen war.

Sie wollte nicht gehen. Sie wollte dort bleiben, wo sie war, um zu sehen, ob Shawn wieder auf die Beine kam. Aber dann sah einer der Soldaten sie direkt an. Als er bemerkte, dass sie eine Frau war, konnte sie sehen, wie die Wut in seinem Gesichtsausdruck sich augenblicklich in Lust verwandelte. Er sagte etwas zu den anderen Männern, und sie alle sahen zu ihr auf.

Sie drehte sich um und duckte sich außer Sichtweite. Es würde nichts Gutes dabei herauskommen, wenn sie gefangen genommen würde. So sehr jedes Molekül in ihrem Körper sie anschrie, Shawn zu helfen, wusste sie doch, dass sie gegen acht Männer keine Chance hatte. Der Selbsterhaltungstrieb setzte ein.

Yana war überraschend schnell für jemanden in ihrem Alter, und die engen Räume, durch die sie sich zwängen mussten, waren für die Kinder einfach, aber für Maggie schwieriger. Ihr Körper wurde aufgeschürft, als sie sich unter Betonstahl und um Hindernisse herumzwängte. Aber Artem schien zu wissen, was er tat und wohin er ging. Entweder war er schon einmal hier gewesen oder er hatte ein angeborenes Gespür dafür, wie man aus den Trümmern herauskam.

Maggie wusste nicht, wie lange sie durch das zerstörte Gebäude geduckt, gekauert und gekrochen waren, aber ehe sie sichs versah, standen sie wieder auf einer von Trümmern übersäten Straße.

»Komm«, sagte Artem erneut, beugte sich hinunter und hob seine kleine Schwester auf. Er und Borysko gingen los, ohne sich umzusehen, ob Maggie ihnen folgte.

Maggie stockte der Atem und ihr wurde klar, dass sie irgendwann angefangen hatte zu weinen. Sie hatte keine Ahnung wann, nur, dass ihr Gesicht tränennass war und es sich anfühlte, als sei ihr Herz in zwei Hälften gerissen worden.

»Shawn«, flüsterte sie, unfähig, ihre Füße zu bewegen. Sie war jetzt genauso erstarrt wie eben, als sie sah, wie die Soldaten anfingen, auf Shawn und MacGyver einzuschlagen. Es war schrecklich gewesen. Brutal und voller Hass. Sie hatte in ihrer Gefangenschaft Kämpfe gesehen, aber nichts war mit dem zu vergleichen, was sie gerade miterlebt hatte.

Sie dachte schon, die Geschwister würden ohne sie in den Straßen der Stadt verschwinden. Zu ihrer Überraschung unterhielt Artem sich kurz mit Borysko, woraufhin der Jüngere der beiden zu ihr zurückkam und ihre Hand nahm. »Komm«, sagte er und wiederholte die einfache Anweisung seines Bruders.

»Shawn«, sagte Maggie. »Ricky.« Sie benutzte den Namen, den die Kinder für MacGyver kannten.

»Wir holen. Aber zuerst Sicherheit.«

Zwei Worte. Mehr war nicht nötig, um Maggies Muskeln wieder in Gang zu bringen. *Wir holen.* Sie hatte keine Ahnung, was drei Kinder und eine Frau, die in dieser Situation sichtlich überfordert war, tun konnten, um zwei Navy SEALs vor einer umherstreifenden Bande russischer Soldaten zu retten, aber sie wollte dem Jungen so sehr glauben, dass sie sich von ihm nach vorn ziehen ließ, während sie sich auf den Weg zu einem anderen Versteck machten.

KAPITEL SECHZEHN

»Scheiße«, stöhnte Preacher, als er sich umdrehte.

»Du klingst wirklich wie Blink«, sagte MacGyver neben ihm.

Als Preacher die Augen öffnete – nein, ein Auge; das andere war zugeschwollen –, sah er seinen Teamkameraden neben sich im Dreck liegen. Sie befanden sich in einem Raum, der dem ähnelte, in dem sie sich versteckt hatten. Es war offensichtlich ein ausgebombtes Gebäude, aber dieser Raum war weniger vor den Elementen geschützt. Er konnte zwei russische Soldaten sehen, die mit ihren Gewehren im Anschlag vor den Mauern standen.

»Maggie? Die Kinder?«, fragte Preacher. Das Letzte, woran er sich erinnerte, war, dass Maggie oben auf dem Betonvorsprung stand, auf den er ihr hochgeholfen hatte, und sie voller Entsetzen anstarrte.

»Soweit ich weiß, sind sie entkommen«, sagte MacGyver.

Erleichterung durchströmte Preacher. Darauf folgten Entschlossenheit und Wut. Dies war kein Ort, an dem drei Kinder oder Maggie herumlaufen sollten. Es würde auch schwieriger für sie sein, sich versteckt zu halten, wenn russische Truppen durch die Stadt streiften.

Er fragte sich, ob die Waffen, die sie abgeladen hatten, wirklich für die Ukrainer bestimmt waren, wie sie alle dachten, oder ob Robertson dafür bezahlt worden war, die Waffen für die Russen zurückzulassen. Wenn ja, würde dies zu all seinen anderen Verbrechen noch Hochverrat hinzufügen.

Im Moment spielte das keine Rolle. Er und MacGyver mussten schleunigst von dort verschwinden. Auf keinen Fall wollten sie über die Grenze nach Russland transportiert werden. Spezialeinheiten waren in diesem Konflikt nicht im Einsatz. Ja, die USA halfen auf andere Weise, indem sie Waffen lieferten und ukrainische Soldaten ausbildeten, aber wenn die Medien erfuhren, dass Navy SEALs vor Ort waren, könnte es für alle Beteiligten ungemütlich werden.

»Wie sieht der Plan aus?«, fragte Preacher.

Der andere Mann lachte kurz, doch das Lachen verwandelte sich fast augenblicklich in ein Stöhnen. »Scheiße, ich hatte gehofft, *du* hättest einen Plan«, sagte MacGyver.

»Hast du den Peilsender noch?«, fragte er.

»Ja. Ich trage immer noch meine Unterwäsche.«

»Gut, also weiß Tex und damit das Team immer noch, wo wir sind.«

»Aber nicht, wo Maggie ist.«

Preacher runzelte die Stirn. Er hatte recht. Sie konnte buchstäblich überall sein, und es bestand nicht die geringste Chance, dass er Maggie zurücklassen würde. Ihre Trennung machte die Dinge schwieriger, aber wenn die Rettung kam, würde das vielleicht genügend Lärm auslösen, um sie anzulocken, und sie könnten verdammt noch mal hier rauskommen.

»Die Kinder«, sagte MacGyver in einem leisen, trostlosen Ton.

Preacher schloss die Augen. Ihre Situation machte auch

ihm zu schaffen, aber offensichtlich hatten sie einen größeren Eindruck auf den wortkargen MacGyver gemacht.

»Wir können sie nicht zurücklassen.«

»Wir können sie nicht *mitnehmen*«, konterte Preacher. »Sie sind keine US-Bürger. Das käme einer Entführung gleich.«

»Du hast sie gesehen«, sagte MacGyver. »Wie dünn sie sind. Sie haben niemanden, der sich um sie kümmert.«

»Wir können Tex bitten, einen seiner Kontakte zu erreichen, um dafür zu sorgen, dass sie gefunden und in Sicherheit gebracht werden.«

Aber MacGyver schnaubte. »Und dann? Kommen sie ins System? *Welches* System? Sieh dich um, Preacher, dieses Land wird auseinandergerissen. Und wer leidet am meisten darunter? Die Kinder. Niemand wird sie adoptieren. Vor allem nicht alle drei. Außerdem habe ich das Gefühl, dass Artem lieber allein in den Trümmern ausgebrannter Gebäude leben würde, als von seinem Bruder und seiner Schwester getrennt zu sein.«

»Was willst du von mir hören? Dass wir sie mitnehmen? Du weißt, dass das nicht gut ankommen würde. Wir können nicht einfach Kinder aus den Ländern stehlen, in die wir geschickt werden.«

»Ich will sie nicht stehlen. Ich will nur, dass sie in Sicherheit sind. Dass sie etwas zu essen im Bauch haben. Dass Artem nicht erwachsen sein muss, wenn er erst acht ist. Ich möchte, dass Yana ohne Angst spielen kann.«

Preacher presste die Lippen zusammen. Er wollte dasselbe. Aber sie befanden sich in einer unmöglichen Situation. Sie sollten nicht einmal hier sein. Ihre Aufgabe bestand darin, die Kisten auszuliefern, sich dann in die Westukraine zurückzuziehen und das Land schleunigst zu verlassen. Andererseits war ihre Mission wahrscheinlich von Anfang an Schwachsinn gewesen, eine Möglichkeit für Robertson, seine Ex-Freundin loszuwerden und das SEAL-Team für seine Drecksarbeit einzusetzen.

»Wenn wir sie mitnehmen, wie würde dein Plan dann weitergehen?«, fragte Preacher.

Es vergingen ganze zwei Minuten Stille, und Preacher dachte, dass sein Freund vielleicht eingeschlafen war oder ihn nicht gehört hatte. Aber dann sprach MacGyver.

»Ich will sie«, sagte er so leise, dass es fast ein Flüstern war. »Ich weiß, dass es dumm ist. Niemand wird einem dreiunddreißigjährigen Junggesellen, noch dazu einem Soldaten einer Spezialeinheit, das Sorgerecht für drei Waisenkinder übertragen. Aber irgendetwas an ihnen lässt mich einfach nicht los.«

Er lag nicht falsch. Die Wahrscheinlichkeit, dass die drei Geschwister bei MacGyver untergebracht wurden, lag vermutlich bei einer Million zu eins. Und das nur, *falls* sie überhaupt in die USA gelangten. Es war wahrscheinlich, dass sie bei ihrer Ankunft in Deutschland zum Umsteigen weggebracht würden.

»Ich müsste ein Kindermädchen finden. Jemanden, der mir mit ihnen hilft, während ich bei der Arbeit bin. Vielleicht gehe ich eine dieser Scheinehen ein ... du weißt schon, um die Sache ins Rollen zu bringen. Ich suche mir jemanden, der eine Krankenversicherung braucht oder so, und heirate sie. Sie bekommt die Sozialleistungen der Marine und ich jemanden, der mir mit den Kindern hilft.«

»Das klingt nach einem schrecklichen Plan«, sagte Preacher mit einem leisen Lachen. Aber als sein Freund nicht lachte, wurde ihm klar, dass er keinen Scherz gemacht hatte.

»Mir fällt keine andere Möglichkeit ein«, sagte MacGyver. »Außerdem ist es nicht so, dass die Frauen mir die Tür einrennen. Ich bin ... zu sehr ein Technikfreak.«

Preacher musste darüber lachen. »Du bist ein SEAL. Du bist kein Freak.«

»Das bin ich. Und damit komme ich klar. Du warst schon

eine Weile nicht mehr bei mir, aber es sieht ziemlich chaotisch aus. Mit Teilen und Kabeln von Computern und anderem Elektroschrott, den ich online und auf Flohmärkten gekauft habe. Ich liebe es, Sachen auseinanderzunehmen und wieder zusammenzusetzen. Verdammt, Preacher, du weißt doch, dass ich meinen Spitznamen wegen des Schrotts habe, den ich herstellen kann, wenn wir ihn brauchen.«

»Na gut, aber daran ist nichts auszusetzen«, sagte Preacher zu seinem Freund.

»Ich weiß. Und ich mag, wer ich bin ... aber anscheinend ist es nicht das, was Frauen wollen.«

Preacher schnaubte und stöhnte dann. »Willst du wissen, was Frauen wollen?«, fragte er. »Sie wollen geliebt werden. Sie wollen wissen, dass der Mann, mit dem sie zusammen sind, vertrauenswürdig ist. Dass er da ist, wenn sie ihn brauchen. Das ist alles. Alles andere ist nur Beiwerk.«

»Wer hat dich zum Experten für Frauen gemacht?«, fragte MacGyver.

»Maggie«, sagte Preacher mit Überzeugung. »Hör zu. Ich bin der Letzte, der über irgendetwas predigt, ungeachtet meines Namens. Aber in diesem Fall habe ich recht. Du willst diese Kinder adoptieren? Wenn du es wirklich willst, werden wir alle tun, was wir können, um dir zu helfen, das weißt du. Aber heirate nicht einfach eine Frau, nur weil du denkst, dass du dann in den Augen des Sozialamtes besser dastehst. Das ist ein sicherer Weg, um die Situation in den Sand zu setzen.«

»Ja ...«, sagte MacGyver vage.

»Warte – hast du schon jemanden im Sinn?«, fragte Preacher.

»Vielleicht.«

»Im Ernst? Kenne ich sie?«

»Nein.«

»Wie heißt sie?«

»Addison.«

Preacher wartete darauf, dass MacGyver mehr sagte. Als er es nicht tat, fragte er: »Das war's? Mehr erfahre ich nicht?«

»Das ist alles, was du bekommst«, bestätigte MacGyver. »Wir haben im Moment andere Sorgen. Wir müssen herausfinden, wie wir diesen russischen Soldaten entkommen, Maggie und die Kinder finden, uns mit dem Team treffen, aus dieser ausgebombten Stadt herauskommen und dann die US-Behörden davon überzeugen, Artem, Borysko und Yana ins Land zu lassen. Wenn wir das alles schaffen, *dann* kann ich mir Gedanken darüber machen, wie ich dafür sorgen kann, dass sie bei mir bleiben können.«

»Gut. Aber ich werde das nicht fallen lassen. Ich möchte mehr über diese Addison erfahren. Wo du sie getroffen hast und warum du denkst, dass sie für diesen idiotischen Plan infrage kommt.«

»Du nervst«, meckerte MacGyver.

»Und du liebst mich«, sagte Preacher, nur um noch *mehr* zu nerven.

Die provisorische Tür zu dem Raum, in dem sie festgehalten wurden, wurde zur Seite geschoben, und drei Russen kamen herein. Einer richtete ein Gewehr auf Preacher und MacGyver, die anderen beiden kamen zu ihnen, wo sie auf dem Boden lagen. Sie schrien etwas und zerrten sie auf die Beine.

Dann wurden sie aus dem Raum gebracht und die Straße entlanggeführt.

Preacher hielt den Kopf ständig in Bewegung und versuchte, sich zu merken, wohin sie gingen. Es war schwierig, da die Trümmer und eingestürzten Gebäude um sie herum von einer Straße zur nächsten gleich aussahen. Aber wenn er und MacGyver eine Chance haben wollten, hier lebend herauszukommen, mussten sie bereit sein zu fliehen.

Es würde nicht einfach werden. Preacher hatte höllische

Schmerzen und seinem Teamkameraden ging es nicht besser. Die Soldaten an ihrer Seite, die sie festhielten, halfen bereits dabei, sie aufrecht zu halten, während sie zu einem anderen Ort gebracht wurden. Aber Maggie war irgendwo da draußen, und er musste eine Lösung finden. Wenn er getötet wurde, würde sein Team sie rausholen, daran hatte er keinen Zweifel, aber er war motiviert, mit ihr rauszukommen. Er wollte den Rest seines Lebens mit ihr verbringen. Und das konnte er nicht, wenn Robertson gewann.

Preacher hasste es zu verlieren – und dies war eine Schlacht, aus der er unbedingt als Sieger hervorgehen wollte.

―――

Maggie lag auf einer Betonplatte und starrte auf die Straße hinunter. Artem lag neben ihr. Er hatte sie hierhergeführt, nachdem Yana und Borysko in einer anderen kleinen Ecke eingeschlafen waren, die sie gefunden und zu einem Zuhause gemacht hatten.

Sie fühlte sich ungeschützt und fehl am Platz, aber sie tat, was sie konnte, um Artems Führung zu folgen. Er schien viel älter zu sein als seine acht Jahre. Er hatte schnell erwachsen werden müssen. Zu schnell. Das machte Maggie traurig, aber sie musste zugeben, dass sie im Moment froh war, dass er hier war. Wäre sie allein gewesen, wäre es eine Katastrophe gewesen. Er hatte Wasser für sie gefunden, in den Trümmern eines ehemaligen Wohnhauses nach Nahrung gesucht und half ihr nun bei der Suche nach Shawn und MacGyver.

»Wo sind all die Menschen?«, flüsterte sie, während sie ihre Umgebung absuchten.

»Sie suchen Sicherheit. Westen. Weg von hier.«

»Warum bist du nicht auch gegangen?«

Artem sah sie mit seinen großen braunen Augen an. Sein

Gesicht war schmutzig, sein Haar verfilzt und voller Dreck. »Dies ist Zuhause. Mutter und Vater sind hier.« Er zeigte in Richtung Westen in die Stadt. »Nirgendwo anders hin.«

Maggies Herz brach erneut. »Aber ihr wärt in Sicherheit, wenn ihr gehen würdet.«

»Nehmen Yana weg. Keine Familie. Nicht sicher. Zusammen sicher.«

Sie wollte argumentieren, dass sie im Moment nicht sicher waren. Sie lebten nicht unter hygienischen Bedingungen, mussten nach Essen suchen und sich vor russischen Soldaten verstecken. Aber sie hatte keine Ahnung, wie sie den Kindern helfen konnte. Sie konnte sich kaum um sich selbst kümmern. Sie war so überfordert, dass es nicht einmal lustig war.

»Finden Ricky und Shawn. Helfen.«

Sie nickte. Sie hatte immer noch keine Ahnung, was in aller Welt drei Kinder und eine Frau tun konnten, um zwei Navy SEALs zu helfen, die von einer Gruppe Soldaten gefangen gehalten wurden, aber zu diesem Zeitpunkt hatte sie buchstäblich nichts zu verlieren. Ohne Shawn und MacGyver war sie so gut wie tot. Roman würde gewinnen, und das war das Letzte, was sie wollte.

Sie war von dem Wunsch, nie wieder nach Kalifornien zurückzukehren, zu der Vorstellung übergegangen, wie ihr Ex-Freund wohl aussehen würde, wenn sie auf ihn zugehen und sagen würde: »Weißt du was? Ich bin nicht tot!«

»Da! Sieh, Mag. Soldaten.«

Maggie zwang sich, sich zu konzentrieren, und schaute in die Richtung, in die Artem zeigte. Er hatte recht. Ein paar Straßen weiter bewegten sich Menschen durch die Trümmer. Es war schwer zu sagen, ob Shawn und MacGyver bei ihnen waren, aber Artem schien dieses Problem nicht zu haben.

»Ricky und Shawn dort. Bringen sie zur Kirche. Gut. Gut. Kann sie rausholen.«

Maggie wollte den Kopf schütteln. Dem Jungen sagen, dass er verrückt war. Dass es unmöglich war, die SEALs unter der Nase der Russen herauszuschmuggeln. Aber Artem zog sich bereits von der schrägen Betonkante zurück. Maggie folgte ihm schnell, wobei sie darauf achtete, den Kopf unten zu halten. Auf keinen Fall wollte sie entdeckt und beschossen werden.

Als sie wieder auf dem Boden waren, folgte sie Artem, der sich seinen Weg zurück zu der Stelle bahnte, an der er seinen Bruder und seine Schwester zurückgelassen hatte.

Der Eingang zu dem Raum, in dem sie sich versteckt hatten, war so klein, dass Maggie kaum durch das Loch in der verbogenen Stange und dem Stahl passte. Die Kinder hatten natürlich kein Problem damit. Wenn Shawn oder MacGyver bei ihnen gewesen wären, hätten sie überhaupt nicht durchgepasst.

»Wir holen nächsten Tag«, sagte Artem zu ihr, als sie wieder im Schneidersitz an einer der Wände lehnte.

»Wie?«, fragte Maggie.

Die nächsten dreißig Minuten verbrachte Artem damit, Maggie seinen Plan in gebrochenem Englisch zu erklären – und Maggie versuchte, ihm den Plan auszureden. Aber am Ende wurde ihr klar, dass sie keine andere Wahl hatte, als sich dem Jungen anzuschließen. Er kannte diese Stadt wie seine Westentasche. Wenn er sagte, dass sein Plan funktionieren würde, musste sie ihm glauben.

Ihre Rolle war einfach. Sie war der Köder.

Sie schluckte schwer und versuchte, sich nicht zu übergeben. Nicht dass sie viel in ihrem Magen gehabt hätte, um sich zu übergeben. Aber ihr schossen Gedanken an alles, was schiefgehen könnte, durch den Kopf. Wenn sie sich verirrte oder nicht schnell genug war, würden die Russen sie gefangen nehmen, und wenn sie dachte, dass sie in einem amerikanischen Gefängnis in der Scheiße steckte, wäre das nichts im Vergleich zum Verrotten in einer russischen Zelle.

Aber Artem schien zu glauben, dass sein Plan perfekt funktionieren würde. Während sie die Soldaten ablenkte, würden er, Borysko und Yana sich durch einen Tunnel schleichen, den sie bei der Nahrungssuche gefunden hatten, und Shawn und MacGyver herausholen. Dann würden sie sich alle am Rande der Stadt treffen, in einem Gebiet, das in der Nähe der Stelle war, an der ihre Kiste gelandet war, als sie aus dem Hubschrauber gestoßen wurde.

In diesem Teil des Landes gab es viel Ackerland. Die Stadt, in der sie sich befanden, musste die größte in der Umgebung gewesen sein. Nicht so groß wie eine Stadt zu Hause, aber groß genug, damit die Bürger alles hatten, was sie brauchten. Jetzt war die Kirche im Zentrum der Stadt eines der wenigen Gebäude, die noch standen ... und selbst darüber konnte man streiten. Die eine Hälfte war zerstört, aber die andere Hälfte diente offenbar als eine Art Treffpunkt für die Soldaten. Und dorthin hatten sie Shawn und MacGyver gebracht.

»Am nächsten Tag ich dir zeigen, wo du gehen. Wo die Soldaten führen«, sagte Artem zu ihr. In jeder anderen Situation hätte Maggie es bezaubernd gefunden, wie er immer wieder »am nächsten Tag« statt »morgen« sagte, aber im Moment? Schrecken strömte durch ihre Adern.

»Okay.«

Yana und Borysko waren aufgewacht, während Artem ihr den Plan erklärte, und das kleine Mädchen saß schließlich an Maggies Seite. Sie tätschelte Maggies Hand und sagte etwas in ihrer Muttersprache.

»Sie sagt, es okay«, übersetzte Borysko. »Artem beschützt uns.«

Maggie lächelte Yana an und entgegnete: »Danke.«

»Gern geschehen.«

Die englischen Wörter, die das kleine Mädchen sprach, waren sowohl überraschend als auch bezaubernd.

»Du können uns über Amerika erzählen?«, fragte Borysko.

Maggie fiel es schwer, etwas zu erzählen. Etwas, das ihre eigene Situation nicht noch trostloser erscheinen ließ, als sie ohnehin schon war. Aber als sie in die drei erwartungsvollen Gesichter blickte, wurde ihr bewusst, wie jung diese Kinder wirklich waren. Aufgrund der Rolle, die Artem dabei spielte, sie in diesem Moment zu beschützen, hatte sie vorübergehend ausgeblendet, dass sie noch Kinder waren.

»Ich lebe in Riverton, Kalifornien. Es liegt direkt am Meer. Das Wetter ist fast das ganze Jahr über schön. Nicht zu heiß und nicht zu kalt.«

»Ricky leben dort?«, fragte Artem.

»Ja. Er und Shawn und ihre Freunde leben alle dort.«

»Und dort Lebensmittelladen?«, fragte Borysko.

Die Frage machte Maggie wieder traurig, aber sie behielt das Lächeln im Gesicht, als sie antwortete: »Ja, es gibt viele Lebensmittelgeschäfte. Und Geschäfte, die Holz und Hämmer und Kleidung und alles, was man braucht, verkaufen.«

»Kostet viel Geld«, sagte Artem mit gerunzelter Stirn.

»Nun ja. Einige der Geschäfte sind teurer als andere. Aber es gibt auch einige Orte, die billiger sind. Ich arbeite in einem Geschäft, das Kleidung an Bedürftige verteilt.«

»Ohne Geld?«, fragte Artem mit großen Augen.

»Umsonst«, bestätigte Maggie. »Aber nur für diejenigen, die es wirklich brauchen. Die anderen zahlen. So kann der Laden offen bleiben.«

»Und Schule?«, fragte Borysko.

»Ja, es gibt Schulen. Für Kinder in deinem Alter, aber auch für ältere Kinder und Erwachsene.«

»Jeder geht?«

»Ja. Jeder kann hingehen.«

»Ich mag Schule«, sagte Borysko traurig.

»Gefahr auf Straße?«, fragte Artem.

»Tut mir leid, ich verstehe nicht, was du wissen willst«, sagte Maggie.

»Hier, Gefahr vor Haus. Dort, ist Gefahr bei Gehen auf Straße?«

»Oh, nun ... ja, ich nehme an, es könnte gefährlich sein herumzulaufen. Aber das ist im Allgemeinen nur in bestimmten Gegenden der Fall. Die meisten Orte sind sicher, besonders tagsüber. Es gibt dort aber auch böse Leute, wie überall, nehme ich an.«

»Du in Gefängnis bringen?«, fragte Borysko.

»Was?«

»Böse Leute in Gefängnis bringen?«, wiederholte der Junge.

Maggies Herz setzte einen Schlag aus. Sie wollte wirklich nicht über das Gefängnis sprechen, weil es ihr zu nahe ging. Und sie war sich nicht sicher, ob sie angesichts dessen, was all diese Kinder bereits durchgemacht hatten und immer noch durchmachten, über das Gefängnis sprechen sollte. Aber wenn die Frage gestellt wurde, musste es daran liegen, dass Borysko sich um etwas Sorgen machte.

»Amerika ist ein schöner Ort zum Leben«, sagte sie zu dem Trio. Sie war sich nicht sicher, wie viel Yana verstand, aber sie starrte sie an und hörte aufmerksam zu, als würde sie jedes Wort verstehen, das Maggie sagte. »Aber es gibt überall schlechte Menschen. Und ja, wenn jemand gegen das Gesetz verstößt, könnte er ins Gefängnis kommen.«

Sie konnte nicht glauben, dass sie darüber sprach, aber sie wollte, dass die Kinder wussten, dass die USA zwar ein großartiges Land waren, aber nicht frei von Gefahren.

»*Du* Gefängnis?«, fragte Artem mit großen Augen.

Dieser Junge konnte unmöglich wissen, dass sie im Gefängnis gewesen war. Sie hatte vor ihm nicht darüber gesprochen. Aber sie wollte auch nicht lügen. Diese Kinder waren wahrscheinlich schon viel zu oft belogen worden. »Tatsächlich, ja. Ich war im Gefängnis. Ein Mann, mit dem ich zusammen war, hat Drogen in meinen Wagen geschmuggelt. Die Polizei hat mich angehalten und die Drogen gefunden und dachte, sie gehörten mir. Niemand wollte mir glauben, dass sie nicht mir gehörten.«

Artem nickte ernst. »Wie hier. Polizei böse.«

»Nein«, sagte Maggie scharf. Das war *nicht* die Lektion, die sie den Kindern beibringen wollte. »Die Polizei ist nicht böse. Sie ist da, um zu helfen. Aber der Bösewicht, der Mann, mit dem ich zusammen war, ist sehr wichtig. Also glaubten ihm alle. Die Drogen waren ja auch in meinem Wagen. Sie hatten keinen Grund, mir anstelle des sehr wichtigen Mannes zu glauben. Ich will damit nur sagen, dass es überall schlechte Menschen gibt. Sie mögen den Anschein erwecken, gut zu sein, aber manchmal sind sie es nicht. Man muss klug sein und sich auf diejenigen verlassen, denen man vertraut, um sicher zu sein.«

Sie vermasselte das. Maggie wusste das, aber sie hatte keine Ahnung, wie sie es gut genug erklären konnte, um die kulturellen Unterschiede zu überwinden.

»Wie Shawn. Und Ricky«, sagte Borysko bestimmt.

»Ja, wie sie«, stimmte Maggie zu.

»Wir klug«, sagte Artem. »Wir beschützen dich.«

Maggies Augen füllten sich mit Tränen. »Ich weiß, dass ihr das seid und dass ihr mich beschützen werdet. Danke.«

»Gern geschehen«, sagte Yana mit einem Lächeln.

Ihr Eifer, sich in das Gespräch einzubringen, brachte Maggie zum Lächeln. Sie drückte das kleine Mädchen an sich.

»Ich eines Tages nach Amerika gehen«, sagte Artem entschlossen. »Ich helfen Menschen, denen Polizei nicht glaubt.«

Aus irgendeinem Grund glaubte Maggie ihm. Dass er eines Tages in die USA kommen und Menschen in Not helfen würde, wie sie es einer gewesen war.

»Am nächsten Tag wir Ricky frei. Und Shawn«, sagte Artem nachdrücklich. »Du schlafen, damit du laufen kannst.«

Maggie war nicht müde. Sie war durstig und hungrig und zu aufgeregt wegen des morgigen Tages, um überhaupt an Schlaf zu denken. Aber sie nickte trotzdem und streckte sich auf dem harten, schmutzigen Boden aus.

Artem kümmerte sich eine Weile um seine Geschwister, dann wurde es still im Raum.

»Mag?«

Sie drehte den Kopf und sah, dass Artem sie ansah. »Ja?«, flüsterte sie.

»Du nehmen Yana, wenn gehen?«

»Was?«

»Du nehmen Yana, wenn gehen?«, wiederholte Artem. »Nicht sicher für Baby. Sie besser in Amerika.«

Maggie wusste nicht, was sie darauf erwidern sollte. Es war offensichtlich, dass Artem seine kleine Schwester liebte. Dass er alles tun würde, um sie zu beschützen. Und im Moment war der einzige Weg, wie er das tun konnte, sie so weit wie möglich von diesem Ort wegzuschicken.

Sie wünschte, sie könnte ihn beruhigen. Ihm sagen, dass sie seine Schwester natürlich mitnehmen würde. Aber sie hatte keine Ahnung, was die Zukunft bringen würde. Es war sicherlich nicht legal, ein Kind außer Landes zu bringen, vor allem wenn sie selbst nicht hier sein sollte. Aber sie konnte es nicht ertragen, dem kleinen Jungen, der alles tat, um zu überleben, das zu sagen.

Also nickte sie einfach.

Das reichte Artem anscheinend. Er nickte ihr ernst zu und

drehte sich dann auf die Seite, sodass er ihr den Rücken zuwandte.

Maggie war keine Heulsuse. Aber es schien, als hätte sie in letzter Zeit mehr geweint, als sie es in ihren ganzen fünfunddreißig Jahren zuvor getan hatte. Selbst als sie hinter Gittern saß, hatte sie sich nicht allzu viele Emotionen erlaubt, um sich selbst zu schützen. Aber jetzt liefen ihr die Tränen über die Wangen in die Haare, während sie an die kaputte Decke starrte.

Sie weinte um sich selbst, um Shawn und MacGyver, um den Plan für morgen – der mit Sicherheit auf die eine oder andere Weise schiefgehen würde – und um die Kinder, die um sie herum schliefen. Sie wollte alle drei hochnehmen, festhalten und ihnen sagen, dass alles gut werden würde. Aber sie wusste nicht, ob es so kommen würde. Mit viel Glück würde sie bald wieder abreisen und in ihr Leben in Kalifornien zurückkehren, und sie würden hier in dieser zerbombten Stadt festsitzen, sich mühsam eine Existenz erkämpfen und um Nahrung und Wasser betteln. Es war unfassbar. Aber was konnte sie dagegen tun?

Nichts. Und das war beschissen.

Während sie dort lag, schwor Maggie, alles in ihrer Macht Stehende zu tun, um Artem, Borysko und Yana zu helfen. Shawn hatte diesen Computergenie-Freund. Vielleicht konnte *er* etwas tun. Jemanden finden, der hierherkommen und die Kinder mitnehmen konnte. Zumindest an einen sichereren Ort bringen. Vielleicht eine Art Pflegefamilie für sie finden. Sie hatte keine Ahnung, ob es dieses Konzept hier gab, besonders mitten im Krieg, aber es musste etwas geben, was sie tun konnte.

Maggie fühlte sich besser, wenn auch nicht großartig, und schloss die Augen. Sobald sie das tat, schlichen sich Gedanken an Shawn ein. Ging es ihm gut? Sie hatte gesehen, wie er zusammengeschlagen worden war, und es war schlimm.

Würden er und MacGyver morgen überhaupt laufen können? Sie hatte so viele Fragen und Sorgen und keine Möglichkeit, ihre Angst zu lindern.

Sie war sich auch nicht sicher, ob sie als Köder geeignet war. Sie war keine gute Läuferin und hatte keine Waffe. Falls einer der Soldaten beschloss, sie zu erschießen, konnte sie nichts dagegen tun. Artems Rat, nicht geradeaus eine Straße entlangzulaufen, sondern stattdessen das Labyrinth aus eingestürzten Gebäuden zu ihrem Vorteil zu nutzen, war gut. Aber sie machte sich immer noch Sorgen, in eine Sackgasse zu geraten, wie es auf der Flucht vor den Russen geschehen war.

Es konnte so viel schiefgehen, aber sie würde alles tun, um bei Shawns Befreiung zu helfen. Sie liebte ihn. Es war ein denkbar schlechter Zeitpunkt für diese Offenbarung, aber sie scheute sich nicht davor. Er hatte sie immer unterstützt, es schien ihm nichts auszumachen, dass sie eine verurteilte Verbrecherin war, er hatte sich für sie eingesetzt, sie seinen Freunden vorgestellt und ihr das Gefühl gegeben, der wichtigste Mensch in seinem Leben zu sein.

Und nun war er ihretwegen ein Gefangener der russischen Armee. Er hätte nicht aus dem Hubschrauber aussteigen müssen. Er hätte Verstärkung rufen können, als er sah, dass sie in dieser Kiste war. Aber er hatte nicht gezögert, ihr zur Seite zu eilen. Es war ... überwältigend. Und es bewies, was für ein Mann Shawn war. Einer, den sie *für immer* an ihrer Seite haben wollte.

»Halte durch«, flüsterte sie. »Hilfe ist unterwegs.«

Wenn sie und die Kinder das schafften, wäre das eine Geschichte für die Ewigkeit. Eine, von der sie keinen Zweifel hatte, dass Shawn sie jedem, der zuhören wollte, stolz erzählen würde. Über die Zeit, als er Kriegsgefangener war und eine Frau ohne jegliche militärische Erfahrung und drei kleine

Kinder ihn und seinen Navy-SEAL-Teamkameraden retteten. Er würde sich nicht schämen. Nein, er wäre stolz auf sie.

Maggie wollte, dass es so kam. Dass er stolz auf sie war. Sie wollte beweisen, dass sie mehr war als die Kriminelle, als die sie von der Gesellschaft abgestempelt worden war. Die Entschlossenheit wuchs in ihr, als ihre Tränen versiegten. Sie hatte buchstäblich nichts zu verlieren. Und ein Leben voller Glück an Shawns Seite zu gewinnen.

Sie schnaubte leise. Sie benahm sich wie ein Trottel. Es gab keine Garantie dafür, dass Shawn genauso fühlte wie sie. Ja, er schien sie jetzt zu mögen, aber sie war sich bewusst, dass das Leben einem den Boden unter den Füßen wegziehen konnte, wenn man das Gefühl hatte, dass alles super lief. Sie war der lebende Beweis dafür.

Aber sie würde alles tun, um Shawn und MacGyver zu befreien, Artem, Borysko und Yana zu beschützen und weiterzuleben, damit sie Roman für seine bösen Taten büßen lassen konnte.

Es war eine Menge Druck, aber sie hatte zwei Jahre im Gefängnis für ein Verbrechen überlebt, das sie nicht begangen hatte. Sie konnte das schaffen. Sie *musste* das schaffen. Es gab keine andere Wahl.

KAPITEL SIEBZEHN

»Wir müssen hier raus«, sagte Preacher leise.

»Ja«, stimmte MacGyver zu.

Am Tag zuvor waren sie durch die zerstörte Stadt zur Kirche getrieben worden, in der sie sich derzeit versteckten. Die eine Hälfte des Gebäudes war nur noch Schutt und Asche, aber die andere stand wie durch ein Wunder noch. Er und MacGyver befanden sich derzeit in dem, was früher das Kirchenschiff gewesen war. Die Kirchenbänke lagen auf der Seite und waren im Raum verstreut, die Buntglasfenster waren zerbrochen, aber der Raum war ansonsten intakt. Ein gelangweilt aussehender Soldat bewachte sie im Kirchenschiff, und der Rest befand sich entweder draußen oder in der Vorhalle, dem kleinen Raum direkt hinter dem Eingang.

Es gab Fenster, aus denen sie klettern konnten, aber ohne Waffen würden sie sicherlich erschossen werden, bevor sie nach draußen gelangen konnten. Preacher versuchte, sich einen Plan auszudenken, aber sein Körper schmerzte, sein Auge war immer noch geschwollen und er hatte in der Nacht zuvor nicht viel geschlafen. Und er konnte nicht aufhören, an

Maggie zu denken. Er fragte sich, wo sie war, ob es ihr gut ging und wie zum Teufel er sie finden würde, wenn sein Team auftauchte.

Preacher hatte immer noch keine Zweifel, dass seine Kameraden kommen *würden*. Er wollte nur versuchen, einen Zweikampf zu vermeiden. Sie konnten es nicht gebrauchen, dass die USA noch mehr in diesen Konflikt verwickelt wurden, als sie es bereits waren. Er wollte nicht darüber nachdenken, dass wegen seiner Handlungen der Dritte Weltkrieg ausbrechen könnte.

»Können wir es mit ihm aufnehmen?«, fragte Preacher und deutete mit dem Kopf auf ihren Wachmann, der höchstens achtzehn Jahre alt sein konnte. Es war allgemein bekannt, dass viele Russen zum Militärdienst eingezogen wurden. Es war durchaus möglich, dass dieser Junge nicht zur Armee wollte, aber keine andere Wahl hatte. Andererseits war es genauso gut möglich, dass er stolz darauf war, seinem Land zu dienen.

»Ja, aber was dann? Seine Kameraden draußen werden wahrscheinlich hören, was los ist, und hereinstürmen. Und obwohl wir vielleicht seine Waffe bekommen können, bin ich mir nicht sicher, ob das ausreicht, um es mit einem ganzen Trupp aufzunehmen.«

»Kannst du nicht einen auf MacGyver machen, um uns hier rauszuholen?«, fragte Preacher halb im Scherz.

»Was? Soll ich uns eine Zeitmaschine bauen? Ein Portal wie in *Star Trek*, das uns woanders hinbeamt? Ehrlich gesagt würde ich mich gern an einen Strand in der Karibik beamen, aber da das unmöglich ist, wäre ich mit buchstäblich jedem anderen Ort als diesem verdammten Gebäude zufrieden.«

»Ein Portal wird funktionieren«, sagte Preacher ruhig.

»Du bist so seltsam«, brummte MacGyver.

Preacher konnte sich ein Lächeln nicht verkneifen. Er war tatsächlich seltsam, aber da seine Freunde genauso komisch waren, war es ihm eigentlich egal. »Glaubst du, dass sie uns heute etwas zu essen geben werden?«

»Da sie uns gestern nichts zu essen gegeben haben, nein. Außerdem sehen sie selbst ziemlich mager aus, es wäre klüger, die Lebensmittel, die sie haben, für sich selbst zu behalten.«

Preacher widersprach nicht. Er hatte nur gehofft, jemanden überwältigen und sein Gewehr stehlen zu können, wenn er nahe genug herankam. Ohne Feuerkraft waren sie definitiv im Nachteil. Ihre außergewöhnlichen Nahkampffähigkeiten würden ihnen nichts nützen, wenn sie erschossen würden, bevor sie nahe genug herankommen konnten, um jemanden auszuschalten.

»Gut. Also warten wir?«

»Sieht so aus«, stimmte MacGyver zu.

»Ich hasse es zu warten«, murmelte Preacher. »Ich kann nicht anders, als mich zu fragen, wo zum Teufel Maggie ist. Was sie tut. Ob sie schreckliche Angst hat und sich in der Ruine irgendeines Gebäudes verkrochen hat.«

»Mir geht es genauso«, sagte MacGyver. »Diese Kinder haben die Hölle durchgemacht. Und zu sehen, wie wir geschlagen wurden, hat wahrscheinlich nicht geholfen.«

Beide Männer verstummten. Die Geräusche des Gebäudes, das um sie herum bedrohlich knarrte, schienen in der relativen Stille laut zu sein. Die Soldaten unterhielten sich leise miteinander, gerade außer Sichtweite, und der Wachmann im Kirchenschiff neben ihnen seufzte, als sei er verärgert, dass er einen so langweiligen Auftrag erhalten hatte.

»Ich hoffe, Maggie ist klug genug, sich so weit wie möglich von hier zu entfernen«, sagte Preacher nach einer Weile. »Nach Westen zu gehen ist das Beste, was sie tun kann. Sie wird bestimmt auf andere treffen, die ihr helfen können, vielleicht jemanden, der Englisch spricht und sie mit jemandem aus den USA in Kontakt bringen kann.«

»Sie ist schlau«, sagte MacGyver. »Und ich habe keinen Zweifel daran, dass sie weit weg von hier ist … und die Kinder mitgenommen hat.«

Was zum Teufel tat sie hier? Maggie kauerte hinter einem großen Stapel Backsteine und starrte auf die Kirche auf der anderen Straßenseite. Artem und seine Geschwister hatten sie vor etwa zehn Minuten verlassen. Sie wollten um die Kirche herumgehen und sich durch ein Labyrinth aus Beton, Stahl und Glas zur Rückseite des Kirchenschiffs vorarbeiten. Sie hatten gesehen, wie sowohl Shawn als auch MacGyver dort geschlafen hatten, bevor die Sonne aufging.

Es lag an ihr, für die nötige Ablenkung zu sorgen, damit sie die Jungs aus der Kirche schmuggeln und in Sicherheit bringen konnten. Sie würde sie am Stadtrand treffen, in der Nähe eines der vielen Felder, die die Landschaft übersäten. Sie hatte keine Ahnung, was dann passieren würde, aber darüber konnte sie sich noch keine Gedanken machen. Sie hatte in diesem Moment genügend Sorgen.

Vor allem, warum zum Teufel sie dachte, dass das funktionieren würde. Wie sollte sie alle – sie zählte die Soldaten noch einmal und hielt an der unwirklichen Hoffnung fest, dass die Zahl nicht so hoch war wie vor einer Minute, als sie das *letzte* Mal gezählt hatte … das war sie nicht – sechs Soldaten ablenken, die direkt hinter den kaputten Türen der Kirche standen?

Sie konnte Artem oder Borysko nicht sehen, aber sie wusste, sie warteten darauf, dass sie ihren Teil des Plans ausführte, bevor sie sich bewegten. Aber Maggie konnte ihre Beine nicht in Bewegung setzen. Sie könnte sich davonschleichen und zu dem Versteck zurückkehren, in dem sie letzte

Nacht geblieben waren. Sie war nicht mutig. War nicht für so etwas geschaffen.

Aber die Alternative war, dass Borysko der Köder sein würde ... oder schlimmer noch, Yana. Und das würde nicht passieren, nicht solange Maggie noch einen Atemzug in ihrem Körper hatte. Nein, sie musste das tun.

Sie holte tief Luft und blickte hinter sich auf den Fluchtweg, den sie und Artem zuvor ausgekundschaftet hatten. Über den Steinhaufen, hinter dem sie sich gerade versteckte, die Straße hinunter, unter der prekär aussehenden Betonplatte hindurch, durch ein verwirrendes Trümmerlabyrinth, eine andere Straße hinunter, dann so viele Gebäude wie möglich betreten und wieder verlassen, sich bei Bedarf in oder unter einem der vielen ausgebrannten Fahrzeuge verstecken.

Sie würde alles tun, um sich zu verstecken und nicht gefasst zu werden.

Ihr Herz schlug ihr bis zum Hals, das Adrenalin ließ sie zittern und ihr wurde übel. Aber jetzt oder nie.

Maggie holte tief Luft und stand auf.

Einer der Soldaten außerhalb des Kirchenschiffs rief etwas, woraufhin Preacher sich aufrichtete und in die Richtung schaute. Ihr Wachmann schaute ebenfalls dorthin, wo seine Kameraden versammelt waren – und nicht auf die Männer, die er eigentlich bewachen sollte.

Schritte hallten auf dem Boden wider, während die Rufe der Soldaten draußen immer weiter entfernt klangen. Sie zogen ab! Es klang, als würden sie jemandem hinterherjagen, und im Moment war es egal, ob es ein tollwütiges Nilpferd war, das die Männer von der Kirche wegführte. Es zählte allein, dass sie den Ort unbeaufsichtigt ließen.

Er und MacGyver hatten keinen Plan, aber sie würden sich diese Gelegenheit nicht entgehen lassen. Sie näherten sich schnell und leise ihrem Wachmann. Da seine Aufmerksamkeit auf die Tür gerichtet war, bemerkte er MacGyver nicht einmal, bevor dieser ihm von hinten einen Arm um den Hals legte.

Preacher packte ihn am Handgelenk, um sicherzustellen, dass er keine Chance hatte, einen Schuss abzufeuern. Sie wollten auf keinen Fall, dass irgendein Krawall die anderen Soldaten zurückbrachte, um nachzuforschen.

Es dauerte nicht lange, bis MacGyver den jungen Soldaten bewusstlos gemacht hatte. Preacher nahm ihm das Gewehr ab, während MacGyver ihn zu Boden sinken ließ. Der Junge würde lange genug bewusstlos sein, damit sie sich aus dem Staub machen konnten. Aber wie? Die Soldaten, die weggelaufen waren, würden wahrscheinlich bald zurück sein, und Preacher wollte nicht dabei erwischt werden, wie sie davonschlichen.

Als hätten sie ein gemeinsames Gehirn, wandten beide Männer sich dem hinteren Teil des Kirchenschiffs zu, dem zerstörten Altar. Dort musste es einen Ausgang geben.

»Ricky! Hier!«

Als er sich umdrehte, sah Preacher, wie ein schmutziges kleines Gesicht hinter einem riesigen Stück Stahl hervorlugte. Es war von dem Gebäude neben der Kirche gefallen, hatte die Wand durchbrochen und ein großes Loch und überall Glassplitter hinterlassen.

»Artem?«, fragte MacGyver ungläubig.

»Ja. Wir gehen! Hier.«

MacGyver zögerte nicht. Er ging auf die Knie und kroch hinter den Stahlträger. »Wo sind Borysko und Yana?«

»Und Maggie«, fügte Preacher hinzu, als er seinem Freund folgte.

»Sie hier. Kommt. Wir gehen.«

Dies war nicht der richtige Zeitpunkt, um Fragen zu stellen, aber der Gedanke, dass Maggie bei ihnen und in Sicherheit war, war für Preacher fast überwältigend. Der Junge führte sie durch ein Labyrinth aus Trümmern und Schutt. An einigen Stellen war Preacher nicht sicher, ob er und MacGyver durchpassen würden. Aber irgendwie taten sie es. Und als sie wieder auftauchten, war von der Kirche nichts mehr zu sehen. Der Junge hatte sie durch ein Labyrinth der Zerstörung geführt, das mindestens einen Häuserblock von der Kirche entfernt war. Es war genial – und höllisch gefährlich. Aber andererseits lebten sie mitten in einem Kriegsgebiet, sodass der Gedanke ein wenig lächerlich war.

Zu seiner Erleichterung tauchten Borysko und Yana wie aus dem Nichts auf. Sie waren in Sicherheit.

»Jetzt laufen«, sagte Artem.

»Maggie?«, fragte Preacher erneut, der wieder besorgt war, da er sie nirgendwo sah.

»Sie treffen. Wir laufen.«

Preacher gefiel diese Antwort nicht. Überhaupt nicht. Wo zum Teufel war sie?

Dann kam ihm ein Gedanke. Warum waren die Soldaten in der Kirche so losgelaufen ...?

Nein. Das würde sie nicht tun.

Der Schrecken traf ihn *hart*.

»Artem – wo ist Maggie?«, fragte Preacher streng.

»Ganz ruhig«, warnte MacGyver ihn. Er hatte Yana auf den Arm genommen und drückte sie an seine Brust, während er mit der anderen Hand Borysko an der Schulter hielt. Die Kinder waren in Sicherheit und sein Teamkamerad sichtlich erleichtert, aber Maggie war immer noch irgendwo da draußen. Preacher würde nicht *ruhig* bleiben. Nicht bis er wusste, wo sie war.

»Sie gelaufen. Soldaten zu ihr gelaufen. Sie nicht von Bösewichten packen lassen. Kein Gefängnis.«

Preachers Gedanken überschlugen sich. Artem bestätigte seinen schlimmsten Albtraum. Sie hatte sich selbst als Köder benutzt, um die Soldaten von der Kirche wegzulocken.

Nein. Nein, nein, nein!

Dann hatte er keine Gelegenheit, noch etwas zu sagen, als Artem loslief und sie durch die zerbombte Stadt führte, in der er sich inzwischen so gut auskannte. Preacher wollte seine Wut und seine Sorge herausschreien. Er wollte zurückgehen und Maggie suchen. Es war nur allzu gut möglich, dass die Russen sie bereits gefangen genommen hatten. Sie schlugen sie vielleicht sogar gerade, genauso wie sie es mit ihm und MacGyver getan hatten.

Aber wenn er wieder gefangen genommen wurde, würde ihr das nicht helfen. Sie hatte sich geopfert, um ihn zu befreien, und das konnte er nicht ignorieren. Es war ein unglaublich demütigendes Gefühl. Preacher erwartete von seinen Teamkameraden ein solches Opfer. Er würde dasselbe für sie tun. Aber Maggie war keine Soldatin. Sie war kein SEAL. Sie hatte bereits die Hölle durchgemacht. Und doch war sie bereit gewesen, alles zu tun, um ihn zu retten.

Entschlossenheit erfüllte ihn, während er lief. Sobald er die Gelegenheit hatte herauszufinden, wie der Plan ausgesehen hatte, würde er zurückkehren. Um sie zu finden. Um ihr die Meinung zu sagen, weil sie etwas so Unvernünftiges getan hatte – und sie trotzdem wie verrückt zu küssen.

Maggie war erschöpft. In ihrem früheren Leben war sie alles andere als eine Sportlerin gewesen. Jetzt hatte sie Stunden damit verbracht, den Soldaten zu entkommen. Sie waren viel hartnäckiger, als sie oder Artem gedacht hatten. Sie schienen absolut entschlossen zu sein, sie zu finden.

Sie hatte ihr Bestes getan, um sich vor ihnen zu verstecken, aber jedes Mal, wenn sie einen Ort fand, an dem sie Luft holen konnte, waren die Soldaten nicht weit dahinter. Maggie vermutete, es lag daran, dass sie Fußspuren hinterließ oder etwas, dem sie folgen konnten, aber selbst wenn sie in ein Gebäude kletterte, das jeden Moment einzustürzen schien, oder über ein Kabel, das glücklicherweise nicht unter Strom stand, in ein anderes Gebäude kletterte, fanden die Soldaten ihre Spur.

Sie war dehydriert, verängstigt und begann zu glauben, dass es einfacher wäre, sich einfach gefangen nehmen zu lassen. Aber sobald Maggie diesen Gedanken hatte, verwarf sie ihn wieder. Die Soldaten, die sie jagten, waren *stinksauer*. Sie hatte keine Ahnung, was sie sagten, aber es war offensichtlich, dass sie nicht glücklich darüber waren, dass sie es schaffte, ihnen zu entkommen.

Maggie wollte nach Westen in Richtung des Feldes gehen, wo sie sich mit den anderen treffen sollte, war aber stattdessen nach Osten abgebogen. Auf keinen Fall wollte sie, dass die Soldaten zufällig auf Shawn, MacGyver und die Kinder trafen. Aber ihr gingen die Verstecke aus und sie zitterte vor Durst und Hunger.

»Das hier ist beschissen«, flüsterte sie leise, einfach nur, um etwas anderes zu hören als das bedrohliche Knarzen und Ächzen der Trümmer um sie herum ... und die wütenden russischen Worte, die geschrien wurden, während sie Jagd auf sie machten.

Etwas traf ihren Arm und Maggie zuckte versteinert zusammen. Es passierte wieder. Dann wieder. Als sie von ihrem Versteck hinter einem ausgebrannten Fahrzeug aufblickte, bemerkte sie, dass es regnete.

In der Sekunde, in der ihr der Gedanke kam, verwandelte der sanfte Regen sich in eine Sintflut.

Lächelnd neigte sie den Kopf und öffnete den Mund. Es

war nicht viel Wasser, aber es war etwas – und es schmeckte göttlich.

Zu ihrer Überraschung verstummten die Rufe der Männer, die nach ihr suchten.

Als sie um das Fahrzeug herumschaute, sah sie drei von ihnen in die entgegengesetzte Richtung laufen. Als hätten sie Angst, dass sie schmelzen würden, wenn sie nass würden. Maggie wollte am liebsten lachen. Wollte vor Erleichterung in sich zusammenbrechen. Aber dies war ihre Chance, weiter von den Soldaten wegzukommen. Sich ihren Weg durch die Stadt zurück nach Westen zu bahnen. In Richtung Shawn.

Sie hatte keine Ahnung, ob Artems Plan funktioniert hatte, aber sie nahm an, dass es so sein musste, einfach weil die Soldaten sich so sehr auf sie konzentriert hatten. Wenn sie Shawn und MacGyver wieder eingefangen oder sie bei einem Fluchtversuch erwischt hätten, wäre ihre Aufmerksamkeit sicher auf *sie* gerichtet, um dafür zu sorgen, dass sie nicht wieder entkamen. Nicht darauf, sie durch die ganze Stadt zu jagen.

Es war wesentlich beängstigender als gedacht, der Köder zu sein, und die Dinge hatten sich nicht so einfach entwickelt, wie sie und Artem gehofft hatten, aber dank des Regens würde es vielleicht, nur *vielleicht*, doch noch gut ausgehen.

Sie bewegte sich langsam durch die Stadt und machte kurze Pausen, wenn sie konnte. Sie versuchte, sich am Stadtrand aufzuhalten, weit weg von der Kirche, in der die Soldaten ihren Stützpunkt errichtet hatten.

Sie kroch gerade unter einem weiteren ausgebrannten Fahrzeug hervor, als sie einem russischen Soldaten direkt gegenüberstand.

Er war klatschnass, genau wie sie, und er sah genauso überrascht aus wie Maggie.

Sie erstarrte. Das Gewehr, das er in der Hand hielt, wirkte

aus nächster Nähe noch Furcht einflößender. Sie hielt den Atem an, während sie im strömenden Regen dastanden und einander anstarrten.

Dann sagte er zu ihrem Schrecken etwas Schnelles und Leises – und zeigte auf das Gebäude hinter ihr.

Maggie drehte sich um und versuchte herauszufinden, was er sagen wollte, aber ohne Erfolg. Sie schaute zurück und sah, dass der Soldat fast nervös über seine Schulter blickte. Er sagte noch etwas und deutete eindringlicher auf das Gebäude.

Sie trat einen Schritt zurück, in Richtung der Öffnung in den Trümmern, und der Soldat nickte schnell und winkte mit einer Hand, als wollte er sie zur Eile antreiben.

Maggie hatte keine Ahnung, was los war, aber sie beeilte sich, duckte sich unter dem Balken hindurch, der gefährlich über der Türöffnung hing, und drückte sich mit dem Rücken gegen die Wand, sobald sie drinnen war.

Sobald sie außer Sichtweite war, gesellte sich ein weiterer Soldat zu dem ersten. Maggie spähte durch ein kleines Loch in der Wand und wurde sich bewusst, wie knapp es gewesen war, als der zweite Soldat sich bückte, um unter das Fahrzeug zu schauen, unter dem sie sechzig Sekunden zuvor hervorgekrochen war. Der erste Soldat sagte etwas zu dem Neuankömmling … und deutete dann auf das Gebäude, in dem sie sich versteckte.

Ihr stockte der Atem. Verriet er sie an seinen Freund? Sagte er ihm, wo sie hingegangen war? Aber sie war erneut schockiert, als der zweite Soldat einfach nickte und sie beide die Straße entlanggingen, den Weg zurück, den sie gerade gekommen war, und gelegentlich anhielten, um in andere Gebäude und unter und in weitere Fahrzeuge zu schauen.

Der Soldat – er hatte sie versteckt! Sie konnte nur annehmen, dass er seinem Kumpel erzählt hatte, dass er das Gebäude, in dem sie sich versteckte, bereits durchsucht hatte.

Maggie wusste nicht, warum er das getan hatte, sie war nur dankbar, dass er es getan hatte. Der Krieg war für beide Seiten ein Albtraum. Die russischen Soldaten waren keine schlechten Menschen; sie taten, was ihnen befohlen worden war. Okay ... einige von ihnen *waren* wahrscheinlich schlecht. Genauso wie einige US-Soldaten schlecht waren. Das wusste sie aus Erfahrung. Roman Robertson war das schlimmste Beispiel dafür, was ein angeblich »ehrenwerter und tapferer« Soldat sein konnte.

Die Erschöpfung nagte an Maggie. Sie wollte nur ein warmes, trockenes Bett, eine extragroße Pizza und zehn Liter Wasser. Und Shawn.

Drei der vier konnte sie nicht haben, aber sie konnte das haben, was sie am meisten wollte. Sie musste einfach in Bewegung bleiben.

Maggie war nun vorsichtiger und hoffte, dass nicht noch mehr Soldaten in der Nähe lauerten. Sie trat wieder in den strömenden Regen hinaus und ging in die Richtung, in der sie hoffte, Artem, Borysko, Yana und MacGyver und vor allem Shawn zu finden, die auf sie warteten.

KAPITEL ACHTZEHN

»Wo ist sie? Irgendwas stimmt nicht«, sagte Preacher zum gefühlt hundertsten Mal. MacGyver hatte ihn festgehalten, als er vorhin gehen wollte, und gesagt, es sei dumm von ihm, sich *mit* Maggie zu verirren. Alles in Preacher rebellierte. Er wollte – nein, er *musste* – Maggie finden und dafür sorgen, dass sie in Sicherheit war.

Aber der praktischere Teil von ihm wusste, dass sein Freund recht hatte. Er musste darauf vertrauen, dass es ihr nicht nur gut ging, sondern dass sie sich auch auf den Weg zum Treffpunkt machen würde, sobald es für sie sicher war. Der Regen fiel jetzt fast seitlich, was nervig war, aber hoffentlich würde es ihr auch leichter fallen, ungesehen durch die Stadt zu kommen.

Es war unheimlich, dass keine anderen Menschen in der Nähe lauerten. Die Stadt war größtenteils verlassen, nachdem die Raketen sie zerstört hatten ... und niemand hatte auch nur daran gedacht, sich um die Sicherheit von Artem, Borysko und Yana zu kümmern. Das nagte an Preacher, aber er konnte erkennen, dass es MacGyver noch mehr ärgerte. Er wollte seinen Freund davor warnen, sich zu sehr an die Kinder zu binden, aber er wusste, dass es zu spät war. Verdammt, der Mann dachte über eine Scheinehe nach, nur damit er sie behalten konnte. Es war *definitiv* zu spät.

»Sie wird kommen«, antwortete MacGyver auf Preachers Frage, wo Maggie sein könnte.

Die fünf kauerten unter einem provisorischen Unterschlupf aus einem Stück Wellblech und einem Haufen hohen Grases, das auf den Feldern rund um die Stadt wuchs. Artem hatte ein System zum Sammeln von Regenwasser eingerichtet und jedes Mal, wenn die leere Blechdose, die er gefunden hatte, voll war, sorgte er dafür, dass sein Bruder und seine Schwester genug hatten, bevor er etwas für sich selbst nahm.

Aber Preacher konnte sich auf nichts anderes als Maggie konzentrieren. Er hörte vage, wie MacGyver mit den Kindern sprach, sie besser kennenlernte und sie unterhielt, aber er konzentrierte sich weiterhin auf die Stadt und hoffte und betete, dass Maggie auftauchen würde.

Er kannte einige starke Frauen. Remi, Josie, Wren ... sie waren alle knallhart. Ganz zu schweigen von Caroline, Fiona, Cheyenne und all den anderen. Aber Maggies Stärke aus erster Hand zu erleben war unglaublich. Er hatte noch nie jemanden getroffen, der weitermachen konnte, wenn die Chancen so schlecht für ihn standen. Zwei Jahre waren eine verdammt lange Zeit, um für etwas bestraft zu werden, das nicht ihre Schuld war. Theoretisch gesehen ja, sie hatte Drogen transportiert, aber da sie nicht gewusst hatte, dass sie dort waren, und nicht die Absicht hatte, sie zu verkaufen, war sie zu Unrecht bestraft worden. Sie war reingelegt worden.

Und dann war da noch die Belästigung, der sie sich seit ihrer Entlassung ausgesetzt sah. Sie hatte Angst vor Robertson, und das aus gutem Grund. Sie wusste aus erster Hand, welche

Macht er ausübte ... und Preacher hatte schließlich selbst erfahren, wie absolut diese Macht zu sein schien.

Und nun war sie entführt und in einem fremden Land inmitten eines gewalttätigen Konflikts ausgesetzt worden, und obwohl sie verängstigt, erschöpft, hungrig und überfordert war und keinerlei Erfahrung hatte, hatte sie als *Köder* fungiert, um den Kindern die Möglichkeit zu geben, ihn und MacGyver zu retten.

Preacher war überwältigt. Demütig. Er wollte Maggie einfach fest in den Armen halten und sie nie wieder loslassen. Ihr sagen, wie beeindruckt er war. Was für eine großartige Arbeit sie geleistet hatte. Dass er sie von nun an besser beschützen würde. Denn die Wahrheit war, dass er bisher einen Scheißjob gemacht hatte.

Er hatte nicht geglaubt, dass Roman Robertson ihr Ex war – und man musste sich nur ansehen, wohin sie das gebracht hatte. Ja, er war sofort zu ihr geeilt, als er sah, wie sie aus der Kiste stürzte, die er aus einem verdammten Hubschrauber geschoben hatte. Aber dann war er gefangen genommen worden.

Es war definitiv an der Zeit, sich zu beweisen. Ihr zu zeigen, dass er alles tun würde, um sie zu beschützen. Aber zuerst musste er sie finden.

Er hatte es satt, herumzusitzen und darauf zu warten, dass sie auftauchte. Scheiß auf die Soldaten. Scheiß auf den Regen. Scheiß auf alles. Mit seinem erneuerten Schwur im Kopf wandte Preacher sich an MacGyver. »Ich werde sie suchen gehen.«

Als Antwort darauf deutete MacGyver über seine Schulter.

Preacher drehte sich um, blinzelte in den strömenden Regen und sah eine Gestalt, die nicht weit von ihrem Versteck entfernt stand und sich umsah, als würde sie nach etwas suchen.

Maggie.

Preacher war auf den Beinen und in Bewegung, noch bevor er darüber nachdachte, was er tat. Der Regen durchnässte seine Kleidung im Handumdrehen, aber er spürte es kaum. Seine ganze Aufmerksamkeit galt der Frau, die im Regen stand, verloren und zu Tode verängstigt aussah.

»Maggie!«

Sie drehte sich um und die absolute Erleichterung und Freude in ihrem Gesicht zwangen Preacher fast in die Knie.

»Shawn!«, rief sie und lief auf ihn zu.

Preacher kam ihr auf halbem Weg entgegen. Sie prallte gegen ihn, aber er fiel nicht hin. Er schlang die Arme um sie und hielt sie fest. Die Prellungen, die er von den Soldaten erhalten hatte, pochten und sein Auge war immer noch größtenteils zugeschwollen. Aber die Schmerzen waren vergessen, jetzt, da Maggie wieder in seinen Armen lag.

Er vergrub seine Nase in ihrem Haar und hob sie hoch. Maggie hob die Beine an und verschränkte ihre Knöchel in seinem Rücken, um sich an ihn zu klammern, wie ein Kind es tun würde.

»Maggie«, flüsterte Preacher ihr ins Ohr.

So standen sie zwei volle Minuten da, dicht aneinandergepresst, während der Regen um sie herum fiel. Dann setzte das Versprechen ein, das Preacher gegeben hatte, sie zu beschützen, und er drehte sich um. Er musste sie in Deckung bringen, und das nicht nur wegen des Regens. Er wollte auf keinen Fall, dass einer der Soldaten sie entdeckte. Sie hatten einmal Glück gehabt, entkommen zu können. Preacher glaubte nicht, dass das noch mal passieren würde.

Maggie hob den Kopf, als er sie zu den anderen trug, die sich in ihrem provisorischen Unterschlupf zusammengekauert hatten, und musterte ihn. »Dein Auge«, flüsterte sie.

»Es ist in Ordnung. Sobald die Schwellung abgeklungen ist,

sieht es nicht mehr so schlimm aus«, sagte er. »Das Klebeband – du hast es aus deinen Haaren bekommen«, platzte er heraus, als er bemerkte, dass das um ihren Kopf gewickelte Klebeband verschwunden war.

»Durch den Regen ist es richtig nass geworden, und ich konnte es herausbekommen«, sagte sie mit einem Achselzucken.

»Geht es dir gut?«, fragte Preacher stirnrunzelnd. »Was ist passiert? Warum hat es so lange gedauert, bis du hier warst? Bist du verletzt? Haben sie dich gesehen?«

Zu seinem Erstaunen kicherte Maggie.

Wie zum Teufel konnte sie lachen? Er hatte keine Ahnung. Nach allem, was sie durchgemacht hatte, lag sie in seinen Armen und *lachte*. Es war ein Wunder. *Sie* war ein Wunder.

»Hättest du noch mehr Fragen hintereinander stellen können?«, fragte sie.

»Ja. Ich habe noch eine Million mehr, aber das sind im Moment die dringendsten«, sagte er und blieb vor dem kleinen Unterstand stehen. »Du musst mich loslassen, damit ich dich hineinbringen kann.«

Ihre Beine glitten von ihm ab und sie stand auf. Er half ihr, unter das Stück Blech und aus dem Regen zu kriechen, dann umfasste er ihre Wangen. Er hielt sie sanft und starrte auf ihr hübsches Gesicht. Ihr Haar klebte an ihrem Kopf, sie hatte eine hässlich aussehende Schramme auf einer Wange und dunkle Ringe unter den Augen, aber sie war hier. In seinen Armen. Lebendig. Er war in seinem ganzen Leben noch nie so dankbar für etwas gewesen.

»Ich liebe dich.« Die Worte waren mehr ein Ausruf als eine zärtliche Liebeserklärung.

Ihre Augen weiteten sich, als sie seine Handgelenke fest umklammerte. »Was?«

»Ich liebe dich.« Diesmal hatte Preacher mehr Kontrolle

über die Worte. »Du erstaunst mich. Ich habe Ehrfurcht vor dir. Ich liebe alles an dir. Deine Hartnäckigkeit, deine Stärke, dein Mitgefühl, deine Fähigkeit, das zu tun, was nötig ist, egal in welcher Situation. Ich habe dich nicht besonders gut unterstützt, aber das ändert sich jetzt. Wenn wir wieder in Kalifornien sind, wird er *untergehen*. Du bleibst bei mir, damit ich dich beschützen kann. Ich werde alle erforderlichen Leute mobilisieren, um dafür zu sorgen, dass er dir nie wieder wehtut.«

»Shawn«, sagte Maggie. Es war schwer zu sagen, ob das Wasser auf ihrem Gesicht aus Tränen oder Regentropfen bestand, aber das war egal.

»Ich meine es ernst. Ich habe einen Fehler gemacht, indem ich dir nicht sofort geglaubt habe. Ich werde diesen Fehler nie wieder machen. Wenn du mir sagst, dass der Himmel grün und das Gras blau ist, werde ich gegen jeden kämpfen, der etwas anderes sagt.«

»Ich verstehe, warum du Bedenken hattest«, sagte sie und ließ ihn vom Haken.

Aber Preacher wollte nicht von seinen Sünden freigesprochen werden. »Nein«, sagte er mit einem Kopfschütteln. »Du hattest keinen Grund, darüber zu lügen, wer dein Ex war. Ich war nur so überrascht, dass ich nicht klar denken konnte.« Er strich ihr mit einer Hand über den Kopf und drückte etwas Wasser aus ihren Haaren. »Ich kann nicht glauben, dass dieses Arschloch die Eier hatte, mich und mein SEAL-Team diese Kisten abwerfen zu lassen. Wenn er denkt, dass wir das einfach so durchgehen lassen, liegt er völlig falsch. Bei der letzten Mission und dieser hier hat er Staatseigentum zweckentfremdet. Uns auf unnötige Missionen zu schicken ist nicht nur eine Arschloch-Aktion, sondern auch verdammt illegal. Und vergessen wir nicht die Entführung und den versuchten Mord.«

»Es wird nicht einfach sein, ihm die Schuld zu geben. Er war nicht derjenige, der an meiner Tür aufgetaucht ist. Er hat mich nicht in diese Kiste gesteckt. Und er hat das Flugzeug nicht selbst geflogen.«

»Falsch. Die Liste der Personen, die dich in dieses Flugzeug hätten bringen können, in einer Kiste, die auf einer *SEAL*-Mission in die Ukraine geschickt wurde, ist winzig. Er hat sich selbst in die Scheiße geritten. Er ist erledigt, Maggie.«

Sie seufzte, beugte sich vor und legte ihre Stirn auf seine Schulter. Zärtlichkeit überkam Preacher. Er hatte sie als stoische Säule der Stärke gesehen, aber in diesem Moment spürte er, dass sie schließlich am Ende ihrer Kräfte war.

»Shawn?«

»Ja?«

»Ich liebe dich auch«, sagte sie mit einem schüchternen Lächeln.

Als er diese Worte hörte, veränderte sich alles in Preacher. Er hatte ihr nicht von seinen Gefühlen erzählt, damit sie sich verpflichtet fühlte, diese zu erwidern. Aber jetzt, da sie es getan hatte? Sein ganzes Leben veränderte sich in diesem Augenblick.

Es war seltsam, wie die letzten Stunden nicht mehr ganz so beängstigend schienen, wie sie gewesen waren, nur weil sie ein Dach über dem Kopf, den Mann, den sie liebte, und ihre kleine Gruppe hatte. Als sie beim Treffpunkt angekommen war, hatte Artem ihr eine Dose mit Wasser gereicht, und Regenwasser hatte noch nie besser geschmeckt. Erstaunlicherweise trug das Wasser, obwohl es kein Essen gab, wesentlich dazu bei, dass ihr Magen sich gefüllt anfühlte.

Shawn hielt sie an sich gedrückt, um sie warm zu halten, und sie fühlte sich sicher. Es war eigentlich lächerlich, denn keiner von ihnen war wirklich sicher. Aber der graue Nachmittagshimmel, der Nebel in der Luft und das Geräusch des Regens, der auf das Blechdach prasselte, vermittelten die Illusion, sich in einer gemütlichen Ecke zu verstecken. Es reichte aus, um Maggie für eine kurze Zeit zu entspannen. Um zu vergessen, dass sie sich in einem fremden Land auf der anderen Seite der Welt befand. Den Mann zu vergessen, der sie dorthin gebracht hatte und der beim nächsten Mal sicher alles tun würde, um sie für immer verschwinden zu lassen.

Im Moment war sie damit zufrieden, sich an Shawn zu schmiegen, während sie Informationen über das austauschten, was passiert war, während sie getrennt gewesen waren. Sie hörte mit angehaltenem Atem zu, als MacGyver die Geschichte erzählte, wie sie aus der Kirche entkommen waren und wie Artem sie durch die Stadt zu diesem kleinen Versteck auf dem Land geführt hatte.

Jetzt war Maggie an der Reihe, *ihre* Geschichte zu erzählen.

Da sie wusste, dass Shawn nicht gefallen würde, was sie durchgemacht hatte, tat sie ihr Bestes, um die ganze Sache herunterzuspielen. »Ich stand hinter den Trümmern auf, die mir als Deckung dienten, und die Soldaten in der Nähe der Kirche sahen mich sofort. Sie schrien und ich lief los. Ich glaube, die meisten der Jungs, die euch bewacht haben, sind mir nachgelaufen, was der Plan war. Es hat eine Weile gedauert, aber ich habe sie abgehängt. Ich habe mich allerdings verlaufen, also bin ich eine Weile umhergeirrt, bis ich schließlich ein Gebäude sah, das mir bekannt vorkam. Und ... hier bin ich.«

»Nein«, sagte Shawn streng. »Ich will alles hören. Diesmal die *wirklichen* Details.«

Maggie seufzte. Sie hatte gehofft, er würde ihre Geschichte für bare Münze nehmen und es dabei belassen. Aber sie hätte es besser wissen müssen. Als sie zu Yana hinüberblickte, sah sie, dass das kleine Mädchen fest schlief. Die Blicke der beiden

Jungen waren jedoch auf sie gerichtet. Sie wollte ihnen keine Angst machen, aber andererseits würde nichts, was sie sagte, nach allem, was sie gesehen hatten, eine große Überraschung sein. Sie durchlebten diese Hölle schon eine ganze Weile.

»Ich konnte sie nicht abschütteln«, sagte sie leise. »Egal wohin ich ging oder was ich tat, sie waren immer da. Einmal hörte ich einen Schuss und hatte eine Scheißangst. Ich dachte, sie würden mir in den Rücken schießen. Ich schaffte es, durch einen Spalt in einem Gebäude zu schlüpfen, der zu klein war, als dass sie durchgepasst hätten. Aber das Gebäude war in einem schlechten Zustand. Ich dachte, es würde über mir zusammenbrechen. Ich ging schnell auf der anderen Seite hinaus, bevor die Soldaten mich dort einschließen konnten.

Sie verfolgten mich stundenlang. Gerade als ich dachte, ich könnte nicht mehr laufen, begann es zu regnen. Und aus irgendeinem Grund liefen die Soldaten in die *entgegengesetzte* Richtung. Als hätten sie Angst, nass zu werden. Es war seltsam, aber ich war definitiv froh darüber.

Zu diesem Zeitpunkt hatte ich mich endgültig verirrt und war weit von der Route entfernt, die Artem und ich besprochen hatten. Aber ich wusste, dass ich nach Westen gehen musste, um euch alle zu finden. Ich ging diese eine Straße entlang, die in einer Sackgasse endete. Das erinnerte mich sehr daran, wie ihr überhaupt erst gefangen genommen wurdet. Ich schaffte es, auf die Trümmer zu klettern, die mir den Weg versperrten, dann stürzte der Schutt unter mir ein.

Ich dachte, das war's. Dass ich tot sei. Aber irgendwie konnte ich auf dem Beton nach unten rutschen, anstatt unter ihm begraben zu werden. Ich war mir sicher, dass das Geräusch die Soldaten herbeirufen würde, also blieb ich eine ganze Weile in der Nähe versteckt. Als ich schließlich dachte, die Luft sei rein, machte ich mich wieder auf den Weg.«

Maggie spürte, wie Shawn die Arme um sie anspannte.

»Ich weiß nicht, wie ihr das geschafft habt«, sagte sie zu Artem und Borysko. Zu ihrer Überraschung kroch der jüngere Junge zu ihr und nahm ihre Hand in seine. Er sagte nichts, aber die nonverbale Unterstützung bedeutete Maggie die Welt. Sie gab ihr die Kraft weiterzusprechen.

»Ich ging in ein Gebäude, das nicht allzu stark beschädigt zu sein schien. Es sah aus, als sei es eine Art Büro oder so etwas gewesen. Es roch schrecklich, wie nichts, was ich je zuvor gerochen hatte. Ich dachte, vielleicht könnte ich etwas zu essen oder so finden, also begann ich, mich umzusehen. Im hinteren Teil war die Ecke des Raumes eingestürzt. Überall lagen Ziegel und Beton. In der Mitte der Trümmer stand ein Schreibtisch, und als ich näher kam, sah ich ...«

Maggie holte tief Luft, bevor sie fortfuhr.

»Einen Arm. Eine Frau lag darunter. Tot. Das war es, was ich gerochen hatte. Ich weiß nicht, warum es mich so sehr überrascht hat. Ich meine, bei all der Zerstörung muss es doch noch mehr Leichen geben, aber ich hatte nicht erwartet, sie zu sehen. Sie hat niemandem etwas getan. Sie hat einfach nur ihren Job gemacht, sich um ihre eigenen Angelegenheiten gekümmert, und dann bumm! Die Bombe schlug ein und das Gebäude stürzte um sie herum ein. Das ist nicht fair.«

»Schhhhh«, murmelte Shawn und drückte seine Nase an ihr Ohr.

Maggie wurde klar, dass sie weinte. Warum, wusste sie nicht genau. Sie war in Sicherheit, zumindest im Moment, und Shawn und MacGyver ging es gut.

»Warum hasst er mich so sehr?«, flüsterte Maggie, die nicht sicher war, wie oder warum sie von ihrer qualvollen Flucht vor den Soldaten auf Roman zu sprechen gekommen war. »Ich habe ihm *nichts* getan. Ich war eine gute Freundin!«

»Natürlich warst du das«, beruhigte Shawn sie.

»Er hat mich ausgelacht«, sagte sie und gab damit etwas zu,

was sie noch nie jemandem erzählt hatte. »Er hat mich einmal im Gefängnis besucht. Ich habe ihn gefragt, warum er das getan hat. Warum er mich reingelegt hat, damit ich die Schuld für seine Taten auf mich nehme. Er zuckte mit den Schultern und sagte: ›Weil ich es kann.‹ Dann lachte er. Er sagte, es sei ein Kick, die vollständige Kontrolle über das Leben eines anderen zu haben.«

Sie spürte, wie Shawn sich an ihr versteifte, und sah, wie MacGyver die Lippen aufeinanderpresste.

Sie holte tief Luft und versuchte, ihre Gefühle zu zügeln. »Wie auch immer ... Ich verließ das Gebäude und ging weiter in diese Richtung. Ich suchte unter einem Fahrzeug Zuflucht für eine kurze Pause. Als ich herauskroch, stieß ich direkt mit einem Soldaten zusammen. Er war jünger. Wir waren beide überrascht. Aber anstatt mich zu erschießen oder zu schreien, sagte er mir, wo ich mich verstecken solle. Als dann einer seiner Kameraden eintraf, lenkte er ihn von mir ab. Dieser kleine Akt des Mitgefühls gibt mir Hoffnung für die Menschheit. Das ist wahrscheinlich dumm.«

»Ist es nicht«, beruhigte Shawn sie.

Borysko drückte ihre Hand.

»Als sie weg waren, ging ich weiter aus der Stadt hinaus. Nicht allzu viel später ... fand ich dich. Oder du hast mich gefunden«, sagte Maggie mit einem kleinen Achselzucken.

»Wir haben einander gefunden«, sagte Shawn.

Und aus irgendeinem Grund hallten diese vier Worte in Maggie nach. Irgendwie hatten sie und Shawn sich in dem Desaster, das ihr Leben war, tatsächlich gefunden. Ihre Leben waren wie Tag und Nacht, und doch ... waren sie hier. Es war verrückt, dass ihr Ex sie entführt, in eine Kiste gesperrt und um die halbe Welt verschifft hatte. Und die Tatsache, dass er geplant hatte, dass Shawn die Kiste aus dem Hubschrauber schieben sollte, zeigte nur, wie böse Roman war. Es war ein

Wunder, dass die stabile Kiste bei der Landung aufgebrochen war. Dass Shawn bemerkte, dass sich ein Mensch darin befand, und er aus dem Hubschrauber steigen konnte, bevor dieser abhob und sie dort zurückließ.

Sie waren füreinander bestimmt. Sie würden es nach Hause schaffen, herausfinden, wie sie Roman davon abhalten konnten, das Leben anderer zu ruinieren, und glücklich bis ans Ende ihrer Tage leben.

Sie musste daran glauben. Wenn sie es nicht tat, wäre alles, was sie durchgemacht hatte, umsonst gewesen. Und das war unfassbar.

Borysko ließ ihre Hand los, tätschelte sie und rutschte dann wieder zu MacGyver. Yana saß auf seinem Schoß und Borysko lehnte sich an MacGyvers Seite, als hätte er das jeden Tag seines Lebens getan. Der SEAL hob einen Arm und legte ihn um die Schultern des Jungen.

Der Anblick der beiden machte Maggie glücklich und traurig zugleich. Diese Waisenkinder sehnten sich verzweifelt nach Liebe, und MacGyver hatte offensichtlich jede Menge davon. Aber sobald sie gerettet waren, würden die Kinder wieder ganz allein sein. Der Gedanke war niederschmetternd.

Shawn berührte mit den Lippen ihre Schläfe und sie sah zu ihm auf.

»Du bist unglaublich«, sagte er leise.

Aber Maggie schüttelte den Kopf. »Ich habe nur getan, was ich tun musste.«

»Das stimmt nicht, und das weißt du. MacGyver und ich hätten schon einen Weg aus dieser Kirche gefunden. Oder mein Team wäre gekommen und hätte uns rausgeholt. Du hättest bei den Kindern bleiben und in Sicherheit sein können.«

»Zu welchem Preis?«, fragte sie. »Dass du noch mehr verprügelt wirst? Nein danke. Josie hat mir erzählt, wie Blink gefoltert wurde, als sie in diesen Zellen waren. Ich wollte nicht tatenlos zusehen, wie dir dasselbe passiert, Shawn. Nicht wenn ich etwas dagegen tun kann. Außerdem weiß ich, wie es ist, gegen seinen Willen festgehalten zu werden. Sowohl durch diese verdammte Kiste als auch durch die Zeit hinter Gittern. Es ist kein gutes Gefühl. Ich wollte alles tun, um dir bei der Flucht zu helfen.«

Er starrte sie lange an und Maggie konnte nicht herausfinden, was er dachte. »Was?«, fragte sie schließlich.

»Ich liebe dich«, sagte Shawn. »Mit jedem Wort, das du sagst, liebe ich dich mehr. Du bist für mich bestimmt, so wie ich für dich bestimmt bin. Wenn wir wieder zu Hause sind, werde ich dir ein besserer Partner sein.«

»Ich weiß nicht, was das bedeutet«, flüsterte Maggie, obwohl seine Worte in ihrem Körper ein wohlig warmes Gefühl auslösten.

»Es bedeutet, dass ich dich nicht aus den Augen lassen werde, bis Robertson neutralisiert ist.«

Maggie schnappte nach Luft. »Du kannst ihn nicht töten!«

Zu ihrer Überraschung lachte Shawn. »Neutralisiert bedeutet nicht unbedingt, ihn zu töten. Du hast zu viele Science-Fiction-Serien gesehen.«

Maggie rümpfte die Nase. Er hatte wahrscheinlich recht. In den Serien, die sie so gern schaute, bedeutete »neutralisieren« immer, jemandem das Leben zu nehmen.

»Ich werde alle meine Kontakte nutzen, um Robertsons Leben zu durchleuchten. Ich werde jede dunkle Ecke aufdecken. Ich werde jede Entscheidung, die er in der Marine getroffen hat, unter die Lupe nehmen lassen. Ich werde diejenigen befragen, die für ihn gearbeitet haben. Männer in SEAL-Teams, die er eingesetzt hat. Frühere Freundinnen finden. Jeder Teil seines Lebens wird unter dem Mikroskop landen. Er wird für das leiden, was er dir angetan hat, Maggie, aber er sollte sich mehr Sorgen über alles *andere* machen, was wir ausgraben werden. Ich habe das Gefühl, dass es viel Belastenderes geben wird ... nicht dass das, was er dir angetan hat, nicht schlimm genug wäre, nur –«

»Ich weiß«, unterbrach sie ihn. »Er glaubt, er sei unantastbar. Man kann nicht sagen, wie viele Leben er noch ruiniert hat, nur weil er es konnte.«

»Genau«, bestätigte Shawn nickend.

Sie lauschten dem beruhigenden Geräusch des Regens auf dem Blechdach. Nach einer Stunde oder mehr, lange nachdem Artem und Borysko sich neben MacGyver gelegt und tief und fest eingeschlafen waren, nahm Maggie all ihren Mut zusammen und stellte die Frage, die ihr schon lange auf der Seele brannte. »Wissen wir, wann sie uns holen werden?«

Mit »uns« meinte sie eigentlich Shawn und MacGyver. Sie hätte eigentlich gar nicht hier sein dürfen.

»Bald«, entgegnete MacGyver.

»Was machen wir, wenn sie kommen? Was soll *ich* dann tun?«, fragte sie nervös.

»Du bleibst bei mir«, sagte Shawn. »Ich bringe dich sicher nach Hause.«

Sie hatte noch viele weitere Fragen, aber ausnahmsweise schluckte Maggie sie herunter. Sie vertraute Shawn. Wenn er sagte, sie solle laufen, würde sie laufen. Wenn er sagte, sie solle sich verstecken, würde sie sich verstecken. Das war sein Fachgebiet, nicht ihres. Das hatte sie auf die harte Tour gelernt. Verstecken würde nie wieder ein Spiel sein, das ihr Spaß machte. Nicht nachdem es heute für sie eine Frage von Leben und Tod gewesen war.

»Okay«, antwortete sie verspätet.

»Schlaf, Maggie«, sagte er.

»Was ist mit dir?«, fragte sie, wobei es ihr plötzlich fast unmöglich war, die Augen offen zu halten.

»Ich komme schon klar.«

Maggie wollte protestieren und Shawn sagen, dass er auch schlafen müsse, aber das gleichmäßige Schlagen seines Herzens unter ihrer Wange war zu hypnotisierend. Im einen Moment war sie noch wach und im nächsten lag sie tief schlafend in den Armen des Mannes, den sie liebte.

KAPITEL NEUNZEHN

Preacher durfte auf keinen Fall einschlafen. Er war müde, natürlich war er das, aber jetzt, da er Maggie wieder in seinen Armen hielt, würde er nichts tun, was sie in größere Gefahr bringen würde, als es bereits der Fall war. Und einzuschlafen würde sie verwundbar machen, was nicht akzeptabel war.

Der Regen hatte endlich aufgehört und die Stille, die er hinterlassen hatte, war fast ohrenbetäubend. Aber es erlaubte ihm und MacGyver auch, jedes noch so kleine Geräusch in der Landschaft um sie herum zu hören. Die Stadt, in der sie umhergeirrt waren, war von Ackerland umgeben. Land, das jetzt mit verrottendem Gemüse und überwucherten Feldern bedeckt war.

Ein Vorteil ihrer derzeitigen Situation war, dass sie jeden Soldaten, der sich näherte, schon von Weitem sehen konnten, aber da sie nur das eine Gewehr hatten, das sie dem Soldaten in der Kirche abgenommen hatten, waren sie deutlich im Nachteil.

Sie hatten auch keine Möglichkeit, nach Nahrung zu suchen, und wenn es nicht bald wieder regnete, würde ihnen das Wasser ausgehen. Ja, ihre derzeitige Situation war nicht gerade rosig, aber Preacher vertraute darauf, dass Tex, wenn er ihren Standort dank MacGyvers Peilsender überprüfte, erkennen würde, dass sie sich in einer perfekten Position befanden, um abgeholt zu werden.

Es wäre nicht ideal gewesen, ein SEAL-Team in die Stadt zu schicken, da sie eigentlich gar nicht hier sein sollten. Jetzt konnten sie hoffentlich mit wenig bis gar keinem Aufwand evakuiert werden ... aber Preacher hatte das Gefühl, dass das nicht passieren würde.

Sobald er den Gedanken hatte, drang das leise Geräusch eines schnell näher kommenden Hubschraubers an seine Ohren. Es war jetzt dunkel, aber das war für Night-Stalker-Piloten nicht von Bedeutung. Sie konnten in jedem Gelände, bei jedem Wetter und zu jeder Tages- und Nachtzeit fliegen.

»Maggie«, sagte Preacher und schüttelte die Frau, die an ihn gelehnt lag.

Sie wachte sofort auf, und er hatte für einen Moment den Gedanken, dass sie hoffentlich eines Tages nicht umgehend in Alarmbereitschaft aufwachen würde.

»Zeit zu gehen«, sagte er zu ihr.

Sie setzte sich auf und nickte.

MacGyver hatte die Kinder geweckt, und Preacher konnte hören, wie sie sich gegenüber von ihm und Maggie bewegten. Sie hatten keine Taschenlampe oder etwas anderes, sodass ihre Rettung etwas schwieriger werden würde, da sie nicht sehen konnten, wohin sie ihre Füße setzten.

»Hubschrauber«, sagte Borysko.

»Ja. Es sind unsere Freunde«, sagte MacGyver zu ihm.

Keines der Kinder sagte noch etwas, und Preacher hatte das Gefühl, dass sie versuchten, die Tatsache zu verarbeiten, dass sie bald wieder auf sich allein gestellt sein würden.

Er ging aus dem Unterschlupf und in das hohe Gras um sie

herum. Er konnte den Hubschrauber nicht sehen, da er ohne Lichter flog, aber er hörte, wie er immer näher kam.

Und die russischen Soldaten auch. Aus der Stadt erklangen Rufe, viel näher, als Preacher gehofft hatte. Es machte Sinn, dass eine Rettung von den Feldern außerhalb der zerstörten Gebäude kommen würde. Sie hatten wahrscheinlich genauso gewartet wie ihre kleine Gruppe.

»Scheiße!«, sagte MacGyver. Er fügte sofort hinzu: »Tut mir leid. Sagt dieses Wort nicht, Kinder. Es ist kein schönes Wort.«

Preacher wollte am liebsten lachen, weil er seine Rolle als Betreuer so ernst nahm, aber die Situation, in der sie sich befanden, war nicht zum Lachen.

»Ihr drei müsst euch verstecken«, sagte MacGyver zu ihnen. »Die Soldaten werden in diesem Gebiet überall sein. Geht zurück in die Stadt. Zu einem eurer Verstecke.«

Für Preacher klang sein Freund nicht aufrichtig. Als sagte er das, was er glaubte, sagen zu müssen, und nicht das, was er tatsächlich sagen wollte.

»Wir helfen«, sagte Artem und klang stur.

»Nein!«, erwiderte MacGyver. »Ihr könnt nicht helfen.«

»Wir helfen«, sagte Borysko und wiederholte damit die Worte seines Bruders.

»Helfen«, stimmte Yana ein.

Maggie umklammerte seine Hand, und Preacher war hin- und hergerissen. Er wollte die Kinder nicht in die Nähe des Chaos bringen, das gleich ausbrechen würde, aber sie zurück in die Stadt zu schicken fühlte sich auch nicht richtig an.

Der Wind vom Hubschrauber nahm zu, und Preacher duckte sich und forderte Maggie auf, es ihm gleichzutun. Der Hubschrauber tauchte wie aus dem Nichts in der Dunkelheit auf. Er landete etwa zweihundert Meter von ihrem Versteck entfernt. Das entsprach der Länge von zwei Fußballfeldern. Für ihn und MacGyver war es nicht sehr weit, aber mit Maggie und möglicherweise den Kindern im Schlepptau hätten es genauso gut mehrere Kilometer sein können.

Die Lichter des Hubschraubers gingen an und blendeten Preacher fast. Er wusste, dass das Routine war, das Anstrahlen mit Licht, um das Sehvermögen von in der Nähe befindlichen Personen zu beeinträchtigen, aber auf dieser Seite dieser Lichter zu sein war *scheiße*. Er war es gewohnt, hinter ihnen zu stehen und aus dem Hubschrauber zu schauen.

Aber die Lichter ermöglichten es ihm auch, die unmittelbare Umgebung zu sehen. Und was er sah, ließ ihm das Blut in den Adern gefrieren.

Die russischen Soldaten näherten sich ihrem Standort. Schnell. Irgendwann in der Nacht hatten sie auch Verstärkung bekommen. Es war nicht mehr nur ein Trupp, gegen den sie ankämpfen mussten. Es waren mindestens vier Dutzend Männer, die alle auf ihre Position zustürmten.

»Lauf!«, sagte Preacher eindringlich, als er aufstand und Maggie mit sich zog. Er hielt ihre Hand fest, während sie liefen.

Er hörte auch MacGyver hinter sich. Er erhaschte einen Blick auf ihn, wie er Yana in einem Arm trug, während er sein Bestes tat, um die Jungs vor sich zu halten.

Fünf Gestalten verteilten sich von der Tür des Hubschraubers aus, und Preacher war noch nie so erleichtert gewesen, sein SEAL-Team zu sehen.

In der Sekunde, in der ihm der Gedanke kam, ertönte hinter ihnen das Geräusch von Schüssen.

Preacher zuckte zusammen, als die Soldaten das Feuer eröffneten, und drängte Maggie, noch schneller zu laufen. Die Wahrscheinlichkeit, dass keiner von ihnen getroffen wurde, war gering bis gleich null, aber Preacher war nicht bereit aufzugeben.

Sein SEAL-Team ebenso wenig. Die Männer erwiderten

das Feuer und taten ihr Bestes, um die Soldaten in ihrer Nähe auszuschalten.

Sie würden es schaffen. Preacher konnte die Öffnung zum Hubschrauber sehen. Sie waren jetzt nur noch fünfzig Meter entfernt. Er erkannte Kevlar und Smiley, die die äußersten Positionen eingenommen hatten und ihr Bestes gaben, um die Russen zurückzuhalten.

»Wurde auch Zeit, dass ihr hier auftaucht!«, schrie Smiley, ohne mit dem Schießen aufzuhören.

»Das ist mein Satz!«, rief Preacher, als er an ihm vorbeilief.

»Scheiße!«

Beim Klang von MacGyvers Fluch drehte Preacher sich gerade noch rechtzeitig um und sah, wie Borysko heftig auf dem Boden aufschlug. Er fiel mit dem Gesicht voran – und machte keine Anstalten, sofort wieder aufzustehen.

Danach schien alles in Zeitlupe abzulaufen. MacGyver machte eine Bewegung, die nur ein Stuntdouble in einem Actionfilm hätte schaffen können. Er beugte sich hinunter, hob den kleinen Jungen auf und hielt ihn in einem Arm, während er Yana im anderen hielt und Artem anschrie weiterzulaufen.

In diesem Moment wurde Preacher klar, dass MacGyver nie vorgehabt hatte, die Kinder zurückzulassen. Egal was nötig war, er würde sie mitnehmen, wenn sie gerettet wurden. Preacher war froh, denn es hätte an seiner Seele genagt, sie in dieser Hölle zurückzulassen, wo sie auf sich allein gestellt gewesen wären.

Als er bei dem Hubschrauber ankam, warf er Maggie mit Safes Hilfe praktisch in den Laderaum. Er drehte sich um, packte Artem und war erleichtert zu sehen, dass Maggie den Jungen von der Tür wegzog, nachdem er hineingeworfen worden war.

Als hätten sie es geplant, kletterten Blink und Safe hinein, packten MacGyver an den Armen und hievten ihn in den Hubschrauber, wobei er immer noch beide Kinder festhielt.

Preacher sprang in die Tür, drehte sich um und griff nach seinen verbliebenen Teamkameraden. Smiley und Flash stiegen in den Hubschrauber, dann musste nur noch Kevlar reingeholt werden.

»Wir müssen los!«, rief einer der Piloten über das Dröhnen der Rotorblätter hinweg.

»Kevlar!«, schrie Flash. »Jetzt!«

Aber ihr Teamleiter stand mit breitem Stand da und schoss auf die russischen Soldaten, die immer näher gekommen waren.

Ohne nachzudenken, sprang Preacher aus dem Hubschrauber, ignorierte Maggie, die seinen Namen schrie, und packte Kevlar am Kragen seiner Weste. Er hörte nicht auf zu schießen, während Preacher ihn näher zum Hubschrauber zog. Selbst als Blink und Smiley ihn und Kevlar in den Hubschrauber schleppten, schoss ihr Anführer weiter.

Die Lichter des Hubschraubers erloschen und stürzten sie alle erneut in stockfinstere Dunkelheit.

Die Piloten hoben ab und flogen sofort eine scharfe Linkskurve. Dann eine Rechtskurve. Dann wieder eine Linkskurve. Es fühlte sich an, als würden sie tatsächlich Kugeln ausweichen, was Preacher nicht im Geringsten überrascht hätte. Die Night Stalker waren fast schon beängstigend mit dem, was sie in einem Hubschrauber tun konnten. Er hatte schon immer Ehrfurcht vor ihren Fähigkeiten gehabt, und er würde nicht wollen, dass jemand anderes ihn und sein Team in die gefährlichen Abwurfzonen und wieder hinaus beförderte, in denen sie sich häufig aufhielten.

Der Flug wurde ruhiger und nach etwa fünfzehn Sekunden ging im Frachtraum ein Licht an. Preacher verdrängte die Gedanken an die Piloten, als er sich dem Tumult hinter ihm zuwandte. MacGyver hatte Borysko auf den Boden gelegt und versuchte, ihm das Hemd auszuziehen, während Blink auf den Knien saß und die Hose des kleinen Jungen aufschnitt.

Das Blut, das sich unter ihm sammelte, war obszön, und der Anblick drehte Preacher den Magen um.

»Leg einen Zugang!«, befahl MacGyver Flash. Der Mann kramte bereits in der Erste-Hilfe-Tasche neben ihm herum.

Preacher hielt den Atem an, während er zusah, wie seine Freunde sich um Borysko kümmerten. Es sah so aus, als sei er sowohl in die Wade als auch in die rechte Seite getroffen worden. Preacher bewegte sich vorsichtig, um niemanden zu stoßen, und ging zu Maggie, die sich mit Yana auf dem Schoß und Artem an ihrer Seite an die Wand des Hubschraubers kauerte. Ausnahmsweise sah der Achtjährige nicht ruhig und gefasst aus. Er sah aus wie ein verängstigter kleiner Junge.

Preacher setzte sich neben Artem und schlang seine Arme um ihn und Maggie. Der Junge ließ seinen Bruder nicht aus den Augen. Borysko war jetzt bewusstlos und bewegte sich nicht, während die SEALs verzweifelt versuchten, sein Leben zu retten.

Niemand fragte, wer die Kinder waren oder warum sie in die Rettung involviert waren. Sie taten einfach, was getan werden musste. Alle Bedenken darüber, was mit den Kindern geschehen würde, kamen erst später.

Es schien ewig zu dauern, bis sie den kleinen Militärstützpunkt im Westen der Ukraine erreichten, wo die SEALs während ihrer Mission stationiert waren. Eigentlich sollte es eine schnelle Nummer werden. Je länger sie dort blieben, desto wahrscheinlicher wurde es, dass ihre Anwesenheit im Land bemerkt und publik gemacht wurde. Sie mussten schleunigst verschwinden, vor allem jetzt, da Schüsse gefallen waren. Russland würde keine Gelegenheit auslassen, der Welt zu verkünden, dass die Vereinigten Staaten ihre stillschweigende

Vereinbarung, sich nicht in den Konflikt einzumischen, gebrochen hatten.

Aber das alles war jetzt nicht wichtig. Nicht wenn ein kleiner Junge blutüberströmt dalag und um sein Leben kämpfte.

Als sie landeten, hatte sich die Aufregung um Borysko gelegt. Die Blutung war gestoppt und die Wunden fürs Erste fest verbunden. MacGyver beugte sich immer noch über den Jungen, aber ein Teil des Schreckens in seinen Augen schien verflogen zu sein.

Artem war zu seinem Bruder gekrochen und saß an seiner Seite, um seine Hand zu halten. Aber als sie landeten, blieb keine Zeit zum Ausruhen. In der Nähe wartete bereits ein Flugzeug auf der Landebahn.

»Einsteigen. Wir müssen schleunigst das Land verlassen«, sagte Kevlar.

Alle machten sich schnell auf den Weg, sammelten ihre Taschen ein und gingen zum Flugzeug. Noch immer fragte niemand, wer die Kinder waren oder ob sie mitkommen würden. Sie gingen einfach davon aus.

»Hast du sie?«, fragte MacGyver Maggie, die Yana trug.

»Ja.«

»Wir kümmern uns um die beiden«, sagte Preacher zu seinem Teamkameraden, drehte sich zu Artem um und streckte ihm die Hand entgegen. Zu seiner Überraschung und Erleichterung nahm der Junge sie. Er wirkte unsicher und verängstigt. Preacher konnte es ihm nicht verübeln. Die Dinge passierten sehr schnell und er musste überfordert sein. In der zerbombten Stadt wusste er, wohin er gehen und was er tun musste. Er hatte die Kontrolle und wusste, was mit ihm und seinen Geschwistern geschah.

Aber hier? Er hatte keine Ahnung, was los war. Und sein Bruder war verletzt. Er musste schreckliche Angst haben.

Preacher fasste blitzschnell einen Entschluss, beugte sich hinunter und hob Artem auf. Der Junge protestierte nicht, sondern hielt sich einfach nur fest, während er zum Flugzeug getragen wurde.

Sie befanden sich noch auf ukrainischem Boden. Sie konnten die Kinder in fähige Hände geben. Die Kämpfe auf dieser Seite des Landes waren nicht so heftig wie näher an der Grenze zu Russland. Jemand würde sich um die Kinder kümmern. Sie würden wahrscheinlich von einer liebevollen Familie adoptiert werden und ein gutes Leben haben.

Aber der Gedanke, sie einfach abzusetzen – vor allem Borysko, der immer noch bewusstlos war –, war abscheulich. Und wenn Preacher so empfand, musste es MacGyver zehnmal schlimmer gehen. Er hatte eine Bindung zu diesen Kindern aufgebaut. Auf eine Art, die tief in seiner Seele verankert war.

MacGyver trug Borysko die Treppe zum Flugzeug hinauf, mit Safe und Blink an seinen Fersen, wobei der Erstere die Infusion des Jungen hielt. Maggie ging als Nächstes, mit Yana auf dem Arm, und Preacher folgte ihr mit Artem. Flash und Smiley folgten ihm, und Kevlar bildete das Schlusslicht. Die Night Stalker waren bereits gestartet und verschwanden in der Nacht, zurück zu ihrem Ausgangspunkt.

Kevlar hielt am Fuß der Treppe an, um mit jemandem zu sprechen, und nachdem er ihm die Hand geschüttelt hatte, nahm er die Stufen zwei auf einmal.

»Macht es euch bequem. Wir werden schnell abheben«, sagte Kevlar zu ihnen.

Preacher führte Maggie zu einem Sitzplatz an einer der Wände. Die Innenausstattung des Flugzeugs ähnelte nicht der eines Verkehrsflugzeugs. An beiden Wänden befanden sich Sitze, in der Mitte war ein großer offener Raum. Es handelte sich um ein Militärflugzeug, das für den Transport von Gütern und Materialien eingesetzt wurde. Auf dem Weg in die Ukraine war es mit den Kisten gefüllt worden, die die SEALs wie befohlen geliefert hatten, sowie mit Kisten mit humanitärer Hilfe für das belagerte Land.

MacGyver legte Borysko auf drei Sitzen im hinteren Teil des Flugzeugs ab, und sobald Preacher Artem abgesetzt hatte, ging er zu seinem Bruder. Yana begann, sich in Maggies Armen zu winden, also setzte sie sie ab. Sie lief ihrem Bruder hinterher, und Artem nahm ihre Hand in seine.

MacGyver schnallte sie auf die Sitze neben sich, und sie alle hielten sich fest, als das Flugzeug sich in Bewegung setzte.

»Heilige Scheiße«, flüsterte Maggie.

Preacher holte tief Luft und zog sie dann an seine Seite. Sie vergrub das Gesicht an seiner Brust und klammerte sich an ihn, während das Flugzeug an Fahrt aufnahm und sich schließlich in einem viel steileren Winkel in die Luft erhob, als ein Verkehrsflugzeug es jemals versuchen würde.

»Dies ist heftig«, sagte sie nach einem Moment.

»Wir werden gleich etwas horizontaler sein«, sagte Preacher so ruhig wie möglich. Sein Herz schlug immer noch viel zu schnell.

»Nicht der Flug. Na ja, auch das, aber ... alles.«

»Ja«, stimmte er zu.

»Geht es dir gut?«, fragte sie und sah zu ihm auf.

Preacher konnte nicht anders, als zu schnauben und den Kopf zu schütteln.

»Was?«

»Du. Du fragst, ob es mir gut geht?«

»Nun, ja. Du bist derjenige, der zusammengeschlagen wurde. Kannst du überhaupt noch aus dem Auge sehen?«

»Ein bisschen«, erklärte Preacher. »Wurde schon mal auf dich geschossen?«

»Ähm ... ja. Als ich versucht habe, mich durch die Stadt zu dir durchzuschlagen«, sagte sie ein wenig frech.

»Davor«, beharrte Preacher.

»Nein.«

»Eben. Auf mich schon. Und du willst das wahrscheinlich nicht hören, aber ich sage es trotzdem. Das war für mich wahrscheinlich eine Fünf auf einer Skala von eins bis zehn, wenn es um die Intensität einer Evakuierung geht. Du hast noch *nie* etwas so Intensives durchgemacht. Eigentlich sollte *ich* fragen, ob es *dir* gut geht.«

»Ich lebe«, sagte sie schlicht. »Nach allem, was ich durchgemacht habe, betrachte ich das als Erfolg.«

»Verdammt«, seufzte Preacher. »Ich liebe dich.«

Sie strahlte ihn an. »Ich liebe dich auch. Und fürs Protokoll ... ich will das nie wieder tun. Einmal war genug. Und du hast recht, ich will nicht hören, dass das, was wir gerade getan haben, für dich normal war. Ich werde jedes Mal, wenn du im Einsatz bist, ein Nervenbündel sein.«

Preacher konnte nicht anders, als das zu lieben. Nicht dass sie sich Sorgen machen würde, aber dass sie so weit in die Zukunft dachte.

»Wird er wieder in Ordnung kommen?«, fragte Maggie.

»Borysko?«

»Ja.«

»Sieht so aus.«

»Was passiert jetzt? Mit den Kindern?«, fragte Maggie als Nächstes.

»Keine Ahnung. Aber ich weiß, dass MacGyver wie verrückt für sie kämpfen wird.«

»Was können wir tun, um ihm zu helfen? Ich meine, sie zu behalten?«

Dies war nur ein weiterer Grund, warum Preacher diese Frau liebte. Ihr großes Herz. Sie fragte nicht, was als Nächstes mit ihr selbst geschehen würde. Mit Robertson. Sie machte sich Sorgen um die Kinder. Und um MacGyver. Sie sollte sich vor

Angst vor all dem, was ihr in den letzten Tagen widerfahren war, in sich zusammenrollen. Aber stattdessen dachte sie an alle anderen, nur nicht an sich selbst.

»Ich weiß nicht. Wir werden sehen. Aber ich vermute, die Behörden werden hören wollen, was passiert ist und in welcher Situation wir sie vorgefunden haben.«

Maggie nickte entschlossen. »Richtig. Nun, mit wem auch immer ich sprechen muss und was auch immer ich zu sagen habe, ich werde es sagen. Sie verdienen eine zweite Chance.«

Preacher stimmte ihr voll und ganz zu.

»Wohin geht es jetzt?«, fragte sie.

»Wahrscheinlich nach Deutschland. Borysko wird untersucht, dann machen wir uns auf den Heimweg.«

»Ich habe keinen Ausweis«, sagte Maggie und sah ihn stirnrunzelnd an. »Wie soll ich in die USA zurückkommen?«

»Das wird schon«, beruhigte Preacher sie. »Vertrau mir.«

Zu seiner Überraschung nickte sie einfach und schmiegte sich wieder an seine Seite. Es war erstaunlich, wie sehr diese Frau ihm vertrauen konnte, nachdem ihr Vertrauen in der Vergangenheit so schwer missbraucht worden war. Aber er würde es nie als selbstverständlich ansehen. Er würde ihr keinen Grund geben, ihm zu misstrauen. Niemals. Er würde ihr Fels in der Brandung sein. Der Mensch, zu dem sie aufschaute, wenn sie glücklich, traurig, verängstigt war ... was auch immer sie fühlte, er wollte der Mann sein, zu dem sie zuerst kam.

»Shawn?«

»Ja?«

»Ich weiß, ich sollte wegen der Rückkehr nach Riverton und dem, was mich dort erwartet, ausflippen. Ich muss meine Bewährungshelferin anrufen und ihr sagen, was passiert ist, mit deinen Leuten von der Marine sprechen, Roman gegenübertreten ... aber im Moment spüre ich nur Erleichterung, dass wir es da rausgeschafft haben. Wir alle.«

»Ich auch, Baby. Ich auch. Wir werden alles, was als Nächstes kommt, gemeinsam angehen.«

»Okay.«

»Okay«, stimmte er zu, erneut überwältigt von ihrem Vertrauen in ihn.

Während sie döste, überschlugen sich in Preachers Kopf die Pläne.

Die Drohungen gegen seine Maggie mussten gestoppt werden. Sofort. Er würde alles tun, um das zu erreichen. Er würde Tex anrufen, sobald sie in Deutschland gelandet waren. Bis sie in Riverton ankamen, musste der Ball bereits ins Rollen gebracht worden sein. Er wollte Robertson nicht die geringste Chance geben, sich dem zu widersetzen, was kommen würde. Er würde es bereuen, Maggie nicht verlassen und nie wieder zurückgeschaut zu haben. Preacher würde dafür sorgen.

KAPITEL ZWANZIG

Maggie war wie versteinert. Aber sie tat ihr Bestes, um dem Mann neben ihr keine Emotionen zu zeigen. Shawn war seit ihrer Landung auf dem Marinestützpunkt an ihrer Seite. Allein die Tatsache, hier zu sein, machte sie nervös. Dies war Romans Territorium. Auch wenn Shawn und seine Freunde knallhart waren, was konnten sie schon gegen einen so hochrangigen Offizier ausrichten?

Zum Glück waren sie mitten in der Nacht angekommen und der Stützpunkt wirkte verlassen.

Sie war abgelenkt von Artems und Yanas staunenden Blicken, als sie zum ersten Mal US-Boden betraten. Jetzt, da sie wussten, dass es Borysko gut gehen würde und die Kugeln glücklicherweise nichts Lebenswichtiges getroffen hatten, waren sie viel neugieriger auf alles, was um sie herum geschah.

Und Tex hatte sich für MacGyver als große Hilfe erwiesen. Er hatte es irgendwie geschafft, dass die Kinder vorübergehend in seiner Obhut untergebracht wurden. Vor der neu gegründeten Familie lag ein langer Weg, aber Maggie hatte große

Hoffnungen, dass die Dinge sich für sie zum Guten wenden würden.

Shawn nahm sie mit in seine Wohnung, und zu ihrer Überraschung kam Smiley mit ihnen. Er sagte, dass er es nicht für klug hielt, dass sie allein waren, nicht solange Robertson da draußen auf sie beide Jagd machte. Die Frau, der das Haus gehörte, in dem Shawn ein Zimmer gemietet hatte, hatte einen weiteren Mieter, der gerade ausgezogen war, sodass es ein leeres Zimmer neben Shawns gab. Es war ein weiterer Beweis, wie die Dinge einfach zu funktionieren schienen. Maggie wollte nicht zu lange über das Wie und Warum nachdenken. Stattdessen versuchte sie einfach, dankbar zu sein.

Shawn erklärte, dass Roman wahrscheinlich bereits erfahren hatte, wie schlecht seine Pläne gelaufen waren, und dass er wahrscheinlich sogar jetzt noch herauszufinden versuchte, wie er das Geschehene zu seinem Vorteil nutzen konnte. Das weckte bei Maggie nicht gerade wohlig warme Gefühle, aber sie konnte nicht darüber nachdenken ... sonst würde sie daran zerbrechen.

Nach der kurzen Fahrt zu seinem Haus ließ sie sich also von Shawn ins Haus und die Treppe hinauf zu seinem Zimmer führen. Die Frau, der das Haus gehörte, schlief offensichtlich. Die Mieträume befanden sich im zweiten Stock, und Smiley folgte ihnen.

»Vergesst nicht, dass wir uns morgen um zehn mit Kevlar und dem Rest des Teams treffen«, erinnerte er sie.

»Ich weiß«, sagte Shawn.

Maggie biss sich auf die Lippe. Alle mussten erschöpft sein, und sie hatte plötzlich ein schlechtes Gewissen, dass sie der Grund dafür war.

»Geh nicht ans Telefon, öffne nicht die Tür und sprich mit niemandem außer Preacher«, ermahnte Smiley sie.

Sie nickte. »Ich habe mein Handy nicht dabei und werde

sofort einschlafen, sobald mein Kopf das Kissen berührt. Smiley?«

»Ja?«

»Danke, dass du heute Nacht hierbleibst. Roman ... er ist ... ich habe Angst vor ihm.« Es war ein großes Eingeständnis, aber nach allem, was passiert war, glaubte sie nicht, dass ihr Schrecken für einen dieser Männer eine Überraschung sein würde.

»Er hat es versaut«, sagte Smiley mit einem grimmigen Gesichtsausdruck. »Er hat alle Karten offen auf den Tisch gelegt und jetzt wissen wir alle, wer er wirklich ist.«

Maggie schluckte schwer. Sie wollte das glauben, aber sie hatte auch das Gefühl, dass er nicht ohne einen höllischen Kampf untergehen würde.

»Schlaf ein bisschen. Wir werden morgen eine Lösung finden«, sagte Smiley zu ihr. Dann nickte er Shawn zu und wandte sich der offenen Tür im Flur zu.

Shawn drückte gegen ihren Rücken und drängte sie zur anderen Tür. Er schloss sie auf und trat dann zurück, damit sie zuerst hineingehen konnte.

Maggie war von dem Zimmer überrascht. Sie hatte ein normales Schlafzimmer erwartet, aber dies war eine Suite, und sie war riesig. An der linken Wand stand ein Doppelbett, an dessen Seiten sich anstelle von Nachttischen kleine, altmodische Tische befanden. Es gab etwas, das wie ein ziemlich großer begehbarer Kleiderschrank aussah, mit einer Kommode darin und all den Klamotten von Shawn, die ordentlich aufgehängt waren. Gegenüber dem Bett befand sich eine Sitzecke mit einer Ledercouch, einem übergroßen Sessel und einem großen Flachbildfernseher. Außerdem gab es Regale voller Bücher und Nippes.

Es gab sogar eine kleine Küchenzeile mit Spüle, einem Zwei-Flammen-Herd, einer Mikrowelle und einem Kühlschrank.

»Wow!«, rief Maggie aus.

»Als Janes Ehemann starb, wurde ihr klar, dass sie in diesem großen Haus ganz allein einsam war. Also ließ sie diesen Stock umbauen, sodass die Räume groß genug waren, um im Grunde genommen als Wohnungen zu dienen. Meiner Meinung nach verlangt sie nicht genug für die Miete, aber ich bin dankbar, dass ich eine bekommen konnte. Komm schon, du musst dich frisch machen.«

Maggie ließ sich von Shawn zu einer anderen Tür führen, und dieses Mal war sie nicht überrascht von der Größe des Badezimmers. Diese Jane hatte sich bei der Gestaltung der Mieträume selbst übertroffen. Das Badezimmer, in dem sie stand, war groß. Es gab keine Badewanne, aber die Dusche war übergroß und hatte nicht nur einen Regenduschkopf an der Decke, sondern auch einen weiteren Duschkopf, der aus der Wand kam.

»Ich habe keine Kleidung, die du anziehen kannst, außer meiner, aber ich werde Kevlar morgen früh anrufen und fragen, ob er bei deiner Wohnung vorbeifahren und ein paar Sachen für dich holen und sie vorbeibringen kann, bevor wir uns mit dem Team treffen müssen. Ist das in Ordnung?«

Maggie nickte. In den letzten Tagen hatte sie nicht viel an ihre persönliche Hygiene gedacht, da es wichtigere Dinge gab, um die sie sich Sorgen machen musste – nämlich nicht zu sterben. Aber jetzt, da sie vor dieser fantastischen Dusche stand, konnte sie es plötzlich kaum erwarten, sich zu waschen.

Sie hörte Shawn leise lachen, als er an ihr vorbeiging und die Duschtür öffnete. Er griff hinein und drehte an einem der Knöpfe, woraufhin Wasser von der Decke strömte. »Vor der Tür liegt ein sauberes Handtuch. Lass dir Zeit.«

Er drehte sich um, als wollte er gehen – und Panik überkam Maggie wie eine Flutwelle. Sie streckte die Hand aus und packte seinen Arm mit eisernem Griff. Ihr Mund war trocken, ihr Magen drehte sich um und sie merkte, dass sie kurze, schnelle Atemzüge nahm.

»Maggie? Was ist los? Scheiße! Du bist okay. Du bist in Sicherheit. Atme langsam.« Shawn drehte sich wieder zu ihr um und zog sie an sich. Das Gefühl seines großen, harten Körpers an ihrem dämpfte die Panik, als sei sie nie passiert.

»Duschst du mit mir?«, murmelte sie. Es war lächerlich, dass sie bei dem bloßen Gedanken, allein in einem Badezimmer zu sein, so in Panik geraten war. Aber wenn sie auch nur eine Sekunde allein war, hatte sie das Gefühl, dass Roman sie irgendwie wiederfinden würde. Sie in seine Gewalt bringen würde. Beenden würde, was er begonnen hatte. Es war nicht abzusehen, wohin er sie als Nächstes schicken würde. Sibirien? Nordkorea? Irgendwohin, wo sie dieses Mal niemand finden würde.

Oder er würde ihr einfach das Gehirn rauspusten und ihre Leiche zwei Meter tief in den Bergen rund um die Stadt vergraben.

Shawn antwortete nicht verbal, sondern trat einfach einen Schritt zurück und begann, sich auszuziehen.

Maggie folgte seinem Beispiel und zog sich schnell aus. Es fühlte sich an, als sei es Jahre her, dass sie miteinander geschlafen hatten. Es hätte ihr peinlich sein sollen, vor diesem Mann nackt zu sein, aber das war es nicht. Nicht im Geringsten. Als sie beide nackt waren, öffnete er die Duschtür und trat ein, um das Wasser zu testen und sich davon zu überzeugen, dass es perfekt war, bevor er ihr seine Hand hinhielt.

Maggie nahm sie und trat in die Glaskabine. Der Dampf aus der Dusche beschlug die Wände und es fühlte sich an, als seien sie und Shawn in ihrer eigenen kleinen Welt. Es konnte unbeholfen sein, mit jemand anderem zu duschen, aber er gab ihr das Gefühl, als hätten sie das schon tausendmal gemacht. Er trat in ihren persönlichen Bereich, hielt sie an den Hüften fest und drängte sie unter den Wasserstrahl. Als sie den Kopf in den Nacken legte, um ihre Haare nass zu machen, spürte Maggie, wie er den Blick über ihren Körper wandern ließ.

Als sie die Augen öffnete, sah sie, dass er stirnrunzelnd ihren Oberkörper betrachtete. Als sie nach unten schaute, wurde ihr klar, warum er so beunruhigt aussah. Sie war voller blauer Flecke. Hier und da hatte sie sogar ein paar Schürfwunden.

»Mir geht es gut«, sagte sie.

»Dir geht es nicht gut, aber ich werde dafür sorgen, dass es so sein wird«, erwiderte Shawn und beugte sich dann vor, um eine Flasche Shampoo zu greifen. »Dreh dich um«, befahl er.

Sie wollte ihm versichern, dass es ihr wirklich gut ging. Dass ein paar blaue Flecke und Schürfwunden ein geringer Preis dafür waren, am Leben zu sein, dafür, dass sie überlebt hatte, was sie niemals hätte überleben dürfen. Aber stattdessen tat sie, worum Shawn sie gebeten hatte, und drehte ihm den Rücken zu.

Die nächsten zehn Minuten waren für Maggie unwirklich. Shawn war sanft, als er ihr Haar gründlich shampoonierte, ausspülte und Spülung einmassierte. Dann seifte er einen Waschlappen ein und wusch sie von Kopf bis Fuß. Er kniete zu ihren Füßen und fuhr mit dem Tuch sanft ihre Beine auf und ab. Er scheute sich auch nicht, zwischen ihren Schenkeln zu waschen. Und obwohl Maggie dabei rot wurde, protestierte sie nicht. Dann revanchierte sie sich, obwohl es schwierig war, an seine Haare zu kommen.

Sich gegenseitig zu waschen hatte nichts mit Sex zu tun, sondern damit, sich um den Menschen zu kümmern, den man liebte. Aber als Maggie eine seifige Hand um seinen Schwanz legte und sanft seine Hoden reinigte, wurde die warme Dusche glühend heiß.

Sein Schwanz wurde hart und Shawn stöhnte, als sie ihn

streichelte. Maggie wurde von der Lust überwältigt. Sie hatte vergessen, dass er vor nicht allzu langer Zeit noch Jungfrau gewesen war. Sie fragte sich, ob er jemals eine Frau gehabt hatte, die ihn unter der Dusche so befriedigt hatte. Sie bewegte ihre Hand schneller und drückte seinen Schwanz, während sie ihn streichelte.

»Maggie«, sagte er mit leiser und rauer Stimme. »Du musst nicht ...«

»Ich weiß«, sagte sie. »Ich will es aber. Hör auf zu denken und genieße es.«

Während das Wasser über seine Schultern strömte, konzentrierte Maggie sich darauf, dass er sich genauso gut fühlte wie sie in diesem Moment. In den letzten Tagen hatte sie kein einziges Mal erlebt, wie Shawn die Fassung verlor. Er war ihr Fels in der Brandung gewesen. Selbst als er von den russischen Soldaten geschlagen wurde, hatte er die Ruhe bewahrt.

Aber jetzt? Er war Wachs in ihren Händen, und das gab Maggie etwas von dem verlorenen Selbstvertrauen zurück. Zu wissen, dass sie Shawn so sehr erregte, dass er zitterte, war berauschend.

»Ich werde nicht lange durchhalten«, warnte er sie.

»Gut. Das will ich sehen. Fühlen, wie dein Sperma über meine Hand läuft. Es auf meiner Haut spüren«, sagte Maggie und fühlte sich verdammt sexy. Sie stand dicht bei ihm, und der Gedanke, dass sein Sperma auf ihre Haut spritzen würde, war erotischer als alles, was sie je getan hatte.

Er lag nicht falsch. Es dauerte nicht lange, bis sein Vergnügen ihn überwältigte.

Er ließ eine Hand hervorschnellen und packte sie fest im Nacken. Die andere legte er auf ihre Taille, wo er die Finger in ihre Haut grub. Sie fühlte sich von ihm umgeben, vollkommen im Einklang mit ihm.

Er schob die Hüften nach vorn, als sein Orgasmus kam.

Sperma schoss aus der Spitze seines Schwanzes und spritzte gegen ihren Bauch. Es war heiß und cremig, und Maggie konnte ihr Lächeln nicht zurückhalten. Sie hatte es geschafft. Sie hatte ihn dazu gebracht, diese eiserne Kontrolle zu verlieren, die sie so sehr erregte.

Sie melkte seinen Schwanz und sorgte dafür, dass jeder Tropfen aus ihm herauskam. Zu ihrer Überraschung war er immer noch halb erigiert, als er plötzlich ihr Handgelenk packte und ihre nun sanften Liebkosungen unterbrach.

Er drehte ihre Hand und legte sie auf ihren eigenen Bauch. Dann rieben die beiden sein Sperma in ihre Haut. Sein Blick war auf ihre Hände und ihren Körper geheftet.

»So verdammt sexy«, murmelte er, bevor er zur Seite trat und das Wasser auf ihren Oberkörper prasseln ließ. Sein Sperma war schnell abgewaschen, und er drehte sich um und stellte das Wasser ab. Er öffnete die Tür zur Dusche und griff nach dem Handtuch, das er zuvor dort hingelegt hatte, und begann dann zügig und effizient, Maggie abzutrocknen.

»Das kann ich selbst«, sagte sie.

»Ich weiß, aber ich will es tun.«

Er verhielt sich ein wenig seltsam und Maggie war sich nicht sicher warum. Also stand sie still und ließ sich von ihm abtrocknen. Dann fuhr er sich schnell mit dem Handtuch über den eigenen Körper, bevor er es auf den Boden warf und aus der Dusche stieg. Er hatte Maggies Hand in seiner und zerrte sie praktisch aus dem Badezimmer zu seinem Bett.

Er warf die Bettdecke zurück und sagte mit kehliger Stimme: »Rein mit dir.«

Maggie schluckte schwer, da sie Schwierigkeiten hatte, seine Stimmung zu deuten, tat aber, was er ihr befahl. Kaum lag sie auf dem Rücken, beugte Shawn sich über sie. Sein Schwanz streifte die Haare zwischen ihren Beinen und sie wand sich unter ihm.

»Das war ... ich weiß nicht, was das war«, sagte Shawn, während er ihr in die Augen sah. »Perfektion. Ein wahr gewordener Traum. Ein Wunder.«

Jeder Muskel in Maggies Körper entspannte sich. Für einen Moment dachte sie, er sei verärgert über das, was passiert war. Aber das schien nicht der Fall zu sein.

»Ich bin kein sehr erfahrener Mann, aber ich möchte das für dich gut machen. Was brauchst du? Meinen Mund? Meine Finger? Ich weiß, dass du erschöpft bist, also willst du wahrscheinlich nur schlafen. Sag es mir, Maggie. Was brauchst du von mir? Sag es, es gehört dir.«

»Dich, Shawn. Ich brauche nur dich.«

»Du hast mich.«

Maggie lächelte. »*In* mir, Shawn. Ich brauche dich in mir.«

»Wie? Sanft und leicht? Oder hart und schnell?«

Maggie konnte die Schmerzen der letzten Tage tief in ihren Knochen spüren. Sie war nicht an so viel körperliche Anstrengung wie die der letzten Zeit gewöhnt. »Sanft und leicht«, antwortete sie.

»Dein Wunsch ist mir Befehl«, sagte er.

Dann machte er genau das. Er liebte sie sanft und ehrfürchtig. Maggie hatte sich noch nie so geschätzt gefühlt.

Er entlockte ihr zwei Orgasmen, bevor sie ihn drängte, sich um sein eigenes Vergnügen zu kümmern. Selbst mitten in seinem Höhepunkt hämmerte er nicht in sie hinein. Er drang einfach tief in ihren Körper ein und kam lange und heftig.

Dann drehte er sich um, hielt sie fest und deckte sie beide mit der Bettdecke zu.

Maggie seufzte an seiner Seite. Seine Arme um sie fühlten sich unglaublich an. Sie hatte so lange ohne menschliche Berührung gelebt, dass sich dies wie ein Wunder anfühlte. *Ihr* Wunder.

Morgen könnte der Teufel los sein, aber im Moment war sie

zufrieden damit, Shawns Liebe zu genießen. Sie spürte seine Lippen auf ihrer Stirn und seufzte vor Zufriedenheit.

»Schlaf, Maggie.«

»Müssen wir einen Wecker stellen?«, fragte sie schläfrig.

»Das habe ich schon.«

»Hast du Kevlar angerufen?«

»Ich kümmere mich darum. Mach dir keine Sorgen.«

Keine Sorgen machen. Wann war sie das letzte Mal so unbekümmert gewesen, dass sie sich keine Sorgen machen musste? Sicherlich bevor sie Roman kennengelernt hatte. Mit ihm auszugehen war ... stressig gewesen. Maggie hatte immer das Gefühl gehabt, dass sie dem, was er für seine Größe hielt, gerecht werden musste. Dass sie irgendwie versagte, wenn sie in seiner Nähe war. Mit ihrer Kleidung, ihrem Verhalten, ihren Worten. Aber mit Shawn konnte sie einfach sie selbst sein.

Maggie versuchte immer noch herauszufinden, wer sie war, da die Inhaftierung sie verändert hatte. Sie war misstrauischer, weniger vertrauensvoll und weniger bereit, Menschen für bare Münze zu nehmen. Aber irgendwie fand sie mit diesem Mann und seinen Freunden zu sich selbst.

»Ich muss Julie anrufen«, murmelte sie.

»Das machen wir morgen. Schlaf jetzt, Maggie. Du bist erschöpft, und ehrlich gesagt bin ich es auch. Morgen ist früh genug, um sich um die reale Welt zu kümmern.«

»Okay«, murmelte sie.

»Ich liebe dich«, sagte Shawn.

»Ich liebe dich auch«, entgegnete Maggie mit einem kleinen Lächeln. Dann fiel sie in einen tiefen Schlaf, voller Vertrauen in den Mann, der sie in den Armen hielt, dass er sie beschützen würde.

KAPITEL EINUNDZWANZIG

Preacher holte tief Luft und versuchte, sich zu entspannen. Es war viertel nach zehn und das Team hatte sich in Safes Haus versammelt, um die Situation mit Robertson zu besprechen. Josie war mit den Kindern bei MacGyver zu Hause. Maggie saß nervös am Tisch neben der Küche. Kevlar hatte vor dem Treffen ein paar Dinge für sie abgeholt und dann Dude und Benny angerufen, damit sie mit Wren und Remi zu Maggies Wohnung fuhren, um weitere ihrer Sachen zu packen. Sie hatte an diesem Morgen zugestimmt, vorübergehend bei Preacher einzuziehen, bis die Dinge mit Robertson geklärt waren.

Er sollte begeistert sein, dass sie in absehbarer Zukunft in seiner Wohnung sein würde, aber er war auch besorgt, dass sie das Gefühl hatte, keine andere Wahl zu haben. Preacher entging nicht, dass Maggie kein richtiges Zuhause hatte. Sie war nach ihrer Entlassung bei Adina untergekommen, weil sie nirgendwo anders hin konnte. Und jetzt wurde sie aufgrund von Umständen, auf die sie keinen Einfluss hatte, zu ihm umgesiedelt. Er wollte auf keinen Fall, dass sie einwilligte, bei ihm einzuziehen, weil sie sich in die Enge getrieben fühlte. Sie sollte dort sein, weil sie es wollte. Sie hatte ihm an diesem Morgen gesagt, dass sie gern bei ihm bleiben würde, aber er machte sich trotzdem Sorgen.

Dann war da noch Robertson. Der Mann war eine Bedrohung. Eine große. Nicht nur für Maggie, sondern auch für sein SEAL-Team, andere Frauen und sogar andere Marine-Angehörige. Es war nicht abzusehen, was er tun würde, um der Justiz zu entgehen. Er hatte bereits bewiesen, dass er kein Problem damit hatte, dafür zu sorgen, dass andere den Kopf für ihn hinhalten mussten.

»Ich habe heute Morgen mit Tex gesprochen, und was er bisher herausgefunden hat ... ist nicht gut«, sagte Kevlar.

»Heute Morgen?«, fragte MacGyver. »Ich dachte, er würde sich uns für dieses Treffen per Telefon anschließen?« Sein Teamkamerad hatte dunkle Ringe unter den Augen, und Preacher fragte sich, ob er überhaupt geschlafen hatte. Er war offensichtlich wegen Artem, Borysko und Yana gestresst, aber er war hier, was für ihn die Welt bedeutete.

»Ja, das wird er. Aber ich war früh auf und wollte nicht warten, um ihn auf den neuesten Stand zu bringen. Der Gedanke, dass Robertson nicht nur unsere Karrieren, sondern auch andere SEAL-Teams durcheinanderbringt, ist so verdammt falsch, dass es nicht einmal lustig ist.«

Preacher nickte, ebenso wie alle anderen Männer. Dass der Konteradmiral seine Macht missbrauchte, gefiel keinem von ihnen.

»Er selbst wird nichts tun«, sagte Flash. »Er ist ein Feigling. Wenn er Maggie wieder belästigen will, schickt er einen seiner Handlanger.«

»Ich stimme zu. Deshalb hat Tex versucht herauszufinden, wer Robertsons Handlanger sind. Bisher hat er ein paar einfache Matrosen gefunden sowie ein oder zwei verurteilte Drogendealer.«

»Wirklich?«, fragte Maggie.

»Und er glaubt, dass das nur die Spitze des Eisbergs ist«, sagte Kevlar mit einem Nicken. »Tex hat auch ein paar seiner Hackerfreunde darauf angesetzt. Eine Frau aus Texas, eine andere aus New Mexico. Und auch Rex, den wir alle kennen ... den Anführer der Mountain Mercenaries. Das ist im Moment ihre oberste Priorität. Sie nehmen sich besonders den ungelösten Fall seiner vermissten Frau vor. Sie durchsuchen auch Berichte über nicht identifizierte Überreste, die in der Gegend, in der er lebte, gefunden wurden, um zu sehen, ob etwas davon auf die Frau und damit auf Robertson zurückgeführt werden kann.«

Maggie blickte auf ihren Schoß, und Preacher merkte, dass sie versuchte, nicht zu weinen. Er ging zu ihr und zog den Stuhl neben ihr heraus. Er nahm ihre Hand in seine und legte sie auf seinen Oberschenkel.

»Also ... was jetzt?«, fragte er. »Was machen wir, während wir darauf warten, dass Tex und seine Freunde ihr Ding durchziehen? Es ist nicht gerade sicher für uns, wieder an die Arbeit zu gehen.«

»Ich habe auch mit dem Kommandanten gesprochen«, sagte Kevlar. »Er ist sauer. Er stimmt zu, dass Robertson daran beteiligt war, dass Maggie in einer Kiste in diesem Flugzeug landete. Er hat uns vorerst auf eine Liste gesetzt, dass wir nicht auf Mission geschickt werden. Natürlich hat Robertson die Macht, diesen Befehl aufzuheben, aber wenn er das tut, wird es noch offensichtlicher, dass er an allem schuld ist, was wir ihm vorwerfen.«

»Und Maggie? Wie sorgen wir für ihre Sicherheit?«, fragte Preacher.

Es schien Minuten zu dauern, bis jemand etwas sagte, aber es waren wahrscheinlich nur ein paar Sekunden. Preacher spürte, wie Maggies Hand sich in seinem Griff verkrampfte.

In diesem Moment klingelte Kevlars Telefon. Er nahm den Anruf an und schaltete den Lautsprecher ein. »Tex«, sagte er kurz und begrüßte so den ehemaligen SEAL am anderen Ende.

Das Gespräch ging weiter, als sei es nicht unterbrochen worden.

»Sie darf nicht allein sein. Einer von uns muss immer bei ihr sein«, sagte Safe.

»Arbeiten ist wahrscheinlich auch keine gute Idee«, stimmte Smiley zu.

»Er wird alles in seiner Macht Stehende tun, um sicherzustellen, dass sie nicht gegen ihn aussagen kann, wenn er schließlich vor Gericht gestellt wird. Und er *wird* sich zu dem bekennen müssen, was er getan hat. Tex wird dafür sorgen«, fügte Kevlar hinzu.

»Nein.«

Es wäre komisch gewesen, wie alle den Kopf drehten, um Maggie anzustarren. Aber nichts daran war lustig. Preacher tat sein Bestes, um ruhig zu bleiben. »Nein was, Maggie?«

»Er hat mich einmal ins Gefängnis gebracht. Ich werde nicht zulassen, dass er es noch einmal tut. Ich will mich nicht wie ein Feigling verstecken. Es macht mir nichts aus, jemanden bei mir zu haben, denn ich bin keine Idiotin, und ich will nicht riskieren, wieder entführt und in ein anderes Kriegsgebiet geschickt zu werden, nur damit er mich loswerden kann. Und ich will meinen Job nicht aufgeben. Ich *mag* ihn. Aber ich weiß, dass andere Menschen in Gefahr sind, wenn ich in der Nähe bin. Das ist das Letzte, was ich will. Es ist schlimm genug, dass *eure* Verbindung zu mir euch alle in sein Visier gebracht hat. Das muss aufhören. *Sofort.*«

Preacher verkrampfte sich. »Was meinst du damit?«, fragte er.

»Er wird nicht widerstehen können, mit mir zu reden, wenn er die Gelegenheit dazu hat. Er wird seine Macht über mich ausüben wollen. Mich bedrohen. Wahrscheinlich mit all dem prahlen, was er bereits getan hat. Sich darauf freuen, was er noch tun *wird*. Wenn wir das auf Band bekommen, hilft uns das bei der Strafverfolgung. Oh! Und das habe ich ganz vergessen. Ich habe noch die Aufzeichnung von seinem letzten Anruf bei mir.«

»Das stimmt«, sagte Tex vom Telefon aus. »Kannst du sie mir schicken? So schnell wie möglich?«

»Klar. Sie ist aber auf meinem Laptop in meiner Wohnung.«

»Ich kann ihn holen und sie dir schicken, Tex«, sagte Kevlar.

»Gut.«

»Ich denke immer noch, dass es eine gute Idee wäre, ihn dazu zu bringen zuzugeben, was er mir angetan hat. Die Sache mit der Ukraine«, sagte Maggie. »Die Telefonaufzeichnung ist ziemlich schlimm, belastend, aber was ist, wenn ein Anwalt sagt, dass er es nicht ist? Es gibt keinen anderen Beweis dafür, dass er derjenige ist, der mich bedroht. Wenn wir sowohl Audio- als auch Videoaufnahmen von ihm bekommen könnten, in denen er mit dem prahlt, was er getan hat ...«

»Nein«, sagte Preacher entschieden und unterbrach sie, bevor sie ihren Gedanken zu Ende führen konnte.

»Wahrscheinlich nicht die beste Idee«, stimmte Blink zu.

»Der Meinung bin ich auch«, sagte MacGyver.

»Sie könnte recht haben«, sagte Smiley.

Preacher warf seinem Freund einen Todesblick zu.

»Ich sage nicht, dass sie in sein Büro spazieren und einen Showdown veranstalten soll ... obwohl, wenn ich es mir recht überlege, ist das auch nicht die schlechteste Idee. Er wird nichts tun können, wenn sie in seinem Territorium ist. Er scheint am besten außerhalb der Grenzen seines Jobs zu arbeiten. Wenn sie also auf dem Stützpunkt auftaucht, wo es Leute gibt, wird er sie nicht wieder schnappen oder etwas tun können, das sie verletzen würde.«

»Willst du mich verarschen? So dumm kannst du doch nicht sein«, sagte Preacher zu Smiley.

»Ich vermute, er würde nicht riskieren, in seinem Büro etwas zu sagen, das jemand mithören könnte«, warf Safe ein.

»Okay, guter Punkt. Aber was ist, wenn sie sich auf einem Parkplatz auf dem Stützpunkt ›zufällig‹ über den Weg laufen? Wenn niemand in Hörweite ist, könnte er sich ermutigt genug fühlen, ihr zu sagen, was er als Nächstes mit ihr vorhat. Und natürlich wären wir alle da und würden zusehen und es aufnehmen, außer Sichtweite. Nur für den Fall.«

Preacher holte tief Luft. Er wollte Smiley am liebsten windelweich schlagen, dass er überhaupt vorgeschlagen hatte, Maggie solle Robertson direkt konfrontieren. Aber er musste auch zugeben, dass die Idee etwas für sich hatte. Einerseits bestand eine gute Chance, dass der Mann paranoid und *noch* vorsichtiger werden würde, was er zu wem sagte, wenn er herausfand, dass gegen ihn ermittelt wurde. Andererseits war er ein arroganter Mistkerl. Jemand, der dachte, er sei schlauer als alle anderen um ihn herum. Er könnte einen Fehler machen. Und solange sie kontrollierten, wie und wann er und Maggie sich trafen, konnte der Konteradmiral ihr nichts antun.

»Ja. Lasst es uns tun«, sagte Maggie.

Kevlar runzelte die Stirn. »Ich bin mir da nicht so sicher. Ich traue dem Mann nicht über den Weg.«

»Ich auch nicht«, sagte Maggie, »aber ich möchte auch nicht mein Leben lang über meine Schulter schauen und mich fragen, wann er zuschlägt. Er könnte als Nächstes Drogen in eines *eurer* Fahrzeuge schmuggeln. *Vergessen,* Kugeln für eure nächste Mission zu bestellen. Oder schlimmer noch, eure Position an die bösen Jungs verraten. Ich gebe zu, dass es in der Ukraine ziemlich schrecklich war, als Köder zu dienen, aber der Zweck hat die Mittel geheiligt. Ich bin hier, MacGyver ist hier und Shawn auch. Ich habe mich ihm gegenüber so lange hilflos gefühlt. Bitte lasst mich helfen, ihn zu Fall zu bringen.«

»Scheiße«, murmelte Blink. »Wie können wir dem widersprechen?«

»Wenn wir das tun«, sagte Preacher eindringlich, »brauchen wir die Zustimmung und Unterstützung der Strafverfolgungsbehörde. Wir werden auf keinen Fall etwas tun, das vor Gericht nicht zulässig sein könnte.«

»Einverstanden«, sagte Kevlar. »Ich werde mit dem Kommandanten sprechen. Er wollte sich sowieso mit der Strafverfolgungsbehörde in Verbindung setzen, damit die Mitarbeiter dort an der Operation teilnehmen können.«

»Danke«, sagte Maggie leise zu der Gruppe. »Ich kann den Gedanken nicht ertragen, dass jemand anderes in seine Lügen verwickelt und wegen etwas beschuldigt wird, das er nicht getan hat.«

Preacher gefiel das nicht. Überhaupt nicht. Aber ihm fiel nichts anderes ein, was sie tun könnten, um sie zu schützen, außer aus dem Land zu fliehen, was sie am Ende in noch *mehr* Schwierigkeiten bringen würde, nicht weniger. Aber ehrlich gesagt ging es nicht mehr nur um sie. Robertson missbrauchte seine Macht und es war nicht abzusehen, was er in Zukunft anderen Angehörigen der Marine antun würde. Er musste zum Wohle der Institution, des Landes und aller Menschen, die von seinen Befehlen betroffen sein könnten, gestoppt werden.

Noch nie hatte Preacher von jemandem gehört, der seine Macht so missbrauchte, wie Robertson es jetzt tat. Er wusste genau, was er tat, als er ihr SEAL-Team losschickte, um diese Kisten zu liefern. Sie hatten die Mission infrage gestellt, noch bevor sie Maggie in einer der Kisten entdeckt hatten. Der Mann war verstört und fühlte sich offenbar völlig unbesiegbar, wenn er glaubte, er könne jemanden aus dem Land schmuggeln und ihn in einem Kriegsgebiet sterben lassen.

Die Gruppe löste sich auf, nicht allzu lange nach der Entscheidung, dass Maggie Roman konfrontieren würde. Preacher wollte sie nach Hause bringen, sie verstecken, aber sie bestand darauf, bei *My Sister's Closet* anzuhalten, um mit Julie zu sprechen. Das wiederum führte zu einem späten Mittagessen im *Aces Bar and Grill*. Jessyka, Caroline und Alabama waren zufällig dort, und irgendwie kaperten sie Maggie und forderten Preacher auf, sich zu verziehen, da sie über Frauenthemen zu reden hätten.

Da Maggie sich offensichtlich freute, mit den Frauen zu sprechen, ließ er sie gewähren. Er behielt sie die ganze Zeit im Blick, aber im Laufe des Nachmittags entspannte er sich ein wenig. Solange er da war, würde ihr niemand auch nur ein Haar krümmen. Sie war ...

Preacher fiel nicht das richtige Wort ein, um die Frau zu beschreiben, in die er sich bis über beide Ohren verliebt hatte. Sie war alles, was er sich je von einer Partnerin gewünscht hatte. Und er würde es nicht ertragen, sie an irgendein Arschloch zu verlieren, das sich daran aufgeilte, Macht über andere auszuüben.

Es war etwa halb vier, als Maggies Telefon klingelte. Preacher hatte sie angestarrt und versucht einzuschätzen, wo sie mental stand, als er sah, wie sie ihr Telefon herausholte, das Kevlar ihr am Morgen mit Wechselkleidung vorbeigebracht hatte.

Und er sah, wie ihr das Blut aus dem Gesicht wich, als sie demjenigen zuhörte, der am anderen Ende der Leitung war.

Adrenalin schoss durch Preachers Adern und er stand so schnell auf, dass sein Stuhl kippte. Er eilte zum Tisch und bemerkte, dass die anderen Frauen genauso besorgt aussahen. Aber seine ganze Aufmerksamkeit galt Maggie.

»Ja, Sir. Ich verstehe. Ich kann alles erklären. Aha. Okay. Jetzt? In Ordnung.« Sie schaute auf die Uhr. »Ich kann in zwanzig Minuten da sein? Ja, Sir. Tschüss.«

»Was? Wer war das? Wo kannst du in zwanzig Minuten sein?«, fragte Preacher.

Maggies Hände zitterten, als sie ihr Handy wieder in ihre Handtasche steckte. »Das war jemand aus dem Büro meiner Bewährungshelferin. Sie haben gehört, dass ich eine Reise ins Ausland gemacht habe, was gegen die Bedingungen meiner Bewährung verstößt. Er sagte, ich müsse sofort kommen, damit sie beurteilen kann, was passiert ist ... und ob ich wieder ins Gefängnis muss.«

»Das ist Schwachsinn!«

»Nein, das ist nicht fair! Du *wolltest* doch nicht das Land verlassen!«

»Ich rufe Tex an. Er wird das klären.«

Preacher blendete die anderen Frauen aus. Es war nicht so, dass er ihre Empörung nicht teilte. Das tat er. Aber er war eher besorgt über den panischen Ausdruck in Maggies Gesicht. Er zog einen Stuhl von einem nahe stehenden Tisch heran und setzte sich, dann nahm er Maggies Gesicht in seine Hände. »Schau mich an«, befahl er.

Ihr Blick fand sofort den seinen.

»Wir werden das in Ordnung bringen.«

»Ich kann nicht dorthin zurückgehen«, flüsterte sie verzweifelt. »Ich kann einfach nicht!«

»Das wirst du auch nicht.«

»Verdammt richtig, das wird sie nicht«, sagte Caroline, während sie auf ihrem Handy scrollte. »Tex wird dafür sorgen.« Sie drückte eine Taste, hielt sich das Handy ans Ohr, schob dann ihren Stuhl zurück und stand auf, um in eine ruhigere Ecke der Kneipe zu gehen.

Tränen liefen Maggie über die Wangen, und jede einzelne davon zerriss Preacher das Herz. »Was willst du tun?«, fragte er.

»Tun?«, fragte sie stirnrunzelnd.

»Fahren wir nach Mexiko? Warten wir und treffen uns morgen mit deiner Bewährungshelferin, nachdem wir Vorkehrungen getroffen haben, den Kommandanten und einen Anwalt mitzubringen? Oder den Piloten des Hubschraubers, der dabei war, als die verdammte Kiste, in der du warst, nach der Landung auf dem Boden aufbrach? Was auch immer du tun willst, ich werde es möglich machen.«

Sie starrte ihn einen langen Moment an. »Du würdest mit mir nach Mexiko gehen?«, fragte sie leise.

»Sofort.«

»Aber das würde deine Karriere ruinieren. Du würdest wahrscheinlich wegen Beihilfe zur Flucht angeklagt werden.«

Preacher zuckte mit den Schultern. »Das ist mir egal. Im Moment interessiere ich mich nur dafür, diesen entsetzten Ausdruck in deinem Gesicht verschwinden zu lassen.«

Maggie schloss die Augen und seufzte. »Ich kann nicht weglaufen. Es klingt nach der schlimmsten Art der Hölle, ein Leben lang gejagt zu werden. Außerdem bin ich schlecht in Fremdsprachen. Wegen Französisch hätte ich fast keinen College-Abschluss gemacht.« Sie öffnete die Augen und starrte Preacher an. »Ich muss jetzt dort hingehen. Wenn ich das nicht tue, werden sie einen Haftbefehl ausstellen. Das hat der Typ am Telefon gesagt. Ich werde hingehen und mit ihnen reden, erklären, was passiert ist. Vielleicht kannst du mir die Nummer deines Kommandanten auf dem Stützpunkt für meine Bewährungshelferin geben? Vielleicht kann er für mich bürgen?«

»Wird erledigt. Und Caroline hat recht, Tex wird es schaffen. Wir müssen nur ruhig bleiben, okay?«

Maggie leckte sich die Lippen. »Okay.«

Aber Preacher konnte sehen, dass sie alles andere als ruhig

war. Er konnte ihren Herzschlag buchstäblich an ihrem Hals sehen. Er konnte das leichte Zittern ihres Körpers unter seinen Händen spüren.

Er hasste das. Er verabscheute es. Er war nie der Typ SEAL gewesen, der es genoss, einem anderen Menschen das Leben zu nehmen. Aber wenn Konteradmiral Robertson jetzt vor ihm gestanden hätte, hätte er ihm ohne einen Funken Reue das Genick gebrochen.

»Komm schon, lass uns gehen. Cheyenne, würdest du Kevlar anrufen und ihm sagen, was passiert ist?«, fragte Preacher.

»Natürlich.«

»Und ich rufe Abe an. Er wird den Rest der Truppe zusammenrufen. Mach dir keine Sorgen, Maggie. Unsere Jungs werden das schon hinkriegen«, sagte Alabama zu ihr.

Maggie nickte und versuchte zu lächeln, aber jeder konnte sehen, dass es gezwungen war.

Preacher nahm ihre Hand und führte sie durch die Kneipe zur Tür. Seine Gedanken überschlugen sich. Er musste sich überlegen, was er Maggies Bewährungshelferin sagen sollte, damit sie glaubte, dass sie nicht auf eine Vergnügungsreise in die Ukraine geflogen war. Es war ein lächerlicher Gedanke, aber unterm Strich verstieß die Ausreise aus dem Land gegen Maggies Bewährungsauflagen. Der Staat hatte jedes Recht, sie wieder hinter Gitter zu bringen, bis dieser Schlamassel geklärt war. Aber er hoffte, dass es nicht dazu kommen würde, bevor bewiesen werden konnte, dass Maggie keine andere Wahl gehabt hatte. Dass sie verdammt noch mal entführt und in eine Kiste gesperrt worden war.

Verdammt, er würde Artem, Borysko und Yana holen, wenn es sein müsste. Alles, um diesen Albtraum für Maggie zu beenden.

Sie umklammerte seine Finger mit einem Griff, der so fest

war, dass es fast schmerzte. Aber Preacher sagte kein Wort. Er würde für die Frau an seiner Seite bis ans Ende der Welt gehen, und es brachte ihn um, dass er in diesem Moment nicht die magischen Worte hatte, um alles besser zu machen. Um das alles zu beheben. Der Frau, die er liebte, in einer der stressigsten Zeiten ihres Lebens nicht helfen zu können, war schmerzhafter als alles, was Preacher je erlebt hatte.

Sein Herz schmerzte, als er sie zum Regierungsgebäude in Riverton fuhr, aber Preacher schwor sich, dass er, egal was passierte, Maggies Fels in der Brandung sein würde. Ihr Beschützer. Der eine Mensch auf der Welt, auf den sie sich verlassen konnte.

KAPITEL ZWEIUNDZWANZIG

Maggie fror. Draußen war es nicht kalt, aber sie fühlte sich von innen heraus gefroren. Dies war buchstäblich ihr schlimmster Albtraum, der wahr wurde. Sie hatte alles in ihrer Macht Stehende getan, um auf dem rechten Weg zu bleiben. Um nichts Falsches zu tun, damit es keinen Grund gab, sie wieder hinter Gitter zu bringen. Okay, Adinas Taxi-Registrierung zu benutzen war nicht gerade legal, aber sie hatte niemandem etwas getan. Vor allem weil sie die Erlaubnis ihrer Freundin hatte, das zu tun, was sie getan hatte.

Sie hätte nie im Leben gedacht, dass sie wieder hinter Gitter kommen könnte, weil sie *entführt* worden war. Sie hatte kein Mitspracherecht bei dem gehabt, was mit ihr geschah. Gott, sie war *bewusstlos* gewesen. Aber niemand hatte ihr geglaubt, als sie sagte, sie habe keine Ahnung gehabt, dass diese Drogen in ihrem Wagen waren. Warum sollte ihr jetzt jemand glauben?

Der einzige Grund, warum sie nicht über die Ungerechtigkeit des Ganzen schrie, war der Mann, der ihre Hand hielt. Shawn hielt sie buchstäblich zusammen. Die Wahrheit war, dass sie Angst hatte. Mehr Angst als zu dem Zeitpunkt, an dem sie aufgestanden war und diese russischen Soldaten sie gesehen hatten. In der Ukraine hatte sie die Kontrolle darüber gehabt, was sie tat und was als Nächstes passieren würde. Sie war in der Lage gewesen, sich zu verstecken, zu fliehen, ihren Verstand zu benutzen, um zu entkommen.

Aber jetzt? Sie konnte rein gar nichts tun. Es gab kein Weglaufen, kein Verstecken, und was als Nächstes geschah, hing buchstäblich von jemand anderem ab. Ihre Bewährungshelferin war im Allgemeinen ziemlich entspannt. Die Frau war immer freundlich gewesen, wenn sie sich in der Vergangenheit mit ihr getroffen hatte. Maggie musste einfach hoffen, dass sie ihr gegenüber immer noch ein wenig Mitgefühl empfand, wenn sie sich in ein paar Minuten trafen.

Schon beim Gang zum Gebäude wurde ihr übel. Als die Tür sich hinter ihnen schloss, nachdem sie eingetreten waren, spürte Maggie, wie schwer es auf ihrer Seele lastete. Sie betete, dass sie in nicht allzu ferner Zukunft durch dieselbe Tür wieder hinausgehen könnte.

»Tex kümmert sich darum«, sagte Shawn leise, als sie in den Aufzug stiegen, der sie in den zweiten Stock bringen sollte. »Caroline hat eine SMS geschickt und gesagt, dass er stinksauer ist. Der Staat kann dich nicht einsperren, weil du das Land gegen deinen Willen verlassen hast.«

Maggie nickte, innerlich immer noch wie betäubt. Es fühlte sich wirklich gut an, dass sie so überzeugte Unterstützer hatte, aber sie war nicht davon überzeugt, dass es kurzfristig etwas bewirken würde. Regeln waren Regeln, und sie hatte panische Angst, dass sie die Nacht oder die nächsten Tage hinter Gittern verbringen könnte.

Sie wollte sich plötzlich von Shawn lösen. Darauf bestehen, dass sie nicht gut für ihn sei ... aber so stark war sie nicht. Sie brauchte ihn. Er war das Einzige, was sie davor bewahrte, in einer Pfütze der Verzweiflung auf den Boden zu sinken.

Der Aufzug klingelte, als er im zweiten Stock ankam, und Shawn führte sie zu der Person, die hinter dem Empfangstresen saß.

»Maggie Lionetti ist hier für einen Termin«, sagte er selbstbewusst, als hätte er das schon eine Million Mal gemacht.

Die Frau blickte auf den Computerbildschirm und nickte. »Gehen Sie durch die Doppeltür hier und nehmen Sie drinnen Platz. Jemand wird gleich zu ihr kommen.«

Das Geräusch jeder Tür, durch die sie ging und die sich hinter ihr schloss, war wie eine Totenglocke. Maggie konnte sich noch immer an das Geräusch erinnern, das ihre Zellentür jeden Abend machte, wenn sie ins Schloss fiel, und obwohl die Glastüren nicht einmal annähernd so klangen, war die Vorstellung dieselbe.

Sie setzten sich und Maggie tat ihr Bestes, um nicht zu hyperventilieren.

»Es ist okay. Du bist okay«, sagte Shawn und drückte ihre Hand.

Das war sie nicht. Sie war überhaupt nicht okay. Aber Shawn dachte, sie sei stark, das hatte er ihr mehr als einmal gesagt. Und sie wollte nichts tun, was ihn vom Gegenteil überzeugen würde.

Die Wahrheit war, dass sie Angst vor Roman hatte. Der Mann hatte immer wieder bewiesen, wozu er fähig war. Wie er jeden und alles benutzte, um seine Dominanz auszuleben.

Sie brauchten mehr als die Aufzeichnung seiner Drohanrufe, um ihn zu Fall zu bringen. Der Beweis, dass er seine Frau getötet hatte, wäre ein guter Anfang, aber wenn Roman für die Dinge, die er getan hatte, zur Rechenschaft gezogen werden sollte, musste sie mutig sein und sich ihm stellen.

Es war beängstigend gewesen, den russischen Soldaten als Köder zu dienen, aber notwendig. Sie hatte Shawn gesagt, dass sie so etwas nie wieder tun wolle, aber ehrlich gesagt, wenn sie die gleiche Entscheidung zweimal treffen müsste, würde sie alles genauso machen, um die Menschen zu schützen, die ihr wichtig waren.

Und jetzt, da sie darüber nachdachte, war Roman wahrscheinlich derjenige, der ihre Bewährungshelferin angerufen und ihr mitgeteilt hatte, dass sie das Land verlassen hatte. Es war ein Leichtes, einen anonymen Tipp abzugeben. Wenn sie Roman von Angesicht zu Angesicht konfrontieren und die nötigen Beweise erhalten wollte, damit der Mann niemanden mehr ausbeutete und verletzte, musste sie dieses Treffen mit ihrer Bewährungshelferin überstehen. Sie musste ihr erklären, was vor sich ging, und ihr die Kontaktdaten von Shawns Kommandanten geben, damit sie alles überprüfen konnte, was Maggie ihr erzählt hatte. Glücklicherweise war die Frau vernünftig und nicht dazu geneigt, ihre Schützlinge wegen jeder Kleinigkeit zu melden. Sie glaubte an zweite Chancen, was im Moment hoffentlich Maggies Rettung sein würde.

Ihre kleine innere Aufmunterung gab ihr ein wenig mehr Selbstvertrauen. Dieser Ort machte ihr eine Höllenangst. Das Gebäude selbst fühlte sich an, als sei es ein Portal direkt zurück ins Gefängnis. Aber sie hatte alles getan, was von ihr im Hinblick auf ihre Bewährung erwartet wurde. Jeder Drogentest war negativ ausgefallen, sie meldete sich pünktlich bei ihrer Bewährungshelferin und kam nie zu spät zu ihren Terminen. Dieses Treffen würde auch funktionieren ... das *musste* es.

»Maggie Lionetti?«, rief ein Mann von einer anderen Tür aus.

Shawn legte eine Hand auf ihre Wange und drehte ihren Kopf, sodass sie keine andere Wahl hatte, als ihn anzusehen.

»Ich bin gleich hier. Wir rufen Tex an, sobald wir zu Hause sind, und finden heraus, was er von der Aufnahme hält, die du gemacht hast. Dies wird bald vorbei sein, Maggie. Ich schwöre es.«

Sie schluckte schwer und nickte.

Shawn beugte sich vor und küsste sie. »Du schaffst das«, versicherte er ihr.

Sie holte tief Luft, stand dann auf und ging auf den Mann zu, der ihren Namen gerufen hatte. Er nickte ihr zu, lächelte aber nicht. Die Tür hinter ihnen fiel ins Schloss. Maggie fröstelte bei dem Geräusch des einrastenden Schlosses und versuchte, es auszublenden.

Sie überlegte, wie sie ihrer Bewährungshelferin am prägnantesten erklären könnte, was in ihrem Leben vor sich gegangen war, als der Mann, dem sie folgte, sich plötzlich umdrehte. Er packte sie am Oberarm – und sie spürte, wie etwas an ihrer Seite stach.

»Sag kein Wort«, flüsterte er leise. »Wenn du es tust, werde ich dich hier und jetzt aufschlitzen.«

Als Maggie nach unten schaute, sah sie ein bösartig aussehendes gezacktes Messer an ihrer Seite. Instinktiv versuchte sie, sich von ihm zu lösen. Er zog sie an sich und das Messer, das er hielt, drang durch ihr Hemd. Sie keuchte bei dem plötzlichen Schmerz, der aufkam, als es ihre Haut durchstach.

»Ich werde es tun. Ich habe nichts zu verlieren. Dies ist nichts Persönliches. Robertson hat alle verdammten Trümpfe in der Hand – meine Karriere, meine Ehe, mein verdammtes Leben. Also komm schön mit, und alles wird gut.«

Das würde es nicht. Maggie wusste das besser als die meisten anderen. Aber es war offensichtlich, dass dieser Mann ihr auch wehtun würde, wenn sie nicht tat, was er wollte. Sie war so oder so am Arsch.

Er zerrte sie den Flur entlang und durch eine Tür, die zu einem Treppenhaus führte. Sie stolperte mehrmals fast, als er praktisch die beiden Stockwerke ins Erdgeschoss hinunterlief. Bei jedem zweiten Schritt stach das Messer in ihre Haut, und

Maggie spürte, wie Blut ihr schwarzes Hemd durchtränkte und es an ihrer Haut kleben ließ.

Eine Spur von Blutstropfen zu hinterlassen wäre gut, aber sie glaubte nicht, dass ihre Wunde so schlimm war ... oder zumindest blutete sie *noch* nicht so stark.

Dann fiel ihr etwas anderes ein. Kameras. Sie blickte auf und sah eine in der Ecke des Treppenhauses, die auf die Tür gerichtet war, die nach draußen führte.

»Die funktionieren nicht«, sagte der Mann, der sie festhielt, fast nebenbei. »Die Kameras. Ich sehe, dass du sie ansiehst. Glaubst du, er hätte nicht daran gedacht?«

Mist. Es würde keine Spur davon geben, wohin sie gegangen war. Shawn würde sich irgendwann Sorgen machen, wenn ihr Treffen zu lange dauerte, und wenn er merkte, dass sie nicht im Gebäude war, würde er alles in seiner Macht Stehende tun, um sie zu finden. Aber wie sollte er das anstellen?

Maggie begann zu glauben, dass sie enden würde wie Romans Frau vor so vielen Jahren. Spurlos verschwunden. Die Polizei wäre ratlos, ihre neuen Freunde wären besorgt und verärgert. Aber es würde nichts bringen. Wenn es nach Roman ginge, würde sie nie gefunden werden.

Verzweiflung erfüllte sie. Sie hätte Angst haben oder versuchen sollen, einen Ausweg aus dieser misslichen Lage zu finden, aber im Moment konnte sie nur daran denken, wie sehr sie es vermissen würde, den Rest ihres Lebens mit Shawn zu verbringen. Sie würde Remi, Wren und Josie nie näher kennenlernen. Sie würde nie Mutter werden. Sie würde nicht mit Shawn an ihrer Seite alt werden. All ihre Lebensträume lösten sich in Rauch auf.

Der Mann, der sie festhielt, hinterließ mit Sicherheit blaue Flecke auf ihrem Oberarm. Er packte sie so fest, dass es sich anfühlte, als würde er die Durchblutung ihrer gesamten Gliedmaße unterbinden. Er verließ das Gebäude und ging auf ein schwarzes viertüriges Fahrzeug zu, das am Straßenrand stand. Die Fenster waren getönt, und Maggie konnte nicht sehen, wer hinter dem Steuer saß.

Der Mann riss die hintere Tür auf und warf sie praktisch hinein. Er sagte kein Wort, schlug einfach die Tür hinter ihr zu und wandte sich wieder dem Gebäude zu. Als der Wagen vom Bordstein wegfuhr, verschwand er durch die Eingangstür, wahrscheinlich um wieder in den zweiten Stock zu gehen und so zu tun, als hätte er nichts gesehen, nachdem er sie in einen Raum geführt hatte, wo sie auf die Ankunft ihrer Bewährungshelferin warten sollte.

»Hallo, Maggie.«

Sie wirbelte herum und starrte den Mann hinter dem Steuer ungläubig an. Sie war so auf das Arschloch fixiert gewesen, das sie aus dem Gebäude gezwungen hatte, dass sie nicht daran gedacht hatte, den Fahrer anzusehen.

»Roman«, flüsterte sie.

»Es ist schwer, dich verschwinden zu lassen«, sagte er fast träge.

Maggie konnte nicht glauben, dass er hier war. Dass er den Mut hatte, sich persönlich an ihrer Entführung zu beteiligen. Sie wollte ihm die Augen auskratzen. Auf den Vordersitz springen und ihn angreifen, ihn zu einem Unfall treiben, damit sie aus dem Wagen steigen und seiner Bösartigkeit entkommen konnte. Aber zwischen den Vorder- und Rücksitzen befand sich eine Metallbarriere. Sie konnte ihm beim Fahren nichts antun.

»Ich habe dir gesagt, du sollst den Mund halten«, sagte er. »Das hast du nicht. Ich habe dich gewarnt, dass es für dich nicht gut ausgehen würde, wenn ich auch nur einen Pieps höre, dass dein SEAL-Freund oder seine Freunde nach mir fragen. Aber sie werden mich nicht zu Fall bringen. Niemand kann das. Ich bin unantastbar.«

»Da liegst du falsch«, brachte Maggie hervor.

Er lachte. Das Geräusch ließ Maggie die Nackenhaare zu Berge stehen.

»Was willst du dagegen tun? Sieht so aus, als hätte ich im Moment die Oberhand. Die Hintertüren lassen sich nicht von innen öffnen, und du kannst nichts tun, um mich dazu zu bringen, diesen Wagen zu schrotten. Du gehst nirgendwo hin, bis wir da sind, wo wir hinwollen.«

»Und wo ist das?«, konnte Maggie nicht anders, als zu fragen.

»Ich kenne einen schönen kleinen Strand. Einsam, abgelegen. Nicht weit von deiner Wohnung entfernt. Es wird eine Schande sein, wenn die Leute den Abschiedsbrief finden, den du hinterlassen hast, bevor du dich im Meer ertränkst.«

»Niemand wird glauben, dass ich mich umgebracht habe«, sagte Maggie, und ihre Stimme zitterte ein wenig, anstatt so fest zu klingen, wie sie es wollte.

»Das spielt keine Rolle. Nicht wenn man deine Leiche nie finden wird, um irgendetwas zu bestätigen. Außerdem, selbst wenn sie sie finden würden, würde eine Autopsie bestätigen, dass Wasser in deiner Lunge ist. Klassisches Ertrinken.«

Roman war wirklich verrückt. Er sprach über ihren Mord so gelassen, als würde er über das Wetter reden.

»Damit kommst du nicht durch«, sagte sie fast verzweifelt.

»Natürlich komme ich damit durch. Du hast keine Ahnung, wie viele Kontakte ich habe. Bei der Polizei, der Marine, der örtlichen Regierung, den Drogendealern ... jeder, mit dem ich in Kontakt komme, schuldet mir etwas oder ich habe etwas, das ich ihm vorhalten kann. Jeder tut, *was* ich will, *wann* ich es will. Hast du das noch nicht gelernt?«

Maggie schluckte schwer. Jetzt, da sie sterben würde, wurde ihr das erst richtig bewusst. »Lass Shawn und seine Freunde in Ruhe«, sagte sie mit leiser Stimme. Sie war sich nicht zu schade zu betteln. Alles, um dafür zu sorgen, dass der Mann, den sie liebte, in Sicherheit war.

»Das wird nicht passieren«, sagte Roman fast genüsslich. »Ich habe Pläne für sie. Sie halten sich für die Besten. Eilmeldung – das sind sie nicht. Sie haben vielleicht gerade eine Einsatzsperre, aber irgendwann wird die aufgehoben ... und ich weiß schon genau, wo sie als Nächstes hingehen werden.« Er lachte erneut. Ein so böses Lachen, das Maggie vor Schreck erschaudern ließ.

»Lehn dich zurück und entspann dich, Liebes. Wir sind bald da.«

Maggie hatte Schwierigkeiten zu atmen. Es schien, als gäbe es kein Halten für diesen Mann. Er war die fleischgewordene Boshaftigkeit und sie steckte in seinem abscheulichen Netz fest.

Maggie drehte sich leicht zum Fenster und zuckte zusammen. Ihre Seite schmerzte. Sie berührte die Wunde mit einer Hand und sah Blut an ihren Fingern. Instinktiv wischte sie sie am Ledersitz ab. Sie sah viele Krimis und dachte, wenn sie DNA hinterlassen könnte, würde sie vielleicht eines Tages jemand finden, der nicht unter Romans Fuchtel stand.

Maggie versuchte, so heimlich wie möglich vorzugehen, schob ihre Finger unter ihr T-Shirt, sammelte mehr Blut auf und wischte es dann unter die Sitzkante, hinter den Türgriff und sogar auf den Sicherheitsgurt, den sie nicht angelegt hatte. Sie versuchte, eine Art Spur zu hinterlassen, damit ein Kriminaltechniker herausfinden konnte, dass sie auf diesem Rücksitz gesessen hatte, selbst wenn es erst in zehn Jahren der Fall sein würde.

Während die Straßen von Riverton an ihr vorbeizogen, schwand Maggies Hoffnung, dass jemand zu ihrer Rettung kommen würde. Ja, Shawn würde merken, dass sie weg war, aber es wäre zu spät. Und es gab keine Möglichkeit, sie aufzuspüren. Sein Computerfreund Tex würde es versuchen, aber es gab keine Möglichkeit, sie schnell genug zu finden. Sie waren auf halbem Weg zu der Wohnung, die sie mit Adina geteilt hatte. Wenn der Strand, zu dem Roman sie brachte, wirklich in der Nähe ihres Wohnortes lag, hatte sie nicht mehr viel Zeit.

Ihre Gefühle spielten verrückt und schwankten zwischen Wut und Trauer. Aber je länger sie dasaß und auf Romans ordentlich geschnittene Militärfrisur starrte, desto wütender wurde sie.

Wie konnte er es wagen, Gott zu spielen! Das war nicht fair! Sie würde das vielleicht nicht überleben, aber sie würde alles tun, was nötig war, um eine Spur an ihm zu hinterlassen. Die Strafverfolgungsbehörde der Marine würde Kratzer in seinem Gesicht und blaue Flecke an seinem Körper nicht ignorieren können. Sie würde kämpfen. Es würde vielleicht nichts am Ausgang ihres Lebens ändern, aber vielleicht, nur vielleicht, könnte sie genügend Schaden anrichten, um zu beweisen, dass er etwas mit ihrem vermeintlichen Selbstmord zu tun hatte.

»Nicht mehr lange«, stichelte Roman sie.

Mit zusammengepressten Lippen ging Maggie in Gedanken ihre nächsten Schritte durch. Sobald er die Hintertür öffnete, würde er feststellen, dass sie nicht die fügsame, eingeschüchterte Frau war, die er manipuliert und vor zwei Jahren ins Gefängnis geschickt hatte. Sie hatte sich verändert. Und dieses Arschloch würde ihr ihr neues Leben nicht ohne einen höllischen Kampf nehmen.

Preacher schaute auf die Uhr. Zehn Minuten waren vergangen, seit Maggie hinter der Tür verschwunden war, um mit ihrer Bewährungshelferin zu sprechen. Kaum Zeit ... aber je länger er dort saß, desto unruhiger wurde er. Und er hatte zu viele

Jahre als SEAL verbracht, um nicht auf sein Bauchgefühl zu hören.

Er hatte das Klicken des Türschlosses gehört, als Maggie durch die Tür ging, also wartete er, bis ein Mann in seiner Nähe aufgerufen wurde und aufstand, um dem Beamten durch die Tür zu folgen – dann machte Preacher seinen Zug.

Er fing die Tür auf, bevor sie sich schloss, und betrat den gesicherten Bereich.

»Hey! Sie dürfen sich hier hinten nicht aufhalten«, sagte der Beamte streng zu ihm.

Aber Preacher ignorierte ihn. »Maggie!«, schrie er mit seiner »SEAL«-Stimme, wie er und seine Freunde sie nannten. Dominant, hart, laut.

Hinter den Bürotüren tauchten Köpfe auf.

»Maggie!«, wiederholte Preacher.

»Sie müssen gehen, Sir«, versuchte der Beamte es erneut. Der Mann, der wegen seines Termins hereingerufen worden war, lehnte mit verschränkten Armen an der Wand. Er schien von Preachers Verhalten nicht im Geringsten beunruhigt zu sein. Tatsächlich schien er amüsiert zu sein.

»Ich bin mit meiner Freundin hierhergekommen. Ihr Name ist Maggie Lionetti. Wo ist sie?«, verlangte Preacher zu wissen.

Der Beamte war nicht derselbe, der Maggie abgeholt hatte. Er zuckte mit den Schultern. »Keine Ahnung.«

»Finden Sie sie.«

»Sie werden große Probleme bekommen, weil Sie hier eingedrungen sind«, sagte der Beamte, anstatt das zu tun, worum Preacher ihn bat.

»Maggie!«, rief Preacher erneut.

Eine Frau mittleren Alters kam aus einem Büro und ging auf ihn zu. »Was ist hier los?«, fragte sie.

»Ich suche Maggie Lionetti. Sie ist vor zehn Minuten hier

reingegangen, um einen Termin mit ihrer Bewährungshelferin wahrzunehmen. Ich versuche, sie zu finden.«

Die Frau runzelte die Stirn. »Ich bin ihre Bewährungshelferin, doch Maggie steht heute nicht auf meinem Terminplan.«

Jeder Muskel in Preachers Körper spannte sich an. Er hatte keine Ahnung, was los war, aber er hatte das Gefühl, dass es alles mit Robertson zu tun hatte. Es wäre nicht schwer für ihn gewesen, Maggie anzurufen oder jemand anderen anrufen zu lassen und ihr zu sagen, dass sie zu einem Treffen kommen müsse, sie abzufangen und sie direkt vor seiner Nase zu entführen.

»Gibt es hier eine Treppe?«, blaffte er.

Die Frau sah immer noch verwirrt aus, aber sie drehte sich um und zeigte auf eine Tür am Ende des Flurs.

Preacher lief darauf zu und ignorierte den Beamten, der ihm sagte, er solle anhalten.

Der Verbrecher, der amüsiert zugesehen hatte, schloss sich der Verwirrung an und rief laut: »Los, Mann!«

Als er durch die Tür stürmte, fluchte Preacher. Es wäre ein Leichtes gewesen, Maggie aus dem Gebäude zu bringen, ohne dass jemand es mitbekam. Er zog sein Handy heraus, während er die Treppe hinunterlief. Er wollte sein Team anrufen, denn deren Hilfe wäre jetzt von unschätzbarem Wert. Aber es gab nur einen Menschen auf seinem Radar. Tex.

»Ich habe gerade die Aufnahme bekommen«, sagte Tex anstelle einer Begrüßung. »Ich hatte noch keine Zeit, sie zu analysieren.«

»Er hat sie!«, schrie Preacher fast, als er die Treppe hinunterstürmte.

»Verdammt!« Tex fragte nicht wer; er wusste es.

»Ich habe einen meiner Peilsender in ihre Handtasche gesteckt«, sagte Preacher. »Ich wollte sie nicht verrückt machen, also habe ich es ihr nicht gesagt. Du musst sie finden.«

»Schon dabei«, sagte Tex.

Preacher hörte, wie die Finger des Mannes auf einer Tastatur klapperten, als er aus dem Regierungsgebäude stürmte. Er blickte auf beiden Straßenseiten entlang, als er auf dem Bürgersteig stand, sah aber keine Spur von Maggie, Robertson oder jemandem, der fehl am Platz wirkte. Er lief los zum Parkplatz, wo er vor nicht allzu langer Zeit seinen Malibu abgestellt hatte. Gott sei Dank war der Parkplatz nicht weit entfernt.

Als er die Tür aufgeschlossen und sich hinters Steuer gesetzt hatte, sprach Tex.

»Ich habe sie.«

Die Erleichterung, die Preacher überkam, war augenblicklich. Ihre Handtasche war bei der Entführung wohl nicht zurückgeblieben. Es bestand immer noch die Möglichkeit, dass sie jetzt nicht bei ihr war, aber Preacher konnte nicht einmal an diese Möglichkeit denken.

»Sie fährt in südöstlicher Richtung. Sie ist kurz davor, an ihrer Wohnung vorbeizukommen.« Seine Stimme war ruhig. Dies war die wichtigste Mission in Preachers Leben, und er war froh über Tex' ruhige Professionalität.

Er raste vom Parkplatz und ignorierte das Hupen der Fahrzeuge, die er geschnitten hatte. Er raste die Straße hinunter, rücksichtslos, aber zielstrebig. Er konnte nur hoffen, dass ein Polizeiwagen ihm folgte. Er würde alle Feuerkraft und Zeugen brauchen, die er bekommen konnte, wenn er denjenigen einholte, den Roman mit Maggies Entführung beauftragt hatte.

»Wo ist sie jetzt?«, fragte Preacher. Er keuchte und atmete viel zu schnell. Er konnte weder seine Emotionen noch die Reaktion seines Körpers auf den Stress und die Angst, die er empfand, kontrollieren. Roman würde Maggie keine weitere Chance geben, ihm zu entkommen. Das war es. Wenn er sie nicht einholte, und zwar schnell, würde sie zweifellos nicht überleben.

»Immer noch in der gleichen Richtung«, sagte Tex. »Sie ist gerade am Wohngebäude vorbeigefahren.«

»Irgendeine Idee, wohin er sie bringt?«

»Noch nicht. Er könnte nach Süden in Richtung Mexiko fahren, aber es ist unwahrscheinlich, dass er versucht, sie über die Grenze zu bringen. Ich habe gerade eine Suchmeldung für sie herausgegeben, also wird sie gefunden, wenn er das für die beste Route hält. Er könnte auch auf die Autobahn fahren, dann nach Norden in Richtung L. A. und versuchen, dort unterzutauchen. Vielleicht gibt er sie einem der Drogendealer, an die er vor Jahren seinen Stoff verkaufen wollte, als sie angehalten wurde. Das scheint für ihn angemessen zu sein.«

»Arschloch«, murmelte Preacher.

»Ich behalte sie im Auge, aber ich werde Kevlar anrufen. Gib mir eine Minute.«

Preacher nickte, erleichtert, dass Verstärkung unterwegs war, aber er hasste es, gleichzeitig die Verbindung zu Tex und damit zu Maggie zu verlieren.

Während Tex stumm war, nahm Preacher sich die Zeit, jedes Schimpfwort auszusprechen, das ihm einfiel, um etwas von der Spannung abzubauen, die er spürte. Es half nichts. Als Tex wieder in der Leitung war, war Preacher noch nervöser als zu dem Zeitpunkt, an dem er gemerkt hatte, dass Maggie weg war.

»Sie wird langsamer. Oh Scheiße.«

»Was? Tex? Wo ist sie?«

»Auf der Straßenkarte sieht es so aus, als hätte sie gerade am Straßenrand angehalten, aber wenn ich mir den Satelliten ansehe, entdecke ich einen kleinen Sandstreifen. Eine dichte Vegetation versperrt den Strand von der Straße aus.«

Preacher drückte seinen Fuß fester auf das Gaspedal. »Wo?«, blaffte er.

»Drei Kilometer hinter dem Parkplatz ihrer Wohnung links abbiegen«, sagte Tex.

Preacher schlug das Herz bis zum Hals, als er den Anweisungen von Tex folgte. Die Zeit lief ihm davon. Er konnte es spüren. Jede Sekunde, die er brauchte, um Maggie zu erreichen, war eine Sekunde zu viel.

»Ich komme«, sagte er leise, während er wie ein Verrückter fuhr, um zu der Frau zu gelangen, die er liebte. »Halte durch, Maggie. Ich komme.«

KAPITEL DREIUNDZWANZIG

Maggie schlug das Herz bis zum Hals, als Roman das Fahrzeug verlangsamte. Er fuhr an den Straßenrand, wobei dichte Büsche und kleine Bäume an der Seite des Wagens kratzten. Sie betete, dass sie Spuren hinterlassen würden; das wäre ein weiterer Beweis gegen Roman.

Er schaltete den Motor aus und drehte sich zu ihr um. Das Lächeln auf seinem Gesicht ließ ihr das Blut in den Adern gefrieren. »Bereit für etwas Spaß?«, fragte er. »Na ja, für mich vielleicht, für dich weniger.« Dann lachte er, öffnete die Tür und stieg aus.

Maggie machte sich bereit.

In dem Moment, in dem er die Hintertür öffnete, setzte sie sich in Bewegung.

Sie sprang so gut es ging aus ihrer sitzenden Position nach vorn und kratzte ihm mit den Fingernägeln durchs Gesicht.

Er stolperte rückwärts, packte sie aber, als er fiel. Beide landeten auf dem Asphalt, und Maggie versuchte sofort, aufzustehen und wegzulaufen.

Roman hielt sie am Knöchel fest, sie fiel hin und schlug mit dem Kinn so hart auf der Straße auf, dass ihre Zähne aufeinanderprallten. Roman war auf ihr und hielt ihr Gesicht nach unten, während er ihre Arme hinter ihrem Rücken verdrehte, bis es sich anfühlte, als würden ihre Schultern ausgekugelt.

Natürlich herrschte zu diesem Zeitpunkt kein Verkehr. Zu jeder anderen Zeit wären wahrscheinlich Tausende von Menschen vorbeigefahren, aber es fühlte sich an, als seien sie und Roman in diesem Moment die einzigen Menschen auf dem Planeten.

Roman riss sie auf die Füße, hielt sie immer noch an den Händen fest und schob sie in Richtung Gebüsch.

Maggie öffnete den Mund und schrie so laut sie konnte in der Hoffnung, dass jemand sie irgendwo hören und die Polizei rufen würde. Aber sobald ein Ton ihre Kehle verließ, legte Roman eine Hand auf ihren Mund und ihre Nase. Er schnitt ihr die Luft ab.

Er war fast einen Kopf größer als sie. Und auch stärker. Maggie konnte in einem körperlichen Kampf gegen ihn nicht gewinnen, und im Moment konnte sie nur daran denken, Luft in ihre Lunge zu bekommen.

Sie bemerkte nicht, wie die Büsche ihren Körper zerkratzten, als Roman sie auf den schmalen Sandstreifen auf der anderen Seite stieß. Die frühe Abendsonne glitzerte auf dem Wasser, und sie bemerkte vage, wie schön der Sonnenuntergang mit den Wolken war.

Sie dachte an einen anderen Strand, eine andere Zeit. Als sie und Shawn im Sand gelegen und zu den Sternen aufgeschaut hatten. Sie hatte diesen Strand geliebt und wollte nicht, dass das Gefühl von Sand auf ihrem Rücken sie für immer an diesen Moment erinnerte ... falls sie überlebte.

Gerade als Maggie dachte, sie würde ohnmächtig werden, nahm Roman seine Hand von ihrem Gesicht.

Sie holte tief Luft und versuchte, nicht zu hyperventilieren.

In dem verzweifelten Versuch, Sauerstoff in ihre Lunge zu bekommen, bemerkte sie nicht, wie nahe sie dem Wasser gekommen waren, bis sie die Nässe an ihren Füßen spürte.

Sie stolperte über die Felsen am Ufer, was es Roman leicht machte, sie in die Knie zu zwingen. Das Wasser umspülte ihre Schenkel, während sie erneut versuchte, ihrem Möchtegern-Mörder zu entkommen.

Aber er lachte nur über ihre Fluchtversuche. »Du machst mehr Ärger, als du wert bist«, sagte er, während er sie weiter beugte, sodass ihr Gesicht fast das Wasser berührte.

»Du warst ein leichtes Opfer«, sagte er leise. »Erbärmlich. Verzweifelt nach Aufmerksamkeit suchend. Du warst auch die Schlechteste, die ich je im Bett hatte. Kalt wie ein verdammter Fisch. Ich hatte schon schlaffe Huren, die besser waren als du. Ich hatte nicht damit gerechnet, dass du angehalten wirst, aber es hat Spaß gemacht, dir dabei zuzusehen, wie du wegen dieser Drogen untergehst. Ich bin schon allein bei dem Gedanken gekommen, dass du dich hinter Gittern elend fühlst und weinst. *Ich* habe das getan. *Ich.*

Und ich freue mich darauf, *diesen* Moment in Zukunft noch so viele Nächte lang zu erleben. Die Art und Weise, wie du dich winden und zappeln wirst, während ich dich festhalte. Der Moment, in dem deine Lunge sich mit Wasser füllt und dein Herz aufhört zu schlagen. Ich kann es kaum erwarten. Der schnellste Weg zu sterben ist, einfach einzuatmen, sobald ich dein Gesicht unter Wasser drücke. Ich will, dass du kämpfst, weil es so spannender ist. Aber wenn du schlau bist, was du nicht bist, wirst du dich einfach dem Unvermeidlichen ergeben.«

Maggie weinte jetzt, ihre Tränen fielen in den Ozean, nur wenige Zentimeter unter ihrem Gesicht. Sie versuchte noch einmal, Romans Griff um ihre Handgelenke zu lockern, die er in ihrem Kreuz festhielt, aber es war zwecklos.

»Fick dich, Maggie. Du bist *niemand*. Eine Verliererin. Und ich bereue es, dich jemals getroffen und auch nur eine verdammte Sekunde meiner Zeit mit dir verschwendet zu haben. Aber ich bin mir sicher, dass ich die Folgen deines Todes genießen werde. Dass ich deinen SEAL verarscht habe und ihn in *seinen* Tod schicke. Ich werde dafür sorgen, dass alle Pläne der nächsten Mission, auf die ich ihn schicke, an den Feind durchsickern. Die Gegner werden warten. Dein Romeo und sein Team werden bald tot sein. In Stücke gerissen. Nie wieder auffindbar – genau wie du.«

Dann stieß er sie plötzlich nach vorn.

Maggies Kopf tauchte unter Wasser und alle Pläne, die sie gehabt hatte, um ihre DNA an Roman zu bringen oder ihn weiter zu markieren, waren dahin. Sie konnte nicht atmen, der sandige Boden kratzte an ihren Wangen, als sie genau das tat, was er wollte, sich wehrte und um sich schlug, alles tat, um ihren Kopf über Wasser zu bekommen, aber ohne Erfolg.

Schwärze schlich sich in ihre Sicht, und gerade als sie den Atem so lange wie möglich angehalten hatte und im Begriff war einzuatmen in dem verzweifelten Versuch, noch ein paar kostbare Sekunden länger zu leben, verschwand das Gewicht auf ihrem Rücken.

Maggie riss den Kopf aus dem Wasser und sog lebensrettenden Sauerstoff ein.

Sie nahm nichts anderes wahr als das Gefühl, wieder atmen zu können, ihren Puls in ihren Ohren ... als schließlich etwas ihre Aufmerksamkeit auf der rechten Seite erregte.

Sie drehte den Kopf und sah Roman und einen anderen Mann, die in der seichten Brandung kämpften.

Der Kampf-oder-Flucht-Reflex setzte endlich ein, und sie kroch verzweifelt rückwärts, weg vom Wasser, weg von dem Mann, der gerade versucht hatte, sie zu töten. Was ihm auch gelungen wäre, wenn ihn nicht jemand offensichtlich von ihr gerissen hätte.

Es dauerte nicht länger als ein paar Sekunden, bis Maggie den anderen Mann erkannte.

Shawn.

Was ...? *Wie?*

Es schien ihr unmöglich, dass er da war. Dass er genau dann gekommen war, als sie ihn am meisten brauchte. Aber Maggie wusste nicht, warum sie so überrascht war. Shawn war ihr Ritter in glänzender Rüstung, der Mann, der in der kurzen Zeit, in der sie ihn kannte, *immer* für sie da gewesen war und von dem sie das Gefühl hatte, dass er es auch in Zukunft sein würde.

Sie hatte keine Ahnung, was sie tun sollte. Wie sie ihm helfen konnte. Sie sah sich schwer keuchend um, kroch auf Händen und Knien und hob einen der schweren Steine in Ufernähe auf. Sie war sich nicht sicher, wozu sie ihn gebrauchen sollte. Roman den Kopf einschlagen? Ihn auf ihn werfen?

Aber ehrlich gesagt sah es nicht so aus, als bräuchte Shawn Hilfe. Die beiden Männer waren ungefähr gleich groß, aber Shawn hatte offensichtlich mehr Erfahrung im Nahkampf – und er war eindeutig motivierter.

Die Männer sprachen nicht, sie grunzten nur, während sie kämpften.

Es war brutal, aber Maggie ließ sie keinen Moment aus den Augen. Ihr Brustkorb hob und senkte sich angestrengt, weil sie dringend Sauerstoff in ihren Körper befördern musste, und sie schob sich ungeduldig die nassen Haare aus dem Gesicht, um besser sehen zu können, was vor sich ging.

Das Geräusch quietschender Reifen auf der Straße war eine große Erleichterung. Andere waren eingetroffen. Sie würden Shawn helfen. Dafür sorgen, dass Roman nicht entkommen und sie irgendwie wieder verfolgen würde. Ihn davon abhalten, seine Drohungen wahrzumachen und sein Land zu verraten, nur um Shawn und sein SEAL-Team verschwinden zu lassen.

Noch während sie hörte, wie mehrere Personen sich durch das dichte Gebüsch auf sie zubewegten, hob Roman einen Stein auf, um ihn als Waffe zu verwenden, und zielte direkt auf Shawns Kopf.

Sie zog ihren Arm zurück, bereit, ihren Stein auf Roman zu werfen, aber Maggie hatte kaum mehr Zeit, um nach Luft zu schnappen, als Shawn sich duckte und ihren Ex dann mit seinem rechten Bein heftig trat.

Sein Stiefel traf Romans Kehle.

Maggie hörte ein gurgelndes Geräusch von ihrem Ex – dann fiel er rückwärts ins Wasser und landete mit einem riesigen Platschen.

Zu Maggies Überraschung sprang er nicht sofort auf, um auf sie oder Shawn loszugehen. Er lag regungslos im Wasser. Mit dem Gesicht nach oben, die Augen starr.

Dann stand Shawn vor ihr und versperrte ihr die Sicht auf den Mann, der ihr buchstäblich das Leben zur Hölle gemacht hatte. Er umklammerte ihren Kopf mit beiden Händen. »Maggie? Geht es dir gut? Kannst du atmen? Leg den Stein hin, ich habe dich. Verdammt, ich muss dich ins Krankenhaus bringen.«

Sie packte seine Handgelenke. »Mir geht es gut.« Zumindest hatte sie das sagen wollen, aber sobald das erste Wort heraus war, begann sie, heftig zu husten.

»Preacher!«

Sowohl sie als auch Shawn drehten den Kopf, um zu sehen, wie Kevlar durch die Vegetation brach. Dicht gefolgt vom Rest des SEAL-Teams.

»Ist sie okay?«, fragte Safe und ließ sich neben ihnen im nassen Sand auf die Knie fallen.

MacGyver gesellte sich zu seinen Teamkameraden auf ihrer

anderen Seite, und Maggie spürte Blinks Hand auf ihrer Schulter, als er sich hinter sie stellte. Sie war vollständig von den Männern umgeben. Sie hatten sich zusammengeschlossen, und sie hatte keinen Zweifel daran, dass sie beschützt ... und geliebt wurde. Diese Männer waren ihre Familie geworden, und sie konnte nicht anders, als wieder zu weinen.

»Er ist tot«, sagte Kevlar und zog Romans Körper aus dem Wasser auf den Sand.

»Scheiße«, fluchte Flash. Dann schaute er Maggie an. »Nicht dass ich traurig wäre, dass er tot ist, aber das wird schwer zu erklären sein.«

Ihre Gedanken drehten sich. Sie war eine verurteilte Verbrecherin. Wenn sie sich auch nur in der Nähe einer Leiche aufhielt, würde das nicht gut für sie aussehen. Sie wusste, wie die Welt funktionierte. Als Erstes würde die Polizei die Akten aller Beteiligten überprüfen. Und die Tatsache, dass sie Roman während ihrer strafrechtlichen Ermittlungen beschuldigt hatte, ihr die Drogen untergeschoben zu haben, gab ihr einen sehr guten Grund, ihn tot sehen zu wollen.

Bevor jemand etwas anderes sagen konnte, klingelte Kevlars Telefon. Es war ein seltsames Geräusch inmitten der chaotischen Szene.

»Kevlar hier. Aha. Ja. Richtig ... Echt jetzt? Verdammt, Tex, du bist unglaublich! Oh, nicht? Nun, ich möchte diese Frau treffen und ihr persönlich danken.« Er lachte ein wenig. »New Mexico. Gut. Das können wir machen. Ja, ich werde es sie wissen lassen. Wir sprechen uns bald.«

Kevlar beendete das Gespräch und wandte sich der Gruppe zu. »Das war Tex. Er sagte, dass eine Computerexpertin in New Mexico sich in die Spionagesatelliten der Regierung gehackt und alles aufgezeichnet hat, was hier passiert ist. Das Video ist zwar körnig, aber man kann deutlich sehen, wie

Maggie und Robertson an der Straße kämpfen, bevor er sie zum Wasser bringt und sie unter Wasser hält, bis du auftauchst, Preacher.«

Maggie runzelte verwirrt die Stirn. Ein Videoband aus dem Weltraum? Das klang zu verrückt, um wahr zu sein.

»Im Ernst? Gut. Nein, *großartig*!«, sagte MacGyver.

»Ich rufe die Strafverfolgungsbehörde an«, sagte Smiley. Er hatte Romans Leiche weiter vom Wasser weggezogen, und Maggie war nicht entgangen, dass er dem Mann dabei »aus Versehen« in die Seite getreten hatte.

Strafverfolgungsbehörde ... Sie spannte sich an. Die Behörden mussten kontaktiert werden, das wusste Maggie, aber die Folgen könnten für sie schlimm sein.

»Ich bin sicher, dass Tex das Video gerade an sie weiterleitet«, sagte Shawn sanft zu ihr. »Das wird schon wieder. Ich mache mir mehr Sorgen um dich. Dein Kinn blutet und er hat deinen Kopf unter Wasser gedrückt. Wie viel Wasser hast du eingeatmet? Ich muss dich ins Krankenhaus bringen.«

Aber Maggie schüttelte den Kopf. Ihr Kinn pochte, weil sie es auf dem Asphalt aufgeschlagen hatte, und ihre Seite schmerzte von dem Messer dieses Arschlochs ... aber erstaunlicherweise fühlte sie sich den Umständen entsprechend gut. »Du bist rechtzeitig gekommen. Ich habe kein Wasser geschluckt.«

»Gott sei Dank«, stieß Shawn hervor.

»Wie hast du mich so schnell gefunden?«, fragte sie.

»Ich habe einen Peilsender in deine Handtasche getan«, sagte Shawn verlegen. »Bist du sauer?«

»Sauer?«, fragte Maggie. »Nein. Warum sollte ich? Du hast mir das Leben gerettet.« Und damit brach sie erneut in Tränen aus. All die Emotionen, die sie in den letzten zehn Minuten durchlebt hatte, machten sie zittrig und definitiv instabil. Sie wäre fast gestorben. Ihr Peiniger war tot und Shawn war vor allen ruchlosen Plänen, die Roman für seine Zukunft geplant hatte, sicher.

Obwohl es ihr körperlich größtenteils gut ging, konnte Maggie nicht aufhören zu weinen. Nachdem die Polizei, die Strafverfolgungsbehörde und die Sanitäter eingetroffen waren, wurde sie fast hysterisch. Schließlich gaben die Sanitäter ihr eine Spritze, um sie zu beruhigen, und Shawn bestand darauf, dass sie zur Untersuchung ins Krankenhaus gebracht wurde.

Erst Stunden später, nachdem ihr Kinn zweimal genäht worden war und die Schnitte an ihrer Seite vom Arzt gesäubert worden waren – sie waren nicht tief genug, um genäht werden zu müssen –, sprach sie mit den Ermittlern und ihrer Bewährungshelferin, die außer sich gewesen war, nachdem sie herausgefunden hatte, dass sie in ihr Büro gelockt und offenbar entführt worden war. Und nachdem sie Wren, Josie, Remi, Caroline und all die anderen Frauen, die im Krankenhaus aufgetaucht waren, beruhigt hatte, konnte Maggie sich endlich vollständig entspannen.

Shawn hatte sie zu sich nach Hause gebracht, und sie hatte seine Vermieterin Jane Hillman kennengelernt, die darauf bestanden hatte, zwei riesige Schüsseln mit Shepards Pie, die sie am frühen Abend zubereitet hatte, auf ihr Zimmer zu bringen. Da sie am Verhungern war, kam ihr die Wohlfühlmahlzeit gerade recht. Dann duschten sie und Shawn, um das Salz vom Meerwasser abzuwaschen, das auf ihrer Haut getrocknet war, und krochen unter seine Bettdecke.

Shawn drückte sie fest an sich, fast schon verzweifelt.

Keiner von beiden sprach, aber in diesem Moment war das auch nicht nötig. Sie wussten beide, dass sie einander fast verloren hätten. Maggie war buchstäblich nur wenige Sekunden vom Tod entfernt gewesen. Roman war sein böser Plan, sie ein für alle Mal loszuwerden, fast gelungen. Wenn Shawn im Büro ihrer Bewährungshelferin nicht so schnell reagiert und seinen Peilsender nicht in ihre Handtasche gesteckt hätte, hätte er es nie rechtzeitig zu ihr geschafft.

Zu ihrer Überraschung hörte sie, wie Shawn der Atem stockte. Als sie aufblickte, sah sie, wie Tränen in das Haar an seiner Schläfe sickerten.

Ohne ein Wort zu sagen, da sie genau wusste, was er fühlte, legte Maggie ihren Kopf auf seine Brust und ihren Arm fester um ihn. Morgen wäre noch früh genug, um über alles zu reden, was passiert war, um alles zu verarbeiten.

Im Moment wollte sie nur den Mann, den sie liebte, in den Armen halten und im Gegenzug selbst gehalten werden.

EPILOG

Eine Woche später stand Maggie im *Aces Bar and Grill* und staunte über all die Menschen, die dort waren. Sie hatte jetzt einen riesigen Freundeskreis, und es fühlte sich immer noch fast unwirklich an.

Die Ermittlungen gegen Roman dauerten an und würden noch Jahre dauern, wenn man bedachte, an wie vielen Missionen der Spezialeinheiten der Konteradmiral beteiligt gewesen war. Und jeden Nachmittag, wenn Shawn nach Hause kam, hatte er von einem weiteren Fall zu berichten, wie ihr Ex jemanden verarscht hatte. SEAL-Teams, anderes Marine-Personal, ehemalige Freundinnen ... seine Schreckensherrschaft beschränkte sich nicht nur auf sie. Was Maggie ein wenig traurig stimmte.

Tex' Computergenie-Freundin – sie hieß Ryleigh und lebte in einem Resort in New Mexico namens *Die Zuflucht*, das sich an Menschen mit posttraumatischer Belastungsstörung richtete – hatte endlich Romans Frau gefunden. Sie hatte das nationale System der vermissten und nicht identifizierten Personen durchforstet und ihre Fähigkeiten eingesetzt, um die Möglichkeiten auf fünf Leichen einzugrenzen. Sie wurde als in West Virginia aufgefunden identifiziert. Ein Jäger war vor Jahren auf ihre Leiche gestoßen, aber ihre Hände waren abgeschnitten worden, und da sie weder Tätowierungen noch andere Erkennungsmerkmale hatte, konnte sie nicht identifiziert werden ... bis jetzt.

Sie war ermordet worden. Erwürgt. Maggie war zwar überhaupt nicht glücklich darüber, dass die arme Frau tot war, aber sie war erleichtert, dass sie endlich identifiziert worden war und zu ihrer Familie zurückgebracht werden konnte.

Nachdem all die schrecklichen Dinge, die Roman getan hatte, ans Licht gekommen waren, waren Maggie und alle anderen erleichtert, dass der Konteradmiral nicht derjenige gewesen war, der Blinks Team auf diese unglückselige Mission geschickt hatte. Obwohl er für viele Dinge geradestehen musste, gehörten die Toten und Verletzten von Blinks Team nicht dazu.

Es war verwirrend, wie ein Mann es geschafft hatte, so viele Menschen hinters Licht zu führen. Wie hatte er so viel Macht in der Marine erlangen können? Er schien keine Seele zu haben, fand Gefallen daran, andere zu quälen, und am liebsten erpresste er diejenigen, die er als unter ihm stehend betrachtete.

Tex' Freundin Ryleigh hatte auch einen neuen Anwalt für Maggie gefunden, der sein Bestes tat, um ihre Verurteilung aufzuheben. Der von Maggie aufgezeichnete Anruf – in dem Roman damit gedroht hatte, »noch eine« Ladung in ihrem Wagen zu deponieren – war ein klarer Beweis dafür, dass ihr Ex sie reingelegt hatte, so die Meinung ihres Anwalts.

Es war weder ein einfacher noch ein schneller Prozess, die Anklage zu verwerfen. Aber während ihr Fall durch die Instanzen ging, wurde ihre Bewährungsstrafe aufgrund der mildernden Umstände von einem Jahr auf sechs Monate herabgesetzt. Sie hatte also nur noch ein paar Monate, in denen sie sich mit ihrer Bewährungshelferin treffen musste, dann war sie fertig.

Maggie glaubte nicht, dass sie wieder als Apothekerin arbeiten würde, selbst wenn die Verurteilung aufgehoben würde, aber seltsamerweise war das okay für sie. Sie fühlte sich wie ein völlig anderer Mensch als noch vor ein paar Jahren. Sie wollte nicht zu ihrem früheren Leben zurückkehren. Maggie wollte nach vorn schauen und ihre Vergangenheit hinter sich lassen.

»Du siehst aus, als würdest du angestrengt nachdenken«, sagte Shawn, als er neben sie trat. Er reichte ihr ein Glas Wasser und legte einen Arm um ihre Taille. »Alles in Ordnung?«

Maggie nickte und nahm einen Schluck Wasser. Während der letzten Woche war Shawn nicht von ihrer Seite gewichen. Er fragte ständig, ob es ihr gut ging, bot ihr an, sie zu einem Psychologen zu bringen, wenn sie das Gefühl hatte, dass sie das brauchte, fuhr sie zur Arbeit und holte sie ab ... er war im Allgemeinen ein perfekter Partner. Natürlich hatte sie sich erkenntlich gezeigt. Schließlich war *sie* nicht diejenige gewesen, die Roman getötet hatte. Obwohl Shawn sagte, dass es ihn nicht im Geringsten störte, machte sie sich immer noch Sorgen über die langfristigen Auswirkungen auf seine Psyche.

Sie war praktisch in seine Wohnung in Jane Hillmans Haus eingezogen, aber da die meisten ihrer Sachen noch eingelagert waren, hatte sie nicht viel da. Adina würde in ein paar Monaten von ihrem Einsatz zurückkommen, und Maggie war froh, dass ihre Freundin ihre Wohnung bei ihrer Rückkehr ganz für sich allein haben würde.

In Maggies Leben lief es überraschend gut ... aber sie musste mit Shawn über etwas reden. Und das konnte sie nicht in der geschäftigen Kneipe tun, wo sie von ihren Freunden umgeben waren und wahrscheinlich alle paar Minuten unterbrochen werden würden.

Als hätten ihre Gedanken sie heraufbeschworen, kam Caroline auf sie zu.

»Du siehst glücklich aus«, sagte die ältere Frau, als sie näher kam.

Shawn trat einen Schritt zurück, streckte die Hand aus und nahm ihr das Wasserglas ab, ging aber nicht ganz weg. Er ließ ihr Freiraum, blieb aber in der Nähe, falls sie etwas brauchte. Maggie liebte ihn dafür umso mehr.

Sie umarmte Caroline und sagte: »Das bin ich.«

»Gut. Du siehst auch so aus, als würde es dir nichts ausmachen zu gehen.«

»Oh, aber –«

Caroline lachte leise und hob eine Hand. »Ich erinnere mich noch gut an die Zeit, nachdem Matthew und ich zusammengekommen waren. Ich wollte nur mit ihm allein sein, und doch waren wir ständig mit seinem Team hier im *Aces*. Versteh mich nicht falsch, ich liebe diese Kneipe und ich liebe die Jungs, aber nach allem, was ich durchgemacht hatte, hat es meiner Seele gutgetan, mit meinem Mann allein zu sein, wie nichts anderes es könnte. Geh schon ... schleich dich hinten raus. Ich decke dich.«

»Ich sollte nicht gehen, ohne etwas zu sagen«, argumentierte Maggie, die mehr als alles andere das Angebot von Caroline annehmen wollte. Sie *wollte* mit Shawn allein sein, und das nicht nur, weil sie ihn liebte. Sie mussten ein ernstes Gespräch führen. »Ich will nicht, dass die anderen denken, ich sei wieder verschwunden.«

»Das werden sie nicht. Sie wissen, dass Preacher an deiner Seite ist. Geh. Ich werde mit Remi, Josie und Wren sprechen und dafür sorgen, dass niemand sonst ausflippt und sich auf eine Rettungsmission begibt.«

Maggie kicherte. »Caroline?«

»Ja, Liebes?«

»Danke.« Maggie wollte noch mehr sagen, aber sie wusste nicht, wo sie anfangen sollte. Alle hatten sich nach ihrer Nahtoderfahrung so großartig verhalten ... nun, ihrer *zweiten* Nahtoderfahrung. Aber Caroline hatte sie vor ein paar Tagen bei *My Sister's Closet* abgeholt und zu einem belebten Strand nicht weit vom Marinestützpunkt gefahren. Nicht zu dem, den sie und Shawn besucht hatten, und *nicht* zu dem, an dem Roman versucht hatte, sie zu töten. Nur ein belebter, anscheinend beliebter Sandstreifen voller Menschen, die das warme Wetter und das ruhige Wasser genossen. Sie hatte Maggie ermutigt, am Ufer spazieren zu gehen. Irgendwie hatte sie gewusst, wie unwohl sie sich an Stränden fühlte.

Sie gingen zusammen, ohne ein Wort zu sagen. Und als sie zu ihrem riesigen Geländewagen zurückkehrten, fühlte Maggie sich zehnmal besser.

»Wasser und Sand sind nicht dein Feind«, hatte Caroline gesagt, als sie wieder in ihrem Wagen saßen. »Ich war einmal in deiner Situation. Ich wäre im Meer fast gestorben und es fiel mir lange Zeit schwer, mich ihm auch nur zu nähern. Aber nach einer Weile wurde mir klar, dass nicht der Strand versucht hat, mich umzubringen. Es war ein Mann. Auf ihn sollte ich meine negative Energie richten, nicht auf das schöne Wasser. Nicht dass es gut wäre, negative Energie zu haben, aber ... na ja, du weißt schon, was ich meine.«

Caroline war weise und witzig zugleich gewesen, und Maggie war dankbar für ihre Einsicht und Hilfe.

Sie umarmten sich erneut, dann drehte Caroline Maggie um und schob sie sanft in Richtung Shawn, der geduldig nicht allzu weit entfernt stand. »Geh«, befahl Caroline. »Das ist ein Befehl.«

Maggie rollte mit den Augen, zögerte aber nicht, in Shawns Arme zu treten.

»Bereit zu gehen?«, fragte sie.

»Wenn du es bist«, antwortete er. Er stellte sein Glas Wasser auf einen Tisch in der Nähe und führte Maggie dann zur Tür.

»Caroline sagte, wir sollten hinten rausgehen«, sagte Maggie.

»Auf keinen Fall. Ich will auf keinen Fall, dass ein SEAL-Kommando in das Haus einbricht, weil die Jungs denken, dass du wieder verschwunden bist«, sagte Shawn mit einem Lachen.

»Wir werden hier so schnell nicht rauskommen«, stöhnte Maggie, als die Leute bemerkten, dass sie zum Ausgang gingen.

»Aber sicher doch«, sagte er. Dann legte er sich zwei Finger an den Mund und stieß einen schrillen Pfiff aus. Alle verstummten und wandten sich den beiden zu.

Maggie spürte, wie ihre Wangen rot wurden, weil die Aufmerksamkeit nun auf sie und Shawn gerichtet war.

»Wir gehen!«, rief er. »Wir sprechen uns später!« Er richtete den Blick auf alle im Raum und drehte sich dann um, um mit Maggie zur Tür zu gehen.

»Ich kann nicht glauben, dass das funktioniert hat«, rief sie aus, als sie auf dem Parkplatz zu seinem Wagen gingen.

Shawn lachte. »Du hattest recht, wir hätten ewig gebraucht, um uns von allen zu verabschieden, ich dachte, das sei viel zweckmäßiger.«

Maggie liebte diesen Mann. So sehr. In seiner Gegenwart fühlte sie sich wie ein neuer Mensch. Sie war nicht mehr die leblose Frau, die sie bei ihrer Entlassung aus dem Gefängnis gewesen war. Sie war nicht mehr die sorglose, fast naive Person, die sie vor ihrer Begegnung mit Roman gewesen war. Mit Shawn fühlte sie sich frei, zu sein, wer auch immer sie sein wollte. Und abends mit ihm zusammenzusitzen und sich über den Tag auszutauschen, zusammen zu kochen, fernzusehen und nachts in seinen Armen zu liegen, war genau das, wonach sie ihr ganzes Leben lang gesucht hatte.

Es war erst eine Woche her, dass sie fast ertrunken wäre, aber es fühlte sich an, als seien es Jahre gewesen. Die Freiheit, die sie dank Romans Tod empfand, machte sie ein wenig traurig ... aber sie blickte nach vorn.

Das Gespräch, das sie mit Shawn führen musste, würde darüber entscheiden, ob das Glück, das sie gerade empfand, anhalten würde. Ihre Nerven lagen blank, als sie zu seinem Haus fuhren, aber sie konnte und wollte das nicht länger aufschieben. Shawn hatte es verdient zu erfahren, was mit ihr los war.

Er parkte und sie gingen Hand in Hand ins Haus. Anstatt durch die Vordertür zu gehen, führte Shawn sie zur Hintertür, wo Jane eine Treppe angebracht hatte, damit ihre Mieter kommen und gehen konnten, ohne das Gefühl zu haben, sie würden sie im Haupthaus stören.

Er führte sie in sein Zimmer und schloss die Tür hinter sich.

Maggie drehte sich um und platzte heraus: »Können wir reden?«

»Natürlich«, sagte Shawn, ohne besorgt auszusehen oder zu klingen. Er ging in die kleine Küche, holte eine Flasche Wasser aus dem Kühlschrank und reichte sie ihr, bevor er eine Hand auf ihren Rücken legte und sie in den Sitzbereich führte. Er setzte sich mit ihr auf die Couch, zog ihre Füße auf seinen Schoß, zog ihr dann die Schuhe aus und begann, ihre Füße zu massieren.

Maggie stöhnte ein wenig. Sie liebte es, wenn ihre Füße massiert wurden. Seit er diese kleine Tatsache über sie erfahren hatte, nutzte Shawn jede Gelegenheit, um dies zu tun.

»War es heute Abend zu viel?«, fragte er.

Maggie schüttelte den Kopf. Sie wollte sich nicht auf ein

Ratespiel mit ihm einlassen. Sie musste einfach direkt sagen, was sie dachte. »Wie sehr hängst du an diesem Ort?«, fragte sie.

Shawns Hände erstarrten an ihren Füßen. »*Dieser Ort* bedeutet ...?«, fragte er.

»Dieses Zimmer.«

Er setzte seine Massage fort. »Überhaupt nicht. Ich meine, ich mag Jane, und dieser Ort liegt in der Nähe des Stützpunktes und ist praktisch. Aber ich kann ehrlich gesagt überall leben.« Shawn beugte sich zu ihr. »Warum? Gefällt es dir nicht? Mir ist es egal, wo ich wohne, solange du da bist.«

Maggie schluckte. Dies war schwieriger, als sie gedacht hatte. »Ich liebe diese Wohnung. Sie ist gemütlich und passt wirklich gut zu dir. Ich ... als ich entlassen wurde, war mein einziger Gedanke, so schnell wie möglich aus Kalifornien zu verschwinden. Ich hasste alles an diesem Staat.«

»Ich kann nicht weg«, sagte Shawn leise. »Ich gehe dorthin, wohin die Marine mich schickt. Und im Moment haben wir einen langfristigen Vertrag hier in Riverton.«

»Ich weiß«, sagte sie schnell. »Ich drücke mich nicht besonders gut aus. Aber ... ich will nicht mehr weg. Das wollte ich damit sagen.«

»Gott sei Dank«, stieß Shawn hervor.

Maggie lächelte. Er war hinreißend, aber der schwierige Teil dieses Gesprächs war noch nicht vorbei. »Ich habe gefragt, weil ... diese Wohnung nicht ideal für ein Baby ist.«

Da. Sie hatte es gesagt.

Shawn starrte sie einen Moment lang mit ausdruckslosem Gesicht an. »Du willst Kinder mit mir haben?«, fragte er schließlich mit einem kleinen Lächeln. »Das ist für mich in Ordnung. Ich will sie auch. Wir haben viel Zeit, um den perfekten Ort zu finden. Vielleicht ein kleines Haus. Es wäre weiter vom Stützpunkt entfernt, aber das wäre kein Problem.

Vielleicht können wir Caroline um Rat und Hilfe bitten. Sie ist schon eine Weile hier und –«

Maggie streckte eine Hand aus und legte sie auf Shawns. Er hörte sofort auf zu reden.

»Ich liebe dich«, flüsterte sie.

»Ich liebe dich auch«, erwiderte er sofort.

»Aber wir haben nicht viel Zeit, um den perfekten Ort zu finden«, fuhr sie fort. Dann holte sie tief Luft und sagte, nachdem sie bisher nur um den heißen Brei herumgeredet hatte: »Weil ... ich schwanger bin.«

Shawn starrte sie erneut an.

»Ich meine, es ist noch früh. Wahrscheinlich zu früh, um sich wirklich zu freuen, aber ich fühlte mich komisch und aus irgendeinem Grund kam mir der Gedanke, dass ich schwanger sein könnte, ich weiß nicht warum, und deshalb habe ich auf eines dieser Stäbchen gepinkelt und es war positiv. Ich war nicht beim Arzt oder so, und ich schwöre, ich dachte, es wäre nicht die richtige Zeit im Monat, als wir Sex hatten, aber ... ich schätze, ich habe mich geirrt. Und wenn du das jetzt gerade nicht willst, ein Baby, verstehe ich das. Ich will nicht, dass du dich in irgendetwas gefangen fühlst. Ich tue das nicht – ich meine, ich will dich nicht gefangen halten. Ich will nur ... *ich will dieses Baby*. So sehr. Es fühlt sich an, als sei es ein Neuanfang für mich, und ich habe Angst, denn was weiß ich schon darüber, Mutter zu sein? Aber ich liebe es jetzt schon so sehr.«

Shawn überraschte sie, indem er plötzlich ihre Füße von seinem Schoß hob, und für eine Sekunde erstarrte Maggie vor Panik. War er sauer? Würde er ihr sagen, dass sie verschwinden sollte? Sie hatte keine Ahnung. Er ging zu dem Tisch, auf dem er sein Handy abgelegt hatte, als sie nach Hause gekommen waren, und nahm es in die Hand. Er tippte auf den Bildschirm und hielt es dann an sein Ohr. Sein Blick bohrte sich in ihren, während er sprach.

»Hey, Caroline, hier ist Preacher. Ja, ihr geht es gut. Ich brauche aber deine Hilfe. Maggie und ich brauchen ein Haus. Am besten eines mit drei Schlafzimmern. Zwei Bäder wären schön. Wenn möglich, wäre es toll, wenn wir in eurer Nähe sein könnten ... Denn Maggie ist schwanger und wir werden mehr Platz brauchen, als ich hier habe.«

Maggies Lippen zuckten, als sie Carolines aufgeregtes Kreischen am anderen Ende der Leitung hörte.

»Ich dachte mir, da ihr schon seit Jahren hier seid und vielleicht ein paar Kontakte habt ... okay. Danke. Ich muss Schluss machen. Wir sprechen uns bald.«

Shawn legte auf, warf das Handy auf den Tisch und ging dann zurück zu Maggie, die auf der Couch saß. Er kniete sich vor ihr hin, rutschte zwischen ihren Beinen vor, schlang seine Arme um ihre Taille und vergrub das Gesicht in ihrem Schoß.

Maggie hob die Hände und umfasste seinen Kopf.

Nach einer langen Weile hob Shawn den Kopf. »Ein Baby«, flüsterte er.

Maggie nickte.

»Du bist ein Geschenk. Ein Wunder. Ich war glücklich – nein, *begeistert*, dich an meiner Seite zu haben. Aber das? Du schenkst mir ein Kind? Ich kann nicht ... mir fehlen die Worte.«

»Aber ... du bist nicht verärgert?«, fragte Maggie vorsichtig.

»Ich bin das Gegenteil von verärgert«, sagte Shawn und sein Lächeln wurde breiter. »Ich bin überglücklich! So verdammt glücklich ... äh ... *verflixt* glücklich.« Dann runzelte er die Stirn. »Warte – ist alles in Ordnung? Du warst letzte Woche eine Weile ohne Sauerstoff! Scheiße, wir müssen zum Arzt gehen!«

»Es ist abends halb neun. Wir können morgen anrufen. Ich weiß allerdings nicht, wen wir anrufen sollen«, sagte Maggie.

»Wir rufen Jessyka an. Oder eines der anderen Mädchen. Sie werden uns den Namen eines guten Gynäkologen nennen. Ich liebe dich, Maggie. So verdammt sehr.«

Erleichterung durchströmte sie. Sie hatte sich solche Sorgen gemacht, Shawn von dem Baby zu erzählen. Wie sie gesagt hatte, war es noch sehr früh. Aber sie wollte nichts vor ihm verheimlichen. Und ... ein Teil von ihr dachte, wenn er kein Kind wollte, wäre es einfacher, sich jetzt von ihm zu trennen, als erst Monate später.

»Ein Baby«, flüsterte er, beugte sich dann vor und küsste ihren flachen Bauch. »Wir heiraten, sobald ich es einrichten kann. Was für eine Hochzeit möchtest du?«

Maggie stockte der Atem. »Was?«

»Hochzeit. Möchtest du etwas Großes und Ausgefallenes? Oder vielleicht etwas weniger Aufregendes, zum Beispiel im *Aces*? Oder wir könnten einfach zum Standesamt gehen ... vielleicht wäre das am besten. Je früher ich dich offiziell als meine Unterhaltsberechtigte eintragen lasse, desto besser –«

»Shawn«, unterbrach Maggie sein Geplapper. »Heiraten?«

Er sah ihr in die Augen, ging auf ein Knie und rutschte noch ein Stück weiter nach vorn. »Ja. Heiraten. Mich. Willst du das nicht?«, fragte er stirnrunzelnd.

»Doch. Mehr als du dir vorstellen kannst. Aber die Dinge haben sich für uns unglaublich schnell entwickelt. Bist du sicher, dass du nicht warten willst?«

»Ich war mir schon sicher, nachdem ich dich erst eine Woche lang kannte. Nein, ich glaube, ich war mir sicher am ersten Abend, als die Jungs und ich dich überrumpelt haben.«

Maggie starrte ihn nur an.

»Heirate mich, Maggie. Mach einen ehrlichen Mann aus mir.«

Sie konnte nur nicken.

»Ja?«

»Ja«, bestätigte sie.

Shawn lächelte breit und stand dann auf. Er beugte sich

hinunter und hob sie von der Couch hoch, woraufhin Maggie einen mädchenhaften Schrei ausstieß.

Es war kein weiter Weg zum Bett, da es direkt hinter der Couch stand. Shawn ließ sie auf die Matratze fallen und begann sofort, sie auszuziehen.

»Warum so eilig?«, fragte Maggie lachend, während sie ihr Bestes tat, um ihm mit ihrer Kleidung zu helfen.

Erst als sie beide nackt waren und er sich über sie beugte, sagte Shawn: »Ich kann es kaum erwarten, in dir zu sein. Ich will mindestens drei.«

»Drei?«

»Kinder. Vielleicht mehr. Ich kann es kaum erwarten, dich mit unserem Kind auf dem Arm zu sehen. Mitten in der Nacht mit ihm aufzustehen. Dir beim Stillen zuzusehen. Den Weihnachtsmann und den Osterhasen zu erleben. Über Spielzeug zu stolpern und auf Legosteine zu treten. Ich wünschte, wir könnten dieses Baby morgen bekommen, so aufgeregt bin ich.«

Er war bezaubernd, und das war kein Wort, das Maggie normalerweise mit ihrem SEAL in Verbindung brachte. »Nun, er oder sie muss noch eine ganze Weile marinieren, bevor es herauskommt«, sagte sie.

Shawn ließ eine Hand an ihrem Körper hinabgleiten und hielt zwischen ihren Beinen inne. Während er sprach, begann er, mit ihrer Klitoris zu spielen. »Also ... welche Art von Zeremonie möchtest du? Groß und aufwendig?«

Maggie drückte ihre Hüften nach oben in Shawns Hand. Es war lächerlich, wie leicht er sie erregen konnte. Wie schnell sie feucht wurde, wenn er ihre Klitoris streichelte, genau wie jetzt. »Auf dem Standesamt. Dann eine Party im *Aces*.«

»Abgemacht«, sagte Shawn zufrieden. »Ich liebe dich, Maggie. Du hast keine Ahnung, wie sehr.«

»Doch, das weiß ich, denn ich liebe dich genauso.«

Dann bewegte er sich und drückte seinen Schwanz in sie

hinein. Sie war nicht ganz so feucht wie sonst, aber er schaffte es, sich bis zum Anschlag in ihr zu vergraben.

»Ein Baby«, hauchte er. »Zumindest müssen wir uns keine Sorgen mehr um die Empfängnisverhütung machen.«

Maggie kicherte. »Stimmt.«

»Danke«, flüsterte er. »Dafür, dass du stark genug warst, um den Versuchen dieses Arschlochs standzuhalten, dich zum Schweigen zu bringen. Dafür, dass du nicht aufgegeben hast, als es ernst wurde. Dafür, dass du mich liebst. Dafür, dass du mir ein Baby geschenkt hast.«

»Ich glaube, du warst derjenige, der mir das Kind geschenkt hat«, scherzte Maggie. Es fiel ihr immer schwerer, sich auf das zu konzentrieren, was er sagte, während er Liebe mit ihr machte.

»Wir haben es zusammen getan. So wie wir von jetzt an alles tun werden.«

»Mh-hm. Shawn?«

»Ja, Liebling?«

»Weniger reden und mehr bewegen«, befahl sie.

Shawn lachte kurz, nickte dann aber. »Ja, Ma'am.«

Ihr Liebesspiel war in diesem Moment inniger. Vielleicht lag es an dem Versprechen, das sie sich gerade gegeben hatten, vielleicht lag es an dem Wissen, dass sich in ihrem Körper ein neues Leben formte. Was auch immer es war, Maggie wusste, dass sie diese Nacht nie vergessen würde. Verhaftet und ins Gefängnis geschickt zu werden hatte sich wie das Ende ihres Lebens angefühlt. Aber in Wirklichkeit war es der Beginn von etwas Schönem gewesen.

Bree Haynes kauerte hinter einem Müllcontainer und spähte auf den dunklen Parkplatz. Er hatte sie wiedergefunden. Sie hatte gedacht, dass sie ihrem Ex dieses Mal endlich entkommen könnte. Dem Arschloch, das sie *verkauft* hatte. Hätte man sie noch vor ein paar Monaten gefragt, hätte sie die bloße Vorstellung belächelt, dass jemand heutzutage einen Menschen verkaufen könnte. Und doch war sie hier.

Sie musste aus Vegas raus. Aber sie hatte das Gefühl, dass das ihren Ex nicht aufhalten würde. Er hatte viel Geld für sie bekommen, und da das Arschloch, an das er sie verkauft hatte, seine Ware noch nicht erhalten hatte, bedrohte er Carl. Er sagte, er solle entweder das Geld zurückgeben, das er ihm gezahlt hatte, oder sein Eigentum finden.

Sie wusste das alles, weil Carl es ihr erzählt hatte, als er sie das *letzte Mal* gefunden hatte. Sie war entkommen, aber Bree wusste, dass sie einfach Glück gehabt hatte. Beim nächsten Mal würde sie nicht entkommen können. Carl würde sie fesseln, knebeln, ihr die Augen verbinden und sie zu dem Sexhändler bringen, bevor sie überhaupt daran denken konnte, wieder zu entkommen.

Sein Wagen fuhr langsam über den Parkplatz des Casinos, während er die dunklen Ecken und Winkel nach ihr absuchte. Bree lehnte sich hinter dem Müllcontainer zurück, ignorierte den Gestank, der von ihm ausging, presste die Lippen zusammen und versuchte, über ihre nächsten Schritte nachzudenken. Sie hatte Geld, aber das würde sie nicht vor Carl schützen.

Selbst wenn sie Vegas verließ, war ihre Sicherheit nicht unbedingt garantiert. Carl würde nicht aufgeben – niemals. Er hatte das Gefühl, dass sie ihm gehörte. Er würde sie aufspüren. Und sie konnte nicht zu ihrer Schwester nach Washington gehen. Das wäre der erste Ort, an dem er nach ihr suchen würde.

Sie brauchte einen Beschützer. Jemanden, der keine Angst

hatte, sich Carl und seinen kriminellen Freunden entgegenzustellen.

Ein Gesicht tauchte in ihrem Kopf auf.

Jude Stark. Sie erinnerte sich nicht mehr an viel aus der Nacht, in der Carl sie verkauft hatte, oder an den furchterregenden Affen, der sie geschlagen, gefesselt und in seinen Wagen gestoßen hatte. Er hatte ihr auf der Fahrt von Carls Wohnung aus erzählt, dass er noch eine weitere Frau abholen müsse und dann beide Frauen in ein Untergrundbordell bringen würde.

Dann war Jude Stark aufgetaucht. Er hatte sie aus dem Wagen des Mannes geholt und in Sicherheit gebracht. Aber sie war nicht dort geblieben, wo er sie hingebracht hatte. Sie hatte zu viel Angst. War zu aufgedreht. Wollte einfach nur weg.

Und doch hatte Judes Gesicht sich in ihr Gedächtnis eingebrannt. Ebenso wie alles, was er ihr erzählt hatte. Er war ein Navy SEAL, stationiert in Riverton, Kalifornien.

Dorthin musste sie gehen. Jude würde ihr helfen. Vielleicht. Er hatte es einmal getan, vielleicht würde er es wieder tun.

Bree hatte keine Ahnung, wie sie den Mann finden sollte. Die Möglichkeit, dass er auf einen anderen Marinestützpunkt versetzt worden war, dass er im Einsatz war oder, verdammt noch mal, sogar mit jemandem verheiratet war, der nicht gerade begeistert wäre, eine x-beliebige Frau vor seiner Tür zu finden ... all diese Gedanken schossen ihr durch den Kopf. Aber sie ignorierte sie.

Jude Stark bedeutete für sie Sicherheit, und das war es, was sie finden musste.

Als Bree hinter dem Müllcontainer hervorschaute, sah sie, dass Carl nirgends zu sehen war. Aber sie wusste, dass er nicht weg war. Nein, das Arschloch lauerte immer. Er oder einer seiner Kumpane. Sie konnte ihren Ausweis nicht benutzen, um in einem Hotel zu übernachten, aber sie konnte ihr Geld benutzen, um wenigstens nach Riverton zu gelangen. Sobald sie angekommen war, würde sie die Dinge auf sich zukommen lassen.

Verängstigt, schmutzig und völlig aufgelöst stand Bree vorsichtig auf. Sie könnte einen weiteren Fehler begehen – Gott allein wusste, dass sie in letzter Zeit viele gemacht hatte –, aber sie glaubte nicht, dass dem so war. Jude Stark würde entweder ihre Rettung oder ein weiterer kolossaler Reinfall sein. So oder so wäre sie in Riverton besser dran als hier in Vegas, wo Carls Schergen überall waren.

»Nur einmal brauche ich eine Pause«, flüsterte Bree, bevor sie sich in den Schatten auflöste und in der Nacht verschwand.

Addison Wentz schaute auf ihre Hände, die gerade von Ricardo »MacGyver« Douglas gehalten wurden, und fragte sich, was zum Teufel sie hier tat.

»Kraft des mir verliehenen Amtes erkläre ich Sie hiermit zu Mann und Frau. Sie dürfen Ihre Braut küssen.«

Als sie aufblickte, erhaschte sie einen Blick auf haselnussbraune Augen und einen sehr ernsten Ausdruck auf Rickys Gesicht, bevor seine Lippen plötzlich auf ihren lagen.

Sie hatte die Entscheidung, den Mann zu heiraten, bis zu diesem Moment nicht bereut.

Ein elektrisierendes Kribbeln durchströmte ihre Arme und Beine und machte sie fast benommen.

Sie hatte Ricky schon immer gemocht, fand ihn lustig und nett, aber gleichzeitig auch schroff und mürrisch. Sie hatte ihn in einer Autowerkstatt kennengelernt. Ihr VW Käfer machte Probleme, und er ließ gerade neue Reifen auf seinen Ford Explorer aufziehen.

Überraschenderweise waren sie sich immer wieder über

den Weg gelaufen. An einer Tankstelle, in einem Café, in einem Imbiss und einmal standen sie sogar nebeneinander an einer Ampel. Ricky bestand schließlich darauf, dass sie ihre Telefonnummern austauschten, und seitdem hatten sie sich tatsächlich ziemlich oft getroffen. Sie hatte auf sein Haus aufgepasst, als er auf einem Einsatz der Marine war, und er hatte sogar einmal so getan, als sei er ihr Freund, als ihre Eltern ihr das Leben schwer machten, weil sie mit sechsunddreißig Jahren immer noch Single war.

Ricky war einer der wenigen Menschen, die sie in ihrem Leben getroffen hatte, die keine Witze über ihre Größe machten. Sie war eins achtzig groß und hatte absolut keine sportlichen Fähigkeiten. So verbrachte sie ihr Leben damit, über Fragen zu lachen, ob sie Basketball spielte oder wie das Wetter »da oben« sei. Ricky war genauso groß wie sie, und er hatte ihr nie, kein einziges Mal, das Gefühl gegeben, nicht hübsch zu sein, nur weil sie groß war. Und ja, viele andere Männer hatten genau das getan. Sie hatten offensichtlich das Gefühl, dass ihre Männlichkeit bedroht war, weil sie größer war als sie, und obwohl sie intellektuell wusste, dass es das Problem der *Männer* war, nicht ihres, war sie ihr ganzes Leben lang wegen ihrer Größe gehänselt worden, und es tat immer weh.

Dann war da noch Ellory. Sie war erst zwölf, benahm sich aber fast wie sechsundzwanzig. Ihre Tochter war Addisons Ein und Alles. Sie war für ihr Alter sehr weise, introvertiert und schüchtern. Irgendwie hatte Ricky ihre dicke Schutzmauer durchbrochen und sie zum Lächeln gebracht, als sie sich das erste Mal begegneten. Addison sprach nicht viel über Ellory. Über ihre chronische Krankheit und wie viele Nächte sie in verschiedenen Krankenhäusern verbracht hatten. Aber Ricky wusste es. Ellory selbst hatte sich ihm gegenüber geöffnet und ihm erzählt, wie sehr sie es hasste, krank zu sein.

Ihre Tochter wusste allerdings nicht, dass Addison mit

Geldsorgen zu kämpfen hatte. Und wenn Ellory wieder krank werden und erneut ins Krankenhaus gehen müsste, würde dies eine Kaskade von finanziellen Problemen auslösen, die höchstwahrscheinlich dazu führen würden, dass sie ihre Wohnung verloren. Addison hatte keine Ahnung, was sie tun sollte – niemals würde sie Ellory *nicht* die benötigten Medikamente geben, sie *nicht* zum Arzt bringen.

Als Ricky anrief und sagte, er müsse sie etwas fragen, war Addison sofort zu ihm nach Hause gefahren, um sich mit ihm zu treffen. Er war einer ihrer besten Freunde, und sie half ihm gern bei allem, was er wollte oder brauchte. Das Haus, in dem er lebte, hatte er aus einer Laune heraus gekauft, und er arbeitete gerade daran, es herzurichten. Er hatte ein Händchen für alles und Addison war immer beeindruckt, wie er etwas Altes und Abgenutztes in etwas Neues und Schönes verwandeln konnte. Normalerweise war es jedoch ein Chaos, gefüllt mit Geräten, Kabeln und anderen Dingen, an denen er »herumbastelte«.

Er war ein Genie und Addison fand ihn bezaubernd.

Sie war jedoch nicht auf seine Frage vorbereitet gewesen. Niemals hätte sie erwartet, in sein Haus zu kommen und drei Kinder zu sehen. Ein Junge saß mit einer Decke über sich auf seiner Couch, ein jüngeres Mädchen saß neben ihm und spielte mit einer Barbie-Puppe, als sei es das Faszinierendste, was sie je gesehen hatte. Und ein zweiter, älterer Junge schaute fern, als seien dort alle Antworten der Welt zu finden ... Nicht dass sie selbst *Mythbusters* nicht lieben würde, aber der Junge war so in den Bann gezogen, dass er nicht einmal aufblickte, als sie eintrat.

Ricky hatte sie in seine Küche geführt und ihr ohne großes Aufheben oder gar große Emotionen einen Heiratsantrag gemacht.

Und hier war sie nun.

Ja zu sagen war eine Notwendigkeit gewesen. Für beide. Ricky brauchte sie, damit er die Kinder behalten konnte, und sie brauchte ihn wegen seiner Krankenversicherung. Addison hatte anfangs gedacht, dass es keine große Sache sein würde. Dass sie ihrem Freund einen Gefallen tat und dass sie sich in etwa einem Jahr stillschweigend scheiden lassen und getrennte Wege gehen würden.

Aber in dem Moment auf dem Standesamt, in dem seine Lippen ihre berührten, wurde ihr klar, was für eine Idiotin sie war.

Addison liebte Ricky. Und das schon seit dem Moment, in dem sie sich im Wartebereich der Autowerkstatt in die Augen gesehen hatten.

Er hatte sie geheiratet, weil er ein Kindermädchen für die Kinder brauchte, die er eines Tages adoptieren wollte, und sie hatte *ihn* geheiratet ... nun, es gab viele Gründe. Aber in erster Linie – sie war bis über beide Ohren in den Mann verliebt.

Und er sah in ihr eine Freundin. Jemanden, der ihm einen großen Gefallen getan hatte.

Er zog sich zurück und starrte sie mit einem Blick an, den Addison nicht deuten konnte. Dann leckte er sich die Lippen und wandte sich an Artem, Borysko und Yana, die drei Kinder, die er in der Ukraine gerettet hatte, und fragte: »Möchte jemand auf dem Heimweg anhalten und ein Eis essen?«

Als die Kinder begeistert zustimmten, versuchte Addison, ihre Hand aus Rickys Hand zu lösen, aber er ließ nicht los. Tatsächlich schlossen sich seine Finger um ihre. Er sah sie wieder mit diesem seltsamen Gesichtsausdruck an und wandte sich dann ab, um eine Frage zu beantworten, die Borysko ihm gestellt hatte.

Addison leckte sich die Lippen und konnte Ricky auf ihrer Haut schmecken. Lust durchströmte sie und sie stöhnte fast.

Sie konnte das nicht tun. Sie würde es nicht überleben, mit

diesem Mann zusammenzuleben und ein ganzes Jahr lang seine Frau zu spielen.

Aber es war zu spät. Sie hatte Ja gesagt, und von nun an bis zu einem unbestimmten Zeitpunkt in der Zukunft war sie Mrs. Addison Douglas.

Wenn sie das mit heiler Seele überstehen würde, wäre das ein Wunder.

Eine Scheinehe? Zwei Fremde, vier Kinder und jede Menge Unfug. Finden Sie heraus, wie sich alles entwickelt – im nächsten Buch der Reihe SEALs of Protection: Alliance ... *Schutz für Addison* !

BÜCHER VON SUSAN STOKER

SEALs of Protection: Alliance
Schutz für Remi
Schutz für Wren
Schutz für Josie
Schutz für Maggie (1 Apr)
Schutz für Addison (6 May)
Schutz für Kelli
Schutz für Bree

Ein Spiel des Glücks
Ein Beschützer für Carlise
Ein Prinz für June (1 Jun)
Ein Held für Marlowe (1 Aug)
Ein Holzfäller für April (1 Okt)

Die Männer von Silverstone
Vertrauen in Skylar
Vertrauen in Taylor
Vertrauen in Molly

Die Suche nach Kenna
Die Suche nach Monica
Die Suche nach Carly
Die Suche nach Ashlyn
Die Suche nach Jodelle

Delta Team Zwei

Ein Held für Gillian
Ein Held für Kinley
Ein Held für Aspen
Ein Held für Jayme
Ein Held für Riley
Ein Held für Devyn
Ein Held für Ember
Ein Held für Sierra

Mountain Mercenaries:

Die Befreiung von Allye
Die Befreiung von Chloe
Die Befreiung von Morgan
Die Befreiung von Harlow
Die Befreiung von Everly
Die Befreiung von Zara
Die Befreiung von Raven

Ace Security Reihe:

Anspruch auf Grace
Anspruch auf Alexis
Anspruch auf Bailey
Anspruch auf Felicity
Anspruch auf Sarah

Die Delta Force Heroes:

Die Rettung von Rayne
Die Rettung von Emily
Die Rettung von Harley
Die Hochzeit von Emily
Die Rettung von Kassie
Die Rettung von Bryn
Die Rettung von Casey
Die Rettung von Wendy
Die Rettung von Sadie
Die Rettung von Mary
Die Rettung von Macie
Die Rettung von Annie

SEALs of Protection:
Schutz für Caroline
Schutz für Alabama
Schutz für Fiona
Die Hochzeit von Caroline
Schutz für Summer
Schutz für Cheyenne
Schutz für Jessyka
Schutz für Julie
Schutz für Melody
Schutz für die Zukunft
Schutz für Kiera
Schutz für Alabamas Kinder
Schutz für Dakota

Eine Sammlung von Kurzgeschichten
Ein langer kurzer Augenblick

BIOGRAFIE

Susan Stoker ist die New York Times, USA Today und Wall Street Journal Bestsellerautorin der Buchreihen »Badge of Honor: Texas Heroes«, »SEAL of Protection«, »Die Delta Force Heroes« und einigen mehr. Stoker ist mit einem pensionierten Unteroffizier der US-Armee verheiratet und hat in ihrem Leben schon überall in den Vereinigten Staaten gelebt – von Missouri über Kalifornien bis hin zu Colorado. Zurzeit nennt sie die Region unter dem großen Himmel von Tennessee ihr Zuhause. Sie glaubt ganz und gar an Happy Ends und hat großen Spaß daran, Geschichten zu schreiben, in denen Romantik zu Liebe wird.

Besuchen Sie Susan im Netz!
www.stokeraces.com
facebook.com/authorsusanstoker
twitter.com/Susan_Stoker
bookbub.com/authors/susan-stoker

SUSAN STOKER

instagram.com/authorsusanstoker
Email: Susan@StokerAces.com

www.ingramcontent.com/pod-product-compliance
Lightning Source LLC
Chambersburg PA
CBHW011145100726

47899CB00010B/3178

9 781644 994511